Inseln im Sturm

Reinhard Bädecker

Inseln im Sturm

Eine Liebe in Zeiten des Krieges

Herausgegeben von Michael Boldt, Sönke Loebert,
Christian Boldt im Auftrag der Detlefsen-Gesellschaft

Coverbild: Ansicht von Glückstadt 1825, Detlefsen-Museum Glückstadt.

Das Erscheinen dieses Bandes wurde ermöglicht durch die finanzielle Förderung unserer Mitglieder.
Großer Dank gebührt Michael Boldt u. a. für das Digitalisieren des Manuskriptes und Recherchen zu historischen Begebenheiten.
Norbert Meinert danken wir für das Korrektorat.

Bibliografische Information der Deutschen Nationalbibliothek: Die Deutsche Nationalbibliothek verzeichnet diese Publikation in der Deutschen Nationalbibliografie; detaillierte bibliografische Daten sind im Internet über www.dnb.de abrufbar.

Redaktions- und Bezugsadresse
Christian Boldt M.A.
An der Au 11
25376 Borsfleth

Layout und Satz: Claudia Boldt
Herstellung und Verlag: BoD – Books on Demand, Norderstedt
ISBN: 9783752802559

Vorwort

Seit den 1960er Jahren ist der historische Roman eines der beliebtesten Genres der postmodernen Literatur. Für diese Spielart wurde der Begriff der historiografischen Metafiktion geprägt. Dennoch ist dieses Genre viel älter.[1] So gehört der schottische Romancier Sir Walter Scott zu den bekanntesten Schriftstellern. Viele seiner historischen Romane zählen heute zu den Klassikern der Weltliteratur und dienten als Vorlage für zahlreiche Filme, Schauspiele und Opern.

Vor allem die Romane um den Freiheitskämpfer Rob Roy, die Abenteuer des Quentin Durward, die beiden historischen Romane *Ivanhoe und Waverley* – in Letzterem schildert Scott die Geschichte eines jungen Adligen, der von seinem Onkel in Schottland aufgezogen wird und als Offizier des britischen Militärs 1745 in den letzten Aufstand der Jakobiten gerät – haben viele junge Leser regelrecht verschlungen. Scotts Erzählkünste, seine Naturbeschreibungen, die abenteuerlichen Wirrnisse um Liebe und Leid sowie die Verstrickungen seiner Helden mit geschichtlichen Ereignissen fanden seit den 1820er Jahren in Deutschland, dem Beginn der Scott-Rezeption, eine breite Leserschaft. Ziel dieses Romantypus soll eine Verlebendigung der Vergangenheit sein; die Geschichtsschreiber liefern die Fakten, die der Schriftsteller mit Leben füllt. Im konkreten Fall des *Waverley*, der eine damals noch nicht weit zurückliegende Epoche beschreibt, soll der Held zwischen der Gegenwart der Leser und der Vergangenheit vermitteln. Dieser Held, und hier liegt der große Unterschied zum Epos, ist nun der sogenannte „mittlere Held". Personen, die nicht an der Spitze der Gesellschaft stehen und geschichtliche Ereignisse nicht auslösen, sondern darin verstrickt werden. Der Protagonist ist moralisch einigermaßen gefestigt, opfert sich selbst auf; eine menschliche Leidenschaft, die den Leser mitreißt, entsteht allerdings nie. Scotts Hauptfiguren sind „national typische Charaktere,

---

1   Vgl. zur Wort-, Begriffs-, Sach- und Forschungsgeschichte Eggert, Hartmut: Art. „Historischer Roman", in: Fricke, Harald (Hrsg.): Reallexikon der deutschen Literaturwissenschaft, Band II, Berlin/New York 2000, S. 53ff.

aber nicht im Sinne des zusammenfassenden Höhepunktes, sondern in dem der tüchtigen Durchschnittlichkeit."[2]

Scott scheint hier auch Vorbild gewesen zu sein für den Autor des im Nachfolgenden vorliegenden Romans, der u.a. in Glückstadt spielt. Die historischen Persönlichkeiten sind genau wie bei Scott nur Nebenfiguren, treten aber ihrer Rolle entsprechend in bedeutsamen Situationen auf. Zwischen den Auftritten der historischen Persönlichkeiten ist der Schriftsteller innerhalb der historischen Gegebenheiten relativ frei in der Gestaltung des Lebensweges seiner Protagonisten. Dialoge, die der Verlebendigung der Vergangenheit dienen, nehmen ebenso an Wichtigkeit zu wie die Nebenfiguren, die entlang historischer Konfliktlinien verfeindete Seiten vertreten.

So ist dieser kleine Roman durchaus lesenswert und er vermittelt auch ein Wissen im Bereich der Regionalgeschichte, aber dennoch ist wie bei fast allen historischen Romanen Vorsicht geboten: Die Personen handeln häufig nicht zeitentsprechend, es gibt Anachronismen und es gelingt häufig nicht, die Handlungsmöglichkeiten und Handlungen der Protagonisten realistisch in das Tableau der gesellschaftlichen Realität ihrer Zeit einzubetten. Dieses ist besonders dann zu beachten, wenn die Autoren behaupten, genauestens recherchiert zu haben, und einen Wahrheitsanspruch erheben. Der verstorbene Historiker und Ehrenvorsitzende der Detlefsengesellschaft Glückstadt e. V. Klaus-Joachim Lorenzen-Schmidt hat sich zu dieser Problematik sehr deutlich in dem von Ortwin Pelc herausgegeben Buch „Mythen der Vergangenheit. Realität und Fiktion in der Geschichte" am Beispiel des historischen Romans „Die Hebamme von Glückstadt" geäußert.[3]

Die zeitlichen Ereignisse sind in diesem Buch historisch korrekt wiedergegeben. Aus diesem Grund ist der Roman mit Gewinn zu lesen. Auch sind alle genannten Truppenteile und ihre Kommandeure, alle genannten dänischen Schiffe und ihre Kapitäne, Festungskommandanten und Söldnerführer historisch belegt, ebenso der niederländische

2   Lukács, Georg: *Der historische Roman*, Berlin 1955, S. 43.

3   Lorenzen-Schmidt, Klaus-Joachim: *Die Hebamme von Glückstadt - Probleme historischer Romane*, in: Pelc, Ortwin (Hrsg.): *Mythen der Vergangenheit. Realität und Fiktion in der Geschichte*, S. 311-331.

Kommissar Hoogenhouk. Das gilt auch für die geschilderten größeren Kampfhandlungen.

Die „Seeland" und Kapitän Nissen, ebenso Kapitän Ohlsen, sind fiktiv. Irische Piraten waren im 17. Jahrhundert zwischen Ostsee, Island und Gibraltar sehr präsent und führten Kaperkrieg vor allem gegen Schiffe Englands und seine Verbündete. Sie verstanden sich auch als Freiheitskämpfer gegen die englischen Besatzer und hatten ihre Stützpunkte an der irischen Küste.

Wir wünschen Ihnen, liebe Leserinnen und Leser, eine spannende und interessante Lektüre.

Borsfleth / Glückstadt im Januar 2020
Sönke Loebert, Michael Boldt, Christian Boldt

1. Kapitel

Bonifatius Beckenschläger fuhr von seiner Lagerstätte hoch. Das jähe Wiehern seines Pferdes hatte ihn aus seinem Mittagsschlummer aufgeschreckt und er blinzelte in die noch hoch am Himmel stehende Septembersonne.

Instinktiv spürte er Gefahr in seiner Nähe und fieberhaft suchte er seine Gedanken zu konzentrieren.

Richtig, er hatte sich nach seinem Mittagsimbiss und einigen kräftigen Schlucken aus einer mitgeführten Rotweinflasche in das sommerlich warme Gras gelegt, um einen kleinen Verdauungsschlummer zu halten.

Zum Essen hatte er sich auf eine kleine Bodenwelle etwa hundert Schritte neben der staubigen Landstraße gesetzt – vielleicht eine halbe Meile nördlich von Elmshorn im westlichen Holstein. Anschließend hatte er sich dann so in die Senke hinter der Erhebung gelegt, dass er von der Straße her nicht zu sehen war. Auch seinen Braunen hatte er in der Senke an eine Weide gebunden. So, wie er ihn angebunden hatte, wäre er ebenfalls von der Straße nicht zu sehen gewesen. Das Pferd musste jedoch beim Grasen die Zügel gelockert haben und stand jetzt fast oben auf der Kuppe. Gerade jetzt wieherte es erneut in Richtung auf die Straße zu.

Bonifatius Beckenschläger war ein junger Mann von gerade zwanzig Jahren. Seine lang aufgeschossene hagere Figur steckte in einem lederfarbenen Reitanzug. Das Wehrgehenk mit dem langen geraden Rapier hatte er neben sich in das Gras gelegt; ebenso lagen die geladenen beiden schweren Reiterpistolen griffbereit neben ihm. Dies war in jener Zeit empfohlen, in diesen Tagen Anfang September des Jahres 1627.

Der große Krieg in Deutschland dauerte nun schon neun Jahre. Ein Reisender musste jederzeit auf eine Begegnung mit Wegelagerern gefasst sein. Ganz abgesehen davon hatte Bonifatius Beckenschläger auf seiner Reise davon erfahren, dass Truppen der Kaiserlichen und der

Liga auf dem Weg nach Norden waren, also nach Holstein und Schleswig, womöglich sogar bis nach Jütland hinauf.

Der junge Mann nahm also die beiden Pistolen zur Hand, spannte die Hähne und robbte zur Kuppe der Anhöhe hinauf.

Noch bevor er oben angelangt war, vernahm er aus Richtung der Straße Hufgetrappel, das sofort lauter anschwoll. Er hielt den Atem an und bevor er noch ausgeatmet hatte, tauchten über ihm drei, vier, fünf Reiter auf. Schlapphüte mit großen Federn saßen verwegen auf den braun gebrannten, bärtigen Gesichtern. Zwei der Reiter schwangen Säbel, die in der Sonne blitzten. Die anderen drei hatten lange Pistolen im Anschlag.

Dass dieser Besuch nicht in friedlicher Absicht nahte, stand für Bonifatius Beckenschläger nicht infrage. Zuviel Schauergeschichten über marodierendes Gesindel hatte er gehört, als dass er lange überlegt hätte. Fast gleichzeitig feuerte er seine beiden Pistolen auf die vordersten Reiter ab – es waren diejenigen, welche die Säbel schwangen. Ohne das Ergebnis seiner Schüsse abzuwarten, ließ sich der junge Mann zurück zu seiner Ruhestätte rollen. Mehr instinktiv, als dass er ihn bewusst gesucht hätte, bekam er seinen liegen gelassenen Degen zu fassen, riss ihn aus der Scheide und stand dann auch schon auf seinen zwei Beinen. Noch während er rollte, hatte Beckenschläger dreimal den Knall von Pistolenschüssen gehört. Die Kugeln schlugen unmittelbar neben ihm ein. Offenbar hatte er es angesichts der kurzen Entfernung nur seinem Abrollen zu verdanken, dass er nicht getroffen wurde.

Nachdem er sich aufgerichtet hatte, sah Beckenschläger, dass er selbst zwei Pferde getroffen hatte. Die Tiere lagen am Boden, zuckend schlugen ihre Hufe durch die Luft. Unter einem Pferd lag, anscheinend eingeklemmt, sein Reiter. Ein anderer Mann lag vier bis fünf Schritte weiter bewegungslos neben seinem Tier.

Die übrigen Reiter hatten infolge der unerwarteten Schüsse aus Beckenschlägers Pistolen wohl einige Augenblicke erschrocken verhalten. Mit einem Satz jagte aber nun der Nächste von ihnen sein Pferd auf den jungen Reisenden zu, den rechten Arm mit dem schweren Säbel zum Schlag erhoben. Pferd und Reiter waren bereits unmittelbar vor ihm, als Beckenschläger einen Sprung nach rechts machte und dabei dem Pferd sein Rapier über die Blesse und wohl auch über das Maul hieb. Das Tier musste eine schmerzhafte Verwundung erlitten haben. Es schnellte nach vorn und ging samt seinem verdutzten Reiter durch. Inzwischen war der vierte Angreifer unmittelbar neben Beckenschläger und ließ seinen Säbel auf ihn niedersausen. Der junge Mann konnte seinen Degen noch zur Abwehr hochreißen und so den Schlag auffangen. In diesem Augenblick war aber auch schon der Letzte der fünf Reiter neben Beckenschläger. Er hatte seine abgeschossene Pistole umgedreht und holte damit nun ebenfalls zum Schlag aus.

Der Angegriffene konnte zwar noch den Kopf zur Seite reißen, aber nicht mehr vermeiden, dass der schwere Pistolenknauf seine rechte Schulter traf. Der Schlag lähmte den noch mit dem Degen zur Abwehr erhobenen Arm und ließ ihn kraftlos hinuntersinken.

Vom Schmerz der Schulter benommen sah Beckenschläger noch das verzerrte Gesicht des Reiters über sich, dessen Säbelhieb er gerade pariert hatte. Da sauste auch schon dessen Arm mit dem Säbel wieder nieder, bevor Beckenschläger einen dumpfen Schmerz im Kopf fühlte und seine Umgebung in einer flimmernden roten Flut versank.

II.

„Na, mein Freund, ausgeschlafen?" Bonifatius Beckenschläger blickte in ein rundes, gutmütig grinsendes Gesicht von höchstens dreißig Jahren. Unter einer vielleicht etwas zu roten Nase prangte ein prächtiger Schnauzbart und darunter ein Kinnzwickel nach der Mode der damaligen Zeit. Beckenschläger stöhnte und versuchte seine Gedanken zu sammeln. Das Gesicht über ihm gehörte zu einer kräftigen Gestalt in der Uniform eines Offiziers.

„Gestattet, dass ich mich vorstelle – Leutnant Jörg Ohlsen, zurzeit kommandiert in der Festung Glückstadt seiner Majestät König Christians des IV. von Dänemark", ließ sich der pausbäckige Offizier wieder hören. „Ihr habt Euch tapfer geschlagen, aber viele Hunde sind nun einmal des Hasen Tod. Doch glücklicherweise seid Ihr kein Hase und deshalb auch noch nicht ganz tot." Leutnant Ohlsen lachte glucksend über seinen Scherz.

„Ihr seid wohl gerade richtig gekommen", sagte Beckenschläger nun und betastete vorsichtig seinen immer noch dröhnenden Schädel. Behutsam drehte er den Kopf zur Seite und stellte fest, dass er sich immer noch an der Stelle befand, an der sein Gefecht stattgefunden hatte. Die Sonne stand jetzt allerdings wesentlich weiter nach Westen.

Einige Schritte von dem Leutnant entfernt hielten sich zwei weitere Soldaten neben ihren Pferden auf. Dar eine war lang und dürr, der andere von mittlerer Statur. Beide trugen mächtige rotblonde Vollbärte.

„Ja, gerade richtig gekommen. Das kann man wohl sagen", meinte der Offizier, immer noch schmunzelnd.

„Allerdings hattet Ihr uns nicht mehr allzu viel zu tun übrig gelassen. Ich kam mit meinen beiden Schotten gerade darüber hinzu, als Euch der eine Galgenvogel den Fangstoß geben wollte. Ihr ward ihm wohl so nah auf den Pelz gerückt, dass er Euch beim ersten Hieb nur mit dem Schutzbügel seines Säbels erwischte. Als wir auftauchten, ergriffen die beiden dann doch lieber das Weite. Wir haben sie zwar noch etwa eine Viertelmeile verfolgt, aber was sollte es schließlich. Es gibt in diesem Krieg so viel Gesindel, dass es auf einige mehr oder weniger schon gar nicht mehr ankommt. Ja, und wir wollten Euch ja letzten Endes nicht allein hier liegenlassen."

Bonifatius Beckenschläger hatte sich inzwischen erhoben. Glücklicherweise war sein Pferd noch da und graste vor sich hin.

„Jedenfalls danke ich Euch von Herzen." Beckenschläger ergriff fest Leutnant Ohlsens Hand. „Wo bin ich hier eigentlich? Ich komme von Hamburg her und wollte eigentlich heute noch nach Itzehoe. Das Ziel meiner Reise ist dann Heide in Dithmarschen."

„Wir sind etwa 1½ Meilen von der Steinburg im Norden entfernt", antwortete Ohlsen. „Ebenso weit ist es wohl im Westen nach der Festung Krempe. Wenn Ihr Zeit und Lust habt, kommt mit uns nach Krempe und übernachtet dort. Ihr habt zwar unverschämtes Glück mit Eurem Schädel gehabt, aber etwas Ruhe wird Euch doch gut tun."

Bonifatius Beckenschläger stimmte gern zu, denn besondere Eile hatte er auf seiner Reise nicht. Der kleine Trupp bog nach einer kurzen Strecke nach links – also nach Westen – von der Landstraße in einen Feldweg ab, der aber doch so breit war, dass Beckenschläger neben dem Offizier reiten konnte, während die beiden schottischen Soldaten nachfolgten.

Das reife Getreide wogte zu beiden Seiten des Weges in einer lauen Sommerbrise. Das Land war so friedlich, dass es nichts von der drohenden Nähe des Krieges ahnen ließ.

Man war zunächst schweigend geritten. Beckenschläger war auch noch zu sehr mit dem gerade Erlebten beschäftigt, als dass er von sich aus große Lust zu einem Gespräch verspürt hätte. Allerdings gehörte er ohnehin nicht zu dem Typ Mensch, der bei jeder Gelegenheit und nur um der bloßen Unterhaltung willen zu reden anfängt. Nicht, dass der junge Mann wortfaul oder gar menschenscheu gewesen wäre; es ging ihm nur einfach gegen seine Natur, dann zu sprechen, wenn eigentlich gar kein Bedürfnis dafür bestand. Irgendein Lehrer hatte einmal zu ihm gesagt: „Es gibt Leute, die reden viel und sagen wenig." Beckenschläger hatte damals gefunden, dass an diesem Ausspruch viel Wahres sei. Anders war es allerdings bei dem Leutnant. Bereits mehrmals hatte er sich geräuspert, sich aber dann doch nicht zum Beginn eines Gesprächs aufgerafft. Schließlich hielt er es aber doch nicht mehr aus.

„Es ist doch recht riskant, in dieser Zeit allein zu reiten", meinte er unvermittelt und fragte dann ganz direkt: „Kommt Ihr eigentlich von weit her?" Beckenschläger sah ihn an. „Ja, doch", fing er dann an. „Ich komme eigentlich aus Vegesack bei Bremen, war aber im letzten Jahr in Altona."

Er bemerkte das Interesse seines Begleiters und fuhr fort: „Mein Vater war in Vegesack evangelischer Pastor. Anno 1625 kamen Soldaten des ligistischen Heeres unter dem kurbayerischen Generalleutnant Graf t´Serclaes von Tilly in unser Dorf und plünderten es. Als mein Vater sich ihnen entgegenstellen wollte, wurde er erschlagen. Ich selbst besuchte damals die Gelehrtenschule in Bremen, befand mich aber nach dem Tode meines Vaters ohne die Mittel, den Schulbesuch fortzusetzen."

„Lebte Eure Mutter denn nicht mehr?", warf Leutnant Ohlsen ein. „Nein, sie war schon vor Jahren gestorben. Ich zog deshalb zu einer Schwester meiner Mutter nach Altona, die dort mit einem Advokaten verheiratet war. Ich arbeitete dort in dessen Kanzlei. Leider verstarb meine Tante vor zwei Monaten. Jetzt bin ich auf dem Wege nach Heide. Dort hat ein Bruder meines Vaters ebenfalls eine Anwaltskanzlei."

„Dann wollt Ihr wohl selbst ein Advokat werden, mein Junge?" Ohlsen kraulte sich nachdenklich seinen Spitzbart und sah den jungen Mann von der Seite an. „Es geht mich ja nichts an", meinte er dann. „Aber wollt Ihr tatsächlich Euer Leben zwischen staubigen Aktenbergen in einer düsteren Kanzlei verbringen? Nach dem Stückchen, das Ihr vorhin gezeigt habt, seid Ihr doch eigentlich der geborene Soldat. Wer weiß, wie lange dieser Krieg noch dauert. Ich für meinen Teil ziehe es jedenfalls vor, mit der Waffe in der Hand mein Schicksal selbst mitzubestimmen. Sicher ist das Leben eines Soldaten stets in Gefahr, aber er kann sich doch wenigstens wehren, wenn ihm die Gefahr gegenübertritt. Ihr selbst habt es doch eben erst erlebt. Als braver Bürger könnt Ihr nur hoffen, dass der Krieg an Euch vorüberzieht. Steht er dann aber doch vor Eurem Haus, so guckt Ihr nur dumm und alles ist aus."

Bei den letzten Worten streckte Ohlsen wie hilflos die Arme von sich und lachte Beckenschläger entwaffnend an. Dieser musste ebenfalls lachen und meinte: „Herr Leutnant, Ihr wollt mich doch nicht etwa für den Dienst des Königs werben? Einerseits habe ich selbst schon mit dem Gedanken gespielt, andererseits" – Beckenschläger hielt nachdenklich inne, – „andererseits war die Erziehung im Hause meines Vaters durchaus friedlich. Mein Vater stellte das fünfte Gebot über alles."

„Was seinen Mörder aber nicht davon abgehalten hat, es ihn betreffend zu brechen", schoss es aus Ohlsen heraus. „Entschuldigt meine Offenheit. Aber Friedfertigkeit ist nun einmal etwas für friedliche Zeiten. Im Kriege wird sie leider nicht immer gebührend honoriert. Übrigens habt Ihr vorhin das fünfte Gebot doch auch nicht allzu wörtlich genommen."

Bevor Beckenschläger antworten konnte, wies Ohlsen nach vorn: „ Da, mein Lieber. Unser Ziel für heute. Die Festung Krempe."

Beckenschläger hatte während des Gesprächs wenig auf die Gegend vor sich geachtet.

Gut eine zehntel Meile voraus ragte ein spitzer Kirchturm aus der flachen Marsch. Daneben erhoben sich niedrigere Häusergiebel vielleicht tausend Schritt nach Westen über einen geraden Erdwall, der an jeder Ecke von einer Bastion begrenzt war. Etwa in der Mitte des Walls schob sich zusätzlich eine kleine Bastion ins Land hinaus.

„Nicht gerade das neueste Modell der Festungsbaukunst", erklärte der Leutnant, „aber immerhin ein fester Platz.

Das Ganze ist ein Rechteck, von dem Ihr jetzt die südliche Breitseite vor Euch seht. Nach Norden sieht es genauso aus.

Stich von Krempe nach Georg Braun und Franz Hogenberg, aus: Alte europäische Städtebilder, Hamburg 1964.

Im Ostwall liegt das Tor nach der Steinburg, im Westen geht es nach Glückstadt. Das Ganze ist von einem Graben umgeben, der allerdings nicht allzu breit ist. Drinnen sind wohl 70 bis 80 Häuser. Wie gesagt, das Neueste ist es nicht. Da müsstet Ihr Euch unsere Festung Glückstadt ansehen. Dort seht Ihr Festungsbaukunst auf dem neuesten Stand."

Der kleine Trupp ließ östlich eine Au neben sich und stand dann vor einem dreieckigen Vorwerk, über dem der Danebrog – die rote Fahne mit dem weißen Kreuz – flatterte.

„Leutnant Ohlsen aus Glückstadt mit drei Mann auf Erkundungsritt", rief der Offizier den Wachposten zu. Offenbar war Ohlsen bekannt, man ließ ihn nach einem Grußwort passieren. Wenige Augenblicke später ritt der Trupp durch das Elskoper Tor in die Festung Krempe ein.

III.

Wohl um dieselbe Stunde, als Bonifatius Beckenschläger aus seinem Mittagsschlaf aufgeschreckt wurde, waren im königlichen Palais am Hafen der neuen Elbfestung Glückstadt vier Herren versammelt.

Es waren dies der dänische König – Christian IV. –, Oberst Ezechiel Durant – der Festungskommandant von Glückstadt – Oberstleutnant Jürgen v. Ahlefeldt – der Kommandant von Krempe –, sowie Kapitän Gabriel Kruse von dem dänischen Orlogschiff ‚Svanen'.

Christian IV. war zu dieser Zeit eine der maßgeblichsten Persönlichkeiten des großen Krieges. Von hohem Wuchs, mit frischen Gesichtsfarben und blitzenden Augen zeichnete er sich aus durch starken Mut

15

König Christian IV. (1577–1648). König von Dänemark und Norwegen und Stadtgründer von Glückstadt. Stanniolfigur von Reinhard Bädecker.

und große Ausdauer sowie durch stete Geistesgegenwart. Im Jahre 1627 war Christian fünfzig Jahre alt. Er war sowohl ein vorzüglicher Reiter wie auch ein erfahrener Seemann. In diesem Krieg, der seit 1618 vor allem in Deutschland tobte, spielte der König bis zum Erscheinen Gustav Adolfs von Schweden die führende Rolle der protestantischen Partei.

Als Herzog von Holstein war Christian zugleich Fürst des Deutschen Reiches und auf dem Fürstentag in Lauenburg im März 1625 an die Spitze des Niedersächsischen Kreises berufen worden. Im Mai 1626 sammelte er eine Armee von etwa achtzehntausend Mann. Der Stand ihrer Ausbildung und Ausrüstung war als gut zu bezeichnen.

Das Heer der katholischen Liga unter dem bayerischen Generalleutnant Graf Johann T'Serclaes von Tilly stand im Frühjahr 1626 im östlichen Westfalen. Anfang Juni 1625 hatte Christian mit seiner Armee die Elbe überschritten. Über Stade und Bremervörde ging der Marsch nach Verden an der Weser und dann flussaufwärts bis in die Gegend von Nienburg. Bis dahin hatte sich das Heer Christians lediglich auf dem Gebiet des Niedersächsischen Kreises bewegt. Die Kontingente des Kreises von circa 7.000 Mann hatten die Armee auf etwa 25.000 Mann verstärkt.

Nachdem Christian dem Generalleutnant Tilly auf mehrere Anfragen die Auskunft über den Grund der Truppenbewegung verweigert hatte, war es zum Ausbruch einer neuen Phase des großen Krieges gekommen.

Gleich zu Beginn der neuen Unternehmung hatte die Sache der Evangelischen ein schweres Unglück getroffen. Am 20. Juli 1625 war Christian bei einem Ritt auf den Wällen Hamelns mit seinem Pferd in eine mit Brettern abgedeckte Grube gestürzt und musste besinnungslos fortgetragen werden. Die Wiederherstellung seiner körperlichen und insbesondere seiner geistigen Kräfte hatte Monate gedauert. Die Armee hatte sich in eine Stellung zwischen Weser, Aller und Leine zurückziehen müssen. Ohne dass es im Sommer 1625 zu entscheidenden Ereignissen gekommen war, hatten die Scharen Tillys das Land des Herzogs von Wolfenbüttel verwüstet und Hameln genommen.

Eine Belagerung Nienburgs durch die Truppen der Liga musste jedoch aufgegeben werden, als Christian nach seiner Genesung Mitte September zum Entsatz anrückte.

In diesem Jahr hatte Wallenstein im Egerland ein neues Heer aufgestellt und war im September durch Franken und Thüringen bis zur oberen Leine vorgedrungen. Aus Gegensätzen mit Tilly hatte er sich dann aber in die Gegend östlich des Harzes zurückgezogen.

Den Winter 1625/26 hatte Christian dazu genutzt, mit englischer und niederländischer Finanzhilfe neue Rüstungen zu unternehmen. Die Bewegungen Wallensteins im Februar 1626 hatten darauf schließen lassen, dass er auf das rechte Elbufer überwechseln und in Holstein einfallen wollte. Derartige Absichten hatte der König einmal dadurch vereitelt, dass er dem Friedländer eine Heeresabteilung unter Fuchs von Bimbach entgegengesandt hatte. Vor allem hatte Christian aber im Juni jenes Jahres Holstein durch einen Ablenkungskriegszug nach Schlesien gesichert. Dieses Unternehmen zwang Wallenstein, ihm zu folgen und sich damit weit von dem bedrohten Holstein zu entfernen. Abgesehen von dieser Ablenkung hatte der Zug nach Schlesien allerdings keinen entscheidenden Erfolg gehabt.

In Niedersachsen hatten inzwischen die Truppen Christians IV. und Tillys mit wechselndem Erfolg gefochten, ohne dass es zu einer entscheidenden Schlacht gekommen wäre.

Erst nachdem Wallenstein – unter Überwindung persönlicher und sachlicher Differenzen – Tilly Truppen zugeführt hatte, musste sich das Heer des Niedersächsischen Kreises zunächst auf Wolfenbüttel und dann unter schweren Abwehrkämpfen weiter auf Lutter am Barenberge zurückziehen. Dort war es am 27. August 1626 zu einer erbitterten Schlacht gekommen, bei der sich auf beiden Seiten etwa 20.000 Mann gegenüberstanden. Nach anfänglicher Ausgewogenheit hatte dieser Kampf durch einen Umfassungsangriff der Reiterei des linken ligistischen Flügels mit einer völligen Niederlage Christians geendet. Allerdings waren auch Tillys Truppen durch die Kämpfe dieses Tages so ermattet gewesen, dass sie die fliehenden Gegner nicht über das Schlachtfeld hinaus hatten verfolgen können.

Christian war es gelungen, die Reste seiner Truppen wieder zu sammeln, hatte Ende August bei Schnackenburg die Elbe überschritten und war dann in Lauenburg einige Zeit geblieben. Die siegreichen Truppen der Liga hatten die Verfolgung nur mehr oder weniger lustlos und letzten Endes ohne Erfolg durchgeführt. So hatte jetzt zunächst die Elbe die feindlichen Heere getrennt.

Nach einer kurzen Atempause hatte der Däne erneut mit einem Teil seiner Truppen die Elbe bei Blankenese überschritten. Er hatte dann Buxtehude und Stade besetzt. Während er in Stade zunächst sein Hauptquartier eingerichtet hatte, machte er Vorstöße nach Westen und bezog schließlich mit seinen Truppen im Bremischen und in Hadeln Winterquartier. Der Winter 1626/27 war ausgefüllt mit neuen Rüstungen sowie mit Verhandlungen mit den verbündeten Engländern, Franzosen und Niederländern. Bereits im März 1627 war Christian IV. übrigens im Rahmen seiner Reisen zur Förderung der Verteidigungskraft auch nach Glückstadt gekommen, dann aber zunächst nach Stade weitergereist.

Im Frühjahr 1627 hatten sich Christians Gegner wieder in Bewegung gesetzt. Wallenstein rückte von Schlesien über die Mark Brandenburg nach Nordwesten, Tilly aus dem Braunschweigischen nach Nordosten gegen die Elbe.

Christian hatte sich nicht entschließen können, eine Hauptmacht zunächst zur Niederwerfung des einen oder des anderen Gegners zusammenzuziehen, sondern hatte Abwehrvorstöße gegen beide gleichzeitig geführt. Dies hatte natürlich zu einer Verzettelung seiner an sich schon begrenzten Kräfte führen müssen. Im Osten waren die Vorstöße bis nach Brandenburg unternommen worden. Unterhalb von Hamburg hatte Christian das Erzbistum Bremen mit Stade als Rückhalt besetzt. Auf der Niederelbe kreuzten Kriegsschiffe des Dänenkönigs.

Am 28. Juli 1627 hatte Tilly mit größeren Truppenteilen die Elbe bei Bleckede überschritten und die Heeresabteilung des Dänen bis nach Wandsbek bei Hamburg zurückgetrieben. Durch dieses Manöver Tillys gerieten die weiter elbaufwärts gegen Wallenstein stehenden Verbände des Königs in Gefahr, abgeschnitten zu werden, und zogen sich auf Wismar und die Insel Poel zurück. Nun stand Holstein für die katholischen Verbündeten offen. Am 22. August hatten sich Tilly und Wallenstein in Lauenburg getroffen, ihre Armeen hatten sich gleichzeitig im Raume Büchen vereinigt.

Etwa zum Zeitpunkt dieser Vereinigung der beiden katholischen Heere hatte sich Christian IV. schon in Glückstadt aufgehalten.

Das Zusammentreffen des Königs, des Obersten Durant, des Oberstleutnants v. Ahlefeldt und des Kapitäns Kruse im königlichen Palais zu Glückstadt mag wohl eine gute Woche später gewesen sein.

Der König hatte zunächst seinen drei Besuchern den Rücken zugewandt und in schweren Gedanken zum Hafen hinausgesehen. Dort lagen vertäut das dreimastige Orlogschiff ‚Svanen', mehrere kleinere Kriegsfahrzeuge sowie etliche Handelsschiffe. An den Kriegsschiffen und den meisten Handelsschiffen wehte der Danebrog. An drei oder vier Masten sah er aber auch das Rot-Weiß-Blau der holländischen Generalstaaten und dazwischen flatterte sogar eine englische Flagge.

„Vielleicht hängt an diesen Schiffen und ihren Besatzungen bald das Schicksal dieser Festung, womöglich meines ganzen Reiches", sagte der König halblaut und mehr zu sich selbst, als er sich nun zu seinen Offizieren umdrehte. Der König atmete schwer aus. „Die Lage meiner Armee ist ernst, meine Herren, sehr ernst. Ich fürchte, für meine Festung Glückstadt wird schon bald die Stunde der Bewährung kommen." Die drei Offiziere sahen ihren Herrscher erwartungsvoll an. Bevor Christians Page sie in das Zimmer gerufen hatte, war dort mit sorgenvoller Miene ein Kurier herausgekommen. Christian schwieg noch einen Augenblick gedankenvoll, bevor er über den Besucher Auskunft gab.

„Der Kurier, der vorhin mein Zimmer verließ, kam von Graf Thurn, der meine Truppen im Süden führt. Tilly und Wallenstein haben sich bei Büchen vereinigt und sind mit 30.000 bis 40.000 Mann in Holstein einmarschiert. Sie sind in drei Kolonnen vorgegangen – über Trittau, Rahlstedt, Wandsbek an Hamburg im Osten vorbei. Bei Eppendorf und Fuhlsbüttel haben sie die Alster überschritten. Zurzeit lagert der Feind bei Eidelstedt. Die Abteilungen des Feindes werden im Westen von Tilly, in der Mitte von Wallenstein und im Osten von dem Grafen Schlick geführt. Graf Thurn hat sich mit 8.000 Mann meiner Truppen von Altona in den Raum Elmshorn zurückgezogen. In der Gegend von Pinneberg ist es heute morgen zu ersten Gefechten gekommen."

Der König hielt inne, sein Blick verweilte auf den besorgten Gesichtern seiner Offiziere.

„Meine Herren, wir brauchen uns keine falschen Hoffnungen darüber zu machen, dass Graf Thurn mit seinen 8.000 Mann – von denen übrigens rund 2.000 Kranke oder Verwundete sind – den kampferprobten Feind lange aufhalten könnte. Die feindliche Armee dürfte in Kürze vor unseren Wällen auftreten. Ich bitte deshalb um Euren Bericht über den

Zustand der Festungen Glückstadt und Krempe. Kapitän Kruse wird über die Möglichkeiten der Versorgung durch die Flotte informiert sein."

Als Oberst Durant zum Bericht ansetzen wollte, hielt ihn der König zurück und wandte sich Kapitän Kruse zu.

„Zunächst bitte Ihr, Kapitän Kruse. Ich glaube, bei der Flotte steht es am günstigsten. Etwas moralischer Aufwind kann unserer weiteren Beratung nicht schaden. Und überhaupt", der König winkte den Pagen heran, der still im Dunkel einer Zimmerecke gestanden hatte, „es drängen zwar die Dinge, aber doch nicht so sehr, dass wir nicht zunächst ein Glas guten Burgunders trinken könnten."

IV.

In der Wohnstube des Kommandantenhauses im benachbarten Krempe saß indessen ein junges Mädchen bei einer Handarbeit. Ihr Platz war in einer Fensternische und hin und wieder ging ihr Blick von der Handarbeit hinaus auf das Treiben auf dem in der Nachmittagssonne liegenden Marktplatz.

Anna Katherina v. Ahlefeldt war ein schlankes Geschöpf von 19 Jahren und ausnehmend hübsch. Sie war die Nichte des Stadtkommandanten Jürgen von Ahlefeldt, die dieser vor zwei Jahren nach dem Tode seines älteren Bruders in sein Haus genommen hatte. Ihre Mutter war schon vor vielen Jahren bei der Geburt eines Sohnes gestorben. Ihr fröhliches Wesen hatte ihr geholfen, den Tod des Vaters zu verwinden, und ihr gleichzeitig die Herzen des Onkels und dessen Frau geöffnet. Im Augenblick fühlte sich Jungfer Trine, wie ihr Onkel sie gern scherzhaft nannte, jedenfalls ausgesprochen wohl und summte vergnügt ein Liedchen vor sich hin.

Vor den Häusern des Marktplatzes standen Gruppen von Bürgersleuten, meist getrennt nach Männern und Frauen. Dazwischen bewegten sich Spaziergänger. Auf dem Markt war eine Gruppe von zwanzig Musketieren angetreten. Ein Feldwebel brüllte ihnen ein Kommando zu und die Gruppe schwenkte ab zum Nordtor, offenbar um dort auf dem Wall die Wache abzulösen.

An Jungfer Anna Katherinas Fenster vorbei ging ein junger Leutnant der Musketiere und lächelte ihr grüßend zu. Das Mädchen winkte ver-

21

schämt zurück. In diesem Augenblick wandte sich die Aufmerksamkeit der Bürgergruppen der Straße zu, die vom Südtor auf den Markt führte. Dort ritt eine Gruppe von vier Männern in Paaren zu zweit heran. Es waren Leutnant Ohlsen und Bonifatius Beckenschläger sowie die beiden schottischen Dragoner.

Ohlsen zügelte sein Pferd vor dem Kommandantenhaus und schwang sich aus dem Sattel. Während er ins Haus ging, blieben seine Soldaten und Beckenschläger zunächst auf ihren sitzen. Kurz darauf kam der Leutnant wieder zurück. „Absitzen", rief er den Schotten zu. „Ihr habt für die nächste Stunde Urlaub." Dann wandte er sich Beckenschläger zu. „Der Kommandant ist zurzeit in Glückstadt. Sein Vertreter, Major Freton, macht gerade seine Runde über die Wälle. Frau v. Ahlefeldt hat uns bis zu seiner Rückkehr auf ein Glas Wein hereingebeten." Ohlsen zwinkerte Beckenschläger vergnügt zu. „Verliebt Euch dann nur nicht gleich in die Jungfer Anna Katherina." Auf Beckenschlägers leicht erstaunten Blick setzte er hinzu: „Der Oberstleutnant hat nämlich ein ganz reizendes Nichtlein, müsst Ihr wissen. Aber jetzt kommt schon." Dabei fasste er Beckenschläger freundschaftlich an der Schulter und schob ihn ins Haus. Vor Frau v. Ahlefeldt, einer vornehmen Erscheinung von vielleicht fünfunddreißig Jahren, machte Beckenschläger eine artige Verbeugung, während Leutnant Ohlsen ihn vorstellte. Als er dann aber dem Mädchen in das liebliche Angesicht blickte, fühlte er mit Unbehagen, dass er rot wurde und sein Herz schneller schlug. Das Mädchen aber lächelte ihn ganz lieb an. Frau v. Ahlefeldt hatte dies wohl bemerkt, ein leichtes Lächeln flog auch um ihre Lippen.

„Der Herr Leutnant hat schon kurz über Euch berichtet", sagte sie dann und bot ihren beiden Besuchern Platz an. „Erst vor wenigen Stunden seid Ihr einer großen Gefahr tapfer entronnen." „Ohne Herr Leutnant Ohlsen wäre ich wohl kaum hier", antwortete Beckenschläger bescheiden und konnte dabei den Blick nicht von dem Mädchen lassen.

„Ich hoffe doch, dass die Herren zum Abendessen bleiben und auch die Nacht hier im Hause verbringen", sagte Frau v. Ahlefeldt. „Mein Mann ist ja heute in Glückstadt. Ich weiß auch nicht, ob er am Abend noch zurückkommen wird. Aber Herr Leutnant Ohlsen wird sicher mit dem Major sprechen wollen und für den Rückweg nach Glückstadt ist es ohnehin heute zu weit. Leider werden die Herren allerdings mit einem Zimmer vorlieb nehmen müssen." „Nach Möglichkeit will ich heute Abend noch nach Glückstadt zurück. Es ist ja nur ein Ritt von einer guten halben Stunde. Allerdings wird unser junger Freund hier ganz gern von Eurem Übernachtungsangebot Gebrauch machen. Der Schlag über seinen Schädel, von dem ich Euch erzählte, wird ihn wohl doch recht mitgenommen haben." „Nun, wir werden sehen", meinte Frau v. Ahlefeldt. „Zunächst aber werden sich die Herren doch wenigstens etwas frisch machen wollen." Erst jetzt wurde es Beckenschläger eigentlich bewusst, dass er nach der Auseinandersetzung an der Landstraße doch etwas ramponiert aussah.

V.

Im Palais des Königs in Glückstadt hatte Kapitän Kruse seinen Bericht erstattet. Unmittelbar unter dem Kommando des Kapitäns stand eine kleine Flottille, bestehend aus dem Orlogschiff ‚Svanen' und zwei Kriegsjachten.

Bei dem Orlogschiff, das zurzeit im Glückstädter Hafen lag, handelte es sich um ein Kriegsfahrzeug von etwa zweihundert Tonnen, drei Masten und zwölf Kanonen. Die Hauptartillerie des Schiffes bestand aus acht 12-Pfündern, die auf dem Hauptdeck aufgestellt waren. Außerdem trug das Schiff je zwei 6-Pfünder auf dem Achter- und dem Vorderkastell. Es handelte sich dem Typ nach um eine Galeone und war als Vollschiff nach dem damaligen Stand getakelt. Das Schiff trug also Groß- und Fockmast, ein Lateinsegel mit einem Marssegel darüber am Besanmast und eine sogenannte Vorderblinde am Bugspriet. Die Jachten waren kleinere einmastige Fahrzeuge mit je acht 6-Pfündern. Eine der beiden Jachten lag im Augenblick ebenfalls im Hafen von Glückstadt, die andere machte Patrouillendienst in der Elbmündung zwischen Cuxhaven und Brunsbüttel. Weitere dänische Kriegsschiffe kreuzten zurzeit nicht auf der Elbe. Ansonsten waren in den letzten Tagen nur vereinzelt Kriegsschiffe der verbündeten Engländer und Niederländer sowie natürlich des neutralen Hamburg gesichtet worden. Feindliche Kriegsschiffe, also solche des Kaisers oder der Spanier, waren nicht auf der Elbe erschienen.

Im Westen vor der Wesermündung kreuzte nach dem Bericht Kapitän Kruses ein Geschwader von vier Orlogschiffen und zwei Fregatten unter dem Befehl von Kapitän Hendrik Wind.

„Nun, damit ist unsere Kriegsflotte auf der Niederelbe im Augenblick zwar nicht überwältigend", meinte der König. „Solange auf der Elbe keine feindlichen Schiffe auftauchen, aber für reine Wachdienste wohl ausreichend. Wenn unsere Armee sich im Augenblick auch weitgehend aus dem Niedersächsischen zurückgezogen hat, meine ich doch, dass Kapitän Winds Geschwader zunächst vor der Wesermündung bleiben mag. Der Feind kann zur See allenfalls aus südwestlicher Richtung, also aus den spanischen Niederlanden oder aus Spanien selbst erwartet werden. Solange Wind vor der Weser steht, kann er eine feindliche Seestreitmacht also schon in diesem Gebiet abfangen. Vor allem aber kann er von dieser Stellung aus feindlichen Nachschub über die Weser blockieren. Soweit die Festung Stade auf der anderen Seite der Elbe und natürlich unser Glückstadt standhalten, reichen hier die ‚Svanen' und die beiden Jachten aus. Was meint ihr, meine Herren?", wandte Christian sich seinen Offizieren zu. Kapitän Kruse, der gerade einen Schluck aus dem rot funkelnden Kristallpokal genossen hatte, brummte nickend seine Zustimmung. Herr v. Ahlefeldt meinte: „Im Prinzip stimme ich Eurer Majestät zu. Besteht aber nicht die Möglichkeit, dass etwa ein spanisches Geschwader einen weiten Bogen nach Norden schlägt und dann unerwartet von Nordwesten in die Elbmündung einfällt? Sollte man deshalb nicht wenigstens einen Teil des Windschen Geschwaders nach Helgoland verlegen, um den Seeraum auch weiter nach Norden ständig unter Beobachtung zu halten?"

Helgoland gehörte damals zum dänischen Machtgebiet, sodass der Vorschlag nicht eigentlich abwegig war und den König zum Nachdenken veranlasste.

„Was haltet Ihr davon, Kapitän?", fragte er deshalb Kruse, der ebenfalls nachdenklich das Kinn stützte. „Allgemein halte ich die Wahrscheinlichkeit, dass der Feind Nachschub über die Weser transportieren will, für größer, als dass er mit einer Kriegsflotte in die Elbe einfährt – jedenfalls im Augenblick", sagte er dann. „Auf der anderen Seite stehen wir ja auch nicht allein. Bevor eine feindliche Flotte aus dem Bereich des englischen Kanals in unser Gewässer einfährt, muss sie an unseren Verbündeten, also den Engländern und den Holländern vorbei. Ein Seeunternehmen mit den spanischen Niederlanden als Basis würde ohnehin den Generalstaaten nicht verborgen bleiben und uns umgehend gemeldet werden. Ich halte die Aufteilung des Wesergeschwaders für eine unnötige Verzettelung unserer dortigen Seestreitkräfte", lautete der Bescheid des Kapitäns. Der König nickte. „Das ist auch meine Meinung. Ich halte es sogar für richtig, wenn Wind jedenfalls seine beiden Fregatten nicht nur in der Wesermündung, sondern weiter hinaus nach Westen und Südwesten kreuzen lässt. Eine zweite Armada um Schottland herum werden die Spanier wohl kaum in Marsch setzen." Christian spielte damit auf die vernichtende Niederlage der spanischen großen Armada an, die jetzt knapp vierzig Jahre zurücklag.

„Obwohl ich Kapitän Wind zutraue, dass er seine Fregatten schon von sich aus entsprechend angewiesen hat", fuhr der König fort, „soll er vorsorglich eine entsprechende Order bekommen. Die kann allerdings mit dem nächsten niederländischen Handelsschiff abgehen, das den Hafen verlässt. Eine unserer beiden Jachten möchte ich hierfür nicht fortschicken." Der König stand von seinem Sessel auf und ging langsam einige Schritte auf und ab, bevor er sich dem Oberst Durant zuwandte. „Die Lage zur See ist also augenblicklich befriedigend. Wie sieht es nun mit der Verteidigungsbereitschaft der Festung Glückstadt aus, Herr Oberst?"

„Ich kann die Festung Glückstadt als sturmfrei melden, Eure Majestät", ließ sich der Kommandant vernehmen.

Oberst Ezechiel Durant war Franzose. Christian IV. hatte bei der Aufstellung seines Heeres zu einem großen Teil Ausländer anwerben müssen, denn trotz seiner Ausdehnung vom Nordkap bis vor die Tore Hamburgs zählte sein Reich nur kaum eine Million Einwohner.

„Zehn Jahre nach ihrer Gründung kann der Ausbau der Festung im östlichen Teil als abgeschlossen gelten", fuhr Durant fort. „Die östliche Wallanlage beiderseits des Kremper Tores wird im Norden durch die Norderbastion und im Süden durch die Ostbastion gesichert. Der Ausbau ist abgeschlossen. Das Kremper Tor selbst wird ja noch durch das Ravelin geschützt, das ihm im östlichen Hauptgraben vorgelagert ist. In südlicher Richtung setzt sich der Festungsgraben bis zum Rhin fort. Das Batardeau ist fertiggestellt. Dieses Sperrwerk trennt den Hauptgraben vom Rhin ab. Durch die eingebaute Schleusenanlage kann der

Wasserfluss des Grabens nach Belieben reguliert werden. Dadurch ist insbesondere gewährleistet, dass der Hauptgraben nicht im Winter zufriert. Gesichert wird das Batardeau durch das Rhinbollwerk, das als Halbbastion südlich des Sperrwerks in den Rhin hineinragt. Der Rhin schützt dann die gesamte Südflanke bis zur Einmündung in die Elbe. Schutz bietet hier nicht nur der Rhin selbst, sondern das ganze sumpfige Vorland des Rethövels, das der Fluss vom Rhinbollwerk bis zur Elbe durchfließt. Zusätzlichen Schutz bietet an der Südseite einmal ein Damm beiderseits der Straße nach Kollmar sowie ein zweiter Damm, der unmittelbar zwischen der Südseite des Hafens und dem Rethövel angelegt ist. Der Hafen kann von dieser Seite aus als völlig sicher gelten. Selbst wenn der Feind den ersten Damm im Süden überwinden sollte, wird er jedoch jedenfalls im Sumpf des Rethövels steckenbleiben. Schweres Geschütz würde ein Angreifer zunächst nur südlich des Sumpfes aufstellen können. Für Reiterei ist der Sumpf unpassierbar und für Fußtruppen wäre ein Vormarsch so beschwerlich, dass er mit verhältnismäßig geringen Truppen abgewehrt werden kann." „Gut", unterbrach der König den Obersten. „Im Süden schützt uns also die Natur, ebenso wie natürlich im Westen durch die Elbe. Nach Osten sichern uns der Wall, die beiden großen Bastionen und das Rhinbollwerk sowie der Graben. Bleibt noch der Norden. Fahrt bitte fort, Herr Oberst."

„Lasst mich gegenüber dem Hafen, also im Nordwesten beginnen, Majestät. Hier ragt zunächst der Molendamm mit dem Blockhaus an der Spitze in die Elbe hinaus. Nordöstlich schließt sich an die Mole der Deich an, der als Festungswall ausgebaut ist und vor dem ebenfalls ein breiter Graben verläuft. Der Deich endet als Teil der Festungsanlage am Deichtor mit der Straße nach Ivenfleth im Norden. Dieses Tor wird gesichert durch die dritte große Bastion, das Königsbollwerk. Diese Bastion ist dann wieder durch einen Wall mit dem Norderbollwerk verbunden. Von der Straße nach Ivenfleth, der Königsbastion vorgelagert, stellt der Hauptgraben rund um den Ostteil der Festung bis in den Rhin eine weitere Sicherung dar. Schließlich sind drei Bornwerke jenseits des Hauptgrabens geplant, nämlich zwischen Königsbastion und Nordbastion, zwischen Nordbastion und Ostbastion östlich des Kremper Tores und gegenüber dem Rhinbollwerk zum weiteren Schutz des Batardeaus."

„Dann habt Acht darauf, dass auch die Planungen unverzüglich in die Tat umgesetzt werden. Soweit der Nachschub von See aus nicht behindert wird, ist Glückstadt danach uneinnehmbar", stellte der König befriedigt fest. „Und die Besatzung beträgt zurzeit etwa 3.500 Mann." Das letztere war mehr eine Feststellung als eine Frage. Trotzdem beeilte sich Durant, seinem König zu versichern: „Sehr wohl, Eure Majestät. Ich schmeichle mir, Eurer Majestät für die Sicherheit der Festung Glückstadt mit meiner Ehre einstehen zu können." „Das ist zwar sehr schön", gab der König trocken zurück, „aber Ihr habt mit Eurem Kopf für die Festung geradezustehen. Von ihr hängt mein Reich ab. Wenn Ihr noch Schwachpunkte in der Befestigung kennt, so nennt sie, damit die Mängel nach Möglichkeit behoben werden können." Aber Oberst Durant bestand darauf, dass die Festung auch im gegenwärtigen Zustand schon uneinnehmbar sei, solange allerdings der Nachschub über die Elbe funktioniere; allein die Artillerieausrüstung sei mit 32 Geschützen recht schwach.

Oberstleutnant von Ahlefeldt gab danach noch eine kurze Lageschilderung über die Festung Krempe. Sie deckte sich im Wesentlichen mit der Schilderung, die Leutnant Ohlsen dem jungen Beckenschläger bei ihrer Ankunft vor Krempe gegeben hatte. Die Besatzung dieser Festung belief sich auf an die 1.750 Mann, die ebenso wie die Mannschaft in Glückstadt größtenteils aus Soldaten deutscher Herkunft, zu einem geringeren Teil aber auch aus französischen und schottischen Söldnern bestand. An Geschützen waren gut sechzig Stück sowie reichlich Munition und Proviant vorhanden. Nachdem v. Ahlefeldt seinen Bericht geschlossen hatte, sagte der König nach kurzem Überlegen: „Herr Oberstleutnant, die Festung Krempe gibt dreißig Geschütze mit den Bedienungsmannschaften an Glückstadt ab." Herrn v. Ahlefeldt musste sein Entsetzen über diesen Befehl unverhohlen ins Gesicht geschrieben gewesen sein; denn Christian fuhr fort: „Geht leider nicht anders, mein lieber Ahlefeldt. Glückstadt ist doppelt so groß wie Krempe und hat nur halb so viel Artillerie. Außerdem erwarte ich, dass der Hauptangriff auf Glückstadt gehen wird; denn nach seinem Fall wäre der Nachschub über See auch für Krempe erledigt und dessen Eroberung dann verhältnismäßig leicht. Zusätzliches Geschütz aber habe ich leider nicht zur Verfügung." Damit war aber der Oberstleutnant durchaus nicht zufrieden. „Mit Verlaub, Eure Majestät, aber ich sehe die Dinge etwas anders. Sicher ist Glückstadt doppelt so groß wie Krempe. Unter Berücksichtigung der örtlichen Verhältnisse sieht die Lage aber doch wesentlich günstiger aus. Von der Westseite, also von der Elbe, droht kaum Gefahr. Hier könnte eine Bedrohung nur durch die Landung von Seestreitkräften gegeben sein. Wie wir gehört haben, bieten insoweit die Schiffe Kapitän Kruses sowie auch des Wesergeschwaders hinreichend Schutz. Ebenso ist vom Süden wegen des günstigen Sumpfgeländes kaum ein Angriff zu erwarten, und selbst wenn der Feind von dort kommen sollte, kann er verhältnismäßig leicht und mit nur wenigen Geschützen abgewehrt werden. Sollte der Feind im übrigen gegen alle Erwartung im Süden angreifen, so kann sein Angriff auf jeden Fall nur äußerst zähflüssig sein. Das bedeutet aber, dass dann immer noch Zeit genug ist, um von den anderen Punkten der Befestigung Geschütz nach Süden abzuziehen. Eine Umgruppierung würde in diesem – meines Erachtens allerdings sehr unwahrscheinlichen – Fall kein unvertretbares Risiko bedeuten. Wenn der Feind nämlich von Süden her angreift, dann müsste er hierbei sehr hohe Verluste einkalkulieren, müsste also den Großteil seiner Truppen im Süden zusammenziehen. Das aber bedeutet, dass dann ein gleichzeitiger Angriff an den anderen Fronten, also im Norden oder im Osten, nicht zu erwarten ist." Der Oberstleutnant hielt einen Augenblick inne, aber der König sah ihn äußerst interessiert an.

„Fahrt bitte fort, Herr v. Ahlefeldt", meinte er durchaus nicht ungehalten über die Einwände des Offiziers. Dieser ließ sich nicht lange bitten und fuhr fort: Wie gesagt, ein Angriff von Süden ist kaum zu erwarten. es bleiben also die Nord- und die Ostseite. Die Gesamtlänge dieser beiden Seiten entspricht vielleicht dem ganzen Umfang von Krempe. Hier besteht aber für Glückstadt der zusätzliche Schutz durch die breiten Wassergräben, sodass das vorhandene Geschütz an diesen beiden Seiten ausreichen müsste. Krempe dagegen ist eine reine Landfestung, in der Anlage veraltet und – abgesehen von den schmalen Gräben – im wesentlichen nur auf den Schutz seiner Wälle angewiesen.

Während Glückstadt allenfalls einen Angriff von zwei Seiten, nämlich entweder im Norden und Osten oder – wie ich eben zu erklären versucht habe – allein im Süden zu erwarten hat, kann Krempe wegen seiner viel geringeren Ausdehnung leicht von allen Seiten umschlossen und sogar von allen Seiten gleichzeitig bestürmt werden. An einen Austausch von Geschütz wäre in diesem Fall nicht zu denken, es muss also von vornherein jede der vier Seiten Krempes so stark wie möglich armiert sein." Herr v. Ahlefeldt spürte, dass Rettung für seine Kanonen in Sicht war und spielte nun seinen letzten Trumpf aus.

„Abgesehen von alledem, Eure Majestät, halte ich es keineswegs für sicher, dass Glückstadt das erste Hauptangriffsziel der feindlichen Armee sein wird. Sicher ist zwar richtig, dass ein Fall der Festung Glückstadt unweigerlich den Fall von Krempe zur Folge haben wird. Nur wird eine Überwältigung Glückstadts wegen seiner günstigen örtlichen Verhältnisse kaum im ersten Sturm, sondern allenfalls nach einer langwierigen Belagerung erfolgen können. Während dieser Zeit aber würde Krempe ständig einen Stachel im Rücken der Belagerungsarmee darstellen. Außerdem würde Krempe den Nachschub des Feindes, der ja über Land gehen muss, bedrohen und – in Verbindung mit dem Schloss Steinburg an der Straße von Elmshorn nach Itzehoe – den feindlichen Vormarsch nach Norden jedenfalls auf dieser Straße behindern. Letzteres würde nur durch eine enge und gleichzeitige Einschließung von Krempe und Steinburg vermieden werden können, wodurch aber wiederum wesentliche Kräfte für die Belagerung Glückstadts fehlen würden.

„Nach alledem", schloss v. Ahlefeldt, „halte ich es für wahrscheinlicher, dass sich der Feind mit seiner Hauptmacht zuerst Krempe und auch Steinburg zuwenden wird, um erst nach Eroberung dieser beiden Plätze sich dem schwierigeren Glückstadt zu widmen."

Christian sah von einem seiner Offiziere zum anderen. Durant wollte noch zu einer Erwiderung ansetzen, aber der König winkte ab: „Ahlefeldt hat recht, Herr Oberst. Er soll seine Kanonen behalten – vorerst jedenfalls."

Als die drei Offiziere das königliche Palais verließen, dunkelte es bereits und auf den Schiffen im Hafen wie auch hinter den Fenstern der Häuser flammten die ersten Lichter auf. Kruse ging zu seiner ‚Svanen' hinab, Durant zu seiner Kommandantur. Herr v. Ahlefeldt aber bestieg sein Pferd und trabte schon bald darauf zum Kremper Tor hinaus.

VI.

Die Sonne schien bereits durch die Butzenscheiben, als Bonifatius Beckenschläger am nächsten Morgen im Gästezimmer des Kremper Kommandantenhauses die leichte Bettdecke von sich warf. Er öffnete beide Fensterflügel und sah, dass die Uhr am Turm des schräg gegenüberliegenden Rathauses kurz vor zehn Uhr anzeigte. Er war erst weit nach Mitternacht ins Bett gekommen. Nachdem Leutnant Ohlsen gegen neun Uhr abends nach Glückstadt aufgebrochen war, hatte er noch weiter angenehm mit den beiden Damen geplaudert. Sein eigenes Erleben, wie auch die allgemeine Lage, an der insbesondere Frau v. Ahlefeldt lebhaften Anteil zeigte, hatte genug Stoff für ein Gespräch geboten. Und als dann der Oberstleutnant am späten Abend aus Glückstadt zurückkam, hatte er auch ihm besonders von seinem Erlebnis an der Landstraße erzählen müssen. In diesem Augenblick klopfte es an die Tür und ehe Beckenschläger noch „Herein" rufen konnte, stand Jungfer Anna-Katherina schon im Zimmer, in den Händen ein Tablett mit einem Krug Milch und knusprigem, frischem Brot. Beckenschläger hatte mit nacktem Oberkörper am Fenster gestanden und das Mädchen schlug errötend die Augen nieder, als ihr Blick auf seine blasse, noch kaum behaarte Brust fiel.

Ein leises und doch spitzes „Oh" entfuhr ihrem roten, vollen Mündchen. „Verzeiht, aber ich dachte, Ihr wäret schon angezogen." Beckenschläger griff nach seinem Hemd, das über dem Stuhl neben ihm hing, und hielt es verschämt wie eine Jungfer vor seine Brust. Mehr als ein räusperndes „Ahäm" brachte er nicht heraus und so war es das Mädchen, das als erstes wieder das Wort ergriff.

„Wir haben schon längst gefrühstückt und die Tante ist schon ausgegangen." Anna Katherina zögerte und setzte hinzu: „Und durch die Bediensteten wollte ich Euch nicht belästigen." „Ja", murmelte Beckenschläger, „sehr freundlich von Euch. Guten Morgen, wollt Ihr nicht Platz nehmen?" Dabei übersah er allerdings, dass er außer dem Stuhl auch den großen Ohrensessel mit seinen Kleidungsstücken drapiert hatte.

„Ich glaube – ", das Mädchen lächelte verschmitzt und zögerte etwas, „ich glaube, Ihr wollt Euch doch wohl erst etwas vervollständigen. Ich wünsche Euch einen guten Appetit." Das Mädchen stellte das Tablett auf den Tisch, deutete einen Knicks an und huschte aus dem Zimmer. Eine halbe Stunde später kam Beckenschläger in vollem Anzug die Treppe herunter und schaute etwas verlegen in die Stube, in der man am Abend gegessen hatte.

„Guten Morgen, junger Herr!" rief ein dralles Dienstmädchen mit strohblondem Haar und geröteten Wangen. „Kann ich Euch irgendwie behilflich sein?" „Nein, danke. Oder doch – ja", murmelte Beckenschläger gedankenverloren. „Wisst lhr, wo die junge Dame ist?" „Im Garten hinter dem Haus, mein Herr", lautete die Antwort. Beckenschläger ging durch die geräumige dunkle Diele mit den schweren Eichentruhen zum Hinterausgang und fand dort die Jungfer Anna Katherina unter einem Rosenbaum auf einer Steinbank sitzend. Sie wandte ihm den Rücken zu und der Sonnenschein ließ ihr langes Haar wie Gold glänzen. Offenbar las sie, denn sie hielt den Kopf leicht geneigt. „Eine goldene Rose zwschen roten Rosen – gleich einer Sonne zwischen den Sternen", versuchte Bonifatius Beckenschläger einen poetischen Anlauf. „Seid Ihr von den Haudegen unter die Dichter gegangen?", ging das Mädchen auf sein Kompliment ein, das seinem Urheber – kaum dass er es ausgesprochen hatte – schon etwas albern vorgekommen war.

Bei Eurem Anblick ergibt sich das von selbst", ertappte er sich schon bei einem weiteren Kompliment, das ihm fast gegen seinen Willen entfahren war. „Mein Herr, Ihr macht mir doch nicht etwa den Hof?" Das Mädchen lachte kokett. „Ja, das sieht fast so aus." Etwas anderes war dem jungen Mann nicht eingefallen.

Mehr, um das Gespräch nicht einschlafen zu lassen als aus eigentlicher Wissbegierde, fragte er nach dem Titel ihrer Lektüre und bekam zu hören, dass es ein Band französischer Gedichte sei. Beckenschläger interessierte sich zwar herzlich wenig für Lyrik und schon gar nicht für französische. Trotzdem heuchelte er aber Interesse und beugte sich über das kleine Büchlein, das das Mädchen ihm entgegenstreckte.

Dabei trat er neben Anna Katherina und wie von selbst ergab es sich, dass seine Wange ihre Stirn streifte. Er spürte, dass sie erglühte und meinte zu fühlen, dass sie ihren Kopf gegen den seinen presste. Da konnte sich Bonifatius Beckenschläger nicht verkneifen, ihr einen Kuss halb auf die Wange, halb auf den Mund zu hauchen.

Anna Katherina zuckte zurück. „Denkt doch an die Bediensteten flüsterte sie vorwurfsvoll. Schuldbewusst trat Beckenschläger zurück und doch wurde ihm froh ums Herz. Galt ihre Sorge nur der Beobachtung durch die Bediensteten, so hatte sie den Kuss als solchen doch wohl nicht ungern empfangen. Allerdings blieb den beiden jetzt keine Zeit mehr, denn im Haus erklang die Stimme der eben zurückgekehrten Frau v. Ahlefeldt.

VII.

Während Bonifatius Beckenschläger seiner Anna Katherina den Hof machte, ritt Leutnant Ohlsen schon wieder draußen in der Marsch in südlicher Richtung.

In seinem Gefolge waren diesmal zwanzig Dragoner. Unter Dragonern verstand man zurzeit des 30-jährigen Krieges berittene Musketiere. Diese Reiter waren also nicht gepanzert wie die Kürassiere, Lanziere und Karabiniere, sondern trugen nur ihre eisernen Sturmhauben. Bewaffnet waren die Dragoner mit einem Degen und einem Gewehr, das sie über der Schulter trugen.

Leutnant Ohlsen war am Morgen zum Festungskommandanten von Glückstadt befohlen worden und hatte den Auftrag erhalten, in Richtung auf Elmshorn den gegenwärtigen Standort des Grafen Thurn bzw. des Feindes zu erkunden. Ohlsens Truppe hatte vor einer knappen halben Stunde den Flecken Elmshorn durchritten, als plötzlich von Süden her das Knattern von Gewehrschüssen zu hören war. „Da vorn liegt wohl das Ziel unseres Auftrags", meinte Ohlsen zu dem neben ihm reitenden Feldwebel. Feldwebel Harms war ein untersetzter, recht wohlbeleibter Soldat von knapp vierzig Jahren. Er hatte schon den Feldzug nach Schlesien mitgemacht und dort einen Säbelhieb erhalten, sodass jetzt eine dicke rote Narbe die rechte Hälfte seines runden Gesichts zierte. Der Feldwebel lauschte eine Weile der Schießerei und sagte dann: „Ich glaube nicht, dass dort mehr als eine Kompanie ihre Schießübungen veranstaltet. Mir scheint, dass sich da vorn in der Gegend des Gehöfts etwas tut." Dabei wies er auf ein allein in der ebenen Marsch stehendes großes Hofgebäude mit einem Stall daneben. Rechts neben dem Hof erstreckte sich eine Anlage von Obstbäumen. Der Komplex war viel-

Arkebusier um 1620 mit Morion (Helm) und Muskete beim Feuern. Stanniolfigur von Reinhard Bädecker.

Musketier mit Luntenschloßmuskete und Gabelstock um 1620. Stanniolfigur von Reinhard Bädecker.

Arkebusier mit Schützenhaube um 1620 beim Einfüllen der Treibladung. Stanniolfigur von Reinhard Bädecker.

Arkebusier mit Brustpanzer um 1620 beim Stopfen der Treibladung. Stanniolfigur von Reinhard Bädecker.

leicht eine zehntel Meile entfernt. Ohlsen nickte. Er wandte sich um und befahl seinen Dragonern, die Musketen zu laden.

„Ich vermute, dass die Hauptkräfte des Feindes weiter nach links in der Gegend der Hauptstraße nach Hamburg stehen", meinte er dann. „Wahrscheinlich handelt es sich da vorn um ein Treffen mit dem linken Flankenschutz des Feindes. Wir werden deshalb hier jetzt nach rechts über die Felder abbiegen und dann nach einiger Zeit wieder nach Süden einschwenken. Vielleicht können wir den Kameraden da vorn helfen, indem wir den Feind in der Flanke fassen." Glücklicherweise war das Land trocken, sodass Ohlsens Truppe auch abseits der Straße gut vorankam.

Die Schießerei erscholl jetzt bald weiter quer ab nach links voraus. Ohlsen ließ deshalb nach einer Weile nach Süden einschwenken und dann anhalten. „Absitzen!" befahl er, und zu dem Feldwebel gewand, sagte er: „Der Feind muss jetzt etwa auf unserer Höhe links stehen. Wir werden in ausgeschwärmter Linie zu Fuß nach Osten vorgehen. Achtet darauf, möglichst in Deckung zu bleiben. Der erste Schuss soll aus nicht mehr als einhundert Schritt Entfernung abgegeben werden." Ohlsen ließ sich von einer der eingeteilten Pferdewachen die Muskete geben und rückte dann in der Mitte seiner Männer vor. Die Dragoner gingen gebückt und nutzten nach Möglichkeit jede Deckung aus. Auf den ersten Blick waren in diesem flache Land zwar nicht viele Deckungsmöglichkeiten gegeben. Die Männer fanden aber doch immer wieder kleine Unebenheiten des Bodens oder niedriges Gebüsch, hier und da wohl auch eine stehen gebliebene Strohgarbe. Auch waren die kaiserlichen Musketiere ganz damit beschäftigt, bei dem gegenüberliegenden Gehöft sowie in dem Obstgarten ihre Ziele zu suchen und die abgeschossenen Gewehre wieder aufzuladen. Das Nachladen der Vorderlader war ein umständliches Unterfangen. Die Läufe mussten nach dem Schuss ausgewischt, die Treibladung und die Kugel dann mit dem Ladestock in den Lauf gestopft und schließlich das Zündpulver auf die Pfanne geschüttet werden. Zum Zielen legten die Musketiere ihre langen Gewehre auf Gabelstöcke.

An die hundert Mann hatten Ohlsens Dragoner jetzt in einer Entfernung von rund einhundertfünfzig Schritt vor sich und zwar in einer solchen Position, dass sie schräg in ihrem Rücken standen. Noch einige Schritte, dann knieten die Dragoner nieder und schlugen ihre leichteren Musketen, für die sie keine Stützstöcke benutzen mussten, an. Jeder suchte sein Ziel. Vom Gehöft her hatte inzwischen das Feuer aufgehört. Offenbar hatte man dort die Hilfe im Rücken des Feindes erkannt. Leutnant Ohlsen hob den Arm und rief: „Feuer!" Fast auf einen Schlag dröhnten die Abschüsse der Musketen. Jeder Schuss war sorgfältig gezielt und so sanken beim Feind siebzehn Musketiere zu Boden. Auch Ohlsen feuerte noch seine Muskete ab und fand ein weiteres Opfer. Dann sprang er auf, warf seine Muskete in die linke Hand und zog seinen Degen. Ein donnerndes „Vorwärts" schrie er unter seine Leute und dann rannten die Achtzehn, die blinkenden Degen in der Faust, in den vollkommen überraschten Feind hinein. Die blanken Waffen sausten nieder und zuckten vor. Mancher Musketier lag erschlagen oder durchbohrt am Boden, bevor er noch seinen eigenen Säbel ziehen konnte. Wer beim Feind weiter entfernt gestanden oder gekniet hatte, zog jetzt seinen Säbel oder Degen und wandte sich von der bisherigen Front ab dem neuen Feind zu. Ein geladenes Gewehr hatte kaum einer mehr. Ein Offizier stieß sein Sponton in die Luft und versuchte schreiend, seine Soldaten gegen den Feind im Rücken zu sammeln.

Jetzt aber stürmte es aus dem Gehöft und dem Obstgarten heraus. Es waren wohl dreißig dänische Musketiere, die alle in Ruhe ihre Gewehre nachgeladen hatten. Sie rannten gegen den nun der anderen Seite zugewandten Feind, feuerten ihre Waffen auf kürzeste Entfernung ab. Dann flogen auch ihre Degen aus den Scheiden. Dem Angriff von zwei Seiten waren die Soldaten Tillys nicht gewachsen. Wer nicht niedergestreckt am Boden lag, rannte nach Osten, als ob ihm der Teufel im Nacken säße. Wer von ihnen jetzt noch focht, tat es nur, um sich den Fluchtweg frei zu schlagen.

Sie rannten, bis sie die Straße erreicht hatten und auch dort rannten sie noch weiter nach Süden, obwohl ihnen schon längst keiner mehr folgte. Leutnant Ohlsen wischte seinen Degen an seinen langen Reitstiefeln ab, bevor er ihn zurück in die Scheide stieß. Der Offizier der Truppe aus dem Gehöft hatte sein Rapier noch in der Faust, als er ihm entgegentrat. „Das war ein vortreffliches Stückchen Kriegskunst, Herr Kamerad", sagte er strahlend und schüttelte herzlich Ohlsens Hand. „Das hätte schon gestern Abend passieren müssen. Dann wäre meine Kompanie wohl noch achtzig Mann stärker. Zwischen Pinneberg und Elmshorn haben uns die Musketiere der Kaiserlichen gestern während des Rückzugs arg zugesetzt. Gestattet übrigens, dass ich mich vorstelle. Ich bin Hauptmann Peter v. Witthus vom 5. Infanterieregiment Oberstleutnant Philipp von der Lippe." Auch Ohlsen machte sich bekannt und fragte dann nach dem Standort von Thurns Armeeabteilung. Wie er schon vermutet hatte, führte Hauptmann v. Witthus nur einen Teil des westlichen Flankenschutzes der Armee. Die Hauptmacht des Grafen Thurn marschierte auf der Straße von Hamburg nach Itzehoe zurück.

„Gut, dann werde ich mit meinem Trupp zunächst querfeldein nach Osten auf die Hauptstraße zureiten und nur einen Reiter zum Bericht über dieses Gefecht nach Glückstadt zurückschicken", sagte Ohlsen. „Ich werde erst einmal weiter mit meinen Leuten die Stellung bei diesem Gehöft halten. Notfalls ziehe ich mich dann weiter auf Glückstadt zurück", erklärte darauf der Hauptmann.

Die beiden Männer schüttelten sich noch einmal die Hände, dann ritt Leutnant Ohlsen mit seinen Dragonern nach Osten davon.

VIII.

Bonifatius Beckenschläger hatte sich am frühen Nachmittag die Stadt Krempe und ihre Wallanlagen angesehen. Begleitet wurde er von einem Fähnrich, der etwa in seinem Alter war. Der junge Mann war ein lustiger kleiner Herr, der aus der Gegend von Schleswig stammte. Friedrich von Elmersdorf hieß er, und sein Vater war ein etwas verarmter Landedelmann. Eine gewisse Schwäche im Umgang mit Geld schien bei den von Elmersdorf erblich zu sein, denn auch der Herr Fähnrich schien in ständigen Geldsorgen zu schweben. Letzteres hatte er Beckenschläger genauso freimütig berichtet wie überhaupt seine Familiengeschichte.

Der alte Elmersdorf schien mit Herrn v. Ahlefeldt befreundet zu sein; denn der Kommandant hatte den Jungen nicht nur in seinen Stab eingegliedert, sondern schien ihn auch privat etwas unter seine Fittiche genommen zu haben. Zwar war der Fähnrich nicht im Kommandantenhaus, sondern beim Pastor von Krempe einquartiert. Zum Mittagessen war er aber an der Ahlefeldtschen Tafel eingeladen gewesen. Beckenschläger hatte sich angesichts des zuvorkommenden Verhaltens dem jungen Mann gegenüber sogar des für ihn allerdings finsteren Verdachts nicht erwehren können, dass v. Ahlefeldt eine Verbindung zwischen seiner Nichte und Elmersdorf nicht ganz ungern gesehen hätte. Eine gewisse Befriedigung hatte es ihm allerdings gegeben, dass das Mädchen sich dem Fähnrich gegenüber zwar freundlich, aber keineswegs vertraut verhalten hatte. Mit ihm selbst hatte Anna Katherina zwar nur das Notwendigste gesprochen, ihm aber hin und wieder ein versonnenes Lächeln geschenkt, das von einem Niederschlagen der Augenlider und einem leichten Erröten begleitet gewesen war. Beckenschläger hatte dies als Anzeichen einer verschämten Verliebtheit vermerkt. Der Oberstleutnant schien von alledem nichts zu bemerken und unterhielt seine Tafelrunde mit Vorträgen über die Kriegslage fast allein, sprach aber doch gleichzeitig mit bestem Appetit dem Mittagsmahl zu.

Zwar schien Frau v. Ahlefeldt der Austausch der Blicke zwischen Beckenschläger und ihrer Nichte nicht entgangen zu sein. Mehr als einmal konnte sie ein besorgtes Hüsteln nicht unterdrücken. Der Kommandant schien dies aber ihrer Anteilnahme an seinen Ausführungen über die militärischen Situation der Armee des Königs zuzuschreiben, denn als seine Frau einmal besonders vernehmlich hüstelte, sah er nur kurz von seiner Mahlzeit auf und meinte: „Mach Dir nur keine Sorgen, meine Liebe, unsere kleine Festung hier wird schon halten." Worauf dann Beckenschläger, der das Hüsteln ebenfalls bemerkt, es aber auch richtig verstanden hatte, nur mit Mühe vermied, über den Tisch zu prusten.

Immerhin schien dem Kommandanten aber auch sein neuer Hausgast zu gefallen, denn er hatte nach dem Mahl den Fähnrich gebeten, Beckenschläger durch die Festung Krempe zu führen. Besonders auf den Wällen wurde dann Beckenschläger sehr bewusst, dass der Feind erwartet wurde. Bei den Kanonen auf den Wällen und insbesondere auf den Bastionen standen oder saßen die vollständigen Bedienungsmannschaften. Auch befanden sich weitaus mehr Musketiere auf den Befestigungsanlagen, als ein normaler Wachdienst erfordert hätte.

Die beiden jungen Männer standen gerade auf der südöstlichen Bastion, als im Süden und im Südosten dichte grauschwarze Wolken in den blauen Himmel quollen. Die Unterseite dieser Wolken spiegelte bald rot-gelben Schein wider. Auch rollender Donner war aus derselben Richtung zu hören. „Seht nur, dort!", rief plötzlich der Fähnrich aufgeregt und wies in die Richtung der Rauchwolken. Nun sah es auch Beckenschläger. Auf dem Feldweg, auf dem er selbst am Vortag in die Festung gekommen war, schleppte sich jetzt eine Schlange von Menschen mit Vieh und Wagen heran. Beckenschläger und Elmersdorf eilten auf dem Wall zum Elskoper Tor.

Kurze Zeit später drang der Strom der Flüchtlinge durch das Tor. Die Männer hatten verbissen den Blick gesenkt, viele der Frauen weinten. Sie hielten Kinder an den Händen und die ganz Kleinen trugen sie auf den Armen. Pferdefuhrwerke und auch Handkarren, beladen mit eilig zusammengeraffter Habe, rumpelten zwischen der Menschenmasse und auch eine größere Menge Vieh wurde mitgetrieben. Insgesamt mochten es wohl an die zweihundert Flüchtlinge sein, die hinter die schützenden Wälle drängten.

Inzwischen hatten natürlich die Posten auch schon Herrn v. Ahlefeldt benachrichtigt und dieser war mit mehreren Offizieren zum Südtor geeilt. Ein älterer Bauer löste sich aus dem Treck, der ermattet zum Marktplatz weiterzog. „Ich bin der Bauernvogt von Horst", stellte er sich v. Ahlefeldt vor. „Seid Ihr der neue Kommandant von Krempe?" Als Ahlefeldt dies bejahte, fuhr er fort: „Wir hier alle mussten vor den Kaiserlichen fliehen. Die Armee des Königs ist in voller Flucht nach Norden. Nur noch einige Nachhuten liefern Rückzuggefechte. Der Feind muss in kurzer Zeit auch hier sein. Bitte, gewährt uns Unterkunft in der Festung." Oberstleutnant v. Ahlefeldt versprach, dass die Flüchtlinge innerhalb der Wälle der Stadt bleiben dürften und gab einem Hauptmann die Anweisung, die nötigen Vorkehrungen für ihre Unterbringung zu treffen.

IX.

Ohlsen hatte mit seinen Dragonern einen Bauernhof zwischen Elmshorn und Horst etwa siebenhundert Schritt westlich der Hauptstraße nach Itzehoe erreicht. Die Pferde standen hinter dem Gehöft, die Soldaten gedeckt zwischen den Büschen und hohen Eichenbäumen vor dem Gebäude. Von der Straße dröhnten die dumpfen Landsknechtstrom-

Das stark beschädigte Hafen-Castell. Aquarellierte Zeichnung, 19. Jh. Detlefsen-Museum Glückstadt.

meln herüber, die den Marschtritt der endlos nach Norden vorbeimarschierenden Kolonnen begleiteten. Über den Kolonnen flatterten die großen Regimentsfahnen der ligistischen und kaiserlichen Truppen.

An den Fußtruppen vorbei trabten schwere Reiter mit blinkenden Helmen und Brustpanzern. Zwischen den einzelnen Regimentern rumpelten die Geschütze und Bagagewagen voran.

Im Nordosten, dort wo das Schloss Steinburg liegen musste, dröhnte Geschützdonner. Nach Osten und Süden stand der Qualm brennender Gehöfte in den Himmel. „Die Steinburg wird diesem Heer kaum lange standhalten können", meinte Ohlsen zum Feldwebel Harms gewandt.

„Wir können hier nichts mehr ausrichten und der Steinburg auch nicht helfen. Unsere Aufgabe ist es jetzt, auf dem schnellsten Wege die beiden Festungen zu warnen. Harms, Ihr reitet mit sieben Mann direkt nach Glückstadt. Ich selbst werde mit den übrigen Reitern vorsorglich einen Umweg über Krempe machen, obwohl dort wahrscheinlich schon Flüchtlinge eingetroffen sein werden."

Die Truppe teilte sich dem Befehl des Leutnants entsprechend. Während der Feldwebel mit seinen Leuten nach Westen abritt, wandte sich Ohlsen zunächst in Sichtweite zur Hauptstraße nach Norden. Er wollte erst etwa in der Gegend des Dorfes Grevenkop westlich nach Krempe einschwenken, um den feindlichen Vormarsch noch einige Zeit zu beobachten und auch näher an die offensichtlich umkämpfte Steinburg heranzukommen. Nachdem Leutnant Ohlsens Abteilung etwa eine viertel Stunde parallel zur Hauptstraße geritten war, nahte von Westen ein Trupp von elf Reitern heran. „Krempe macht wohl auch eine Erkundung", hörte Ohlsen einen Dragoner hinter sich zu einem Kameraden sagen. „Das sieht so aus", lautete die Antwort. „Aber sieh mal da, das kann für die Kremper gefährlich werden."

Auch Ohlsen wandte jetzt seinen Blick nach vorn rechts. Auf derselben Straße, auf der die aus Krempe kommende Truppe ritt, kam von Osten eine größere Schar von Reitern herangesprengt. Sie saßen auf kleinen Pferden und trugen trotz des warmen Wetters zottelige pelzbesetzte Mützen. „Das werden Kroaten des Obersten Isolano sein," sagte Ohlsen, als er sich zu seinen Leuten umwandte. „Reitet schneller, wir werden den Kameraden da vorn helfen müssen."

Die Dragoner waren zurzeit durch Weiden und Gebüsch entlang eines Grabens einigermaßen gegen Osten gedeckt. Dagegen bestand durchaus die Möglichkeit, dass die aus Krempe kommenden Reiter sie bemerkt hatten. Jedenfalls machten diese keine Anstalten, die Flucht zu ergreifen. Die Entfernung zwischen ihnen und den herannahenden Kroaten war auch schon so zusammengeschrumpft, dass eine Flucht einiges Risiko mit sich gebracht hätte. Allerdings ritt der Kremper Trupp nun recht langsam und die Reiter nahmen ihre kurzen Karabiner von den Schultern. Kurz darauf knatterte den Kroaten auch schon eine etwas unregelmäßige Salve entgegen. Von den Pferderücken war es wohl ein unsicheres Zielen gewesen, denn nur zwei der pelzmützigen Reiter fielen von ihren Pferden. Die Kroaten aber erhoben jetzt ein heulendes

Kriegsgeschrei und rasten, die krummen Säbel durch die Luft schwingend, auf die Schützen zu.

„Wir greifen mit blanker Waffe an!", rief Leutnant Ohlsen seinen Dragonern zu. Gleichzeitig riss er seinen Degen aus der Scheide, stieß ihn hoch und schrie:

„A t t a c k e!"

Sogleich wurde aus dem Trapp ein Galopp und die Dragonerpferde flogen mit donnernden Hufen auf die Straße zu. Dort klirrten bereits Degen und Säbel gegeneinander. Als jetzt Ohlsens Reiter die Straßenböschung heraufstürmten, schien dieser neue Feind die Kroaten, die sich siegesbewußt ganz auf den weit unterlegenen Trupp aus Krempe konzentriert hatten, völlig durcheinander zu bringen.

Einige wandten sich dem Angreifer an ihrer Seite zu, andere drängten auf der Straße zurück, wieder andere kehrten sich schon zur Flucht über die nördlich der Straße sich erstreckenden Felder.

Nur diejenigen, die schon unmittelbar im Gefecht mit den Kremper Reitern waren, schienen die veränderte Lage noch gar nicht bemerkt zu haben. Alles wirbelte durcheinander und behinderte sich gegenseitig.

Ohlsen hatte jetzt mit seinen Leuten die Böschung erklommen und die geraden Rapiere hieben nach rechts und links unter die Feinde.

Inzwischen war das Geschehen anscheinend auch von Krempe aus erkannt worden. Ein weiterer Trupp von etwa dreißig Reitern drang durch das Grevenkoper Tor heraus. Zwar war dieser Entsatz noch weit entfernt, setzte sich aber gleich nach Verlassen des Tores in Galopp.

Plötzlich schmetterte eine Trompete ihre Angriffssignale von den Krempern her. Dadurch wurde die Verwirrung auch bei denjenigen der Kroaten vollkommen, die bisher noch einigermaßen standgehalten hatten. Mehr und mehr von ihnen rissen die kleinen Pferde herum und in rasender Flucht stob die ganze Schar nach Norden und Osten davon, noch ehe der Entsatz ganz heran war.

„Nanu, der Herr Advokat in spe verwechselt wohl schon wieder das Schlachtfeld mit der Kanzlei?" Ohlsen lachte Beckenschläger mit mehr oder weniger gespieltem Erstaunen an, nachdem er zunächst den ihm bekannten Leutnant des Kremper Erkundungstruppe kameradschaftlich begrüßt hatte. Beckenschläger blieb aber ernst. „Herr Oberstleutnant v. Ahlefeldt hat mir erlaubt mitzureiten", sagte er dann und fügte hinzu: „Einmal im Ernst, Herr Leutnant, meint Ihr, dass ich die Erlaubnis erhalten kann, für einige Zeit in Krempe zu bleiben? Mir scheint eine Weiterreise nach Heide im Augenblick nicht sehr ratsam." Dabei wies er nach Nordosten, wo jetzt auch schon erste Rauchwolken in den Himmel stiegen. Der Leutnant Ohlsen grinste: „Schreckt Euch etwa der Feind? Ihr scheint es doch geradezu darauf anzulegen, ihm in den Weg zu laufen. Oder lockt Euch doch der Dienst des Königs?"

Als Beckenschläger zögernd erwiderte: „Ich beginne, mich mit dem Gedanken anzufreunden", wurde Ohlsens Grinsen geradezu unverschämt. „Der Gedanke, wie Ihr es nennt, hat doch nicht etwa die Gestalt der Jungfer Anna Katherina v. Ahlefeldt", meinte er dann trocken. Bevor Beckenschläger in die Verlegenheit kam, sich um eine verschämte Verneinung bemühen zu müssen, war der Kremper Leutnant herangetreten. „Die Herren kennen sich schon?", fragte er und fuhr dann fort: „Unser junger Gast hier hat sich eben sehr wacker geschlagen. Hätte er nicht den Säbel eines Kroaten hinter mir pariert, während ich gerade drei vor mir hatte, würde mein Schädel jetzt wohl zwei Hälften haben. Der Junge sollte in die Armee eintreten." „Das versuche ich ihm auch schon beizubringen",stimmte Ohlsen zu und er konnte es sich nicht verkneifen zu sagen: „Ich glaube fast, dass hier Mars und Venus Hand in Hand arbeiten."

X.

Wenige Tage später, es war der 13. September 1627, schickte sich König Christian IV. an, aus Glückstadt abzureisen. Sein Gepäck war bereits auf die ‚Svanen' verladen worden, die segelfertig im Glückstädter Hafen lag.

Wieder standen Oberst Durant und Oberstleutnant v. Ahlefeldt im königlichen Palais am Hafen dem König gegenüber, während Kapitän Kruse sich diesmal bereits auf seinem Schiff befand.

„Ich überlasse Euch jetzt die beiden Festungen, meine Herren", sagte Christian. „Ihr müsst mit einer langen Belagerung rechnen. Wie die letzten Meldungen ergeben haben, befinden sich alle Plätze der Umgebung in der Hand des Feindes. Pinneberg, Steinburg, Heiligenstedten und jetzt auch Itzehoe sind gefallen. Dort hat Wallenstein jetzt sein Hauptquartier aufgeschlagen. Breitenburg hält sich zwar noch, aber auch sein

Fall dürfte nur eine Frage der Zeit sein. Auf der anderen Elbseite bietet nur noch Oberst Morgan in Stade dem Feind die Stirn. Die ganze Armee ist auf der Flucht nach Norden. Bei dieser Lage kann ich den Oberbefehl von hier aus nicht mehr wahrnehmen. Ich beabsichtige daher, mit der ‚Svanen' nach Dithmarschen zu segeln und dann über Land weiter nach Schleswig oder gar nach Jütland zu gehen, um von dort aus den Widerstand zu organisieren. Notfalls werde ich von den dänischen Inseln aus weiterkämpfen. Jedenfalls verspreche ich Euch, an der Spitze meiner Armee zurückzukommen, mag dies auch ein Jahr oder noch länger dauern." Der König sah die beiden Offiziere fest an. „Glückstadt und Krempe müssen gehalten werden. Besonders Glückstadt. Es ist der einzige Hafen, den ich an der Westküste habe. Die Blockierung von feindlichem Schiffsverkehr auf der Elbe ist eine wesentliche Voraussetzung dafür, dass der Nachschub des Feindes jedenfalls stark behindert wird und damit auch dafür, dass der Krieg endlich doch glücklich zu Ende gebracht werden kann."

Der König hielt inne und griff nach zwei Urkunden, die auf dem Tisch lagen.

„Jetzt will ich noch zwei letzte Amtshandlungen hier in Glückstadt durchführen", sagte er dann und befahl dem Pagen, die beiden Wartenden aus dem Vorzimmer hereinzuholen. Leutnant Ohlsen und Bonifatius Beckenschläger traten nebeneinander ein. Einige Schritte vor dem König hielten sie an und grüßten ihn – die linke Hand am Degen, die rechte Hand mit dem breiten Hut von sich gestreckt – durch einen Kratzfuß und eine tiefe Verbeugung. „Ihr habt Euch an einem Tag gleich zweimal ausgezeichnet, durch umsichtiges Verhalten und beachtlichen Mut", sagte der König zu Ohlsen. „Ihr seid ein Offizier, von dem ich bald wieder zu hören hoffe, Herr Kapitän!" Trotz der großen Sorgen, die ihn seit Tagen quälten, schmunzelte Christian. Ohlsens perplexes Gesicht zeigte ihm, dass seine Überraschung gelungen war, und er freute sich darüber. „Macht nicht ein Gesicht, als ob Euch ein Gaul getreten hätte, ich ernenne Euch zum Kapitän der Dragoner-Musketiere." Damit überreichte er dem noch immer sprachlosen Ohlsen das eine Patent.

„Und Ihr", wandte sich der König nun Beckenschläger zu, „Ihr wollt also auch mein Offizier werden. Herr v. Ahlefeldt hat mir berichtet, dass auch Ihr Euch in den letzten Tagen schon zweimal bewährt habt, – einmal zwar sozusagen auf eigene Rechnung, aber ein zweites Mal immerhin schon im Verband meiner Truppen. Dabei habt Ihr sogar einem meiner Leutnants das Leben gerettet. Euch ernenne ich zum Kornett der Dragoner-Musketiere. Ihr könnt Euren Dienst in der Schwadron unseres neuen Kapitäns antreten. Er hat Euch ja wohl auch aufgelesen."

Beckenschläger nahm ebenfalls seine Urkunde entgegen. Er war über seine Ernennung zwar nicht überrascht, da er sich dazu durchgerungen hatte, Herrn v. Ahlefeldt seinen Entschluss mitzuteilen, in die dänische Armee einzutreten. Im Hinblick auf seine Schulbildung war es auch nicht weiter fraglich, dass er als Offiziersanwärter aufgenommen werden würde, zumal er sich ja zumindest bei dem Gefecht vor Krempe auch praktisch bewährt hatte. Er war zwar nicht von Adel, aber in Kriegszeiten wurden durchaus auch geeignete Bürgerliche in das Offizierskorps aufgenommen. Beckenschläger konnte sich also den Grund schon vorstellen, als er nach Glückstadt zum Besuch beim König befohlen wurde. Allerdings mischte sich doch ein Wermutstropfen in seine Freude. Er hatte nämlich – aus begreiflichen Gründen – gehofft, der Garnison von Krempe zugeteilt zu werden. Da aber v. Ahlefeldt nichts von seinen privaten Gefühlen wusste, hatte dieser hinsichtlich seiner zukünftigen Verwendung dem König keine besonderen Vorschläge gemacht – dabei darf allerdings bezweifelt werden, ob der Oberstleutnant sich tatsächlich für eine Stationierung des frischgebackenen Kornetts in Krempe eingesetzt hätte, wenn er etwas von dessen Zuneigung zu seiner Nichte geahnt hätte. Jedenfalls hatte Herr v. Ahlefeldt dem König gegenüber nur Ohlsens Beteiligung an dem Abenteuer an der Landstraße bei Elmshorn erwähnt, sodass Christian IV. dann auf den Einfall gekommen war, den Kornett Ohlsen in Glückstadt zuzuteilen.

Natürlich wagte Beckenschläger nicht, dem König zu sagen, dass er lieber in Krempe geblieben wäre. Er tröstete sich vorerst damit, dass die Nachbarfestung ja nicht aus der Weit lag.

Eine Stunde später hatte der Kornett Bonifatius Beckenschläger sein Quartier bezogen, das ihm bei einem Weinhändler am Hafen zugewiesen wurde. Da Kapitän Ohlsen ihm diesen Tag für die Einrichtung seiner Wohnung und die Beschaffung seiner Ausrüstung zur freien Verfügung gelassen hatte, stand Beckenschläger wohl eine weitere Stunde danach in einer Menge von Bürgern und Soldaten auf dem Molendamm. Mit dem König an Bord glitt die ‚Svanen‘ vor einer leichten Südostbrise unter Mars- und Besansegeln aus dem Hafen, umrundete das Blockhaus an der Molenspitze und entfernte sich dann – unter Setzen der Großsegel – in Richtung auf die Elbmündung zu.

Noch lange stand die hochaufgerichtete Gestalt König Christians IV. an der Heckreling des Achterkastells. Der Danebrog spielte über seinem Haupt im Wind.

2. Kapitel

Die Straße zwischen Glückstadt und Krempe war schon in jenen Tagen gepflastert, während es sich bei den anderen Straßen, die aus der Elbfestung herausführten, um reine Sandwege handelte. Auf diesem Steindamm ritt der Kornett Bonifatius Beckenschläger jetzt mit einem Leutnant und zwanzig Mann Bedeckung an der Spitze eines Zuges von zehn schwer beladenen Pferdefuhrwerken.

Es war jetzt bereits Anfang Oktober und ein recht scharfer Südwestwind trieb graue Wolkenfetzen vor dem stahlblauen Hintergrund des Himmels dahin. Der Wind ließ bereite das Laub von den vereinzelt an der Chaussee stehenden Bäumen wirbeln und hin und wieder stob auch feiner Regen auf den Zug nieder.

Bonifatius Beckenschläger hatte jetzt fast einen Monat seines neuen Lebens als Offiziersanwärter des dänischen Königs hinter sich gebracht und während er zuweilen einen forschenden Blick über die tellerebene Landschaft beiderseits der Straße schweifen ließ, gingen seine Gedanken hin und her zwischen dem Erlebten der letzten Wochen und der Freude auf ein Wiedersehen mit Anna Katherina v. Ahlefeldt. Beckenschläger hatte das Mädchen seit seiner Beorderung nach Glückstadt nicht mehr gesehen und so zehrte seine Erinnerung von den wenigen Tagen, die er in seiner Nähe im Hause des Kommandanten von Krempe verbracht hatte. Dem ersten, flüchtig im Garten des Kommandantenhauses hin gehauchten Kuss waren weitere gefolgt, und die beiden jungen Leute waren besonders im Garten viel und gern zusammen gewesen.

Nach seiner Ernennung zum Kornett hatte Beckenschläger keine Gelegenheit mehr gehabt, nach Krempe zu kommen. Nur einen kurzen Brief hatte er einen der täglich zwischen den Festungen verkehrenden Kuriere mitgegeben. Da er aber keine Antwort darauf erhielt, war es bei diesem einen Brief geblieben. Es hatte in jenen Tagen auch viel Aufregung in Glückstadt geherrscht, durch die der Kornett abgelenkt war. Ein Großteil der Zivilbevölkerung, die sich ja erst in den letzten zehn

Jahren angesiedelt hatte, zog es angesichts der zu erwartenden unruhigen Zeiten vor, die Festung jedenfalls vorübergehend zu verlassen. So rollten immer wieder hochbepackte Pferdefuhrwerke zum Hafen hin, wo sich die besorgten Bürgersleute auf den zahlreichen Schiffen einen Platz gesichert hatten. In der Regel war ihr Ziel Holland oder sogar das ferne Portugal. Der Dragonerkapitän Ohlsen hatte dem frischgebackenen Kornett einen erfahrenen Feldwebel zur Unterweisung im Einmaleins der Soldaten zur Seite gestellt. Es war dies der Feldwebel Harms, der gemeinsam mit Ohlsen im Gefecht bei Elmshorn gekämpft hatte. Harms hatte Beckenschläger im Gebrauch der Muskete unterwiesen – und zwar solange, bis dieser die einzelnen Handgriffe im Schlaf beherrschte und es auch zu einer ziemlichen Treffsicherheit gebracht hatte. Ebenso hatte das Pistolenschießen auf dem Dienstplan gestanden sowie das Fechten mit dem Degen. Auch in die anderen alltäglichen Notwendigkeiten des Soldatenlebens hatte ihn Harms, soweit es ihm möglich war, eingewiesen, sei es nun das Beobachten des Geländes oder das Abschätzen von Entfernungen. Bei alledem war sich Beckenschläger dessen bewusst geblieben, dass erst die Praxis zeigen musste, ob der Unterricht Erfolg gehabt hatte. Immerhin verschaffte es ihm insoweit Beruhigung, dass er nun schon zweimal einen Kampf mitgemacht und dabei die Nerven behalten hatte.

Der Ritt nach Krempe verlief ruhig. Zwar erschienen südlich des Steindammes mehrmals leichte Reiter der Kaiserlichen; sie hielten sich aber in sicherer Entfernung und beschränkten sich auf das Beobachten. In der Ferne tauchten jetzt schon Türme, Giebel und Wälle der Festung Krempe auf. „Es scheint ja so, als ob wir diesmal ohne Besuch durchkommen", unterbrach der Leutnant, neben dem Beckenschläger ritt, sein bisheriges Schweigen. „Ja", antwortete Beckenschläger, „der Transport in der vorigen Woche wurde ja von Isolanos Kroaten angegriffen." „Und kurz und schmerzhaft abgewiesen", meinte der Leutnant. „Man weiß zurzeit nie, ob sie angreifen oder nur beobachten." Beckenschläger nickte. Jetzt im Herbst 1627 konnte man nur davon reden, dass die beiden Festungen im wesentlichen vorn Feind sorgsam beobachtet wurden. Die derzeit vor Glückstadt und Krempe versammelten Feindkräfte reichten für eine Blockade, geschweige denn für eine regelrechte Einschließung nicht aus. Die Truppen der Kaiserlichen und der Liga hatten die beiden Festungen zunächst links liegen lassen und mittlerweile ganz Schleswig-Holstein und den größten Teil Jütlands erobert.

In dieser Zeit war auch die in der Nähe gelegene Breitenburg bei Itzehoe nach tapferer Gegenwehr erstürmt und ihre Besatzung fast bis auf den letzten Mann niedergemacht worden.

Nachrichten über den Fortgang des Kampfgeschehens in Schleswig-Holstein und Jütland brachten laufend Schiffe mit, die im Hafen von Glückstadt einliefen. Danach konnte es nur noch eine Frage von Tagen oder allenfalls Wochen sein, bis das ganze Festland bis hinauf nach Skagen in den Händen Tillys und Wallensteins sein würde. Für den weiteren Sprung zu den dänischen Inseln oder gar nach Norwegen fehlte dem Feind allerdings der Schiffsraum, sodass der Dänenkönig mit dem Verlust des Festlandes keineswegs endgültig geschlagen sein würde. Das Meer würde also der wichtigste Verbündete Christians sein. Auf der anderen Seite bedeutete dies natürlich, dass in absehbarer Zeit die ganze Energie des Feindes sich auf die Beseitigung der beiden zunächst im Rücken zurückgelassenen Widerstandsnester konzentrieren würde. Eine knappe Stunde nach seiner Abfahrt aus Glückstadt hatte der Wagenzug Krempe erreicht und rollte über die hölzerne Brücke durch das westliche Haupttor. Auf dem Marktplatz gab der Leutnant seiner Eskorte und den Fuhrleuten noch die nötigen Anweisungen, während Beckenschläger bereits zum Kommandantenhause eilte. Er hatte vorher um Urlaub bis zur Rückkehr nach Glückstadt gebeten.

II.

Unruhig ging Beckenschläger in der Wohnstube des Kommandantenhauses auf und ab. Er blieb gedankenverloren vor einer Vitrine mit Zinngeschirr stehen, wandte seine Schritte wieder zurück zum Fenster, starrte minutenlang auf den Kremper Marktplatz, marschierte hinüber zu einem Ölgemälde, das einen älteren Herrn in blankem Brustpanzer darstellte. Wohl eine halbe Stunde mochte vergangen sein, seit er die Dienstmagd gebeten hatte, dem Fräulein v. Ahlefeldt seinen Besuch zu melden. Dann stand sie in der Tür. Beckenschläger, der zuerst mit freudig schlagendem Herzen auf sie zueilen wollte, verhielt. Etwas in ihrem Gesichtsausdruck ließ ihn ahnen, dass eine Veränderung mit dem jungen Mädchen vor sich gegangen war, seitdem sie sich im September verabschiedet hatten.

Das Mädchen ging langsam auf ihn zu und während es ihn anblickte, glaubte Beckenschläger in seinen Augen Tränen schimmern zu sehen.

„Wie geht es Dir", fragte sie dann unvermittelt, und ihre Stimme hatte einen seltsam vibrierenden Klang. Beckenschläger hatte plötzlich ein trockenes Gefühl im Hals und wie eine innere Sperre hielt es ihn davon ab, sich dem Mädchen mit dem Ausdruck liebevollen Gefühls zu nähern, wie er es doch zunächst vorgehabt hatte.

„Danke, gut", brachte er nur hervor, bis er das wieder einsetzende Schweigen mit der Frage unterbrach: „Fehlt Dir etwas?" Anna Katharina wandte den Blick ab und stieß hervor: „Nein, nein, nichts", und wieder war dieses Zittern in ihrer Stimme, das Beckenschläger als Zeichen irgendeiner Veränderung deutete, die kaum etwas Gutes ahnen ließ. Als er sie dann in die Arme nehmen wollte, zuckte sie zurück. „Nein, lass", wehrte sie ab. Und dann kam die Erklärung für ihr Verhalten wie ein kalter Guss. „Ich werde zusammen mit der Tante aus Krempe fortgehen. Noch heute, mit dem Transport, den ihr eben aus Glückstadt gebracht habt."

Beckenschläger versuchte, sich zu sammeln. „Im Hinblick auf die Bedrohung der Festung ist es wohl das Beste, wenn dein Onkel euch in Sicherheit bringt", meinte er dann mehr zu sich selbst als als Antwort auf die Nachricht. Und doch fühlte er gleichzeitig, dass hinter der Abreise mehr steckte als die Bedrohung der Festung. Als habe sie seine Gedanken gelesen, kam auch schon Anna Katharinas nächste Eröffnung. „Die militärische Lage ist nicht der einzige Grund." Und nach einigem Zögern: „Der Onkel will mich verheiraten." Beckenschläger war es, als sei ihm alles Blut aus seinem Schädel gewichen, und wie im Rausch hörte er das Folgende. Der Oberst v. Ahlefeldt habe schon seit längerem ihre Verheiratung mit einem befreundeten dänischen Grafen auf Seeland geplant gehabt und besonders in den letzten Monaten mit diesem deshalb in einem regen Briefwechsel gestanden. – Insgeheim leistete hier Beckenschläger dem armen Almersdorf Abbitte.

Die ungünstige Entwicklung der Kriegslage hatte dann Ahlefeldts Entschluss weiter vorangedrängt, einmal das Mädchen den Gefahren einer belagerten Festung zu entziehen, gleichzeitig aber auch den Heiratsplan möglichst bald in die Tat umzusetzen.

Beckenschläger würgte und brachte kein Wort heraus. Das Mädchen aber verlor plötzlich alle Haltung. Sie schlang ihre Arme um seinen Hals, warf ihr Köpfchen mit den goldenen Locken an seine Brust und fing bitterlich an zu weinen.

III.

Der Herbststurm heulte von Nordwest über Glückstadt, rüttelte an den Dächern und peitschte kalte Regenschauer gegen die Butzenscheiben der Fenster. Im Wirtshaus ‚Zum goldenen Becher‘ drängten sich in den frühen Abendstunden Ende Oktober des Jahres 1627 Seeleute und Soldaten. Der Raum war voll von Lauten verschiedener Sprachen. Dänisch und Englisch mischte sich mit Deutsch – besonders Plattdeutsch –, vor allem aber übertönte schnell und temperamentvoll gesprochenes Französisch das Stimmengewirr.

Feldwebel Harms, der Beckenschläger nach Beendigung des Dienstes mit in die Kneipe gelotst hatte, hatte sich schon mehrmals ungeduldig geräuspert, wenn der neben ihm stehende französische Söldner allzu schrill seine Meinung zu irgendeiner Nebensache von sich gab.

„Dusend Dübel ok“, meinte er in breitestem Platt zu Beckenschläger, „dat is jo reineweg nich mehr uttoholen. Düsse Kirls schnattert leger as en Stall full Gös.“ Beckenschläger, der gerade einen Stoß in die Seite erhielt, balancierte seinen Krug Bier aus und meinte nur: „Prost.“ Aber Harms war jetzt offenbar in die Stimmung geraten, wo er seiner Seele Luft machen musste. Er schubste seinerseits den Drängler energisch gegen die Schulter. „Mitunter wäre ich froh, wenn der ganze Franzosenverein abziehen würde“, sagte er. „Der König sollte lieber unseren norddeutschen Musketieren genügend Sold bezahlen. Der letzte Monatssold ist ja auch nur zur Hälfte ausgezahlt worden. Der König hat nicht genügend Geld geschickt. – Angeblich!“ fügte er mit Betonung hinzu.

„Wie meint Ihr das – angeblich – ?“ fragte Beckenschläger. Harms senkte jetzt die Stimme, soweit dies bei dem Lärm überhaupt möglich war; „Ach, wisst Ihr, ich traue den Welschen nicht über den Weg und dem Kommandanten schon gar nicht. Es ist doch merkwürdig, dass bis zur Abreise des Königs der Sold in voller Höhe gezahlt wurde. Jetzt soll plötzlich nicht mehr genug herantransportiert werden." „Nun ja, aber bedenkt doch auch die Kriegslage. Immerhin sind die Länder des Königs zu einem großen Teil besetzt und bringen keine Einnahmen", versuchte Beckenschläger den Feldwebel zu beruhigen.

Allerdings kämpfte in ihm selbst die Loyalität als zukünftiger Offizier dem Stadtkommandanten gegenüber mit einem Gefühl von Unbehagen über die Zustände innerhalb der Stadtbesatzung. Es war nicht zu übersehen, dass zwischen dem norddeutschen Element der Festungstruppen und den französischen Söldnern ein Spannungsverhältnis bestand.

Derartige Rivalitäten sind jedem geläufig, der einmal in einer Truppe gedient hat, die sich aus Kontingenten verschiedener Landsmannschaften oder gar Nationalitäten zusammensetzt. Ein allseits geachteter und souveräner Kommandeur wird es aber verstehen, solche Spannungen zu überbrücken und zu neutralisieren. Zumeist haben sie ihren Grund ja nur in einer natürlichen Artverschiedenheit, die aber dann in den Hintergrund gedrängt wird, wenn der Truppe bewusst gemacht wird, was sie eint – nämlich die gemeinsame Gegnerschaft dem Feind gegenüber. Je mehr im Bewusstsein der Männer das Gefühl in den Vordergrund tritt, dem Feinde gegenüber aufeinander angewiesen zu sein, verschwinden die Eifersüchteleien untereinander im Untergrund.

Für die Moral der Besatzung von Glückstadt war es im Spätherbst 1627 aber gerade nicht zum Nutzen, dass der Feind sie unmittelbar nur verhältnismäßig wenig beschäftigte und nur geringe Anforderungen an das Zusammengehörigkeitsempfinden der Besatzung stellte. Man hatte einfach zuviel Zeit, sich auf engem Raum zuviel mit den eigenen Artverschiedenheiten zu beschäftigen. Hinzu kam, dass der Stadtkommandant selbst einem der beiden Hauptelemente der Festungstruppen, nämlich dem französischen, angehörte und aus der Zuneigung zu seinen Landsleuten auch keinen Hehl machte.

Wäre an sich die Kürzung von Sold in einer eingeschlossenen Festung nicht als unnormal empfunden worden, so wurde sie im Rahmen der damals in Glückstadt herrschenden Verhältnisse zu einem erheblichen Spannungsfaktor und von dem nichtfranzösischen Teil der Besatzung zudem unmittelbar mit der Person des Kommandanten in Zusammenhang gebracht. Diese Gedanken gingen Beckenschläger durch den Kopf, während er den Feldwebel zu besänftigen versuchte.

Glücklicherweise waren dessen Interessen inzwischen auch wieder durch andere Dinge in Anspruch genommen. Beckenschläger überredete ihn nach einiger Zeit, in der Kühle der Nacht noch einen kleinen Spaziergang zu machen und dann das Quartier aufzusuchen.

IV.

In den frühen Nachmittagsstunden eines der nächsten Tage lief das Orlogschiff ‚Svanen' wieder in den Hafen von Glückstadt ein. Beim Umsegeln der Nordermole mit dem Blockhaus führte es bereits nur noch Fock- und Großmarssegel sowie den Besan. Während das Schiff in einer eleganten Kurve den letzten Fahrtschwung ausnutzend im Hafen auf Gegenkurs ging, um die nördliche Anlegepier zu erreichen, erschollen vom Deck laute Kommandorufe und begleitet vom Knarren des Tauwerks wurden die letzten Segel geborgen. Auf dem Achterkastell stand breitbeinig Kapitän Kruse und gab dem Steuermann am Kolderstock die nötigen Befehle. Neben ihn trat ein hochgewachsener Offizier.

„Nun, Mynheer Hoogenhouk", wandte sich ihm Kapitän Kruse zu, „da wären wir am Ziel Eurer Mission, unserer neuen Festung Glückstadt. Ich möchte Euch schon jetzt meinen Dank dafür aussprechen, dass Ihr mir seit unserem Treffen vor Helgoland das Vergnügen Eurer Gesellschaft auf meinem Schiff gemacht habt." „Das Vergnügen war durchaus auf meiner Seite, Mynheer Kapitän. Schließlich hatte ich nicht zu hoffen gewagt, für den letzten Teil meiner Reise einen so exzellenten Schachpartner zu finden. Meinetwegen hätte die Fahrt gern noch einige Tage länger dauern können. Ich bin sicher, die Zeit wäre uns beim Schachspiel nicht lang geworden." Der Holländer sprach deutsch, aber mit dem starken unverkennbaren Akzent seiner Muttersprache. „Ah, da kommt ja auch schon mein Schiff", fügte er hinzu. Die beiden Männer sahen in diese Augenblick ein bewaffnetes Handelsschiff unter der rot-weiß-blauen Flagge der Generalstaaten langsam um die Mole herum in den Hafen einlaufen. Es war dies das Schiff, welches den niederländischen Kommissar Hoogenhouk bis zum Treffpunkt Helgoland gebracht hatte. Der Holländer hatte sich dort zum Überwechseln auf die ‚Svanen' entschlossen, um sich den Rest der Fahrt mit dem Schachspiel zu verkürzen; anlässlich seines Begrüßungsbesuches auf der ‚Svanen' hatte er nämlich sehr schnell herausgefunden, dass Kapitän Kruse seine Leidenschaft für dieses Spiel teilte.

Die Reise des Kommissars Hoogenhouk hatte übrigens einen für die Festung Glückstadt äußerst erfreulichen Zweck. Das holländische Schiff führte nämlich Proviant im Werte von 25.258 Gulden mit, der für die eingeschlossene Festung bestimmt war. Außerdem hatte der Kommissar den Auftrag, Hilfsgelder in Höhe von 10.000 Gulden in bar zu überbringen. Die Generalstaaten hatten sich angesichts der militärischen Entwicklung in Norddeutschland während des Herbstes 1627 zu einer massiven Unterstützung der noch verbliebenen dänischen Festungen im Bereich der Niederelbe – Glückstadt, Krempe und Stade – entschlossen, wobei vornehmlich Glückstadt für sie besondere Bedeutung hatte. Während sich in Deutschland – und in dieser Zeit besonders in Norddeutschland – die Auseinandersetzung zwischen dem kaiserlich-katholischen und der dänisch-protestantischen Partei abspielte, führten gleichzeitig die Niederlande Krieg mit Spanien. Da Spanien seinerseits mit dem Kaiser verbündet war – beide Mächte waren durch die katholische Religion sowie durch das Haus Habsburg verbunden -, lag eine Allianz zwischen den Niederlanden und Dänemark mit seinen norddeutschen protestantischen Verbündeten ohnehin auf der Hand.

Hinzu kam, dass zu jener Zeit konkrete Bestrebungen bestanden, im norddeutschen Raum eine Seemacht der katholischen Partei als Gegengewicht zu der beherrschenden maritimen Stellung der nordischen Seemächte aufzubauen.

Hierfür war es natürlich erforderlich, dass die Kaiserlichen Flottenbasen an den Nord- und Ostseeküsten sowie an der Elbe in ihren Besitz brachten. In diesem Zusammenhang wäre gerade Glückstadt von unschätzbarem Wert gewesen – sei es nun als Basis für eine spanische Expeditionsflotte, sei es für eine neu aufzubauende kaiserliche Seekriegsstreitmacht. Auf jeden Fall hätte eine Verwirklichung solcher Bestrebungen für die Generalstaaten eine maritime Bedrohung in ihrem Rücken bedeutet, sodass im Herbst 1627 eine wirkungsvolle Unterstützung dar Festung Glückstadt im ureigensten Interesse Hollands lag.

Während die ‚Svanen‘ und anschließend das holländische Schiff ihre Anlegemanöver durchführten, hatte sich am Hafen eine größere Menge Schaulustiger eingefunden.

Durch diese Menge bahnte sich nun ein Dragoneroffizier – es handelte sich um den frischgebackenen Kapitän Ohlsen – seinen Weg. Er erbat und erhielt die Erlaubnis, an Bord der ‚Svanen‘ kommen zu dürfen, und überbrachte dort nach einer knappen Begrüßung für Kapitän Kruse und Kommissar Hoogenhouk eine Einladung des Festungskommandanten Durant zum Abendessen.

V.

Unter den Schaulustigen, die das Einlaufen der beiden Schiffe beobachteten, hatte sich auch der Feldwebel Harms mit seinem Schüler Bonifatius Beckenschläger befunden. Beim Annähern der Schiffe hatten die beiden gerade auf der Nordermole gestanden und Harms benutzte die Gelegenheit, die Fähigkeiten des Kornetts beim Schätzen der Entfernungen und Geschwindigkeiten der Schiffe zu prüfen. Beckenschläger musste sogar eine der Kanonen an der Hafeneinfahrt zuerst auf die ‚Svanen‘ und dann auf den Holländer richten, wobei er entsprechend der sich laufend ändernden Entfernung die Erhöhung des Geschützes verändern musste.

„Wenn Ihr nicht besonderes Glück habt, werdet Ihr mindestens drei Schuss veranschlagen müssen, bis Ihr im Ziel liegt, hatte Harms erklärt. „Den ersten Schuss gebt Ihr ab, nachdem Ihr das Kanonenrohr in etwa entsprechend der geschätzten Entfernung gerichtet habt. Liegt der Schuss dann zu kurz, müsst Ihr den Steigungswinkel erhöhen, liegt er zu weit, müsst Ihr das Rohr entsprechend senken. Der nächste Schuss wird dann entweder zu weit oder zu kurz liegen, sodass Ihr erst bei der zweiten Korrektur hoffen könnt, das Ziel zu erwischen. Bei alledem müsst Ihr bei der Beschießung von Schiffszielen natürlich noch berücksichtigen, dass sich Euer Ziel laufend bewegt.“

Harms hatte gedankenversunken an seiner Pfeife genagt und noch gemeint: „Eigentlich schade, dass wir nicht ein paar scharfe Schüsse abgeben können. Dann würdet Ihr erst einmal sehen, wie schwierig es ist, ein bewegliches Ziel zu treffen.“ Nachdem sich die Menge am Anlegeplatz langsam wieder zerstreut hatte, nahm der Feldwebel seinen Schützling mit auf einen Rundgang durch die Stadt, um ihm bei dieser Gelegenheit in weitere Geheimnisse der Kriegskunst einzuweihen. Der Weg führte die beiden zunächst am Hafen entlang bis zu dessen Ende, wo die Straße nach Süden aus der Stadt hinausführte. Stadteinwärts verlief diese Straße schnurgerade quer durch die Festung bis zur Königsbastion. Genauer genauer gesagt handelte es sich bei dieser Querachse um zwei Straßen, die einen Wassergraben auf beider Seiten begleiteten. Dieser Graben, das sogenannte Fleth, wurde von kleineren Lastkähnen befahren und verband den Hafen sowie den südlichen Teil des Festungsgrabens mit dem nördlichen Graben, teilte also das Innere der Festung in eine westliche und eine östliche Hälfte.

An dem Fleth entlang gingen Harms und Beckenschläger bis zu dem großen Marktplatz, der sich fast in der Mitte dieser Querverbindung etwa im Viereck nach Osten ausdehnte und somit auch den Mittelpunkt der Festung bildete. Das Bild des Marktes wurde beherrscht durch die Kirche in der südöstlichen Ecke. Ansonsten rahmten den Platz zumeist zweistöckige Häuser ein, wobei die Häuserzeilen allerdings durch elf Straßen unterbrochen wurden, die sternförmig schnurgerade zu den Festungstoren oder auf die Ringstraße führten, die an der Innenseite der Wallanlage entlang verlief. An der Nordseite war eine größere Grundfläche freigehalten, auf der später einmal das Rathaus Platz finden sollte.

Auf dem Markt fand allmorgendlich der Appell der Festungstruppen statt. Im Falle einer Bedrohung sollten auf dem Markt die Reservetruppen stationiert sein, um von diesem zentralen Punkt aus auf kürzestem Weg die gefährdeten Stellen der Wallanlagen erreichen zu können.

Einen weiteren Vorteil bot diese Bauweise in dem Fall, dass tatsächlich dem Feind irgendwo ein Einbruch in die Wallanlage gelingen sollte. Dann nämlich konnte das Reservegeschütz vom Marktplatz aus die schnurgeraden Straßen, über die der Feind zum Zentrum vordringen musste, ohne weiteres in ihrer ganzen Länge bestreichen. Der Markt bildete auch ansonsten den Mittelpunkt der Stadt, auf dem sich an schönen Abenden gern Bürger und Soldaten trafen und anschließend womöglich eine der vielen Schänken am Markt und in den Straßen aufsuchten.

An diesem frühen Nachmittag allerdings herrschte weder auf dem Markt noch auf den umliegenden Straßen viel Betrieb. Die Bürger, die noch in der Festung ausgehalten hatten, gingen ihrer Arbeit nach und das regnerische Herbstwetter war auch im Übrigen nicht dazu angetan, Spaziergänger hervorzulocken. So kam es, dass Kapitän Ohlsen, der auf einer anderen Straße nach Erledigung seines Besuches auf der ‚Svanen‘ vom Hafen in die Stadt zurückgekehrt war, den Feldwebel und den Kornett nicht übersehen konnte. Er lud Beckenschläger zu einem Rundgang auf den Befestigungsanlagen ein, wobei er meinte, Harms werde es wohl vorziehen, sich von seiner Instruktionstätigkeit auszuruhen. Der Feldwebel dankte in strammer Haltung, aber mit äußerst vergnügtem Gesicht, machte auf dem Absatz kehrt und verschwand in der Schänke, vor der die Begegnung zufällig stattgefunden hatte.

Ohlsen und Beckenschläger gelangten in kurzer Zeit über den Markt und die Kremper Straße bis zum Kremper Tor. Von dort aus schritten sie über den Wall auf die Nordbastion zu. Mit besorgter Miene wies Ohlsen den Kornett darauf hin, dass es um die Festungsanlagen keineswegs zum Besten bestellt war.

Sie kamen gerade an eine Stelle, an der ein ganzen Stück des Walls eingesackt war. „Es bringt eben seine besonderen Schwierigkeiten mit sich, auf dieser feuchten Marscherde eine Festung aus dem Boden zu stampfen“, meinte Ohlsen. „So wie hier sieht es ja leider an vielen Stellen der Wallanlage aus. Das aufgeschüttete Erdreich hat sich in den letzten Jahren einfach noch nicht genügend ablagern können. Bei Regenfällen, wie wir sie in den letzten Wochen hatten, kommt es immer wieder zu solchen Einstürzen. Und es ist ja nicht nur der Wall, der gefährdet ist, seht dort die Grabenränder bröckeln ebenfalls überall ab. Ich nehme an, dass die Gräben jetzt schon so verschlammt sind, dass sie überhaupt nicht mehr die nötige Wassertiefe haben.“ „Das ist schon wahr“, warf Beckenschläger ein, „aber der Schlamm wird doch sicherlich auch den Feind ganz erheblich behindern.“ „Im Augenblick ist das wohl richtig“, gab der Kapitän zu bedenken. „Glücklicherweise beschränken sich die Kaiserlichen zurzeit ja darauf, uns zu beobachten und allenfalls die Landverbindungen zu blockieren. Aber wer weiß, wie der Winter wird. Stellt Euch einmal vor, im Winter würden die Gräben zufrieren, weil der Schlamm das Wasser nicht mehr ausreichend fließen lässt. Dann sitzen wir schön da mit unserem angeknabberten Wall. Wenn dann das feindliche Geschütz nachhilft, ist schnell die schönste Bresche da. Und schließlich wird es ja auch wieder Frühling und Sommer werden. Nein, mein Lieber, es führt kein Weg daran vorbei. Unser Kommandant wird sich schnellstens etwas einfallen lassen müssen, um die Befestigung wieder instandzusetzen."

Langsam kamen die beiden um den ganzen nördlichen Teil der Festungsanlage herum. Sie unterhielten sich hier und dort mit Wachposten und Offizieren, die ihre Runde machten, blieben auch immer wieder stehen, um den Zustand des Walls näher zu betrachten, der allerdings an verschiedenen Stellen Anlass zur Besorgnis gab. Als sie über die Königsbastion schließlich am Blockhaus an der Hafeneinfahrt angelangt waren, senkte sich bereits grau die Dämmerung über die Elbe und das Deichvorland. Fröstelnd zogen beide ihre klammen Umhänge zusammen und strebten eilig wieder der Stadt zu.

VI.

Der graue November ging vorüber. Beckenschläger hatte sich schon ganz in das Leben eines Festungssoldaten hineingefunden. Die Tage verbrachte er zumeist beim Unterricht mit Feldwebel Harms, wurde aber mehr und mehr auch zum regulären Wachdienst herangezogen. Gelegentliche Erkundungsritte unterbrachen das tägliche Einerlei. Nur hin und wieder kam es im Gelände vor der Festung zu Scharmützeln zwischen Patrouillen der Dänen und der Kaiserlichen, an denen Beckenschläger allerdings nicht beteiligt war. Die trübe Stimmung der Jahreszeit schien sich auf die Soldaten beider Seiten zu übertragen, der Krieg schien vor Glückstadt seinen Winterschlaf vorzubereiten.

An einem solchen grauen Spätnachmittag Mitte Dezember anno 1627 stapfte Beckenschläger durch den Nieselregen vom beendeten Wachdienst zu seinem Quartier im Hause des Weinhändlers zurück. Er hielt den Kopf gesenkt und hing seinen Gedanken nach, als plötzlich Kapitän Ohlsen vor ihm stand. „Sieh an, mein Freund. Was kommt Ihr so missvergnügt im Regen daher?" Ohlsens Gesichtsausdruck stand in seltsamem Gegensatz zu dem trüben Wetter und auch zu Beckenschlägers gedrückter Stimmung. Man konnte wohl sagen, dass der Kapitän der Dragoner-Musketiere höchst vergnügt aussah. Beckenschläger sah hoch und stammelte verwundert einen Gruß. „Stottert nicht, mein Junge. Kommt erst einmal mit in dieses gastliche Haus und erwärmt Euch an einem steifen Grog." Ohlsens strahlender Laune schienen keine Grenzen gesetzt und er platzte förmlich vor guter Stimmung, als die beiden sich im Gasthaus schließlich bei einem dampfenden Grog gegenüber saßen. Es war unvermeidlich, dass sich die Gemütsverfassung des Offiziers auf Beckenschläger übertrug, der nun auch aufgetaut war und seinerseits ein erwartungsvolles Grinsen aufgesetzt hatte, denn das Ohlsen ihm etwas Ungewöhnliches mitteilen wollte, war nicht zu übersehen.

„Prosit, mein Lieber, trinkt erst einmal!" Offensichtlich wollte Ohlsen jetzt die Neugierde seines Gegenübers noch etwas auf die Probe stellen. Lange hielt er dies jedoch nicht aus. „Freut Euch, jetzt geht die Reise los", platzte er plötzlich heraus. Beckenschlägers Mienenspiel gab nur Unverständnis zu verstehen. „Wir fahren zur See", ließ sich Ohlsen zu einer weiteren Erläuterung seiner Hochstimmung hinreissen und genoss dabei sichtlich Beckenschlägers konsternierten Gesichtsausdruck.

Der Kornett nahm erst einmal einen gehörigen Schluck aus seinem Grogglas. „Wieso fahren wir zur See?" fragte er dann trocken.

„Weil wir werben sollen, mein Junge. Werben sollen wir. Zwar keine Bräute sollen wir werben, aber Soldaten – schottische Soldaten. Und darum fahren wir zur See – nach Schottland, wenn Ihr wisst, wo das ist. Basta!" Nachdem der Dragonerkapitän den Kern seiner Neuigkeit losgeworden war, ließ seine Anspannung sichtlich nach und die Gefahr, dass er platzen könnte, wurde zusehends geringer. Er war jetzt in der Lage, seinem Kornett die Einzelheiten des Vorhabens mitzuteilen, ohne sich dabei aufzuführen wie ein Weihnachtsmann bei der Bescherung.

Die Generalstaaten hatten die Lieferung von Subsidien in Form von Hilfsgeldern und Proviant fortgesetzt. Gerade an diesem Morgen waren wieder zwei holländische Schiffe in den Hafen eingelaufen und hatten neben Proviant für den Winter auch einen Wechsel über 25.490 Gulden mitgebracht. Kurz vorher war bereits ein dänisches Versorgungsschiff in den Hafen gekommen. Das königliche Begleitschreiben hatte den Festungskommandanten angewiesen, mit diesem Versorgungsschiff ein Kommando zu den britischen Inseln hinüberzuschicken, um dort einige hundert der bewährten schottischen Söldner zur Verstärkung der Festungsbesatzung anzuwerben. Der König rechnete offenbar stark damit, dass nach Ende des Winters die Kaiserlichen alles daransetzen würden, die Festungen Glückstadt und Krempe einzunehmen.

Die Kommandanten Durant und v. Ahlefeldt hatten Ohlsen zum Führer des Werbekommandos bestimmt – einerseits, weil sie ihn entweder für einen fähigen Offizier hielten, oder aber, weil während des Winters keine größeren Kavallerieaktionen zu erwarten waren – sie ihn daher als in der Festung entbehrlich ansahen. Ohlsen wiederum hatte zu seiner Begleitung neben einigen Dragoner-Musketieren den Feldwebel Harms und den Kornett Beckenschläger ausgewählt.

Die Reise sollte bereits in zwei Tagen beginnen und mit dem gerade angekommenen dänischen Schiff, dem Dreimaster ‚Seeland' zunächst nach Helgoland führen. Entsprechend der königlichen Order sollten dort zwei Orlogschiffe aus dem Geschwader des Kapitän Wind liegen, dessen Gros inzwischen von der Wesermündung an die Ostsee verlegt worden war. Eines dieser Schiffe sollte dann gemeinsam mit der ‚Seeland' die Reise nach Schottland fortsetzen.

3. Kapitel

I.

Am Morgen des Tages nach ihrer Abreise aus Glückstadt standen Ohlsen und Beckenschläger breitbeinig auf dem Achterkastell der ‚Seeland‘ und umklammerten fest die Backbordreling. Sie hatten sich inzwischen daran zu gewöhnen versucht, die stampfenden Bewegungen des Schiffs in den Kniegelenken aufzufangen, und lediglich, wenn es in ein besonders tiefes Wellental hineinging, spürten sie ein eigenartig kribbelndes Gefühl in der Magengegend. Zu ihrer Erleichterung hatte sie aber trotz der ständig rollenden und stampfenden Schiffsbewegungen die gefürchtete Seekrankheit bisher verschont. Insoweit waren sowohl Ohlsen wie auch Beckenschläger insgeheim einigermaßen besorgt gewesen, da es sich für beide um ihre erste Seereise handelte. Allerdings hatte Kapitän Nissen von der ‚Seeland‘ gemeint, dass man es ja auch nur mit einer leichten Brise zu tun habe, man aber bis Schottland wohl auch noch richtigen Seegang erleben werde. Immerhin handelte es sich bei der ‚leichten Brise‘ doch um einen recht steifen Westwind, der den beiden Landratten scharf ins Gesicht blies und hinreichte, um auf den grauen Wellkämmen weiße Schaumkronen entstehen zu lassen.

Der Westwind machte es erforderlich, zunächst schon auf der Elbe, dann aber auch weiter draußen in der Deutschen Bucht zu kreuzen, um den nordwestlichen Kurs nach Helgoland einhalten zu können. Man war dadurch natürlich erheblich langsamer vorangekommen, als wenn man stetigen achterlichen Wind gehabt hätte.

Einen großen Teil der bisherigen Fahrt hatten Ohlsen und Beckenschläger in der Heckkajüte des Kapitäns verbracht, die dieser mit ihnen zu teilen sich freundlicherweise bereit erklärt hatte. Vor etwas einer halben Stunde hatte ihnen aber Kapitän Nissen durch den Kajütjungen mitteilen lassen, dass der rote Felsen von Helgoland nun bald aus den Meer auftauchen müsse. Dieses Schauspiel wollte sich keiner der beiden entgehen lassen und so hielten sie nun angestrengt Ausschau in die Richtung, in der die Felseninsel nach Kapitän Nissens Erläuterung liegen sollte.

„Dort, Steuerbord voraus, da liegt der Brocken!" Ohlsens und Becken-schlägers Blicke folgten dem ausgestreckten Arm des Kapitäns. Zunächst konnten sie nichts erkennen als eine graue Wand, in der Himmel und See am Horizont ineinander verschmolzen. Doch dann plötzlich, wie hingezaubert, war er da. Zunächst nur in grauschwarzer Farbe, aber in den Umrissen klar und deutlich erkennbar: der Felsen von Helgoland.

Immerhin nahm es – insbesondere wegen des zeitraubenden Kreu-zens – noch rund zwei Stunden in Anspruch, bis die ‚Seeland‘ auf der windgeschützten Reede im Osten der Insel endlich rasselnd ihre Anker fallen ließ. Es dümpelten bereits zwei Dreimaster an ihren Ankerketten in der Dünung. An den Flaggstöcken am Heck der Schiffe knatterten die Danebrogs in der frischen Brise. Kapitän Nissen war neben seine beiden Passagiere getreten. „Die ‚Gabriel‘ unter Kapitän Jörgen Kongell und die ‚Neldebladet‘ unter Kapitän Johann Mohr", erläuterte er.

In diesem Augenblick stiegen am Besanmast des vorderen Schiffs mehrere bunte Signalflaggen empor. „Aha, mein Herr und Meister ruft mich zu sich. Mohr führt also das Geschwader", meinte Kapitän Nissen. Er gab Befehl, das Signal zu bestätigen und die Jolle zu Wasser zu lassen.

II.

Eine gute halbe Stunde später kletterte Kapitän Nissen gemeinsam mit dem Dragoner-Kapitän Ohlsen an Bord der ‚Neldebladet‘. Nissen hatte es für angebracht gehalten, dass ihn Ohlsen als Offizier bei diesem Be-such begleitete. Dagegen hatte natürlich keine Veranlassung bestanden, auch den Kornett Beckenschläger mitzunehmen.

Nachdem sich die beiden bei dem zu ihrem Empfang an der Backbord-dreling der ‚Neldebladet‘ erschienenen Ersten Offizier gemeldet hatten, wurden sie umgehend in das Achterkastell geführt. In der verhältnismä-ßig geräumigen Kapitänskajüte thronte Kapitän Mohr breit und wuch-tig hinter einem Eichenschreibtisch, der fast die ganze Breite der Heck-kajüte einnahm. In seinem Rücken fiel das Tageslicht durch die großen Fenster in den Raum. Beim Eintreten seiner Gäste erhob Kapitän Mohr sich sofort und begrüßte beide äußerst herzlich. Der Kajütjunge füllte auf seinen Wink die bereits auf dem Tisch stehenden Zinnbecher mit

Rotwein und trat dann bescheiden wieder in das Dunkel einer Kajü-
tenecke zurück.

Nachdem die drei Offiziere den Willkommenstrunk genossen und
es sich auf den spanischen Sesseln bequem gemacht hatten, kam der
Gastgeber sofort auf den Zweck und den weiteren Verlauf der Reise zu
sprechen. „Unser Ziel ist Aberdeen im Norden Schottlands", begann er.
„Wie Ihr wisst, besteht zwischen unserer Majestät und König Charles
eine Vereinbarung, wonach Dänemark berechtigt ist, in England und
insbesondere in Schottland Söldner zu werben, In Aberdeen unterhält
bereits einer unserer Agenten ein Werbebüro. Unser Agent ist schon
vor mehreren Wochen angewiesen worden, die Werbungen wieder verstärkt aufzunehmen. Wenn wir Glück haben, brauchen wir uns also
nicht lange in Schottland aufzuhalten." „Wie viele Schotten sollen wir
denn mitnehmen?", warf Ohlsen ein. „Nun, das hängt natürlich einmal
davon ab, wieviele sich melden, zum anderen aber auch davon, ob uns
drüben noch weiterer Schiffsraum zur Verfügung steht", lautete Kapitän Mohrs Antwort. Im Hinblick darauf, dass wir auf der Rückreise mit
günstigem westlichem beziehungsweise nordwestlichem Wind rechnen
können und die Überfahrt danach nur wenige Tage in Anspruch nehmen wird, dürften wir allein auf unseren drei Schiffen etwa fünfhundert
Mann transportieren können. Das Übrige muss sich dann in Aberdeen
ergeben." Kapitän Nissen fragte etwas verwundert: „Ich dachte, es soll
nur eines Eurer beiden Schiffe mit nach Schottland gehen?"

„Nach meiner Order liegt die Entscheidung hierüber in meinem Er-
messen. Da wir nicht wissen, wieviel Schiffe uns in Aberdeen zur Verfügung stehen, halte ich es für zweckmäßig, auch die ‚Gabriel' mitzunehmen."

Es wurden dann noch weitere dienstliche Einzelheiten besprochen
und wohl auch einige private Dinge erörtert. Als Nissen und Ohlsen
von Bord gingen, war entschieden, dass man keine unnötige Zeit vor
Helgoland verbringen und bereits bei Sonnenaufgang des nächsten Tages in See stechen wollte.

III.

Vier Tage kämpfte sich die ‚Seeland' bereits durch die grauen Wassermassen der Nordsee. Der Wind kam stetig weiter aus West bis Nordwest,
sodass ständiges Kreuzen fast gegen den Wind erforderlich war.

Im Laufe des Tages der Abreise von Helgoland war die zunächst nur
steife Brise mehr und mehr zu einem Sturm angeschwollen. Die beiden
anderen Schiffe waren bereits in den Nachmittagsstunden des ersten
Reisetages außer Sicht geraten.

Kapitän Nissen hatte schon bald die Marssegel bergen lassen, um
dem Wind keine unnötige Angriffsfläche zu geben. Die ‚Seeland' fuhr
jetzt nur unter Fock-, Groß- und Besansegel und auch diese Segel hatten bereits mehrere Reffs erhalten. Das Schiff war allein in einer Wüste
von grau-schwarzen Wellenbergen. Die See verschmolz mit dem Grau
des Himmels übergangslos zu einem Ganzen und nur die tief dahinjagenden noch dunkleren Wolkenfetzen und die weißen Schaumkronen
brachten Abwechslung in das graue Einerlei.

Schwere Sturzseen kamen immer wieder über das hin- und hergeris-
sene Schiff. Zwar waren sowohl auf dem Hauptdeck wie auch auf dem
Vorder- und Achterkastell überall Strecktaue gespannt worden. Menschen ließen sich an Deck jedoch nur sehen, wenn unbedingt Segelmanöver durchgeführt werden mussten. Einsam stand allein Kapitän
Nissen auf dem Achterkastell. Die Beine in den schweren Seestiefeln
breitbeinig auf das Deck gerammt, stand er unerschütterlich Stunde
um Stunde und starrte in das Grau vor sich. Nur hin und wieder rief
er dem Steuermann, der unter ihm gemeinsam mit einem Matrosen
den Kolderstock zu bändigen suchte, ein kurzes Kommando zu. Ohlsen
und Beckenschläger waren unter Deck geblieben. Als seeunerfahrenen
Landratten hatte ihnen Kapitän Nissen strengstens verboten, an Deck
herauszukommen.

Bei Ohlsen jedenfalls hätte es eines solchen Befehls ohnehin nicht bedurft. Er lag bereits seit Stunden mit grünem Gesicht in einer Koje und
gab nur dann und wann ein gequältes Stöhnen von sich. Beckenschläger
war zwar nicht seekrank geworden, das Toben des unbekannten Ele-
ments gab ihm jedoch heftig zu denken. So wie auf der Fahrt von der
Elbmündung bis Helgoland hatte er sich eine raue See wohl vorgestellt

gehabt. Doch das Toben jetzt da draußen übertraf seine wildesten Fantasien. Gerade wieder hatte die Faust des Sturmes das Schiff geschüttelt und schräg auf die Seite gelegt. Kaum hatte es sich wieder halbwegs aufgerichtet, als es erneut mit Donnergetöse zurückgeworfen wurde. Doch diesmal drang durch das Donnern der See und das Heulen des Sturms ein anderes Geräusch. Es war ein hartes Knallen und Kreischen, dann ein scharfes Krachen und endlich ein dumpfes Gepolter. Beckenschläger war erstarrt; er glaubte, das Ende sei gekommen. Er bemerkte jetzt auch, dass das Schiff nun viel schwerfälliger als sonst in die waagerechte Lage zurückrollte. Ganz schien es sich gar nicht mehr aufzurichten.

Der Kornett tappte zur Kajütentür und hörte schon durch das Heulen und Jaulen des Sturmes Kapitän Nissens gellenden Ruf: „Alle Mann an Deck!" Er kämpfte sich durch den Gang, der von der Kapitänskajüte bis zum Ausgang des Achterkastells zum Hauptdeck führte. Die Tür zu einer Nebenkammer war aufgesprungen und heraus taumelte völlig benommen und immer noch grün im Gesicht der Dragonerkapitän. „Nur raus an Deck!" schrie ihm Beckenschläger zu und schob ihn an den Schultern vor sich her zum Ausgang. Kaum draußen, an ein Strecktau geklammert, bot sich ihnen ein Bild der Verwüstung. Das Großsegel knatterte in einem Wirrwarr von Tauwerk und Holzstücken. Dort, wo der Fockmast hingehörte, ragte nur noch ein hässlicher zersplitterter Stummel aus dem Vorderkastell. Der ganze übrige Fockmast schlingerte über der Steuerbordreling oder dem, was er von ihr übriggelassen hatte, hin und her.

Das zerfetzte Focksegel bedeckte zum Teil das Deck, zum größeren Teil aber schwamm es neben der Bordwand auf der hochgehenden See auf und nieder. Über allem breitete sich ein Gewirr von Takelzeug.

Die Mannschaft war bereits an Deck gekommen und hastete an den Strecktauen hin und her. „Kappt die Taue und werft die Trümmer über Bord", gellte Kapitäns Nissens Stimme durch den Lärm der entfesselten Elemente. Beckenschläger hatte mit den Füßen Halt an einem Poller gefunden und während er das straff gespannte Tauwerk eisern umklammerte, stemmte er sich mit dem Rücken fest gegen die Wand des Achterkastells. Die Matrosen schienen den ersten Schock überwunden zu haben. Beckenschläger sah, wie sie hier und da mit Äxten und Beilen in das Tauwerk hieben und dann auch die Reste des Focksegels und die Trümmer der Masten über Bord warfen. Nicht nur der ganze Fockmast war nämlich gebrochen; im Fallen hat er mit den Pardunen und Stagen auch die Großmarsstenge in halber Höhe wie ein Streichholz geknickt und samt der Großmarsrah und dem Flaggstock am Topp herabgezogen. Matrosen waren unmittelbar vor Beckenschläger gerade dabei, diese Rah mit dem an ihr hängenden Takelwerk über das Schanzkleid der Leeseite zu wuchten, als unversehens wieder ein Brecher über das Hauptdeck hinwegschwemmte. Beckenschläger hörte Ohlsens Aufschrei und sah entsetzt, dass diesem plötzlich die Beine unter dem Leib weggerissen und er zunächst gegen das Schanzkleid geschleudert, dann aber über dieses hinweg in die brodelnde See gezerrt wurde.

Offensichtlich hatten sich seine Beine im Tauwerk der gerade über Bord geworfenen Großmarsrah verfangen. Ohne zu denken, stieß sich Beckenschläger von seinem Halt ab und stürzte an die Reling. Seinen linken Arm verhakte er in den Wanten des stehengebliebenen Großmastbaums und lehnte sich weit über Bord. Er sah, wie Ohlsen, der verzweifelt mit den Armen in der Luft ruderte, in der Aufwärtsbewegung einer Woge vom Schiff fortgespült wurde. Schon im nächsten Augenblick brachte es das Hin und Her und Auf und Ab der Bewegungen von Schiff und Wogen aber mit sich, dass der zappelnde Ohlsen wieder dicht an die Bordwand herangetragen wurde. Beckenschläger stieß seinen Oberkörper, so weit er nur konnte, über die Reling hinaus. Gleichzeitig schoss sein rechter Arm vor und wie durch ein Wunder gelang es ihm, seine Faust um den wild in der Luft rudernden Arm des Dragonerkapitäns zu schließen.

Es war wohl nicht eigentliche Kraft, die es ihm möglich machte, seinen Fang auch zu halten. Vielmehr musste sich seine Faust regelrecht um Ohlsens Handgelenk verkrampft haben. Völlig durchnässt und halb benommen bemerkte Beckenschläger endlich, dass ihm andere Hände zur Hilfe gekommen waren und mit vereinten Kräften – vielleicht wohl auch mithilfe einer günstigen Wellenbewegung – gelang es schließlich, den triefenden Ohlsen wieder an Bord zu ziehen, wo beide – der Dragonerkapitän und sein Kornett – zunächst einmal in die verhältnismäßige Sicherheit der Kapitänskajüte zurückgebracht wurden. Vollkommen erschöpft ließen sie sich dort einfach auf den Boden sinken.

IV.

Nach Stunden endlich flaute der Sturm ab und wurde wieder zu einem nur steifen Nordwestwind. Kapitän Nissen war während der ganzen Zeit des Unwetters nicht vom Achterkastell fortgekommen. Die Mannschaft hatte inzwischen die Trümmer der Masten vom Schiff entfernt und den stehengebliebenen Großmastbaum gesichert, sodass die ,Seeland' nur unter Groß- und Besansegel einigermaßen ruhig vor dem Wind lag.

Allerdings bot sie ein seltsames Bild, ohne Fockmast und mit halbiertem Großmast. Der Kapitän glaubte endlich, es verantworten zu können, das Deck zu verlassen und nach seinen Passagieren zu sehen.

Als er seine Kajütentür öffnete, saß Beckenschläger auf einer Wandbank. Ohlsen dagegen lag auf dem Boden und sein Gesicht war schmerzverzerrt. Über ihn beugten sich gerade der Kajütjunge und Feldwebel Harms, der offenbar irgendwie von dem Unfall seines Vorgesetzten erfahren hatte. „Er ist verletzt?!" Es war weniger eine Frage als eine Feststellung Kapitän Nissens. „Jedenfalls scheint er starke Schmerzen zu haben", sagte Beckenschläger. „Ich befürchte, dass er zumindest einige Rippen gebrochen hat, als er gegen das Schanzkleid schleuderte." „Ah, diese Schmerzen", stöhnte Ohlsen, als er gerade versuchte, sich aufzurichten. Er ließ sich sofort wieder zurückfallen.

„Gebt mir wenigstens einen Schluck Rum", fügte er dann mit matter Stimme hinzu. „Aber sicher, gern", meinte Kapitän Nissen und ging zu seinem Medizinschrank. „Allerdings fürchte ich, dass ich im Augenblick nicht mehr für Euch tun kann. Einen Schiffsarzt haben wir leider nicht an Bord. Ihr müsst so schnell wie möglich an Land."

Nissen hatte einen normalen Weinbecher mit Rum fast vollgefüllt und führte ihn an den Mund des Verletzten, indem er sich neben ihm niederkniete. „Wie weit mögen wir denn von Schottland noch entfernt sein?", fragte Beckenschläger. „Das kann ich auch nicht sagen", lautete die lakonische Antwort des Kapitäns. Erläuternd setzte er aber noch hinzu: „Dadurch, dass wir fast gegen den Wind kreuzen mussten, dürften wir ohnehin erst gut dreiviertel der Strecke zurückgelegt haben, als das Unglück geschah. Ich hatte allerdings den allgemeinen Kurs nach Nordost in Richtung auf Südnorwegen gelegt, um erst auf der letzten Etappe auf südwestlichem Kurs die Nordsee zu überqueren. Während der letzten

Stunden konnten wir außerdem nur vor dem Wind herlaufen, müssten also ziemlich weit nach Osten von unserem Kurs abgekommen sein. Ich nehme deshalb an, dass wir jetzt hart westlich vom Skagerrak stehen, wenn wir nicht sogar schon mitten drin sind. Bei dieser Wolkendecke kann ich ohnehin unseren genauen Standort nicht bestimmen.

„Können wir mit diesem Schiff denn überhaupt noch Schottland erreichen?" schaltete sich plötzlich Ohlsen ein. Er hatte seinen Becher fast ganz geleert, was seinen Lebensgeistern offenbar gut bekommen war. Kapitän Nissen kratzte sich nachdenklich am Kinn. „Nein, wohl nicht", lautete dann seine Antwort. „Wie gesagt befinden wir uns wahrscheinlich nahe der der dänischen Nordküste oder der Südküste Norwegens. Ich muss einmal schon deshalb umgehend einen Hafen anlaufen, damit Ihr so schnell wie möglich in ärztliche Behandlung kommt. Da der Wind kaum drehen wird, werden wir schon aus diesem Grund am schnellsten im Osten eine Küste erreichen müssen.

Ganz abgesehen davon kann es jederzeit erneut Sturm geben. Das aber kann ich dem Schiff in seinem jetzigen Zustand nicht zumuten. Wir werden also den Ostkurs beibehalten. Allerdings müssen wir uns hüten, einen jütländischen Hafen anzulaufen, da das ganze Festland ja inzwischen von den Kaiserlichen besetzt ist. Wenn es der Zustand unseres Verletzten und der des Schiffes irgendwie erlaubt, möchte ich die Insel Seeland erreichen und nur im Notfall einen norwegischen oder schwedischen Hafen anlaufen."

V.

Als der nächste Morgen graute, entdeckte der Ausguck an der Steuerbordseite voraus Land. Kapitän Nissen stieg sofort an Deck und richtete seinen Kieker auf den dunklen Streifen am Horizont. Der Steuermann, der jetzt den Kolderstock einem Matrosen allein überlassen hatte, war neben ihn getreten und meinte: „Da wir ziemlich genau Ostkurs halten, kann es sich nur um die Nordspitze Jütlands handeln." Kapitän Nissen nickte. Auch Beckenschläger war jetzt an Deck gekommen. Er genoss es, sich den frischen Morgenwind ins Gesicht wehen zu lassen. Nach dem Sturm der letzten Tage schien die rollende Bewegung des Deck dem jungen Mann fast normal. Er empfand sogar ein gewisses Behagen, wenn er die Bewegungen der Planken unter sich spürte. „Da drüben liegt Skagen," wandte sich ihm Kapitän Nissen zu. „Leider können wir dort nicht an Land, denn diesen nördlichsten Hafen Jütlands hält der Feind sicher besetzt." Beckenschläger kramte in den Tiefen seines geografischen Schulwissens: „Wir laufen dann ja bald ins Kattegat ein."

„So ist es. Der Wind kommt jetzt fast genau von Nordwest. Wir haben also idealen Wind, um nach Seeland zu kommen. Wenn der Wind so bleibt, können wir heute Abend in Helsingør sein." Kapitän Nissen warf noch einen Blick auf die Landspitze, die nun bereits leicht achteraus an Steuerbord lag. „Steuermann, lasst die Mannschaft zum Segelmanöver an Deck kommen. Neuer Kurs ist jetzt Südsüdost."

Der Steuermann rief die entsprechenden Befehle aus. Bald wimmelte es an Deck von Matrosen. Die Brassen wurden neu gerichtet und knarrend drückte der Kolderstock das Ruderblatt herum. Behäbig legte sich die ‚Seeland' auf ihre Leeseite und schwenkte auf den neuen Kurs ein.

VI.

Stunde um Stunde hatte die ‚Seeland' ihre Bahn durch das Kattegat gezogen. Der Wind blies stetig schräg von achtern, die beiden verbliebenen Segel waren prall wie Ballons. Erst in der letzten Stunde war es böiger geworden, die Windstärke nahm auch allgemein zu. Am Himmel zeigten sich bereits wieder die Fetzen der tief dahinjagenden Sturmwolken. Kapitän Nissen war dann auch sichtlich erleichtert gewesen, als am Nachmittag gegen die sechste Stunde Land voraus in Sicht kam.

Es war schon dunkel gewesen, als die ‚Seeland' inmitten von Regenschauern in den Hafen von Helsingør einlief – den knatternden Danebrog stolz am Heck. Eine knappe halbe Stunde später lag sie dann bereits fest vertäut an der Pier. Beckenschläger war auf das Vorderkastell gestiegen, um das Anlegemanöver besser beobachten zu können.

Trotz der Dunkelheit hatten sich an der Pier einige Männer eingefunden, um den Ankömmling zu begrüßen. In diesen schweren Kriegszeiten – das gesamte jütländische Festland befand sich ja in Feindeshand – wartete man natürlich brennend auf Neuigkeiten beim Einlaufen eines jeden Schiffs.

Im Dunkel des frühen Winterabends konnte Beckenschläger die Masten einer Vielzahl kleinerer Schiffe erkennen. In jener Zeit, in der sich ein Großteil der Bevölkerung Jütlands auf die Inseln geflüchtet hatte, war ja jeder kleine Inselhafen mit Schiffen und Booten überfüllt, die sonst auf dem Festland beheimatet waren. Weit im Hintergrund waren die Häuser der kleinen Hafenstadt nur schattenhaft zu erkennen.

Eben schlugen die Bohlen dss Landungsstegs auf die Pier, als sich eine große, breitschulterige Gestalt aus der Gruppe der Schaulustigen löste und mit schweren Schritten über den Steg an Bord stapfte. Für seine Figur verwunderlich schnell war der Besucher die Treppe zum Achterkastell hinaufgestiegen und schüttelte dem Kapitän herzlich die Hand. Offensichtlich waren die beiden alte Bekannte.

Beckenschläger gesellte sich zu ihnen, da er meinte, als Offizieranwärter des Königs sei sein Platz jetzt doch wohl auf dem Achterkastell.

Anscheinend fand dies Kapitän Nissen auch ganz in Ordnung, denn er stellte den Kornett dem Neuankömmling vor. „Hier haben wir den Kornett Beckenschläger, mein lieber Johnson, frisch eingeführt aus unserer Festung Glückstadt an der Elbe. Ihr werdet ja schon gehört haben, dass Glückstadt neben Krempe und Stade als einzige auf dem Festland noch die Fahne des Königs über sich wehen hat. – „Ja, Kornett, und dies ist mein alter Freund Ole Johnson, Leutnant und Hafenkapitän des schönen Helsingør." Der Hafenkapitän schüttelte sogleich auch Beckenschlägers Hand. Der Griff seiner harten, schwieligen Finger war so fest, dass der Kornett leicht das Gesicht verzog. Johnson aber strahlte über das ganze Gesicht, als er meinte: „Nun, da werden wir ja alle Neuigkeiten vom Krieg aus erster Hand erfahren. Das verspricht, ein interessanter Abend zu werden, besonders wenn Kapitän Nissen sich entschließen kann, eine Flasche aus seinem Medizinschrank zu opfern." Dabei stieß er Nissen freundschaftlich gegen die Schulter und in seinen Augen begann es genüsslich zu blinzeln. Johnson sprach ziemlich gut deutsch, allerdings mit einem so starken dänischen Akzent, dass das Deutsche doch nicht als seine Muttersprache gelten konnte. „So etwas Ähnliches hatte ich mir schon vorgestellt", lautete Nissens vergnügte Antwort.

„Allerdings", dabei wurde sein Gesicht wieder ernst, müssen wir erst noch eine Pflicht erfüllen. Wir haben nämlich einen Verletzten an Bord, der unbedingt zu einem Arzt gebracht werden muss."

Nissen erzählte dem Hafenkapitän nun in knappen Worten den Hergang der Havarie – Johnson hatte allerdings auch schon seine Verwunderung über über das Aussehen des Schiffes geäußert – und wie es zur Verletzung des Dragonerkapitäns gekommen war.

Man begab sich unter Deck, um nach dem verletzten Ohlsen zu sehen. Dieser lag lang ausgestreckt auf einer gepolsterten Seitenbank der Kapitänskajüte. Zwar verzog er noch immer bei jeder Bewegung sein Gesicht vor Schmerz, aber offenbar hatte ihm Feldwebel Harms, der sich zusammen mit dem Kajütjungen im Raum befand, noch des Öfteren eine Portion Medizin aus der Rumflasche des Kapitäns verabreicht. Trotz seiner offensichtlichen Schmerzen befand sich Ohlsen nämlich in recht gehobener Stimmung. Der Hafenkapitän schien an dem Verletzten schnell Gefallen zu finden. Tatsächlich hatten beide eine auffällige Ähnlichkeit sowohl im Aussehen des Gesichts wie auch in der Statur. Einem Außenstehenden hätten sie wohl als Vater und Sohn oder auch als Brüder mit einem größeren Altersunterschied erscheinen können.

Jedenfalls verkündete Johnson schon nach kurzer Zeit: „Wisst Ihr was, mein lieber Ohlsen, Ihr kuriert Euch in meinem Hause aus. Hier an Bord habt Ihr jetzt doch nicht die nötige Ruhe. Der Doktor wohnt nur wenige Häuser von mir entfernt und an weiblicher Pflege wird es auch nicht fehlen." „Du hast Dir wohl einen Harem zugelegt, Du alter Däne", meinte Nissen lachend. „Ja, in der letzten Zeit komme ich mir tatsächlich wie der Großtürke persönlich vor", gab der Hafenkapitän zurück. „Seit einigen Wochen sind nämlich meine Schwägerin und ihre kleine Nichte bei mir zu Besuch. Das Mädchen ist übrigens ein ganz süßes Ding." Johnson hielt inne, als sei ihm plötzlich etwas Besonderes eingefallen. „Ohlsen, die beiden kommen ja ganz aus Eurer Nähe", fuhr er dann fort. „Meine Schwägerin ist die Frau des Kommandanten von Krempe, Frau v. Ahlefeldt. Den Namen werdet Ihr doch sicher schon gehört haben."

Beckenschläger war der Unterhaltung bisher nur mit halbem Ohr gefolgt. Bei den letzten Worten des Hafenkapitäns aber hatte er das Gefühl, als stelle sich in seinem Kopf eine Blutleere ein. Er starrte Ohlsen an. Dieser aber war anscheinend so mit seinen Schmerzen oder aber auch mit der Verarbeitung des genossenen Alkohols beschäftigt, dass ihm nicht aufgegangen war, welchen Aufruhr die Mitteilung des Hafenkapitäns in Beckenschlägers Herzen hervorgerufen haben musste. Ohlsen nickte nur gedankenverloren und murmelte: „Ja, ja, natürlich."

Die Unterhaltung wurde nun zunächst auch abgebrochen, denn Hafenkapitän Johnson wollte erst wieder an Land, um den Arzt zu holen, seine Frau von dem bevorstehenden Besuch zu benachrichtigen und Träger mit einer Tragbahre heranzuschaffen.

Nach einer guten Stunde wurde dann der Dragonerkapitän an Land getragen. Johnson hatte bei seiner Rückkehr auch den Doktor mitgebracht, der bei einer ersten Untersuchung feststellte, dass Ohlsen drei Rippen gebrochen und eine ganze Reihe von Quetschungen und Hautabschürfungen davongetragen hatte. „Er wird nicht daran sterben", hatte der Arzt gemeint, „aber den Jahreswechsel wird er wohl als Kranker feiern können." Auch der Doktor hatte sich eine Bemerkung nicht verkneifen können, dass Ohlsen sich auf eine besonders hübsche Pflegerin freuen dürfte. Diese Bemerkung hatte bei Ohlsen, der bereits auf der Bahre zwischen zwei Trägern davonschaukelte, nur ein phlegmatisches Grunzen hervorgerufen, Beckenschläger fühlte jedoch wiederum einen seltsamen Stich in der Herzgegend. Allerdings wurden seine Gedanken bald abgelenkt. Der Hafenkapitän hatte es sich nämlich inzwischen auf einem Sessel in der Kapitänskajüte bequem gemacht und bestand darauf, nun endlich alle Einzelheiten über die Sturmfahrt, vor allem aber über das Geschehen in und um Glückstadt während der letzten Monate zu erfahren.

Dass der Kajütjunge zunächst einen dampfenden Rumgrog bringen musste, versteht sich von selbst. Es war schon weit nach Mitternacht, als Beckenschläger mit schweren Gliedern und noch schwererem Kopf in seine Koje sank.

VII.

Erst spät am nächsten Morgen schälte sich Beckenschläger endlich aus seiner Schlafstelle heraus. Das Schiff schwankte immer noch und draußen heulte der Sturm wieder in voller Stärke. Regenschauer prasselten auf das Deck über seinem brummenden Schädel. Noch halb benommen streifte er seine Kleider über und wankte an Deck.

Erst als ihm der erste Schauer ins Gesicht schlug, kam ihm zum Bewusstsein, dass er sich nicht mehr auf See, sondern seit gestern Abend im sicheren Hafen befand. Und langsam tauchte die vergangene Nacht mit den langen Gesprächen und dem vielen heißen Grog wieder in seiner Erinnerung auf. Beckenschläger stellte sich ganz bewusst so an das Schanzkleid, dass ihn der Sturm voll ins Gesicht traf. Minutenlang ließ er den eiskalten Regen den Nebel aus seinem Kopf jagen. Die Mannschaft war bereits mit allerlei Arbeiten an Deck beschäftigt, während Beckenschläger auf das Achterkastell hinaufkletterte, wo sich Kapitän Nissen gerade mit dem Steuermann unterhielt. „Sieh da, unser tapferer Kriegsheld", meinte Kapitän Nissen schmunzelnd und kaute vergnügt an seiner Pfeife. Beckenschläger musste ihn wohl ziemlich verständnislos angestiert haben, denn er fuhr fort: „Ja, mein Lieber, der Grog hatte doch wohl sehr Eure Zunge gelockert. Zuerst waren Eure Schilderungen ja ziemlich zurückhaltend. Aber so etwa nach dem dritten oder vierten Becher quoll es nur so aus Euch hervor. Eure Erlebnisse mit den Marodeuren und bei dem Gefecht vor Krempe waren aber auch toll. Macht nur so weiter, dann werden Eure Ruhmestaten noch Bücher füllen."

Beckenschläger merkte, dass er rot wurde und fragte sich verzweifelt, ob er nicht womöglich etwas arg übertrieben haben könnte. Aber Kapitän Nissen ließ ihm zum Nachdenken nicht viel Zeit. „Zum Schluss wurdet Ihr allerdings noch ganz romantisch. Da redetet Ihr immer von einem Kathrinchen. Ihr seid wohl total verliebt in dieses Kathrinchen?"

Beckenschläger schluckte und bekam das Gefühl, jetzt bis in die Fußspitzen rot zu werden. Er murmelte etwas von „Sauwetter" und „Werden wir lange hier liegenbleiben?". Kapitän Nissen ließ sich jedoch nicht ablenken und schwelgte weiter in der Erinnerung an die vergangene Nacht. „Sogar der alte Johnson wurde ja stutzig und meinte, er habe auch ein Kathrinchen im Haus – das müsstet Ihr erst einmal sehen. Und dann fing der alte Johnson mit seinem duhnen Kopf an, von seinem Kathrinchen zu schwärmen und schließlich schwärmtet Ihr beide um die Wette. Jeder behauptete, sein Kathrinchen sei am schönsten." Langsam dämmerte es Beckenschläger, dass er zwar viel geredet haben mochte, dass er die letzten Zusammenhänge aber wohl doch nicht ausgeplaudert hatte.

Inzwischen schien Kapitän Nissen auch der Meinung zu sein, er habe genug in der zarten Seele des Kornetts herumgestochert. „Jetzt seht aber zu, dass Ihr zum Smutje kommt. Es ist gleich Mittag. Lasst Euch am besten ein paar Eier mit Speck braten." Beckenschläger mochte ihn wohl irgendwie erlöst angesehen haben. „Na geht schon", meinte Kapitän Nissen. „Wenn Ihr Lust habt, könnt Ihr heute nachmittag mit mir an Land kommen. Ich muss im Hause des Hafenkapitäns einen Besuch machen. Übrigens – ich war heute morgen schon fleißig und habe dem Hafenkapitän einen Bericht über unsere Reise zur Weiterleitung nach Kopenhagen angefertigt." Als Beckenschläger den Niedergang hinabstieg, rief er ihm noch nach: „Und vergesst nicht, Euer Äußeres ein wenig auf Vordermann zu bringen. Ihr wisst ja, der alte Johnson hat Damen im Haus!"

VIII.

Es mochte um die vierte Nachmittagsstunde sein, als der Kornett Beckenschläger stolz wie ein Spanier neben Kapitän Nissen die Straße entlangschritt, die von der Pier zum Hause des Hafenkapitäns führte.

Er hatte seine beste Montur angezogen, nachdem er sie mehrmals ausgebürstet hatte. Der große Hut mit dem langen weißen Federbusch saß keck auf dem sorgfältig gekämmten, leicht welligen, halblangen Haar. Die Beine steckten in den hohen Stulpenstiefeln der Dragoner-Musketiere. Um die schlanke Taille hatte er eine breite rote Seidenschärpe geschlungen. Vervollständigt wurde die Figur durch einen hellblauen Reiterumhang sowie durch das Wehrgehänge mit dem langen geraden Degen, auf dessen Knauf er lässig die linke Hand gelegt hatte. In einem seltsamen Widerspruch zu seiner äußeren Erscheinung befand sich allerdings seine Gemütsverfassung. Während der ersten Schritte auf festem Boden hatte er das Gefühl gehabt, die Hafenpier unter ihm schwanke ebenso wie das Schiff. Er hatte dies Kapitän Nissen gesagt, der ihm aber erklärte, dass dies nach der tagelangen Schaukelei an Bord nur natürlich sei. Auch im Hafen hatte das Schiff ja nie ganz ruhig gelegen.

„Ihr habt einen Seemannsgang bekommen", hatte Nissen grinsend gemeint. Schlimmer als die anfängliche Unsicherheit beim Gehen – die sich übrigens zusehends milderte, setzte Beckenschläger aber die bevorstehende Begegnung mit Anna-Katharina v. Ahlefeldt zu. Wiedersehensfreude mischte sich mit der bangen Sorge, dass sein Gefühl nicht erwidert werden könnte. Schließlich hatte ihm Anna-Katherina beim Abschied ja mitgeteilt, dass sie auf Seeland verheiratet werden sollte. Womöglich war sie schon verlobt – denn dagegen, dass sie schon verheiratet war, sprach ja der Umstand, dass sie mit ihrer Tante im Hause des Hafenkapitäns wohnte. Immerhin war es aber denkbar, dass sie ihren zukünftigen Mann schon lieben gelernt hatte. War das der Fall, konnte sich ja schon alles Mögliche abgespielt haben.

All solche Gedanken gingen dem Kornett im Kopf herum, während sie dem Hause des Hafenkapitäns immer näher kamen. Und plötzlich sagte Kapitän Nissen auch schon, indem er vor einem stattlichen zweigeschossigen Backsteinbau anhielt: „So, da wären wir."

Nachdem der Kapitän die Schelle gezogen hatte, öffnete ein ältliches Dienstmädchen die mit buntbemalten Schnitzereien reich verzierte Haustür und führte die Besucher, nachdem der Kapitän sie kurz vorgestellt hatte, in eine geräumige Diele. Beckenschläger wurde sofort an seinen ersten Besuch im Kommandantenhaus in Krempe erinnert. Es waren hier die gleichen schweren, geschnitzten Schränke und Truhen, die eine Atmosphäre von Gediegenheit ausstrahlten. „Anna-Katherina muß sich hier tatsächlich wie zu Hause fühlen", dachte er noch. Da kam aus einer der Türen auch schon Ole Johnson heraus und begrüßte sie auf seine herzliche Art.

„Na, unser Kornett hat seinen Rausch auch schon ausgeschlafen", meinte er mit seiner gutturalen Stimme und dem stark dänischen Tonfall. Dabei grinste er seine Besucher verschmitzt an. „Kommt mit in die Wohnstube", fuhr er fort. „Meine Damen haben schon mit Eurem Besuch gerechnet. Wir sind übrigens gerade bei Punsch und Kuchen, genau das richtige bei diesem Wetter." Damit schob Johnson die beiden vor sich her in die Wohnstube. Zwei Damen im mittleren Alter saßen würdevoll, in gedeckte Farben gekleidet, neben einem kleinen Tisch, auf dem Kuchen und geschliffene Gläser mit dampfendem Punsch standen. Die Damen – in der einen erkannte Beckenschläger sofort Frau v. Ahlefeldt – blickten den Eintretenden erwartungsvoll entgegen. Beckenschlägers Blick aber glitt suchend über sie hinweg und fand im Hintergrund des Zimmers neben einem der hohen Fenster ein junges

Mädchen stehen, das ihn anstarrte, als sei eine Erscheinung ins Zimmer getreten. „Bonifatius!" entfuhr es ihren roten Lippen.

Doch der Ausruf ging unter in der dröhnenden Stimme des Hafenkapitäns. „So, meine Damen", sagte er in einem Tonfall, als präsentiere er ein besonders geheimnisumwittertes Geschenk, „so, hier habt Ihr sie, meine beiden Seebären, von denen ich Euch schon den ganzen Tag erzählt habe. Frisch aus Sturm und Braus mit den neuesten Nachrichten von der Westküste Dänemarks." Die drei hatten sich kaum gesetzt, als Frau v. Ahlefeldt auch schon Beckenschläger ganz mit Beschlag belegt hatte. Ihr besonderes Interesse galt natürlich den Verhältnissen in Krempe. Beckenschläger kam nicht umhin, ihr immer wieder zu versichern, dass Oberstleutnant v. Ahlefeldt bei seiner Abreise noch gesund und munter gewesen sei und dass auch allgemein die militärische Lage der Festungen Glückstadt und Krempe jedenfalls im Augenblick keinen Grund zur Besorgnis böte. So sehr sich Beckenschläger aber auch bemühte, sich uneingeschränkt der Wissbegierde der Frau v. Ahlefeldt zu widmen, er konnte es doch einfach nicht verhindern, dass sich seine Blicke immer wieder mit denen des Mädchens trafen.

Erst allmählich legte sich die erste Aufregung und auch die übrigen Personen kamen nun dazu, sich an dem Gespräch zu beteiligen. Beckenschläger hätte zwar sonst etwas darum gegeben, sich unter irgendeinem Vorwand mit Anna-Katherina zurückzuziehen, aber das war unmöglich. Auch wurde das Gespräch in Bahnen gelenkt, die keine Gelegenheit dazu gaben, etwas Näheres über die gegenwärtigen Verhältnisse Anna-Katherinas zu erfahren. Dabei brannte Beckenschläger natürlich die Frage unter den Nägeln, wie weit ihr Heiratsvorhaben bereits gediehen sei. Etwas peinlich war es dem Kornett dann zunächst, als Kapitän Nissen die Rede darauf brachte, wie er den Dragonerkapitän aus der tosenden Nordsee gezogen hatte nicht ohne erhebliche Gefährdung seines eigenen Lebens, wie Nissen herausstrich. Als er dann aber Anna-Katherinas bewundernden Blick wahrnahm, fühlte er sich doch recht wohl in seiner Haut. Der Hafenkapitän erwähnte auch, dass er bereits einen reitenden Boten mit Nissens schriftlichem Bericht zur Admiralität in Kopenhagen geschickt habe; schließlich war die ‚Seeland' ja seit Wochen das erste Schiff, das direkte Nachrichten aus den eingeschlossenen Festungen brachte. Nach Johnsons Meinung würde wohl in den nächsten Tagen für Nissen, aber besonders auch für Beckenschläger, ein Befehl zum Besuch in Kopenhagen kommen. Obwohl Beckenschläger nur Kornett war, war diese Vermutung durchaus begründet. Ohlsen war ja nicht reisefähig, sodass er als Offiziersanwärter, der während der ganzen bisherigen Einschließung in der Festung gewesen war, für einen etwa geforderten Lagebericht am ehesten in Frage kam.

Der Nachmittag und auch der frühe Abend vergingen bei den angeregten Gesprächen und in angenehmster Atmosphäre wie im Fluge. Nachdem man zwischendurch dem Dragonerkapitän einen Krankenbesuch gemacht hatte, ergab es sich schließlich als ganz natürlich, dass Frau Johnson den Kapitän und den Kornett einlud, während des Hafenaufenthalts der ‚Seeland' doch ihre Gäste zu sein – das Haus sei groß und man habe gern Besuch. Zudem sei es an Land doch sicher gemütlicher als auf dem Schiff.

Kapitän Nissen für seinen Teil lehnte zwar dankend ab. „Ich bin es nun einmal gewohnt, dass meine Kajüte auch im Hafen mein Zuhause ist", erklärte er – bei seiner Ablehnung mochte es allerdings auch eine Rolle gespielt haben, dass sein eigener Rum stärker war als der Punsch der Hausfrau. „Unser Kornett ist ja aber doch eigentlich eine Landratte. Ihm wird es sicherlich wohltun, sich in einem weichen Federbett wieder einmal richtig aufzuwärmen." So kam man dann überein, dass Beckenschläger während der nächsten Tage im Haus der Johnsons Gast sein sollte.

Einige Zeit nach dem Abendessen verabschiedete sich Kapitän Nissen. Obwohl schon die elfte Stunde geschlagen hatte, ließ es sich der Hafenkapitän nicht nehmen, seinen Freund zum Schiff zu begleiten. Frau Johnson runzelte daraufhin doch missbilligend die Stirn und meinte wohl eingedenk des vergangenen Abends – er solle aber nicht erst noch mit an Bord gehen. Ihr Mann hatte es daraufhin ziemlich eilig, den Kapitän mit sich fortzuziehen. Seiner Frau blieb nur, in böser Vorahnung zu sagen: „Oh Gott, oh Gott, wenn das man gut geht." Das Dienstmädchen hatte mittlerweile bereite ein Gästezimmer gerichtet und auch Beckenschläger verabschiedete sich zur Nacht. Dabei sah er Anna-Katerina an, die sich etwas im Hintergrund hielt, und das Mädchen legte den

Zeigefinger auf den leicht geöffneten Mund und warf ihm verheißungs-
voll die Andeutung eines Kusses zu.

IX.

Es war stockfinster, als Beckenschläger erwachte. Er vernahm ein Geräusch, als würde gerade ein Schlüssel vorsichtig im Schloss herumge-
dreht. „Richtig", dachte er, „ich habe die Tür ja gar nicht verschlossen."
Angespannt starrte Beckenschläger in das Schwarz der Nacht und
lauschte gleichzeitig mit aller Anspannung. Die Hand war vor Augen
nicht zu sehen, aber es war ihm, als höre er leichte Schritte. Dann sagte
eine Stimme leise: „Liebster, bist Du wach?" Beckenschläger glaubte zu
träumen, doch da strich eine zarte Hand leicht über die Bettdecke und
dann über sein Gesicht. Der Kornett tastete nun seinerseits vor sich hin
und fasste in seidiges, volles Haar.

„Kathrinchen!" flüsterte er nur und dann hatte schon wie von selbst
sein Mund den ihren gefunden. Es war ein langer seliger Kuss. Als
sich ihre Lippen endlich lösten, sagte sie: „mein liebster Bonifatius, ich
musste einfach kommen." Sehen konnte Beckenschläger immer noch
nichts, doch er fühlte, dass Anna-Katherina sich von ihm löste und
gleichzeitig hörte er das Rascheln fallender Seide. Im nächsten Augenblick wurde seine Bettdecke angehoben und ein weicher, warmer Mäd-
chenkörper schmiegte sich an ihn. Beckenschläger konnte nicht mehr
herausbekommen als „Mein kleiner Liebling;" da schlangen sich bereits
ihre Arme um seinen Hals und sie suchte und fand erneut seinen Mund.

Dann erhielt er von ihr alles, wovon er bisher kaum zu träumen gewagt hatte. Im Glück versunken, wurde ihm gar nicht bewusst, dass er
der Geführte, das Mädchen die treibende Kraft war. Es war, als hätten
in Anna-Katherina nur mühsam gebändigte Energien zum Ausbruch
gedrängt und nun zu einer plötzlichen Explosion gefunden.

„Oh, Kathrinchen", flüsterte er, „ich liebe Dich." Sie legten sich nebeneinander, noch immer umarmt, und sie drückte ihr Haar an seine
Schulter. Nachdem sie ein wenig Atem geschöpft hatten, brachte Beckenschläger heraus, was ihn schon lange, besonders aber nach dem
gerade Geschehenen bewegte.

„Liebling", begann er und streichelte sie zärtlich, „sei mir bitte nicht böse, aber bedeutet Dir denn Dein zukünftiger Mann gar nichts?" „Ach, was heißt bedeuten", sagte das Mädchen, „Ich kenne ihn ja kaum. Wir haben ihn nur einmal kurz nach unserer Ankunft auf seinem Landsitz hier auf Seeland besucht. Es war doch gerade die Zeit, als Wallensteins Truppen über Schleswig hinaus nach Jütland vorrückten. Er ist Oberst in einem Dragonerregiment und war bei unserem Besuch gerade in den Vorbereitungen, um zum Festland aufzubrechen. Seitdem habe ich nichts mehr von ihm gehört. Wenn er nicht gefangengenommen oder gar gefallen ist, wird er wohl mit seinem Regiment auf eine der anderen Inseln übergesetzt sein." „Ja, und wie gefällt er Dir denn?" bohrte Beckenschläger weiter. „Offen gestanden, überhaupt nicht", lautete die bündige Antwort. „Er ist so alt wie Onkel Johnson, rund wie ein Bierfass, hat einen struppigen roten Bart und eine dicke, blaue Nase." „Mein armer Liebling", tröstete sie Beckenschläger und kam nicht entfernt auf den Gedanken, dass das Mädchen womöglich auch etwas übertrieben haben könnte. In diesem Augenblick erscholl von der Straße lauter Gesang und kurz darauf wurde heftig an der Haustür gerüttelt. Dann hörte man im Hause die aufgeregten Stimmen von Frauen und Schritte zunächst auf dem Gang und dann auf der Treppe.

„Mein Gott, der Onkel kommt erst jetzt nach Hause. Ich muss in mein Zimmer, er macht das ganze Haus verrückt. Womöglich kommt die Tante und will nach mir sehen." Damit war sie schon aus dem Bett gesprungen, hatte ihr Nachthemd ertastet und streifte es über. „Warte, ich gehe vor!" konnte Beckenschläger noch geistesgegenwärtig sagen. Er nahm sie bei der Hand und war vor ihr an der Tür, um erst einmal nachzusehen, ob der Gang auch frei war. Der Korridor lag im Dunkeln und nur von der Treppe an seinem Ende schien Licht herauf. Man hörte, wie unten die Haustür geöffnet wurde. An dem Gewirr weiblicher Stimmen konnte Beckenschläger erkennen, dass in der Diele alle weiblichen Bewohner des Hauses, außer seiner Anna-Katherina natürlich, zum Empfang des heimkehrenden Hausherrn versammelt waren.

So raunte Beckenschläger ihr nur noch zu: „Die Luft ist rein, mein Schatz, bis morgen." Dann war das Mädchen auch schon in Richtung auf ihre eigene Schlafstube fortgeeilt.

81

Beckenschläger ging zurück in sein Bett. Einerseits war er überglücklich, andererseits aber auch erleichtert, dass sein Abenteuer vorüber war, ohne bemerkt worden zu sein. Ganz konnte er sich nämlich nicht des Gefühls erwehren, die Gastfreundschaft der Johnsons leicht überstrapaziert zu haben.

X.

Als man sich am nächsten Morgen beim Frühstück gegenübersaß, vermieden es Anna-Katharina und Beckenschläger, sich allzu offen in die Augen zu sehen. Zu sehr fürchteten sie, ihre Blicke könnten den anderen verraten, was in der Nacht geschehen war. Nur dann und wann, wenn Beckenschläger das Mädchen einmal verstohlen anschaute, sah er ein versonnenes Lächeln um ihre Lippen spielen. Der Hafenkapitän wirkte seltsam still und bedrückt. Er knabberte lustlos an seinem Brot, murmelte etwas von „kein rechter Appetit". Bald darauf verließ er das Haus mit dem Bemerken, dass er im Hafen nach dem Rechten sehen müsse.

Bonifatius Beckenschläger machte sodann dem verletzten Ohlsen einen Besuch in dessen Stube. Der Dragonerkapitän lag jetzt in einem festen, weißen Brustverband da. Er sagte, er habe zwar Schmerzen, diese seien aber erträglich. Die beiden unterhielten sich über dieses und jenes, und es war schon gegen Mittag, als das Dienstmädchen an die Tür klopfte. Es sei ein reitender Bote aus Kopenhagen gekommen, mit einer Botschaft für den Herrn Kornett. Der Kurier überreichte Beckenschläger ein Pergament, das mit dem Siegel des Königs verschlossen war. Während der Kornett das Siegel erbrach, teilte der Bote ihm mit, dass er zuvor bereits auf der ‚Seeland' gewesen sei und dem Kapitän Nissen ebenfalls eine schriftliche Order übergeben habe.

Beckenschläger las den in sorgfältiger Kanzleischrift verfassten Befehl, sich am nächsten Morgen um 11:00 Uhr im königlichen Schloss zu Kopenhagen zum Bericht einzufinden. Wie lange man für den Weg nach Kopenhagen benötige, erkundigte sich der Kornett. Die Auskunft des Kuriers lautete, dass mit einem Pferd bis zum königlichen Schloss drei Stunden sicher ausreichend seien, ohne dass man sonderlich scharf reiten müsse. Inzwischen war der Mittagstisch bereits gedeckt und Beckenschläger teilte während des Mahles seinen Gastgebern mit, dass ihn der König für den folgenden Tag in die Residenz befohlen habe. Anna-Katherina sah zuerst erschrocken auf und es entfuhr ihr: „Oh, schon morgen." Doch dann setzte sie irgendwie erleichtert hinzu: „Nun, dann könnt ihr doch wenigstens diese Nacht noch bleiben." Beckenschläger nickte nur und fragte sich, ob er aus ihrer Äußerung schließen solle, dass sie vorhabe, den Besuch der letzten Nacht zu wiederholen.

Nun meldete sich auch Frau Johnson zu Wort: „Lange werdet Ihr jedenfalls vorerst ohnehin nicht in der Hauptstadt bleiben müssen. Immerhin ist in fünf Tagen Heiligabend und der König wird doch sicherlich während des Festes Eure Dienste nicht in Anspruch nehmen. – Natürlich seid Ihr herzlich eingeladen, Weihnachten gemeinsam mit uns zu feiern." Beckenschläger nahm dankend an, soweit es die Verhältnisse, die er in Kopenhagen vorfinden würde, irgendwie zulassen sollten. Dabei musste er sich eingestehen, dass er infolge der Ereignisse der letzten Tage an das Weihnachtsfest überhaupt nicht mehr gedacht hatte.

Der Hauptgang war kaum beendet und eingemachte Früchte als Nachtisch gerade aufgetragen, als Kapitän Nissen eintraf. Er musterte den immer noch recht bedrückten Hafenkapitän mit einem verständnisinnigen Schmunzeln und bat um Entschuldigung dafür, dass er in Eile sei. Die ‚Seeland' sei in die Werft verholt worden und die Ausbesserungsarbeiten am Schanzkleid seien gerade in vollem Gang. Nachdem ihn Frau Johnson dazu überredet hatte, vom Nachtisch doch wenigstens zu kosten, teilte Nissen mit, dass ihn ebenfalls ein königlicher Befehl für den nächsten Tag nach Kopenhagen befohlen habe. Als Beckenschläger darauf verkündete, er habe bereits erfahren, dass der Weg zu Pferde nur etwa drei Stunden dauern würde, machte er allerdings ein recht bedenkliches Gesicht. „Ich bin nun einmal ein alter Seemann und Ihr könnt mich mit meinem Schiff in jeden Sturm jagen", knurrte er, „aber so einem störrischen Gaul vertraue ich meine Gesundheit gar nicht gern an. Ich habe nur einmal in meinem Leben auf so einem Vieh gesessen und Ihr könnt mir glauben, dieser Ritt hat höchstens zwei Minuten gedauert. Nein, auf so ein Biest steige ich mein Lebtag nicht mehr hinauf!"

Der Kapitän sah mit einem Blick in die Runde, der keinen Zweifel daran ließ, dass er für eine Reise zu Pferd auf keinen Fall zu gewinnen sein würde. „Meine ‚Seeland' liegt ja leider in der Werft", sagte er dann zum

Hafenkapitän gewandt. „Aber Johnson, könnt Ihr uns nicht irgendeinen kleinen Küstenkahn zur Verfügung stellen?"

„Natürlich könnte ich das", lautete die Antwort. „Aber seht Euch doch bloß das Wetter an. Es stürmt immer noch wie toll. Abgesehen davon, dass eine Fahrt bei diesem Wetter alles andere als ein Vergnügen ist, müsstet Ihr schon mitten in der Nacht losfahren, um mit einiger Sicherheit morgen um 11:00 Uhr pünktlich im Schloss zu sein." Beckenschläger sah wohl ziemlich betroffen drein. Im Hinblick auf die Erwartungen, die er an die kommende Nacht knüpfte, kam ihm eine Reise zur See nach Kopenhagen natürlich äußerst ungelegen. Seine Dankbarkeit gegenüber dem Hafenkapitän kannte deshalb keine Grenzen, als dieser fortfuhr: „Nein, Nissen, da habe ich eine viel bessere Idee. Unser Bürgermeister hat eine Kutsche mit zwei schönen Braunen. Abgesehen davon, dass er mein Freund ist, wird er Euch schon aufgrund des königlichen Befehls das Gefährt samt seinem Kutscher gern zur Verfügung stellen. Das Schaukeln der Kutsche wird so ein alter Seebär ja wohl noch überstehen."

Mit diesem Vorschlag war nun auch Nissen einverstanden und der Hafenkapitän versprach, alsbald alles Nötige mit dem Bürgermeister zu regeln. Kapitän Nissen verabschiedete sich bald darauf, da es ihn wieder zu den Ausbesserungsarbeiten an seinem Schiff zog. Während die Tafel aufgehoben wurde, ergab es sich, dass Anna-Katherina und Beckenschläger für kurze Zeit allein im Zimmer blieben. Sogleich drückte der Kornett das Mädchen fest an sich. „Kommst Du heute Nacht wieder?" fragte er leise. Anna-Katherina hauchte ihm einen Kuss auf die Wange. „Das weißt Du doch, mein Liebster", sagte sie nur und verschwand dann ebenfalls aus dem Raum.

XI.

Am nächsten Vormittag schaukelten Kapitän Nissen und Beckenschläger in einer für damalige Verhältnisse recht bequemen Kutsche auf der Landstraße nach Süden. Beckenschläger hatte sich in eine Ecke gelehnt und döste vor sich hin. Er war rechtschaffen müde, hatte er doch allenfalls zwei Stunden Schlaf bekommen. Aber seine Müdigkeit nahm er gern als Preis für die Nacht in Kauf.

Im Hinblick auf die bevorstehende Reise und dem damit verbundenen frühen Aufstehen hatte man sich am vergangenen Abend schon weit vor Mitternacht zurückgezogen. Bald nachdem es im Hause still geworden war, hatte Beckenschläger das schon sehnlich erwartete Geräusch an der Tür vernommen und seine Liebste war zu ihm ins Bett geschlüpft. Was dann folgte, war im Wesentlichen eine Wiederholung des Geschehens der vergangenen Nacht gewesen. Nur hatten beide jetzt alles viel länger und noch intensiver ausgekostet. Anna-Katharina war ganz offensichtlich auf den Geschmack gekommen und Beckenschläger ging es nicht anders. Jedenfalls hatte die Kirchturmuhr schon viermal geschlagen, als das Mädchen sein Zimmer wieder verließ.

Während Beckenschläger seinen Gedanken nachhing, saß ihm Nissen gegenüber, die Pfeife in seinem Mundwinkel pendelte im Einklang mit den Bewegungen des Wagens hin und her. Auch ihm schien nichts an einer Unterhaltung zu liegen. Nur hin und wieder warf einer der beiden einen Blick auf die wellige Landschaft Seelands, die sich unter dem sturmgepeitschten Wolkenhimmel ausbreitete. Dann und wann prasselte ein Regenschauer auf das Kutschendach. Hatte man zunächst nur einzelne Bauernhöfe verstreut auf dem Lande gesehen, so wurde die Bebauung allmählich immer dichter, bis der Wagen endlich durch das nördliche Festungstor in die eigentliche Stadt hineinrollte. Die zehnte Stunde war bereits vorbei und in den Straßen und Gassen wimmelte es von geschäftigen Menschen.

Auf kürzestem Weg steuerte der Kutscher das königliche Schloss an. Die Wache am äußeren Schlosstor ließ sie ohne weiteres passieren, nachdem Kapitän Nissen die Befehle des Königs aus dem Wagenschlag hinausgereicht hatte. Im eigentlichen Eingang zum Schloss meldeten sich der Kapitän und der Kornett bei dem wachhabenden Offizier des Leibregiments. Nachdem dieser die Befehle kurz überflogen hatte, bat er die beiden, ihm zu folgen, und führte sie vorbei an einer Unzahl von Höflingen, aber auch Offizieren und Wachen bis in den ersten Stock des Schlosses. Dort ging es vorbei an einer präsentierenden Wache in einen mit Gobelins behangenen Salon. Der Wachoffizier bat sie, dort zu warten, und verschwand in einem weiteren Raum.

Ein Blick aus dem hohen, mit Butzenscheiben verglasten Fenster zeigte Beckenschläger, dass man sich in einem Seitenflügel des Schlosses befand. Kurz darauf kam der Offizier wieder zurück und sagte den beiden, sie müssten noch etwas warten, da die Majestät noch beschäftigt sei, und ließ sie wieder allein.

Eine knappe halbe Stunde später kamen zwei vornehm gekleidete Herren aus der Tür, durch die vorhin der Wachoffizier gekommen war, kurz darauf gefolgt von einem Hauptmann der Garde. Die Herren gingen nur durch den Salon hindurch, nachdem sie den Gruß des Kapitäns und des Kornetts mit einem kurzen Nicken erwidert hatten, der Gardeoffizier jedoch wandte sich den beiden Wartenden zu. Die dänischen Worte, die er mit schnarrender Stimme von sich gab, konnte Beckenschläger nicht verstehen, aber Nissen raunte ihm zu: „Kommt, unsere Audienz fängt an." Sie folgten dem Offizier zunächst durch einen weiteren Raum, in dem zwei Schreiber über ihre Arbeit gebeugt waren, und betraten dann ein sehr geräumiges Eckzimmer. Ihnen gegenüber thronte hinter einem mächtigen Schreibtisch, der mit allerlei Papieren beladen war, König Christian IV. von Dänemark.

Der Gardeoffizier stellte sich neben den Kapitän und den Kornett, nahm eine stramme Haltung an und meldete ihre Namen – wiederum mit schnarrender Stimme. Die beiden traten daraufhin einen Schritt vor und machten eine tiefe höfische Verbeugung, wobei sie ihre breiten Hüte mit den Federbüschen schwenkten und seitlich weit von sich abhielten. Danach nahmen sie wieder eine aufrechte Haltung ein und klemmten die Hüte unter den Arm. Der König lächelte sie an: „Ah, meine beiden Glückstädter!" sagte er, wobei diese Bezeichnung ja jedenfalls auf Nissen nur sehr bedingt zutraf. „Herzlich willkommen in Kopenhagen. Wie ich Eurem schriftlichen Bericht entnommen habe, Herr Kapitän, war Eure Reise nicht ohne Schwierigkeiten. Ihr wurdet daran gehindert, Euer eigentliches Ziel, nämlich Schottland, zu erreichen? Ich darf um Euren Bericht bitten, weshalb Ihr Euch gehindert saht, meinen Befehlen nachzukommen."

Bei den letzten Worten hatte das Gesicht des Königs unversehens einen strengen Ausdruck bekommen. Nach der freundlichen Begrüßung hatte Kapitän Nissen – wie übrigens auch Beckenschläger – zunächst angenommen, dass der König bereits aufgrund seines schriftlichen

Berichts über die Umstände, die zur Aufgabe des ursprünglichen Reiseziels geführt hatten, zufriedengestellt sei. Jetzt zuckte er doch leicht zusammen; denn obwohl er ja kein Offizier der dänischen Kriegsmarine war, war er seinem Herrscher natürlich verantwortlich – zumal in Kriegszeiten und in Durchführung eines militärischen Auftrags.

Kapitän Nissen sah sich also gezwungen, auf der Stelle eine ausführliche Rechtfertigung abzugeben. Dabei schilderte er in allen Einzelheiten den Ablauf der Reise, insbesondere aber auch den Unfall des Dragonerkapitäns und Beckenschlägers maßgebliche Rolle bei dessen Rettung. Vielleicht brachte er dabei seine Fürsorge für das Wohl des verletzten Offiziers ein wenig zu sehr in den Vordergrund. „Aber Herr Kapitän", grollte Christian IV. „die Verwundung eines einzelnen Offiziers kann doch nicht im Ernst für Euch Veranlassung gewesen sein, ein Unternehmen aufzugeben, bei dem es darum ging, mehrere Hundert Mann Verstärkung in eine belagerte Festung zu bringen. Es ging ja nicht darum, in Friedenszeiten eine Ladung Weizen abzuholen." Kapitän Nissen war blass geworden und merklich in sich zusammengesunken. Der König schwieg absichtlich eine Weile, bis Nissen sich zu dem Einwand aufraffen konnte: „Aber der Zustand des Schiffs, Eure Majestät, das Wetter ..."

Da unterbrach ihn der König mit einer Handbewegung. „Natürlich, Kapitän, das sind Gründe. Wenn Ihr es bei den Beschädigungen Eures Schiffs und angesichts des zu erwartenden Auflebens des Sturmes nicht glaubtet, verantworten zu können, quer über die ganze Nordsee zu segeln – noch dazu praktisch gegen den Wind – dann habt Ihr allerdings richtig gehandelt. Mit dem Verlust des Schiffs und seiner ganzen Besatzung wäre schließlich keinem gedient gewesen – außer dem Feind."

Das Gesicht des Königs hatte sich wieder aufgehellt, als er hinzufügte: „Ich billige Euer Verhalten, Herr Kapitän Nissen. Ich wollte nur nach einmal alles genau von Euch persönlich hören." „Nun aber zu Euch, Kornett", sprach Christian IV. Beckenschläger an. „Da Euer Offizier nicht kommen kann, erwarte ich Euren Bericht über die Verhältnisse in Glückstadt und Krempe. Beginnt am besten von Anfang an mit dem Augenblick der Einschließung."

Da sich dieser Zeitpunkt in etwa mit dem eigenen Erscheinen Beckenschlägers zuerst in Krempe und dann in Glückstadt deckte, musste dieser eigentlich als Leitfaden nur seine eigenen Erlebnisse seit Anfang September schildern, wobei er es geschickt verstand, seine Beobachtungen über die allgemeinen Zustände in den Festungen mit einzuflechten. Als Beckenschläger geendet hatte, nickte der König befriedigt. „Dafür, dass Ihr erst knapp vier Monate in meiner Armee dient, besitzt Ihr in militärischen Dingen schon einen erstaunlichen Überblick. Macht weiter so und das Leutnantspatent wird nicht allzu lange auf sich warten lassen." Damit erhob sich der König aus seinem Sessel hinter dem Schreibtisch und trat an Beckenschläger heran. Während er ihm die rechte Hand auf die Schulter legte, sagte er: „Vorerst aber danke ich Euch für Euer tapferes Verhalten bei der Rettung einer meiner Offiziere, Herr Fähnrich."

Beckenschläger dankte gehorsam und begriff erst einen Augenblick später, dass ihn der König soeben befördert hatte. Die Urkunde hielt ein Sekretär, der sich bisher im Hintergrund gehalten hatte, bereits in der Hand. Christian IV. nahm Platz und fuhr fort: „Kapitän Nissen, ihr meldet mir, sobald Euer Schiff wieder segelfertig ist. Wegen der vorläufigen Unterbringung des Feldwebels und der übrigen Soldaten des Werbekommandos an Land wendet Euch an den Hafenkapitän in Helsingør. Ihr, Fähnrich Beckenschläger, habt bis zum Jahresende Urlaub. Meldet Euch wieder hier im Schloss am dritten Tag nach Neujahr. Ich werde dann über Eure weitere Verwendung entschieden haben."

Mit einem hoheitsvollen Wink gab er den beiden zu verstehen, dass die Audienz beendet sei, rief dann jedoch Beckenschläger noch einmal zurück und drückte ihm einen kleinen Beutel mit Goldstücken in die Hand. „Macht Euch einen angenehmen Urlaub", meinte Christian dazu.

Als der frischgebackene Fähnrich mit dem Kapitän wieder im Freien vor dem Schloss stand, meinte der letztere erleichtert aufatmend: „So, mein Lieber, ich glaube, jetzt haben wir uns einen guten Schluck verdient."

XII.

Die kommenden Tage in Helsingør verliefen für Beckenschläger auf das angenehmste. Während er am Tage der nette junge Fähnrich war – seine Beförderung war übrigens auch im Hause des Hafenkapitäns gebührend gewürdigt und gefeiert worden – der höfliche und zurückhaltende junge Mann, der mit den Damen artige Gespräche führte, verwandelte er sich des Nachts regelmäßig für seine Anna-Katherina in einen feurigen Liebhaber.

Es kam das Weihnachtsfest und das ganze Haus steckte in voller Festlichkeit. Auch Ohlsen, dem es inzwischen merklich besser ging, war in die Wohnstube hinuntergeführt worden und mit einiger Verspätung erschien auch Kapitän Nissen. Beckenschläger hatte noch während des Besuchs in Kopenhagen einen Teil des königlichen Geldgeschenks in kleine Geschenke für jeden seiner Gastgeber umgesetzt. Für Anna-Katherina hatte er ein besonders hübsches goldenes Kettchen mit einem niedlichen Kreuz aus Gold entdeckt. Auch er selbst erhielt kleine Aufmerksamkeiten und er nahm es artig hin, dass ihm Anna-Katherina bei der Übergabe ihres Geschenks eines zarten Kuss auf die Wange hauchte. Allerdings empfand er dabei die Freude desjenigen, der einen Fingerhut voll Wein entgegennimmt, wohl wissend, dass ihn schon bald ein ganzer Krug erwartet.

So verging das Fest in schönster Harmonie, obwohl sich Beckenschläger hin und wieder eines gewissen Unbehagens nicht erwehren konnte, wenn ihm die Fürsorglichkeit seiner Angebeteten für den verletzten Dragonerkapitän doch etwas übertrieben vorkam. Ohlsen schien das Verhalten des Mädchen aber nicht als ungewöhnlich zu empfinden und so achtete auch Beckenschläger schließlich nicht mehr darauf.

Zwei Tage vor dem Jahreswechsel machte Kapitän Nissen die Mitteilung, dass die Arbeiten am Schiff bereits gut fortgeschritten seien. Beckenschläger selbst hatte sich hiervon bei seinen Besuchen auf der Werft bereits überzeugen können. Zuerst war der Stumpf des abgebrochenen Fockmastes sowie der Rest der Großmarsstenge entfernt worden. Dann hatte man mit einem Kran einen neuen Fockmastbaum eingesetzt und – nachdem auch der Fockmars angebracht war – bereits die unteren Fockwanten gespannt. Zwischendurch wurden die Ausbesserungsarbeiten am Schanzkleid und an der Reling abgeschlossen. Der Schiffszimmermann hatte zusammen mit den Zimmerleuten der Werft den Rumpf gründlich untersucht. Zu Kapitän Nissens großer Erleichterung waren dort keine Schäden festgestellt worden.

Nach Weihnachten erhielten dann Fock- und Großmast neue Marsstengen. Schließlich wurden auch an beiden Masten die Bramsalings angebracht. Es war jetzt noch übrig, die Bramstengen und die Flaggstöcke anzubringen. Dann mussten die verlorengegangenen Rahen ersetzt, die Takelage vervollständigt und schließlich neue Segel angeschlagen werden. „Wenn wir weiter so gut vorankommen, werden wir in zwei, spätestens drei Wochen wieder segelfertig sein", meinte Kapitän Nissen.

„Sagt mal, Herr Fähnrich", – Nissen hatte sich nach einigen anfänglichen Schwierigkeiten daran gewöhnt, Beckenschläger nicht mehr mit Kornett anzureden – „Ihr müsst doch ohnehin am dritten Tag im neuen Jahr in die Residenz. Da könnten wir doch zusammenfahren, damit ich auch gleich meinen Bericht über den Fortschritt der Arbeiten vorlegen kann. Wenn wir beide zusammenreisen müssen, wird uns ja wohl der Bürgermeister noch einmal seine Überlandfregatte zur Verfügung stellen." Offenbar hatte der Kapitän die Kutschfahrt doch als ganz angenehm empfunden.

Man feierte dann Silvester im Hause des Hafenkapitäns. Allerdings ging diese Feier in sehr viel gelockerter Stimmung vor sich, als das Weihnachtsfest eine Woche zuvor. Dies mag weniger daran gelegen haben, dass der Silvesterfeier der religiöse Hintergrund fehlte, als daran, dass Kapitän Nissen durch eine großzügige Stiftung aus seinen Wein- und Rumvorräten zur Lockerung der Stimmung einen willkommenen Beitrag leistete. Einzig das Bewusstsein der allgemeinen Lage war für alle ein Wermutstropfen und als das neue Jahr eingeläutet wurde, brachte man neben den persönlichen Glückwünschen vor allem den Wunsch zum Ausdruck, dass das Jahr 1628 eine Wende des Kriegsglücks bringen möge.

Es kam dann der Vorabend der Abreise nach Kopenhagen. Die Johnsons gestalteten diesen Abend noch vorsorglich zu einer kleinen Abschiedsfeier für Beckenschläger. Immerhin musste man ja damit rechnen, dass die Befehle des Königs dem Fähnrich eine Rückkehr nach Helsingør vorerst nicht gestatten würden. Beckenschläger hatte demnach auch bereits seine gesamten – allerdings recht wenigen – Habseligkeiten gepackt, um sie am kommenden Morgen auf die Kutsche verladen zu können. Wohl keiner besonderen Erwähnung bedarf es, dass Anna-Katharina sich in der Nacht noch zu einem besonders innigen Abschied in Beckenschlägers Stube einfand.

XIII.

König Christian IV. empfing den Kapitän und den Fähnrich mit ausgesuchter Freundlichkeit und versäumte es nicht, ihnen beiden Glück und Erfolg im neuen Jahr zu wünschen. Offensichtlich erfreut war er, als Kapitän Nissen ihm den guten Fortschritt der Arbeiten an seinem Schiff meldete.

„Sobald Ihr segelfertig seid, Kapitän Nissen", sagte der König, „lauft Ihr nach Schottland aus, falls ich Euch bis dahin nicht eine gegenteilige Order schicken sollte. Euer Ziel wird weiterhin Aberdeen sein. Ich werde Euch mit hinreichend Geldmitteln versehen. In Schottland kommt es darauf an, ob mein dortiger Agent noch Söldner für Euch bereithält. Ich habe bisher noch keine Nachricht darüber, ob Kapitän Mohr mit den beiden anderen Schiffen dort gut angekommen ist und wie viel Truppen er gegebenenfalls nach Glückstadt bringen konnte. Sollte Mohrs Mission erfolgreich gewesen und der Agent in Aberdeen auch keine weiteren Söldner zur Verfügung haben, so kauft Ihr in Schottland – nötigenfalls auch in England – Proviant und Munition und fahrt damit nach Glückstadt. Benachrichtigt mich einige Tage vor der endgültigen Fertigstellung Eures Schiffs, damit ich Euch das Erforderliche zukommen lassen kann."

Dann wandte sich der König Beckenschläger zu, kratzte sich nachdenklich an seinem Zwickel und erkundigte sich nach dem Zustand des Kapitäns der Dragoner-Musketiere, insbesondere danach, ob dieser bis zu dem ins Auge gefassten Zeitpunkt des Auslaufens der ‚Seeland' – also in etwa drei Wochen – wieder dienstfähig sein werde. Nachdem Beckenschläger dies nach sorgfältigem Überlegen, besonders unter Hinweis auf die Unannehmlichkeiten der winterlichen Seereise, als unwahrscheinlich bezeichnet hatte, meinte Christian IV.: „Gut, Herr Fähnrich, ich muss also für meine weiteren Dispositionen davon ausgehen, dass Kapitän Ohlsen beim Auslaufen der ‚Seeland' noch nicht wieder zur Verfügung stehen wird. Eigentlich hatte ich vorgehabt, Euch bis zum Frühjahr hier im Hofdienst zu behalten, damit Ihr Eure militärtheoretische Kenntnisse vervollkommnet, insbesondere aber die dänische Sprache erlernt. Ich bin jetzt aber doch geneigt, Euch für die

91

Fortsetzung der Reise das Kommando über die Soldaten an Bord der ‚Seeland' zu übertragen. Die Theorie mag also zunächst warten.

Allerdings ist es für einen meiner zukünftigen Offiziere dringend erwünscht, dass er das Dänische wenigstens in seinen Grundzügen beherrscht. Deshalb werdet Ihr für die nächsten drei Wochen hier im Schloss bleiben und mit einem meiner älteren Fähnrichs zusammenziehen, der Euch so intensiv wie möglich in die dänische Sprache einführt."

Beckenschläger brachte ein kurzes „Wie Eure Majestät befehlen" heraus, musste aber doch eine leichte Enttäuschung unterdrücken. Insgeheim hatte er wohl damit gerechnet, dass ihn der König bei dem Kommando auf der ‚Seeland' belassen würde, im Hinblick auf die baldige Fertigstellung des Schiffs aber auch auf eine Verlängerung seines Urlaubs gehofft. Gar zu gern wäre er sofort zu seiner Anna-Katharina zurückgekehrt. Gegen den Befehl des Königs war aber eine Widerrede natürlich nicht möglich. Der König beauftragte noch einen in seinem Arbeitszimmer befindlichen Ordonanzoffizier damit, sich um die Unterbringung des Fähnrichs zu kümmern. Dann waren dieser und der Kapitän auch schon entlassen.

XIV.

Die nächsten Wochen vergingen für Beckenschläger wie im Fluge. Der Fähnrich, dem er zugeteilt war, war ein junger Mann von vierundzwanzig Jahren, der seine Aufgabe als Sprachlehrer sehr ernst nahm. Er stammte aus Hadersleben und beherrschte die deutsche Sprache fast genauso gut wie die dänische, welche allerdings seine Muttersprache war.

Nachdem er Beckenschläger in den ersten Tagen von morgens bis abends die wichtigsten Vokabeln und die Grundzüge der Grammatik hatte büffeln lassen, sprach er bald nur dänisch mit ihm. Beckenschläger musste eingestehen, dass diese Methode zwar äußerst anstrengend, aber auch sehr effektiv war. Viel Zeit, um sich die Sehenswürdigkeiten der Stadt anzusehen, verblieb ihm dabei allerdings nicht.

Während der wenigen Spaziergänge, die er in der Stadt unternahm, blies ihm seit einigen Tagen ein kalter Ostwind ins Gesicht. Beckenschläger vermerkte dies als eine Wetteränderung, die den Plänen für eine Seereise nach Westen sehr entgegenkam. Eines Tages in der zweiten

Januarhälfte war dann der reitende Bote aus Helsingør da und brachte die Nachricht, dass Kapitän Nissen bereit sei, in drei Tagen auszulaufen.

Beckenschläger hatte in kürzester Zeit seine Sachen wieder gepackt und verließ schon am Nachmittag mit dem Kurier aus Helsingør und einem weiteren Reiter – einem Leutnant der Leibgarde – die Hauptstadt. Dieser Offizier führte zwei schwere Satteltaschen mit sich, in denen Beckenschläger das Geld vermutete, das Kapitän Nissen für seine Unternehmungen auf der britischen Insel benötigen würde. Als man nach zügigem Ritt Helsingør erreichte, war die frühe Dämmerung des Winterabends bereits hereingebrochen. Der Ritt führte die drei sofort zum Hafen, wo die ‚Seeland‘ bereits voll aufgetakelt und mit angeschlagenen Segeln an der Ausrüstungspier der Werft lag. Kapitän Nissen war an Bord und quittierte dem Gardeleutnant den Empfang von fünftausend Talern in bar und weiteren zwanzigtausend in Anweisungen. Der Leutnant verabschiedete sich dann bald, um sich in einem Gasthof für die Nacht ein Zimmer zu suchen. Beckenschläger übergab dem reitenden Boten, der ja aus Helsingør stammte, sein Pferd und hatte es dann sehr eilig, um zum Haus des Hafenkapitäns – was für ihn natürlich in erster Linie zu Anna-Katherina bedeutete – zu kommen.

Dort wurde er bereits erwartet. Kapitän Nissen hatte den Hafenkapitän über das Ergebnis des letzten Besuchs beim König unterrichtet und den reitenden Boten hatte Johnson ja selbst am Morgen nach Kopenhagen geschickt.

Die folgenden beiden Tage, besonders aber die Nächte, vergingen für Beckenschläger viel zu schnell. In der letzten Nacht vor der Abreise blieb Anna-Katherina so lange in seinem Zimmer, dass im Erdgeschoss schon die Dienstmagd zu hören war, als sie endlich mit Tränen in den hübschen Augen fort eilte.

XV.

Die ‚Seeland‘ pflügte nun schon den zweiten Tag durch die wohl bewegte, aber noch keineswegs als aufgewühlt zu bezeichnende See. Kattegat und Skagerrak lagen bereits weit hinter ihr und der stetige Ostwind füllte die prallen Segel. Es war ein klarer Wintertag, die Sonne stand hoch am blauen Himmel. Nur vereinzelt zogen Wolken dahin. Bonifatius Beckenschläger stand auf dem Achterkastell und genoss das stetige Wiegen der Planken unter seinen Füßen, während sein Blick weit über das Meer glitt.

Seine Gedanken waren noch in Helsingør. Vor seinem geistigen Auge sah er beim Abschied Anna-Katherina noch lange winkend neben dem Hafenkapitän an der Pier stehen, während die ‚Seeland‘ der Nachmittagssonne entgegen aus dem Hafen segelte. Der Abschied war schmerzlich gewesen; denn wer konnte schon sagen, wann er in den Wirren des Krieges das Mädchen wiedersehen würde. Jäh wurde der Fähnrich aus seinen Gedanken gerissen, als von der Saling des Großmastes die Stimme des Ausgucks über das Deck tönte: „Segel an Backbord voraus!" Vom Deck des Achterkastells war natürlich noch nichts zu erkennen, obwohl Kapitän Nissen den Kajütjungen sofort heraufgerufen hatte, um sich den Kieker bringen zu lassen. Es dauerte noch eine gute Viertelstunde, dann entdeckte Beckenschläger in der vom Ausguck angegebenen Richtung plötzlich zwei dicht nebeneinander stehende Segel am Horizont. Unter den beiden weißen Punkten standen bald zwei größere Vierecke und dahinter das Dreieck eines Besansegels mit einem kleinen Marssegel darüber. Kapitän Nissen sah jetzt angestrengt durch den Kieker. „Der Bursche läuft einen Kurs, der diagonal zu unserem eigenem steht", meinte er dann. „Wenn er seinem Kurs beibehält, muss der nach Nordwesten an uns vorbeisegeln." „Welche Flagge führt er denn?" fragte der Steuermann, der neben dem Kapitän stand. „Bisher noch gar keine", lautete die Antwort. Und dann fügte Nissen erstaunt hinzu: „Mir scheint, er dreht jetzt in den Wind. Der wird doch nicht auf uns warten wollen, dann sollte er aber langsam Flagge zeigen." Beckenschläger nahm jetzt auch wahr, dass sich die beiden Segelpyramiden ineinander verschoben und dann nur noch eine einzige zu bilden schienen.

„Ah, jetzt geht seine Flagge hoch", rief Nissen aus, den Kieker unablässig weiter vor dem einen Auge. „Rot-weiß-blau", stellte er fest. „Die Farben der Generalstaaten." Am Heck der ‚Seeland‘ flatterte bereits seit längerer Zeit der Danebrog. Kapitän Nissen runzelte die Stirn und seine Pfeife wanderte von einem Mundwinkel in den anderen. „Irgendwie gefällt mir die Sache nicht", brummte er vor sich hin. „Ich habe so ein komisches Gefühl im Magen. Das bekomme ich immer dann, wenn an einer Sache etwas faul ist."

Es war jetzt offensichtlich, dass das Schiff vor ihnen auf sie warten wollte. Sein Rumpf war jetzt bereits deutlich zu erkennen. Es handelte sich um eine typische Galeone des beginnenden 17. Jahrhunderts. Der Bug lief in das lange schnabelförmige Galion der damaligen Zeit aus und zeigte – etwas schräg seitlich versetzt – auf die ‚Seeland'. Dadurch wurden die nach achtern ansteigenden Konturen des Achterkastells sichtbar sowie eine tiefer liegende, zum Heck führende Galerie. Die Segel schlugen, da der Wind sie ja jetzt fast von vorn traf, locker gegen die Masten. „Das Schiff ist seiner ganzen Bauweise nach ein Engländer. Wieso führt der Kerl die holländische Flagge?!", ließ sich Kapitän Nissen wieder vernehmen. Dann wandte er sich seinem Steuermann zu und befahl ihm, vorsorglich das Schiff klar zum Gefecht machen zu lassen.

Die entsprechenden Befehle schallten über das Deck und sofort rannten die nun von den Bootsleuten und Maaten angewiesenen Matrosen scheinbar planlos, aber sicherlich doch nach einem ganz bestimmten sinnvollen System, kreuz und quer über die Decks. Die Persennings wurden von den Kanonen gerissen, die zu dritt an jeder Seite des Hauptdecks standen. Das Gleiche geschah mit je einer Kanone an beiden Schanzkleidern des Achterkastells. Die ‚Seeland' war ein Handelsschiff, aber auch ein solches Fahrzeug war damals in der Regel mit einigen Geschützen versehen. Bei den Kanonen des Hauptdecks handelte es sich um 9-Pfünder, während die beiden Geschütze des Achterkastells 6-Pfünder waren. Zusätzlich schleppten Matrosen jetzt 3-Pfünder-Karronaden heran und wuchteten – je eine an jeder Seite des Vorder- und des Achterkastells – in die dafür vorgesehenen Halterungen. Diese kleinen Geschütze waren schwenkbar und wurden mit gehacktem Blei oder Eisen geladen. Ihre Wirkung entfalteten sie nur auf kurze Entfernung und dienten der Abwehr von Entermannschaften.

Andere Seeleute brachten schwarzglänzende Kanonenkugeln aus dem Schiffsrumpf hervor. Schiffsjungen schleppten Pulversäcke heran und das Deck wurde mit Sand bestreut, um den Geschützbedienungen im Gefecht festen Halt zu geben. Inzwischen hatten sich auch die Bedienungen an ihren Geschützen zu schaffen gemacht, sie von den noch geschlossenen Stückpforten weg zur Mitte des Decks gezogen und waren damit beschäftigt, sie zu laden. Die ‚Seeland' hatte sich dem anderen Schiff jetzt bis auf etwa drei Kabellängen (1 Kabellänge = 185,5 m oder

1/10 Seemeile) beinahe frontal genähert. Kapitän Nissen nahm plötzlich mit einem energischen Griff seine Pfeife aus dem Mundwinkel und sagte – mehr zu sich selbst: „So, nun wollen wir einmal sehen, was mit dem Bruder da drüben los ist." Laut rief er dem Rudergänger zu: „Hart Steuerbord!"

Schwerfällig legte sich die ‚Seeland' unter dem Druck ihrer Segel auf die rechte Seite und ging von ihrem bisherigen Westkurs auf Nordwestkurs über. Beckenschläger sah gebannt – wie übrigens die anderen Männer auf dem Achterkastell ebenfalls – zu dem Holländer hinüber.

Dort wurden unversehens die Segel hart angebrasst und das Schiff, das bis dahin die Spitze seines Galions fast genau auf die ‚Seeland' gerichtet hatte, drehte ihnen nun mehr und mehr seine Breitseite zu. Dabei klappte an der Bordwand der Galeone eine Reihe von Stückpforten auf und schwarze Kanonenrohre wurden sichtbar. „Hab' ich es mir doch gedacht", knurrte Kapitän Nissen grimmig. „Der Bursche führt nichts Gutes im Schilde." Und als wolle ihr Gegenüber diese Worte unterstreichen, wurde drüben auf dem Vorderkastell eine Rauchwolke sichtbar und der Donner eines Kanonenschusses rollte über die See. Gleich darauf stieg eine weiße Wassersäule vielleicht eine Schiffslänge vor dem Bug der ‚Seeland' in die Höhe. Kapitän Nissen betrachtete interessiert, wie die Fontäne wieder in sich zusammenfiel und meinte: „Ist das eine Art, seine Verbündeten zu begrüßen?" Beckenschläger hatte inzwischen das andere Schiff im Auge behalten und fasste den Kapitän am Arm. „Seht einmal dort!" Kapitän Nissens Blick folgte dem ausgestreckten Zeigefinger des Fähnrichs. Drüben war inzwischen die rot-weiß-blaue Flagge vom Flaggstock verschwunden. Dafür stieg aber ein dunkles Bündel an einem Tampen zur äußersten Spitze der Besanrah empor. Im gleichen Augenblick entfaltete sich dieses Bündel und dann knatterte ein schwarzes Tuch im Wind – einen weißen Totenkopf in seiner Mitte und zwei gekreuzte Knochen darunter.

XVI.

Die ‚Seeland' schnitt nun in spitzem Winkel den neuen Kurs des Piraten, der erst langsam Fahrt aufnehmen konnte und zog in etwa drei Kabellängen Entfernung an seinem Bug vorüber. Dem Piraten war es nicht mehr gelungen, ihr seine Breitseite voll zuzudrehen.

Jetzt aber sahen Kapitän Nissen und die anderen über das Heck, dass das andere Schiff sich an ihren Kurs heftete. Auch dessen Segel standen jetzt prall im Wind und über einer mächtigen, weißschäumenden Bugwelle nickte seine Vorderblinde am Bugspriet monoton auf und nieder.

Das Schiff unter der schwarzen Flagge war als Kriegsschiff gebaut und wesentlich schnittiger als die ‚Seeland‘. Unverkennbar verringerte sich bald der Abstand. Als die Entfernung zwischen den Schiffen nur noch eine gute Kabellänge betrug, befahl Kapitän Nissen „Hart Backbord“. Die Mannschaft legte sich mit aller Kraft in die Brassen, die Rahen mit den prallen Segeln schwangen knarrend herum und mit dem Bug tief in die See eintauchend ging die ‚Seeland‘ auf West- und dann auf Südwestkurs. Der Verfolger konnte erst mit einiger Verzögerung dieses Manöver nachvollziehen und es gelang Kapitän Nissen, seinen Vorsprung auf drei bis vier Kabellängen zu erweitern, bis der Pirat wieder voll auf seinem Kurs lag.

Beckenschläger hatte sich mit den Ellenbogen auf die Heckreling gelehnt und betrachtete unverwandt den Verfolger, während Kapitän Nissen ganz mit der Führung des Schiffs beschäftigt war und nur hin und wieder einen besorgt abschätzenden Blick nach achtern warf. Nissen sprach eindringlich mit dem Steuermann, der daraufhin zum Hauptdeck hinabeilte und die Bootsleute zusammenrief – offenbar zur Weitergabe der eben erhaltenen Anweisungen. Plötzlich sah Beckenschläger über der sich gerade wieder senkenden Vorderblinde des Piraten eine weiße Rauchwolke erscheinen, der Geschützdonner verwehte im Heulen des Fahrtwindes und dem Singen der Takelage, aber gleich darauf hörte er es hoch über seinem Kopf heranjaulen. Als er instinktiv hinter sich nach oben blickte, sah er im Weiß des Großmarssegels ein klaffendes schwarzes Loch. „Verflucht, der Hund hat ein Jagdgeschütz auf der Back“, fuhr es aus Nissen heraus.

Der Steuermann war wieder neben ihm erschienen. Er erhielt nun von Nissen den Befehl, den Danebrog niederholen zu lassen und das Schiff wieder auf Nordwestkurs zu bringen. Gleichzeitig erhielt die Segelmannschaft die Order, den Schoten Lose zu geben, sodass der Wind in den Segeln keinen Widerstand mehr fand und das Schiff merklich an Fahrt verlor.

Der Pirat schoss jetzt unter vollen Segeln schräg von vorn an die Steuerbordseite der ‚Seeland' heran. Einerseits musste das neue Manöver für seinen Kommandanten völlig überraschend kommen, andererseits musste er aber das Streichen des Danebrogs dahin deuten, dass er seine Beute bald in Händen haben würde. Währenddessen kauerten die Geschützbedienungen gespannt an den Steuerbordkanonen der ‚Seeland'.

Der Steuermann rief ihnen plötzlich zu: „Geschütze ausrennen!" Die Pforten der Steuerbordseite klappten hoch und die Lafetten mit den schwarzen Rohren der drei 9-Pfünder rumpelten an die viereckigen Öffnungen, die jetzt im Schanzkleid waren. Inzwischen hatte der Steuermann den rechten Arm mit einem schweren Entersäbel hoch in die Luft gestreckt und während er „F e u e r!" auf das Hauptdeck hinabschrie, ließ er den Säbel niedersausen. In diesem Augenblick hielten die Geschützführer die glimmenden Lunten an die Kanonen. Lange, weißgelbe Feuerzungen zuckten aus den Rohren, sofort gefolgt von dichtem Qualm, der die ganze mittlere Steuerbordseite einhüllte. Es krachte ohrenbetäubend und die schweren Rohre ruckten polternd zurück.

Kapitän Nissen warf nur einen kurzen Blick auf den jetzt dicht herangekommen Piraten und brüllte: „An die Schoten!" Sofort strafften sich die Schoten, die Segel füllten sich wieder mit Wind und die ‚Seeland' nahm umgehend Fahrt. Der Danebrog stieg knatternd am Besan empor. Mochte der Piratenkapitän die Absicht gehabt haben, den langen Schnabel seines Galions in der ‚Seeland' zu verhaken, mochte er vorgehabt haben, unmittelbar neben ihr in einer eleganten Kurve Iängsseits zu gehen – dadurch, dass die ‚Seeland' Fahrt aufnahm, glitt sie ihm vor dem Bug weg und der Pirat zog, – wenn auch nur in knappem Abstand an ihrem Heck vorbei. Dort hatte Beckenschläger seinen Platz noch nicht verlassen und starrte zu dem fremden Schiff hinüber. Er konnte die Gesichter der Seeleute erkennen, sah den Piratenkapitän wie eine Statue hoch aufgerichtet auf dem Achterkastell stehen.

Beckenschläger bemerkte, das sich das obere Segel des feindlichen Vormastes erst langsam herabneigte, dann aber immer schneller wurde und schließlich mit dem oberen Teil des Mastes krachend auf das Vorschiff niederschlug.

Im selben Augenblick sah er aber entsetzt, dass auch ihm gegenüber Feuerzungen aus der Bordwand zuckten und Qualm die Breitseite des Piraten einnebelte, während er vorbeizog.

In das ohrenbetäubende Donnern der feindlichen Kanonen mischten sich dumpfe Einschläge in die Bordwand der ‚Seeland' und Krachen von splitterndem Holz. Der Boden bebte unter den Füßen des Fähnrichs, als sich die Kanonenkugeln in das Heck und den hinteren Teil der Steuerbordseite des Schiffs bohrten. Während sich die Schiffe voneinander entfernten, gellte der Schreckensruf des Rudergängers nach oben: „Das Schiff gehorcht dem Ruder nicht mehr!" Sofort eilte Kapitän Nissen mit bleichem Gesicht hinab zu dem Mann am Kolderstock. Beckenschläger aber konnte wahrnehmen, dass man auf dem anderen Schiff sofort in fieberhafter Eile daranging, den durch einen glücklichen Treffer eines der Geschütze der ‚Seeland' heruntergeholten Teil des Fockmastes über Bord zu schaffen. Die Sonne stand inzwischen schon tief im Westen.

XVII.

Als Kapitän Nissen nach einiger Zeit wieder auf dem Achterkastell erschien, erklärte er dem Fähnrich, dass der Kopf der Ruderpinne und der obere Teil des Ruderblatts zerschossen sei. Der Schiffszimmermann bemühe sich mit seinen Gehilfen zwar verzweifelt, den Schaden zu beheben, die Arbeit könne aber Stunden in Anspruch nehmen; währenddessen sei das Schiff nur mit den Segeln notdürftig zu manövrieren. Erschwerend kam noch hinzu, dass das Schiff während der Arbeiten an der Ruderanlage möglichst ruhig liegen musste, zumal ja auch von außen am Heck gearbeitet werden musste. Die Segel wurden also bis auf das Besansegel geborgen und es begann mit dem in Sichtweite liegenden Piraten ein Wettlauf darum, wer zuerst seine Schäden ausgebessert und die Manövrierfähigkeit seines Schiffes wieder hergestellt haben würde.

Kapitän Nissen hatte die Jolle zu Wasser gelassen, sodass die Reparatur am Heck sowohl vom Boot aus wie auch von Sitzbrettern ausgeführt werden konnte, die an Stricken am Heck heruntergelassen waren.

Auch der Pirat hatte seine Segel geborgen und mehrere Boote ins Wasser gelassen.

Beckenschläger sah, dass sich die Besatzungen dieser Boote zunächst am Bug der feindlichen Galeone zu schaffen machten, dann aber plötzlich von ihrem Schiff weg in Richtung auf die ‚Seeland' zu ruderten. Der Fähnrich konnte sich dies zunächst nicht erklären, bemerkte dann aber, dass der Bug des Piratenschiffs langsam in Richtung auf das eigene Heck gedreht wurde. Er machte Kapitän Nissen, der durch die Beaufsichtigung anderer Arbeiten in Anspruch genommen war, auf diese Entdeckung aufmerksam. Dieser fluchte, als er merkte, was drüben im Gange war. „Der Bursche richtet sein Vorderkastell mit dem Jagdgeschütz auf uns und will ein Scheibenschießen veranstalten", sagte er dann.

Da sah Beckenschläger auch schon, wie sich am Bug des feindlichen Schiffs ein Qualmwölkchen bildete – genau wie vorhin, als der erste Schuss während der Verfolgungsjagd gelöst wurde. Der Donner des Abschusses verhallte über die See und die Fontäne stieg mehrere Schiffslängen querab nach achtern in die Höhe. Minuten später lag der nächste Einschlag zwar immer noch weit seitlich nach Steuerbord ab, hätte aber in der Entfernung fast das Heck der ‚Seeland' erreicht. Als wiederum einige Minuten später die dritte Wassersäule aus der See stieg, lag sie nur noch eine Schiffslänge, aber bereits mittschiffs, neben der ‚Seeland'.

Nun wurde Kapitän Nissen lebendig. „Alle Segel setzen!" schrie er und nach achtern über die Heckreling: „Arbeiten einstellen, das Boot in Schlepp nehmen." Die Matrosen hasteten in die Wanten und an den Fußpferden die Rahen entlang. Da krachte auch schon ein weiterer Schuss herüber. Diesmal war die Fontäne so dicht neben der Backbordseite, dass die Männer auf dem Achterkastell von einem Schwall Wassers überschüttet wurden. Vom Heck gellten Schreie empor.

Beckenschläger stürzte an die Bordwand und sah, dass die Jolle gekentert war. Die Männer aus dem Boot schwammen jetzt im eiskalten Wasser. Bevor ihnen vom Schiff aus noch Taue zugeworfen werden konnten, knatterten und klatschten von den Rahen die nur locker angeschlagenen gewesenen Segel und die ‚Seeland' bewegte sich langsam von den Verunglückten fort. In diesem Augenblick tauchten die schreckensbleichen Gesichter der Männer über der Heckreling auf, die auf den Sitzbrettern gearbeitet hatten. Hilfsbereite Hände packten zu und zogen die völlig durchnässten Seeleute an Bord. Da fauchte es plötzlich heiß über das Achterkastell. Beckenschläger wurde wie von einer unsichtbaren Faust gegen die Reling geschleudert und es folgte ein fürchterliches Krachen. Schreie tönten über das Schiff und als der Fähnrich benommen um sich blickte, sah er dort, wo eben noch Kapitän Nissen gestanden hatte, eine unförmige, blutige Masse am Boden liegen. Der Klumpen hatte seltsam verdreht wirkende Beine, aber weder Kopf noch Oberkörper. Beckenschläger hatte sich halb aufgerichtet gehabt und musste sich so unversehens übergeben, das er seine Montur über und über beschmutzte.

Die Kanoniere am feindlichen Jagdgeschütz hatten sich jetzt eingeschossen; denn schon wieder ertönte ein Krachen, gefolgt von Bersten und Splittern, diesmal genau unter den Planken, auf denen der Fähnrich sich gerade mit zitternden Beinen aufgerichtet hatte. Der Treffer musste voll in die Kapitänskajüte eingeschlagen haben. Beckenschläger blickte verzweifelt über die Heckreling und erkannte, dass ihr Peiniger jetzt jedenfalls die Segel des Großmastes gesetzt hatte. Offenbar hatte er sich von den Trümmern der Fockmarsstenge befreit und wollte seine Beute nicht aus den Klauen lassen.

Immerhin schien sich der Abstand zu vergrößern; denn eine weitere Wassersäule lag nun doch schon eine ganze Schiffslänge hinter dem Heck der ‚Seeland‘.

XVIII.

Gnädig hatte der Winterabend die See in Dunkel gehüllt. Das Piratenschiff war nicht mehr zu sehen, höchstens noch zu ahnen.

Der Steuermann hatte das Kommando über das Schiff übernommen und versuchte, es mithilfe der Segel auf nordwestlichen Kurs zu halten. An einen Gebrauch der Ruderanlage war nun überhaupt nicht mehr zu denken. Abgesehen davon, dass die Ausbesserungsarbeiten durch den Beschuss unterbrochen worden waren, hatte die letzte Kugel, die die ‚Seeland‘ getroffen hatte, nicht nur die Kapitänskajüte verwüstet, sondern ihren Weg weiter durch das Schiff genommen und den Kolderstock zerschmettert. Schließlich war das Geschoss von dem unter Deck stehenden Fuß des Besanmastes aufgehalten worden, hatte diesen aber so stark zersplittert, dass der Mast jeden Augenblick abbrechen konnte.

Gleich nach Einbruch der Dunkelheit hatte man die Überreste des Kapitäns der See übergeben und das kurze Gebet des Steuermanns hatte auch die Männer mit eingeschlossen, die in der Jolle gewesen waren.

Sechs Männer waren zum Teil schwer verwundet. Da er zur Führung des Schiffs nicht viel beitragen konnte und ein Arzt nicht an Bord war, hatte Beckenschläger unter Deck ihre Wunden, so gut es ihm möglich war, versorgt. Jedenfalls bei zwei Matrosen schien ihm aber der Erfolg seiner Bemühungen als äußerst fraglich. Nachdem Beckenschläger mit einiger Erleichterung festgestellt hatte, dass seine Seekiste und insbesondere seine persönlichen Papiere unbeschädigt geblieben waren, ließ er sich in seine Koje fallen und schlief sofort ein.

XIX.

Das Krachen eines Kanonenschusses ließ den Fähnrich hochfahren. Er hängte hastig seinen Degen um und ergriff seine Pistole. Als er an Deck stürzte, graute der Morgen. Es wehte eine leichte Brise aus Osten und er stieg eilig die Treppe zum Achterkastell hinauf. Im Grau des dämmernden Morgens sah er zwei, höchstens drei Kabellängen achteraus die Segel des Piratenschiffs. Dass es sich um ihren Feind handelte, stand außer Zweifel, denn nur der Großmast hatte sowohl das Groß- wie auch das Marssegel gesetzt. Der Fockmast hatte nur die halbe Länge und trug auch nur das untere Segel.

Soweit sie sich nicht ohnehin an Deck aufgehalten hatten, erschienen jetzt auch die anderen Mitglieder der Besatzung – jeder hatte sich irgendwie bewaffnet. Beckenschläger sah den Feldwebel Harms mit einer Muskete in der Hand auf dem Vorderkastell stehen. Einige der Dragoner-Musketiere waren bei ihm, andere hatten sich über das Hauptdeck verteilt. Wenn der Pirat während der Nacht nicht nur die Fühlung zu ihnen nicht verloren, sondern sogar noch erheblich aufgeholt hatte, so konnte es nur eine Frage der Zeit sein, bis es zum letzten Kampf kam. Ungewiss war nur, ob der Korsar es auf Artilleriegefecht anlegen oder ob er die ‚Seeland' entern würde, um sie als Prise zu bekommen. Eben hatte sich wieder ein Schuss aus dem Buggeschütz des Verfolgers gelöst und fuhr in das Heck der ‚Seeland'. Das Geschoss durchjagte das ganze Achterkastell und fegte über das Hauptdeck, wo es mehrere Seeleute umriss, bis es im Vorderkastell stecken blieb. Zwei Seeleute lagen grausam verstümmelt in ihrem Blut und regten sich nicht mehr, drei andere wälzten sich am Boden und schrien ihre Schmerzen heraus.

Während ihre Kameraden die Verwundeten unter Deck trugen, gab der Steuermann Befehl, die Rahen anzubrassen, um mit dieser einzigen Steuermöglichkeit das besonders verwundbare und schutzlose Heck aus dem Schussbereich des feindlichen Geschützes zu bringen. Tatsächlich gelang es mühsam, die ‚Seeland‘ in einen etwas günstigeren Winkel zu dem Korsaren zu bringen, sodass die nächste Kugel nicht mehr genau das Heck, sondern die Bordwand etwas weiter achtern als mittschiffs traf.

Der Verfolger machte nun auch nicht den Versuch, wieder das Heck der ‚Seeland‘ in den Bereich seines Jagdgeschützes zu bekommen; vielmehr hielt er einen Kurs, der schräg von achtern auf die Breitseite des dänischen Schiffs zuführte. Naturgemäß hatte sich durch dessen Manöver der Abstand zu seinem Verfolger weiter verringert. „Offenbar macht er sich langsam bereit zum Todesstoß", meinte der Steuermann.

Beckenschläger überlegte, ob er sich um die Verwundeten unter Deck kümmern sollte, entschied dann aber doch, dass er bei dem in Kürze bevorstehenden Nahkampf an Deck gebraucht würde – ganz abgesehen davon hätte es doch wohl recht eigenartig ausgesehen, wenn er als Kommandeur der Dragoner-Musketiere sich in dieser Phase des Gefechts in den verhältnismäßigen Schutz des Schiffsrumpfes begeben hätte. Der Fähnrich wandte sich deshalb an den Schiffskommandanten und teilte ihm mit, dass er die auf dem Hauptdeck befindlichen Soldaten auf das Achterkastell beordern wolle, um etwa mittschiffs landende Enterer von beiden Kastells her unter Musketenfeuer nehmen zu können.

„Macht nur, wenn Ihr es für richtig haltet", antwortete der Steuermann in einem Tonfall, als wolle er hinzufügen, dass es ohnehin nicht viel nutzen werde. Beckenschläger rief also die sechs Soldaten nach achtern zu sich hinauf. Jedenfalls im Augenblick erwies sich dies für die Dragoner als Glück; denn kurz darauf durchschlug eine weitere Kugel das Schanzkleid des Hauptdecks genau zwischen zwei Kanonen und brachte den dort noch befindlichen Seeleuten wiederum Tod und Verwüstung. Inzwischen aber hatte das Segelmanöver die ‚Seeland‘ so weit herumgebracht, dass die Geschütze ihrer Breitseite, nachdem sie so weit wie möglich nach achtern gerichtet worden waren, zum Tragen gebracht werden konnten.

Die Bedienungen der 9-Pfünder auf dem Hauptdeck und auch des Sechspfünders auf dem Achterkastell blickten erwartungsvoll auf den Steuermann. Dieser hatte wieder seinen Entersäbel erhoben und wartete noch einen Augenblick. Der Abstand zwischen den beiden Schiffen hatte sich durch das Beidrehen der ‚Seeland' zusehends weiter verringert. Dann sauste der Säbel nieder und der Steuermann rief mit donnernder Stimme: „Gebt's den Saukerlen, Jungs. F e u e r !"

Krachend entluden sich die vier Backbordgeschütze der ‚Seeland' fast gleichzeitig. Neben dem Korsaren stieg an dessen Steuerbordseite eine Wassersäule auf. Die drei anderen Kugeln aber hatten offenbar mitten im Ziel gesessen. Das Bugschanzkleid des Korsaren hinter seinem Galion klaffte plötzlich bizarr auseinander und das todbringende Jagdgeschütz ragte steil in den Himmel. Trotz ihres elenden Zustands riefen die Matrosen der ‚Seeland':

„ H u r r a !" Aber es zeigte sich nun, dass der Korsar durch den Verlust seiner Fockmarsstenge bei weitem nicht so schwerfällig geworden war, wie die ‚Seeland' durch den Ausfall ihres Ruders. Die Rahen des ersteren schwenkten herum und ziemlich zügig drehte das ganze Schiff in die Position, dass es dem Dänen jetzt auch seine Breitseite zuwandte.

Im nächsten Augenblick blitzte es aus zehn Rohren der Steuerbordseite des Korsaren gleichzeitig und ohrenbetäubender Donner lag in der Luft. Die Breitseite schlug aus einer Entfernung von nur anderthalb Schiffslängen krachend und kreischend in die ‚Seeland' ein. Die Einschläge lagen genau in der Höhe des Hauptdecks. Dessen Schanzkleid und alles, was dahinter war – Geschützbedienungen und Kanonen sowie sonstiges Gerät – wurde wie von einer Riesenfaust hinweggefegt.

Auch in den Wänden des Vorder- und Achterkastells klafften große Löcher und die dahinter liegenden Räume waren verwüstet. Wer sich auf dem Hauptdeck befunden hatte, war tot oder verwundet. Aber auch die Personen auf den Kastelle waren durch die Erschütterung der fast gleichzeitigen Einschläge von den Beinen gerissen und kamen mühsam wieder hoch. Der Pirat vollzog jetzt bereits eine Schwenkung und sein Bugspriet zeigte wie eine Lanze auf das zerschmetterte Hauptdeck des dänischen Schiffs.

Augenblicke später verhakte sich schon das Galion knirschend und ächzend in den Wanten des Großmastes der ‚Seeland', Enterhaken flogen herüber und verfingen sich in der Takelage des Besanmastes. Und dann fielen sie wie Heuschrecken über das zerschossene Schiff her; verwegene Gestalten schwangen sich an Tauen herüber oder kletterten über das Galion auf das Hauptdeck. In den Fäusten schwangen sie Säbel und Äxte, zum Teil auch Pistolen. Der eine oder der andere hielt sein Entermesser auch zwischen den Zähnen, als er an Bord sprang. Es war eine Sache von Augenblicken, bis die ohnehin dezimierte Mannschaft der ‚Seeland' zusammengehauen war.

Beckenschläger sah, wie die Dragoner-Musketiere auf dem Vorderkastell unter dem Haufen der auf sie einstürmenden Piraten zusammensanken. Er selbst hatte seine Pistole abgeschossen und einen der Enterer niedergestreckt. Nun schlug und stach er wahllos mit seinem Degen um sich. Das Kampfgewühl hatte ihn in die äußerste Steuerbordecke gegen die Heckreling gedrängt, sodass er nun mit seinem Körper die Schnur deckte, die hoch am Ende der Besanrah immer noch den steif im Wind stehenden Danebrog hielt. In diesem Augenblick wurde das Geklirr der blanken Waffen durch eine scharfe Kommandostimme übertönt und sofort wichen Beckenschlägers Gegner zurück und bildeten eine Gasse, durch die ein hochgewachsener Mann von etwa vierzig Jahren auf den Fähnrich zutrat. Er hatte ein von Wind und Wetter gegerbtes Gesicht, unter der scharfgeschnittenen Adlernase spreizte sich ein rotblonder Schnurrbart ohne den der damaligen Mode entsprechenden Kinnzwickel. Halblanges rotblondes Haar umspielte den schmalen Schädel. Beckenschläger erkannte sofort den Kommandanten des Piratenschiffs wieder, den er am Vortage einer Statue gleich auf dem Achterkastell hatte stehen gesehen, als dem Korsaren gerade die Fockmarsstenge abgeschossen worden war. Der Piratenkapitän sah Beckenschläger kurz aus dunklen Augen an, die in seltsamem Gegensatz zu seinem rotblonden Haar standen. „Lay down your sword, you are my prisoner", sagte er mit befehlsgewohner Stimme. Und als Beckenschläger, der ihn nicht sofort verstand, wie zur Abwehr seinen Degen hob, schlug er ihn mit drei kurzen harten Schlägen seiner eigenen Klinge aus der Hand. Als man den Fähnrich fortführte, sah er sich noch einmal um. Der rot-weiße Danebrog sank langsam herab.

4. Kapitel

I.

Stunden waren vergangen. Beckenschläger hatte sich auf den Rand der einzigen Koje gesetzt, die sich in der engen Kammer im Achterschiff des Korsaren befand. Nach seiner Entwaffnung auf der ‚Seeland' hatte man ihn auf Befehl des Piratenkapitäns dorthin gebracht.

Als er den Eingang zum Achterkastell betrat, hatte er über der Tür in goldblinkenden Buchstaben den Namen ‚Falcon' gelesen. So wusste er zumindest, wie die Siegerin über die ‚Seeland' hieß. Der Fähnrich hatte nicht bemerkt, dass die Tür zu seiner Kammer verschlossen worden wäre, war sich aber natürlich darüber im Klaren, dass er sich als Gefangenen zu betrachten hatte. Um sich keine Blöße zu geben, hatte er sogar darauf verzichtet, nachzusehen, ob ein Posten hinter seiner Kammertür stand. Nach den Anstrengungen des Gefechts hatte er dann der Versuchung nicht widerstehen können, sich auf der Koje auszustrecken, und war nach kurzer Zeit eingeschlafen.

Wie lange er geschlafen hatte, wusste er nicht. Jedenfalls war es ihm, als vernehme er Geräusche von Hammerschlägen, wenngleich er den Eindruck hatte, dass die Töne von außen her an sein Ohr dringen würden. Als er durch das kleine Fenster in der Wand seiner Kammer blickte, sah er, dass die ‚Seeland' noch an der Seite der ‚Falcon' lag. Offenbar war man drüben damit beschäftigt, die Schäden wenigstens provisorisch auszubessern. Da er sich jetzt einigermaßen ausgeruht fühlte, begann Beckenschläger damit, sich Gedanken über seine Lage zu machen. Es erschien ihm immerhin als beruhigend, dass man ihn nicht sofort umgebracht hatte. Auch kam er zu dem Ergebnis, dass ihn der Pirat wohl kaum gefangen genommen hätte, um ihn dann erst nach einer förmlichen Verhandlung hinzurichten. Überhaupt – zu dieser Erkenntnis gelangte er bei ruhigem Überdenken der letzten Ereignisse – hatte der Piratenkapitän nicht eigentlich einen unsympathischen Eindruck auf ihn gemacht; soweit man dies überhaupt von einem Mann sagen konnte, der gerade todbringend über das eigene Schiff hergefallen war.

Nachdem die unmittelbare Sorge um das eigene Leben in Beckenschlägers Gedanken in den Hintergrund gerückt war, merkte er, dass er sowohl hungrig wie auch durstig war. Dies war nicht weiter verwunderlich, da er im Morgengrauen ja ohne Gelegenheit zum Frühstück an Deck gestürzt war, und ließ zugleich darauf schließen, dass der Tag schon fortgeschritten war.

Beckenschläger hätte nicht sagen können, wie lange er so vor sich hingrübelnd dagesessen hatte, jedenfalls bemerkte er plötzlich eine Veränderung der Bewegungen des Schiffs. Er stürzte ans Fenster und sah, dass sich die ‚Seeland‘ langsam von der Bordwand löste. Bald hatte er das ganze in seinem Gesichtsfeld. Drüben setzte man die Segel und nach den Geräuschen an Deck der ‚Falcon‘ zu urteilen, wurde auch dieses Schiff in Fahrt gebracht. Die ‚Seeland‘ blieb langsam nach achtern zurück; offenbar hatte die ‚Falcon‘ die Führung übernommen. Nach einiger Zeit wurde die Kammertür geöffnet. Es erschien ein ziemlich beleibter Seemann mit einem dichten Vollbart. Er sagte Worte, aus denen Beckenschläger so etwas wie „come to the captain" heraushörte und wies draußen auf dem Gang nach achtern.

Beckenschläger strich also seine Kleider glatt – bei dieser Gelegenheit stellte er mit einigem Erschrecken fest, dass das Erbrochene, inzwischen angetrocknet, noch immer an ihm haftete – und kurz darauf wurde er in die Kapitänskajüte geführt.

Der Piratenkapitän begrüßte ihn für die Umstände durchaus freundlich, bot ihm Platz und einen Becher Wein an. Dies geschah in englischer Sprache. Glücklicherweise hatte Beckenschläger schon in Glückstadt Gelegenheit gehabt, mit den Schotten der Festungsbesatzung Englisch zu sprechen, auch hatte er noch einige Sprachkenntnisse von seiner Zeit auf der Gelehrtenschule in Bremen, obwohl dort das Englische nur eine untergeordnete Rolle gespielt hatte. Nachdem er sich einige Zeit in die Ausführungen des Piraten eingehört hatte, war er deshalb ganz leidlich in der Lage, dessen Worten zu folgen und auch selbst seine Gedanken auf Englisch auszudrücken. Zunächst drehte sich das Gespräch ohnehin nur um profane Dinge, nämlich darum, ob Beckenschläger das Gefecht heil überstanden habe und ob er womöglich hungrig sei. Nachdem Beckenschläger das Letztere bejaht und sich über einen großen Teller mit

Rühreiern und Schinken hergemacht hatte, musste er dem Piraten Auskunft darüber geben, wie er in diesen Teil der Nordsee geraten sei.

Zunächst stockend und noch nach den richtigen Ausdrücken suchend, dann aber immer fließender, gab Beckenschläger Auskunft. Auch sah er keinen Grund, dem Kapitän zu verschweigen, dass er Fähnrich der königlich-dänischen Dragoner-Musketiere und sein eigentlicher Standort die Festung Glückstadt an der Elbe sei. Nachdem Beckenschläger seine Ausführungen beendet hatte – nicht ohne einen gewissen Stolz darüber übrigens, dass sein Gegenüber ihn recht gut zu verstehen schien – lehnte sich der Pirat in seinen Sessel zurück und sah den Fähnrich längere Zeit schweigend und nachdenklich mit seinen dunklen Augen an.

Dann fragte er unvermittelt, ob Beckenschläger Lust habe, auf seinem Schiff Dienst zu tun und zwar weiterhin im Range eines Fähnrichs – allerdings eines Fähnrichs zur See, wie er lächelnd hinzufügte. Beckenschläger musste den Korsaren einigermaßen erstaunt angesehen haben, denn dieser ließ sich zu weiteren Erläuterungen herbei. Er fühle sich nicht eigentlich als Pirat, sondern als Rebell, erklärte er, nämlich als irischer Rebell gegen den englischen König, der seine Heimatinsel nun schon seit Jahren besetzt halte.

In groben Zügen erfuhr Beckenschläger nun folgendes: Der Pirat stammte von einem irischen Vater und einer englischen Mutter ab. Seine Eltern entstammten beide vornehmen Familien und hatten in Irland gewohnt. Sein Großvater mütterlicherseits war als hoher Verwaltungsbeamter auf der irischen Insel eingesetzt gewesen, nachdem sich König Heinrich VIII. im Jahre 1541 zum König von Irland hatte proklamieren lassen. Als zu Anfang des Jahrhunderts auf der Insel Aufstände ausgebrochen waren, die auch von spanischen Truppen unterstützt wurden, habe sein Vater auf Seiten der Iren gekämpft und sei in der Schlacht bei Kinsale im Jahre 1601 gefallen. Er selbst sei damals dreizehn Jahre alt gewesen und mit seiner Mutter vor den Unruhen zu deren Verwandten nach England geflohen. Seine Erziehung in England und der Einfluss der mütterlichen Verwandten hatten ihn dazu gebracht, in die englische Marine einzutreten. Zuletzt sei er als erster Leutnant auf eben diesem Schiff, der ,Falcon', eingesetzt gewesen. Vor etwa einem Jahr war es auf dem Schiff zu einer Meuterei der vorwiegend aus Iren bestehenden Besatzung gekommen und er – der er sein irisches Blut niemals habe verleugnen können – hatte sich auf die Seite der Meuterer geschlagen und deren Kommando übernommen. Seither kreuzte er mit der ‚Falcon' zwischen der irischen See und der Nordsee und fügte den Engländern Schaden zu, wo immer sich ihm eine Möglichkeit bot. Da England und Dänemark zurzeit verbündet waren, hatte er keine Bedenken gehabt, auch die ‚Seeland' anzugreifen.

Dann wiederholte der Kapitän seine Frage, ob Beckenschläger unter ihm dienen wolle. Dieser hatte von den ständigen irischen Unruhen schon flüchtig gehört, sich aber herzlich wenig Gedanken gemacht, wer hier wohl im Recht sei. Jedenfalls gab er sich keinen Illusionen darüber hin, dass ihn die Engländer – irischer Freiheitskampf hin oder her – kurzerhand an der erstbesten Rahnock als Pirat aufknüpfen würden, falls er sich den Korsaren anschlösse. Auf der anderen Seite hatte der Kapitän allerdings auch durchblicken lassen, dass er für Gefangene auf seinem Schiff eigentlich keine Verwendung habe, ja dass es unter richtigen Piraten auch gar nicht üblich sei, Gefangene spazieren zu fahren. Nach einigem Überlegen nahm Beckenschläger das Angebot des Kapitäns an, behielt sich insgeheim aber vor, bei der nächsten Gelegenheit seinen Abschied zu nehmen.

II.

Nach gut einer Woche – es war Anfang Februar des Jahres 1628 – lagen die ‚Falcon' und die ‚Seeland' vertäut hintereinander an der Pier des kleinen Hafens Wicklow, etwa 25 Meilen südlich von Dublin. (Soweit diese Geschichte in Irland spielt, sind englische Meilen angegeben, d.h., eine Meile = 1605,3 m).

Wicklow war ein kleiner Fischerort und bestand im wesentlichen aus einer Hauptstraße sowie einigen wenigen Nebengässchen, an die sich niedrige graue Häuser reihten. Die Reise der beiden Schiffe war um Schottland herum, östlich an den Äußeren Hebriden vorbei durch den North Channel in die Irische See gegangen. Man hatte mäßige nördliche bis nordöstliche Winde gehabt und irgendetwas Aufregendes war während der Fahrt nicht geschehen. Beckenschläger hatte sich an Bord der ‚Falcon' schnell eingelebt. Übrigens war die Kiste mit seiner persönlichen Habe zu seiner Freude auch bei der zweiten, letzten Beschießung der ‚Seeland' unbeschädigt geblieben. Die Besatzung der ‚Falcon' bestand

110

zum größten Teil aus Iren, zu denen nur einige Schotten hinzukamen. Ihr Verhalten dem Fähnrich gegenüber war trotz des vorangegangenen Kampfes durchaus freundlich gewesen. Offenbar konzentrierten sie ihr ganzes Potenzial an Hassgefühlen auf die Engländer, sodass insoweit für Angehörige anderer Nationen nichts mehr übrig blieb. Beckenschläger stellte fest, dass sie anfangs zwar sehr verschlossen und wortkarg waren, dann aber umso mehr auftauten, wenn einmal eine innere Schwelle überwunden war. Als Norddeutschem kam Beckenschläger dieses Wesen irgendwie artverwandt und keineswegs abstoßend vor.

Eine besondere Freude war es für den Fähnrich gewesen, als er feststellte, dass auch Feldwebel Harms sowie sechs Dragoner-Musketiere und zwölf Seeleute der ‚Seeland' das Gefecht überlebt hatten. Alle waren zwar verwundet – Harms hatte einen Stich durch den linken Oberarm und einen Säbelhieb über die rechte Wange abbekommen – es war jedoch keiner der Verwundeten mehr in Lebensgefahr. Der Steuermann war allerdings bei dem letzten Kampf auf dem Achterkastell der ‚Seeland' ums Leben gekommen. Der Kapitän der ‚Falcon' – Beckenschläger hatte übrigens mittlerweile herausbekommen, dass er Brian O´Connor hieß – hatte den Gefangenen ebenfalls das Angebot gemacht, die Besatzung des Piratenschiffs zu verstärken. Er musste seine Mannschaft ja auf zwei Schiffe verteilen. Zumal er es nicht an dem Hinweis hatte fehlen lassen, dass er eigentlich gar keine Gefangenen mache, war man geschlossen in seinen Dienst getreten.

Die ‚Falcon' war in Wicklow offenbar kein unbekannter Besucher. Zu dem Empfang hatten sich auf der Pier etliche Einheimische eingefunden und Kapitän O´Connor stürmisch begrüßt, sobald er an Land kam. Umgeben von mehreren Personen verschwand er bald darauf im Ort.

III.

Im Laufe des Nachmittags – der Kapitän war noch nicht wieder zurückgekehrt – erschienen drei Reiter am Anlegeplatz vor der ‚Falcon'. Zwei von ihnen führten je ein weiteres lediges, aber gesatteltes Pferd am Zügel. Der einzelne Reiter sprang aus dem Sattel und eilte an Bord der ‚Falcon', um sich bei Beckenschläger, der gerade Wachdienst hatte, zu melden. Seinen Worten entnahm der Fähnrich, dass er eine Nachricht für den Ersten Offizier habe. Beckenschläger führte ihn die Treppe zum Achterkastell hinauf, wo sich Leutnant Ian Connally im Gespräch mit dem Zweiten Offizier befand, einem gewissen John Faraday.

Bisher war Beckenschläger nicht dahintergekommen, ob es sich bei diesen Offizieren der ‚Falcon‘, die beide um die dreißig Jahre alt sein mochten, um ehemals königlich-britische Leutnants oder um Leutnants von O´Connors eigenen Gnaden handelte. Jedenfalls waren beide mehr raubeinige Seeleute als vornehme Gentlemen.

Der Besucher war den Offizieren offenbar bekannt; denn der Erste Offizier redete ihn gleich mit „Hallo, Dunagan" an und fragte, ob er eine Nachricht vom Kapitän bringe. Dunagan bejahte dies. Es handelte sich um eine Einladung für den Ersten Leutnant und Beckenschläger zum Abendessen an Land. Leutnant Faraday blickte ziemlich enttäuscht drein, sah dann wohl aber ein, dass ein Offizier an Bord bleiben musste. Leutnant Connally aber erklärte Beckenschläger, dass er vom Wachdienst abgelöst sei und sich bereithalten solle, in einer halben Stunde abzureiten.

Der Ritt führte in südlicher Richtung etwa sechs Meilen ins Landesinnere. Man ritt auf einem schmalen Sandweg, der von Knicks und Hecken eingerahmt war, durch eine leicht hügelige Gegend. Nach einer knappen Stunde erreichte der Trupp einen Park, durch den eine an die 400 Schritt lange Auffahrt zu einem fast schlossartigen Landsitz führte.

Dem Haupteingang des Gebäudes war eine breite Freitreppe vorgelagert, von der nun geschäftig ein älterer grauhaariger Mann im Anzug eines Dienstboten hereuntereilte, um sie zu begrüßen und – während die anderen Reiter die Pferde fortbrachten – den Ersten Leutnant der ‚Falcon‘ und den Fähnrich die Treppe hinauf in das Haus zu führen. Die große Eingangshalle lag bereits im Halbdunkel, das Kaminfeuer im Hintergrund gab ihr nur ein unzureichendes, rötlich flackerndes Licht. Der Diener führte sie in ein angrenzendes, auch noch recht geräumiges Zimmer, welches vollkommen holzvertäfelt war und durch Kerzen schon zusätzlich zu dem schwindenden Tageslicht beleuchtet war. An den Wänden standen Regale voller Bücher.

Beim Eintreten des Schiffsoffiziers und des Fähnrichs erhob sich neben Kapitän O´Connor ein wohl früher hochgewachsener, aber jetzt doch recht gebeugter Herr von sicherlich siebzig Jahren.

„Meinen Leutnant Connally kennt Ihr ja bereits, Onkel. Dieser junge Herr hier ist der dänische Fähnrich, den ich in der Nordsee erbeutet habe", stellte Kapitän O´Connor vor. „Herzlich willkommen in O´Connor-House", ließ sich der alte Herr mit etwas heiserer, aber doch fester Stimme vernehmen und wies einladend auf zwei freie Sessel.

Bei einem Glas Portwein wurde zunächst über dies und jenes gesprochen, besonders interessiert war der alte O´Connor aber daran, Neuigkeiten vom Krieg in Norddeutschland und Dänemark zu hören. Beckenschläger beantwortete alle Fragen, so gut es ihm mit seinen aufgefrischten und während der letzten Woche neu hinzugelernten Sprachkenntnissen möglich war. Etwa nach einer Stunde erschien dann der grauhaarige Diener und meldete, dass das Abendessen aufgetragen sei.

IV.

Weit nach Mitternacht erst kam Beckenschläger ins Bett.

Das Abendessen hatte in einem Esszimmer an der anderen Seite der großen Eingangshalle stattgefunden. Am Tisch hatte neben Beckenschläger ein reizendes junges Mädchen gesessen, dass ihm der Kapitän als die Enkelin seines Onkels vorgestellt hatte. Sie hieß Maureen und hatte ein hübsches Gesicht, zwar etwas blass, aber mit dem Anflug einer leichten Röte. Sie mochte ein oder zwei Jahre jünger als Anna-Katerina sein. Interessiert blickte sie ihn aus etwas schräggestellten grünen Augen an, wenn er mit ihr sprach. Besonders bezauberte den Fähnrich aber ihr langes gewelltes Haar, das im Kerzenschein wie Kupfer leuchtete. Offenbar hatte man keinen Zweifel an Beckenschlägers Vertrauenswürdigkeit; denn der Alte und der Kapitän unterhielten sich völlig offen über die gegenwärtigen politischen Verhältnisse in Irland, das heißt darüber, dass überall im Lande Unruhen gegen die Engländer aufgeflackert waren. Obwohl Beckenschlägers Aufmerksamkeit eigentlich ganz von Maureens Liebreiz in Anspruch genommen war, bekam er doch mit, dass der alte O´Connor im Gegensatz zu seinem gefallenen Bruder ein Mann der Wissenschaft und den Engländern nicht so offen wie dieser im Kampfe gegenübergetreten war. Die Eroberer hatten ihn deshalb auf seinem Landsitz unbehelligt zwischen seinen Büchern gelassen.

Da der Alte in seinem Herzen aber ganz auf der Seite seiner Landsleute stand, sollte sich diese Zurückhaltung im offenen Kampf nach der vernichtenden Niederlage von Kinsale als Vorteil für die Iren erweisen. Im Laufe der Jahre konnte nämlich O´Connor-House in seiner Abgeschiedenheit zu einem Zentrum des irischen Widerstandes werden. Nach außen hin hatte es der Alte offenbar geschickt verstanden, in den Augen der Engländer als einer ihrer Sympathisanten zu erscheinen.

Nach dem Abendessen war man wieder hinüber in die Bibliothek gegangen und das Mädchen hatte sich zurückgezogen – sehr zu Beckenschlägers Bedauern. Es waren danach noch zwei weitere Besucher erschienen. Diese hatten berichtet, dass seit mehreren Wochen im Westen Steuereintreiber der Krone mit einem Kommando englischer Soldaten die Bevölkerung drangsalierten.

Aus der nun einsetzenden, erregt geführten Auseinandersetzung entnahm Beckenschläger so viel, dass man beabsichtigte, einen Anschlag auf dieses Kommando durchzuführen. Der Fähnrich hatte zwar nicht alle Einzelheiten der Debatte verstehen können, aber doch so viel mitbekommen, dass die Wicklow-Mountains, also ein offenbar in der Gegend liegender Bergzug, bei den Planungen eine wesentliche Rolle spielte.

Kapitän O´Connor hatte ihn dann beiseite genommen und erklärt, dass es in den nächsten Tagen für ihn als Landsoldaten und seine Dragoner-Musketiere etwas zu tun geben werde. Gleich am nächsten Morgen sollte Leutnant Connally mit einigen Pferdeknechten und ledigen Reitpferden zur ‚Falcon‘ zurückkehren, um die Soldaten nach O´Connor-House zu beordern. Der Erste Leutnant sollte vorläufig das Kommando über das Schiff übernehmen, Kapitän O´Connor hatte also offensichtlich vor, sich selbst an dem Landunternehmen zu beteiligen.

V.

Beckenschläger musste sich eingestehen, dass es kein Zufall war, wenn er am nächsten Morgen immer wieder mit der reizenden Enkelin des alten O´Connor zusammentraf. Vielmehr entwickelte er ein geradezu untrügliches Gespür dafür, wo sich das Mädchen gerade aufhalten mochte, und unwiderstehlich zog es ihn dann dorthin. Dem Mädchen schien dies jedoch durchaus nicht unangenehm zu sein, wie Beckenschläger aus der koketten Art entnehmen konnte, in der sie nach einigen Wiederholungen über die „Zufälle" scherzte.

Einmal gelang es dem Fähnrich sogar, seine Hand leicht gegen die ihre zu drücken, worauf sie kurz, aber fest seine Finger presste und ihn – womöglich sogar etwas aufmunternd, so schien es Beckenschläger – anlächelte. Auch nannte sie ihn schon bald bei seinem Vornamen, den sie allerdings zu ‚Bony' verkürzte. Diese Tändeleien wurden gegen Mittag durch Hufgetrappel auf dem Platz vor der Freitreppe unterbrochen. Die Pferdeknechte waren mit Feldwebel Harms und vier der Dragoner-Musketiere zurückgekommen. Die Verletzungen der beiden anderen Soldaten hatten deren Teilnahme an dem Ritt noch nicht zugelassen, wie der Feldwebel bemerkte. Den Soldaten wurde eine Unterkunft in dem Gesindehaus hinter dem Hauptgebäude zugewiesen.

Nach dem Mittagessen begab sich der alte O´Connor mit dem Kapitän und dem Fähnrich in die Bibliothek und breitete dort auf dem Schreibtisch eine große Karte von Irland aus. Er wies zunächst auf den eigenen Standort in der Nähe von Wicklow an der Ostküste und erklärte, dass es sich bei dem dahinter im Westen eingezeichneten Gebirgszug, der sich parallel zur Küste fast bis nach Dublin erstreckte, um die Wicklow-Mountains handelte. Nach dem Bericht der beiden Besucher vom gestrigen Abend, so führte der Alte aus, sollten sich die Steuereinnehmer jetzt in der Gegend von Naas aufhalten. Dabei zeigte er auf einen Punkt nordwestlich der Berge, etwa dreißig Meilen von Wicklow entfernt. Nach den Erfahrungen der letzten Jahre sei zu erwarten, dass sie anschließend über Glendalough – hierbei tippte sein Finger auf einen Ort mitten in den Bergen – den Bergzug überschreiten und ihre Aufmerksamkeit der Küstenregion um Wicklow zuwenden würden. Kapitän O´Connor warf ein, dass die Engländer ihre Gewohnheiten hinsichtlich der Reiseroute kaum ändern würden, da man sie in den letzten Jahren nicht behelligt hatte.

Es sei nun aber an der Zeit, meinte er, den Briten wieder einmal zu zeigen, dass die Iren kein bloßes Melkvieh seien. Der Plan sei es nun, noch an diesem Nachmittag nach Glendalough zu reiten, um in der Unwegsamkeit der Berge den Engländern einen Hinterhalt zu bereiten. Dort werde man auch auf weitere bewaffnete Iren stoßen.

VI.

Nach einem Ritt von etwa einer Stunde zügelte Kapitän O´Connor sein
Pferd und wies nach vorn. „Dort, die Wicklow-Mountains!" sagte er.
  Die Landschaft war schon unmittelbar westlich von O´Connor-House
zusehends hügeliger geworden. als Beckenschläger nun in die angege-
bene Richtung schaute, sah er einen Zug gerundeter, grau-blauer Erhe-
bungen, aus denen hier und da nach Norden zu ein Berg herausragte,
der etwa eine Form hatte wie ein halbiertes, auf die breite Basis gestelltes
Ei. Beckenschläger musste wohl etwas enttäuscht dreingesehen haben;
denn der Kapitän meinte: „Nun, es ist natürlich kein Gebirge, wie Ihr es
in Norwegen findet. Immerhin sind es aber die höchsten Berge, die wir
hier auf Irland haben."
  Bald darauf befand man sich dann mitten in den Wicklow-Mountains,
die im wesentlichen als schmutzig-graue unbewaldete Halden zu beiden Seiten des schmalen Weges aufragten. Man mochte vielleicht eine
halbe Stunde durch dieses Gelände geritten sein, als ein Trupp von vier
Reitern entgegenkam. Der Anführer, in dem Beckenschläger einen der
Besucher vom gestrigen Abend erkannte, redete sogleich auf Kapitän
O´Connor ein und zwar so schnell, dass Beckenschläger trotz aller An-
strengung kein Wort verstehen konnte. Der Kapitän berichtete dann
dem Fähnrich, dass die Briten kurz nach Mittag von Naas aus aufgebrochen seien und sich auf dem Weg nach Glendalough befänden. Man
müsse sich jetzt beeilen, da westlich von Glendalough schon alles zum
Empfang vorbereitet sei. Gleichzeitig trieb der Kapitän sein Pferd zu
einem schärferen Trab an und Beckenschläger eilte mit seinen fünf Soldaten hinter ihm und den vier Iren, die ihre Pferde gewendet hatten, her.
  Der kleine Bergort Glendalough, mit seinen wenigen grauen Häusern im Tal gelegen, war bald erreicht und unmittelbar hinter dem Dorf
führte der Kapitän seinen Trupp ziemlich steil auf einem Seitenpfad
nach Nordwesten die Berge – die allerdings eigentlich nur größere Hügel waren – hinauf. In einer Senke traf man dann auf eine Schar von
etwa fünfzig Männern, die allesamt mit Musketen und Säbeln oder Degen bewaffnet waren und verwegene, grimmige Gesichter machten. Der
Führer dieser Schar, es war der andere Besucher vom gestrigen Abend,
begrüßte O´Connor kurz und führte ihn dann linker Hand eine Anhö-

he hinauf. Der Kapitän bedeutete dem Fähnrich mit einer Handbewegung, ihnen zu folgen.

Auf der Bergkuppe war ein größerer Haufen Steine aufgestapelt. Bei diesem Stapel angelangt sah Beckenschläger, dass man ihn zum Abhang des Berges auf der anderen Seite hin mit einer Bretterwand aufhielt, die ihrerseits wiederum durch starke Pfähle abgestützt war. Um diese Pfähle hatte man dicke Seile geschlungen, die auf dem Boden lagen. Etwa dreihundert Schritte nach Westen hin befand sich ein ähnlicher Steinstapel. O´Connor fasste Beckenschläger an den Arm und führte ihn an den Rand des steil, wenn auch nicht ganz senkrecht abfallenden Abhangs. Er wies nach unten, wo sich etwa neunzig Fuß tiefer eine Straße am Berg entlangschlängelte. „Die Straße von Glendalough nach Naas", erklärte der Kapitän. Beckenschläger sah genauer hin und stellte fest, dass der Abhang sich unmittelbar neben der Straße um weitere runde fünfzig Fuß absenkte, bis auf der anderen Seite wieder ein Berg anstieg.

Der Anführer der Iren – O´Connor sprach ihn mit Kelly an – entwickelte nun seinen Plan. Der Kapitän sollte mit zwanzig Iren zurück auf die Straße nach Glendalough und dort hinter der nächsten Straßenbiegung in Stellung gehen. Er selbst wollte mit weiteren zwanzig Mann zum nächsten Steinstapel und dort auf die Ankunft der Engländer warten. Beckenschläger aber sollte mit seinen Soldaten und zehn weiteren Iren an dieser Stelle bleiben.

Sobald die Engländer unter ihnen angelangt waren, mussten an den Stricken die Stützpfähle des Stapels fortgezogen werden, sodass dieser wie eine Lawine auf die Straße fallen würde. Gleichzeitig würde im Rücken der Engländer der andere Stapel hinuntergehen. Sobald die Steine auf der Straße Barrikaden gebildet hätten, sollte O´Connor mit seinen Leuten vorrücken und die Engländer hinter dieser Deckung unter Feuer nehmen, während er selbst beim zweiten Stapel vom Berg hinuntersteigen und die britische Kolonne von hinten fassen wollte. Beckenschläger aber hatte die Engländer von oben zu beschießen. O´Connor und Kelly entfernten sich daraufhin, um zu den Männern in der Senke zu gehen und mit ihnen wie besprochen die Stellungen einzunehmen.

VII.

Die Sonne senkte sich bereits auf die westlichen Hügel, als Beckenschläger unter sich auf der Straße erst leises, dann immer lauter anschwellendes Hufgetrappel vernahm. Er blickte – flach auf dem recht kalten Boden liegend – vorsichtig den Abhang hinab. Auf der Straße passierte ein Trupp von vielleicht fünfzig Reitern zu zweit nebeneinander gerade die Stelle, über der der zweite Stapel aufgeschichtet war. Den Reitern folgten zwei Kutschwagen und danach erschienen nochmals an die zwanzig Reiter.

Der Zug schien es nicht sonderlich eilig zu haben. Als dann endlich die ersten Reiter unter ihm waren, gab Beckenschläger den Iren, die am Steinhaufen kauerten, ein verabredetes Zeichen und schrie dabei: „Let them go!" Sofort strafften sich, von jeweils vier Iren gespannt, die Seile, die Pflöcke wurden weggerissen und der ganze Stapel polterte mit Donnergetöse in die Tiefe. Unten wurden die ersten vier Pferde mit fortgerissen, ein Teil der Steine rollte weiter neben der Straße den Abhang hinab, aber immerhin blieben so viele liegen, dass sie wie geplant einen Wall bildeten. Sofort ging ein Stocken durch die Kolonne, die Reiter parierten ihre Pferde, die sich wiehernd zum Teil aufbäumten und ineinander verkeilten. Da kam auch schon O´Connor mit seinen Leuten die Straße herangerannt, ging hinter dem Wall in Deckung und die ersten Schüsse krachten in die vorderen Reiter. In diesem Augenblick hörte Beckenschläger zum Ende der Kolonne hin wieder ein Donnern und sah, dass jetzt auch Kelly seinen Steinstapel hinabgeschickt hatte.

Kaum waren die letzten Steine unten, da sprangen und rutschten Kellys Männer auch schon den Abhang hinab zur Straße. Augenblicklich stürzten auch dort die ersten Reiter und Pferde brachen im Feuer der Musketen zusammen. Jetzt zeigte sich aber, dass es sich dort unten offenbar um kampferprobte Soldaten handelte, die keineswegs sofort den Kopf verloren. In der Feuerpause, die bei den Iren notwendig durch das Nachladen der Musketen eintrat, ertönten unten Kommandos.

Die Engländer sprangen von ihren Pferden und trieben diese ohne Rücksicht auf das Leben der Tiere den Abhang neben der Straße hinunter. Den so gewonnenen Raum benutzten sie, um die erste Kutsche weiter nach vorn, die zweite aber weiter nach hinten zu schieben. Die

Soldaten selbst zogen sich auf der Straße zwischen den beiden Wagen zusammen. So gut es auf der Enge der Straße ging, stellten die Engländer die Kutschen quer – nachdem sie in aller Eile die Pferde ausgeschirrt hatten – und kippten sie um. Unmittelbar darauf krachte sowohl von vorn wie von hinten eine zweite Salve der Iren, die nun aber dadurch nur wenig Wirkung hatte, da die Kutschen den Briten Deckung boten.

Jetzt gab auch Beckenschläger seinen Leuten Feuerbefehl und die Kugeln der Musketen fuhren von oben in die Überrumpelten. Allerdings mussten sich die Männer oben auf dem Berg hoch aufrichten, um gezielt auf die Straße hinabschießen zu können. Ihre Körper hoben sieh dadurch für die Briten unten auf der Straße klar gegen den Himmel ab. Sofort krachten dann auch von unten Schüsse auf und zwei der Iren sowie einer von Beckenschlägers Soldaten brachen getroffen zusammen. Daraufhin ließen sich die Männer sofort wieder zu Boden fallen. Nur noch vorsichtig blickten sie über den Rand des Abhangs hinab, konnten in dieser Lage aber ihre Musketen nicht mehr zur Wirkung bringen.

Inzwischen wurden auf der Straße, zwischen den sich gegenüberliegenden Verschanzungen mehrere Salven gewechselt. Mit einem Male hatte Beckenschläger den Eindruck, dass aus Richtung Glendalough auf der Straße ungewöhnliche Geräusche näher kämen. Hinter der Biegung der Straße, dort wo sich vorhin O´Connor mit seinen Leuten verborgen hatte, kamen plötzlich Soldaten mit blinkenden Brustpanzern und runden Eisenhüten hervor. Sie liefen in Reihen hintereinander und nahmen, die Reihe zu fünf Mann, die ganze Breite der Straße ein.

Plötzlich erscholl ein Kommando, der Trupp blieb wie mit einem Schlage stehen. Die erste Reihe kniete nieder, brachte ihre Musketen in Anschlag und feuerte die erste Salve in den Rücken der Männer, die mit O´Connor hinter der Steinbarrikade lagen. Sofort brachen mehrere Iren schreiend zusammen. Kaum waren die Schüsse verhallt, als sich die zweite Reihe an den Vorderleuten der ersten vorbei mehrere Schritte nach vorn schob, niederkniete und die zweite Salve abgab.

Während die Soldaten der ersten Reihe schon nachluden und sich der Rauch von den Musketen der zweiten Reihe verzog, rückte bereits die dritte Reihe vor und gab ihre Salve in den Haufen der völlig verwirrten Iren ab.

Schlagartig wurde es Beckenschläger klar, dass die Briten doch nicht so sorglos gewesen waren, wie es zunächst den Anschein gehabt hatte. Mochte nun Verrat im Spiel gewesen sein oder es sich um eine reine Vorsorgemaßnahme gehandelt haben, jedenfalls hatten die Briten offensichtlich ihren Steuereinnehmern von Dublin aus eine zweite Truppe in die Berge entgegengeschickt. Beckenschläger erkannte, dass O'Connor mit seinen Männern, von denen im Augenblick ohnehin kaum mehr die Hälfte am Leben sein mochte, rettungslos verloren war, wenn er nicht sofort eingriff. Der Fähnrich riss also seinen Degen aus der Scheide, rief seinen Männern ein „Mir nach!" zu und stolperte und rutschte den Abhang hinunter in die Flanke der wie auf dem Exerzierplatz vorgehenden Briten hinein. Die acht noch kampffähigen Iren auf der Bergkuppe waren augenblicklich gefolgt und die Wucht des Ansturms riss die ersten vier Reihen der Engländer völlig von den Beinen. Während sie fielen, scherpperte das Eisen der Panzer und Helme, als ob man ein Regal voller Blechgeschirr umgestoßen hätte. Soweit die Soldaten nicht niedergestochen oder -geschlagen liegenblieben, wurden sie den Abhang neben der Straße hinuntergedrückt. O'Connor hatte sofort begriffen, dass soeben seine letzte Rettung den Berg herabgekommen war, und stürmte mit seinen restlichen Männern sofort vom Steinwall hinzu. Zwar staffelten sich hinter den Niedergerissenen noch vier oder fünf weitere Fünferreihen englischer Soldaten. Nachdem die Mechanik ihres Angriffs aber derart unversehens unterbrochen war, feuerten sie nur noch ziellos ihre Musketen ab und ergriffen die Flucht Richtung auf Glendalough zu.

Mittlerweile stiegen jedoch auch die Soldaten der überfallenen Kolonne über die umgestürzte Kutsche, um nun ihrerseits den Iren in den Rücken zu fallen. Als diese nun den überrumpelten Engländern der Entsatztruppe nachstürmten, wurden sie ihrerseits eigentlich ebenfalls zu Gejagten.

Inzwischen war die Sonne bereits hinter den Hügeln versunken. Die Iren gaben die Verfolgung nach Glendalough hin deshalb bald auf und zogen sich seitlich in die Berge zurück. Aber auch ihre Verfolger verspürten keine Lust, womöglich im Dunkel der Berge in einen neuen Hinterhalt zu geraten. Beckenschläger und seine Dragoner-Musketiere sowie O'Connor mit den überlebenden Iren gelangten deshalb nach einem kurzen Marsch durch die Dunkelheit unbehelligt bei ihren Pferden an.

Bald darauf traf auch Kelly ein, der von seinen Leuten nur einen Mann verloren hatte. Nach kurzer Beratung kam man überein, den Angriff auf die Kolonne nicht mehr aufzunehmen und das, was geschehen war, wenigstens als halben Erfolg zu verbuchen. Beckenschläger fragte sich allerdings, ob die Anzahl der getöteten Engländer in einem rechten Verhältnis zu den Repressalien stand, die die Bevölkerung jetzt von den Engländern zweifellos zu erwarten hatte.

Jedenfalls waren sich aber O´Connor und Kelly darin einig, dass Beckenschlägers tollkühner Angriff vom Berg herab das Schlimmste verhütet hatte, und sie sahen ihn jetzt ganz als einen der ihren an. Das galt natürlich auch für seine Soldaten.

Man trennte dich dann alsbald von Kelly und seinen Leuten und erreichte spät in der Nacht die Auffahrt zum O´Connor-House.

VIII.

Während der nächsten Tage war Beckenschläger Gast beim alten O´Connor und dessen hübscher Enkelin.

Der Kapitän wollte die beiden Schiffe im Hafen von Wicklow so schnell wie möglich wieder voll einsatzfähig machen lassen. Auch wurden Mannschaften zur Ergänzung der Besatzung für die zwei Schiffe erwartet. Diese notwendige Pause sollten Beckenschläger und seine Männer für ein paar ruhige Tage auf seinem Landsitz nutzen, hatte der Alte gemeint und geschmunzelt, als er das erfreute Gesicht seiner Enkelin sah. Allerdings hatte sich Beckenschläger getäuscht, wenn er auf eine ähnliche nächtliche Überraschung wie im Hause des Hafenkapitäns von Helsingør gehofft haben sollte. Es entwickelte sich zwischen den beiden jungen Leuten jedoch ein durchaus inniges Verhältnis. Seit Anfang des Februar machte sich das mild-feuchte Klima bemerkbar, das für Irland so eigentümlich ist. Beckenschläger und Maureen nutzten deshalb gern eine Stunde nach dem Abendessen, um noch einen Spaziergang in dem großen Park zu machen. Die Bäume waren zwar noch kahl, aber Beckenschläger stellte sich vor, welch einen Dschungel der Park bilden mochte, wenn in der schönen Jahreszeit Farne und hohe

Gräser in vollem Wuchs standen. Schon beim ersten Spaziergang hatten sich die Hände der beiden gefunden und später trafen sich auch ihre Lippen zum Kuss.

Ein wenig hatte Beckenschläger allerdings doch ein schlechtes Gewissen, wenn er, Maureen in den Armen, an Anna-Katharina dachte. Es war wohl auch die Erinnerung an das Mädchen in Helsingør, die ihm Hemmungen auferlegte, Maureen zu einer Liebesnacht zu drängen.

An einem Morgen, man hatte sich gerade vom Frühstückstisch erhoben, kam ein Reiter in vollem Galopp die Auffahrt heraufgehetzt, sprang vom Pferd und stürzte ins Haus. Kaum ließ er dem alten Diener Zeit, ihn zu melden. Am Morgen, so lautete sein Bericht, sei von Dublin ein starkes Kontingent englischer Soldaten auf der Küstenstraße nach Wicklow hin aufgebrochen. Es handelte sich um mindestens ein Regiment Infanterie und mehrere Schwadronen Dragoner. Der alte O´Connor wurde bei dieser Nachricht blass. Wie er Beckenschläger gegenüber zum Ausdruck brachte, handelte es sich zweifellos um eine Strafexpedition wegen des Überfalls auf die Steuereintreiber in den Wicklow-Mountains.

Er habe die bestimmte Ahnung, sagte der Alte, dass er diesmal nicht unbehelligt bleiben werde. Auf Beckenschläger Frage, ob er dann nicht doch rechtzeitig flüchten wolle, meinte er aber, er wolle auf seine alten Tage nicht mehr aus dem Hause fortgehen, in dem er sein Leben verbracht habe. Seine ganze Sorge galt jedoch seiner Enkelin. Er drang in Beckenschläger, sich des Mädchens anzunehmen und es der Obhut seines Neffen zu übergeben. Wenn er eile, werde er noch vor den englischen Truppen in Wicklow bei den Schiffen sein. Beckenschläger sah ein, dass es zwecklos sein würde, den Alten umstimmen zu wollen. Er versprach ihm deshalb feierlich, Maureen unter seinen Schutz zu nehmen, bis er sie dem Kapitän übergeben hätte.

In aller Eile wurde das Mädchen benachrichtigt. Auch seine Versuche, den Großvater zur gemeinsamen Flucht zu überreden, blieben vergeblich. Maureen war dann doch einsichtig genug, um zu erkennen, dass durch weitere, dann doch wirkungslose Überredungsversuche nur kostbare Zeit vergeudet werden würde. Dienstmädchen halfen dabei, die notwendigsten Dinge zusammenzupacken. Ein leichter Kutschwagen wurde angespannt und bereits eine knappe Stunde später verließ Maureen gemeinsam mit Beckenschläger, dem Feldwebel Harms, den letzten drei Dragoner-Musketieren sowie drei Pferdeknechten O´Connor-House. In der Kutsche begleitete sie eines der Dienstmädchen, das ihr offenbar besonders vertraut war.

IX.

Schon von weitem erkannte Beckenschläger, dass der Hafen von Wicklow leer war. Die Kutsche war an der Pier kaum zum Halten gekommen, als er schon heraussprang und zur Spitze des Molendammes rannte, der, aus grauen Basaltsteinen aufgeschichtet, weit in die Irische See hinausragte. Da sah er, dass sie sich nur um Minuten verspätet hatten. Gerade erst hatte die ‚Falcon‘, die ‚Seeland‘ im Gefolge, die Molenspitze in südlicher Richtung umrundet und war vielleicht eine halbe Meile entfernt. Beckenschläger feuerte seine Pistole in die Luft ab und versuchte, sich durch Rudern mit den Armen auf den Schiffen bemerkbar zu machen. Inzwischen war auch Feldwebel Harms mit seinen Dragoner-Musketieren den Hafendamm entlang geeilt. Als die Männer die Schiffe erkannten, folgten sie Beckenschlägers Beispiel und auch ihre Musketen krachten in die Luft.

Jetzt hatte man auf den Schiffen – zunächst wohl auf der ‚Seeland‘ – doch erkannt, dass sich am Hafen etwas Ungewöhnliches tat. Beide Schiffe drehten bei und ihre Segel schlugen lose im Wind.

Feldwebel Harms, der nun an der Seite des Fähnrichs stand, zeigte auf einmal auf die ‚Falcon‘. „Seht doch, sie holen uns!" Auch Beckenschläger nahm wahr, dass die ‚Falcon‘ ihren Kutter zu Wasser ließ und Männer ins Boot sprangen. Gleichzeitig wurde ihm aber auch klar, weshalb Kapitän O´Connor den Hafen so eilig verlassen hatte. Zwar noch weit entfernt im Osten, aber doch schon deutlich erkennbar, hoben sich am Horizont drei Segelpyramiden ab. Nach Lage der Dinge bestand jedenfalls eine große Wahrscheinlichkeit, dass es sich hierbei um drei englische Kriegsschiffe handelte.

Während Beckenschlägers Gedanken noch mit derartigen Überlegungen beschäftigt waren, machten ihn Rufe der weiter zum Ort hin Zurückgebliebenen darauf aufmerksam, dass sich jetzt dort irgendetwas Unvorhergesehenes tat. Bewaffnete Reiter bogen gerade von der

Hauptstraße ab zum Hafen hin ein. Wie die Reiter in den Wicklow-Bergen trugen auch diese blinkende Kürasse und Eisenhüte.

Offensichtlich hatte der Kommandeur der von Dublin heranziehenden Truppen eine berittene Vorausabteilung nach Wicklow geschickt, denn die Fußtruppen konnten den ganzen Weg noch nicht zurückgelegt haben. Sofort rief Beckenschläger Harms zu: „Wir müssen zurück zur Kutsche und uns dort halten, bis das Boot hier ist." Anscheinend hatten die Reitknechte, die am Wagen geblieben waren, die Situation bereits erfasst. Den gepanzerten Reitern krachten Schüsse aus ihren Musketen entgegen. Einer von ihnen fiel aus dem Sattel. Die anderen sprangen von ihren Pferden und suchten, sich in Deckung zu bringen.

Gelegenheiten hierfür fanden sich genug. Am Ende des Hafens, zum Ort hin, standen mehrere kleine Holzbuden. Außerdem lagen hier und da Fässer, Kisten, Ballen und Rollen von aufgeschossenem Tauwerk.

Beckenschläger hatte Maureen und ihre Begleiterin aus der Kutsche gezogen. Sie kauerten jetzt in einem winzigen Kahn, eben über dem kabbeligen Wasser des Hafens.

Zu diesem Kahn führte eine Holztreppe von der Pier hinunter, die den Abschluss des Hafens bildete. Sie bot Beckenschläger eine recht gute Deckung, denn wenn er sich voll aufrichtete, ragte gerade sein Kopf über das Pflaster. Allerdings galt dies nur, solange sich auf der gegenüberliegenden Hafenseite keine Schützen einnisteten. Zum Wasser hin hatte er ja keinerlei Schutz. Allerdings handelte es sich bei den Engländern wohl tatsächlich nur um eine kleinere Vorausabteilung von zehn bis höchstens fünfzehn Soldaten, die ihrerseits froh waren, irgendwo Deckung gefunden zu haben. Natürlich war es keine Frage, dass schon bald Verstärkungen herankommen würden. Zurzeit aber unterhielten beide Seiten nur ein mäßiges Feuergefecht, wobei sich die langsame Schussfolge schon zwangsläufig aus den zeitraubenden Verrichtungen beim Nachladen der abgeschossenen Waffen ergab.

Mehrmals hatte Beckenschläger schon ungeduldig zur Hafeneinfahrt hingesehen. Da endlich tauchte der Bug des Kutters hinter der Molenspitze auf und kurz darauf stieß der Bootskörper gegen die Steine der Pier. Leider geschah dies ziemlich nahe der Einfahrt des Hafens, also sicherlich gute zweihundert Schritte von der Stelle entfernt, an der sich Beckenschläger augenblicklich mit seinen beiden Schützlingen aufhielt.

Die Bootsbesatzung kletterte auf den Hafendamm. Vorsorglich hatte sie Kapitän O´Connor Musketen mitnehmen lassen, sodass sie augenblicklich ebenfalls das Feuer zum Ort hin eröffnen konnte. Zwar schien dies ungezielt und mehr auf gut Glück zu geschehen; auf jeden Fall aber gab es Beckenschlägers Leuten das Zeichen, dass Rettung in ihrem Rücken gelandet war. Außerdem hinderte das Feuer der Bootsbesatzung die Engländer daran, sich allzu kühn aus ihrer eigenen Deckung hervorzuwagen. Diesen Augenblick nutzte Feldwebel Harms, um mit seinen Männern im Laufschritt zu der Stelle zu rennen, an der der Kutter an Land gestoßen war.

Beckenschläger allerdings hätte vom Ende des Hafens her einen zu weiten Weg gehabt. Es erschien ihm vor allem aber als zu riskant, mit den beiden Mädchen die Treppe wieder hochzuklettern und – stets feindlichen Kugeln ausgesetzt – die ganze Strecke über den Hafendamm bis zum Kutter der ‚Falcon‘ zu laufen.

Glücklicherweise befanden sich in dem Kahn mehrere Riemen. Nachdem der Fähnrich in aller Eile die Vertäuung seines Bootes gelöst hatte, nahm er einen der Riemen und stellte sich damit aufrecht ans Heck, um den Hafen entlang zum Kutter zu wriggen. Feldwebel Harms, die drei Dragoner-Musketiere und die drei irischen Reitknechte hatten mittlerweile den Kutter erreicht. Als sie Beckenschlägers Bemühungen mit dem Kahn erkannten, begannen sie sofort, ihm Feuerschutz zu geben. Sie taten dies sehr wirksam in der Weise, dass nur zwei der Dragoner-Musketiere und Harms selbst gezielt auf die Deckung der Engländer schossen, während alle übrigen die abgeschossenen Waffen nachluden und den drei Schützen gleichzeitig die feuerbereiten Musketen wieder zureichten. Auf diese Weise konnten zwar immer nur Salven von drei Schuss abgegeben werden, dies aber in sehr schneller Folge. Da natürlich keiner der Engländer Wert darauf legte, gerade derjenige zu sein, den einer der Schüsse traf, zogen sie es allesamt zunächst vor, in ihren Deckungen zu bleiben.

Schließlich hatte es Beckenschläger mit seiner mühseligen Wriggelei geschafft, seinen Kahn längsseits an den Kutter heranzubringen, und ließ sich ermattet hinüberziehen, nachdem er zunächst selbst noch mitgeholfen hatte, Maureen und das Dienstmädchen in das andere Boot zu schaffen.

Augenblicklich sprangen dann die Schützen und ihre Ladegehilfen in den Kutter und sofort stieß dieser ab. Beim Umrunden der Molenspitze sah Beckenschläger, dass sich die drei fremden Schiffe der ‚Falcon‘ und der ‚Seeland‘ schon beträchtlich genähert hatten. Ihre britischen Gefechtsflaggen standen steif im Wind von den Masten ab. Doch nun krachten von der Mole her Schüsse und Kugeln pfiffen den Männern im Kutter um die Ohren. Sobald die Engländer nicht mehr durch das Feuer niedergehalten wurden, hatten sie ihre Deckungen verlassen und waren die Pier entlang zur Hafeneinfahrt geeilt. Einer der Ruderer schrie gellend auf und fasste sich mit beiden Händen an die Brust, bevor er zusammensackte. Beckenschläger hatte sich umgewandt und erblickte das Aufblitzen der Musketen auf der Mole. Plötzlich war ihm, als habe eine Riesenfaust seine Brust getroffen, und ein brennender Schmerz durchfuhr seine linke Schulter. Er blickte an sich hinab und erkannte, dass sich ein dunkelroter Fleck auf seinem gelb-braunen Wams bildete. In diesem Augenblick erhielt er einen furchtbaren Schlag gegen den Schädel. Ihm war, als zerspringe sein Kopf und dann wurde es auch schon schwarz um ihn.

X.

Tage und Nächte vergingen, von denen Beckenschläger nichts wusste. Während er sich in Fieberträumen wälzte, war ihm für Augenblicke, als sehe er Maureens liebreizendes, aber von Sorgen gequältes Gesicht über sich, bevor er wieder in das Dunkel einer Ohnmacht zurücksank. Mitunter schien neben Maureens Antlitz auch das des Kapitän O´Connor aufzutauchen, doch immer wieder umhüllten sie Nebelschleier, denen Dunkelheit folgte.

Unendlich schwach fühlte er sich, als eines Tages auch Stimmen an sein Ohr drangen. Dann spürte er einen Mund, der einen zarten Kuss auf seine Stirn hauchte. Beckenschläger schlug die Augen auf. Maureen blickte ihn glücklich an und sagte: „Oh Bony, jetzt wird alles wieder gut.“

Mit matter Stimme erkundigte er sich, was mit ihm geschehen sei. Das Mädchen sagte nur: „Du bist sehr krank gewesen, Bony.“ Beckenschläger versuchte zu lächeln, dann fiel er wieder in Ohnmacht.

Es vergingen noch Tage, bis sich Beckenschläger, stets umsorgt von Maureen, soweit erholt hatte, dass er zu längeren Gesprächen mit dem Mädchen oder auch Kapitän O´Connor in der Lage war. Der Kapitän besuchte ihn jetzt des Öfteren in seiner Kammer oder jedenfalls bemerkte Beckenschläger seine Besuche jetzt öfter. Noch war der Fähnrich zu schwach, um sich zu erheben, aber die Bewegungen des Schiffs sagten ihm, dass man sich auf hoher See befand.

Seine Nahrung bestand fast nur aus einer kräftigen Brühe. Auch tat ihm hin und wieder ein Glas Wein gut. Beckenschläger erfuhr mit der Zeit, dass ihn, kurz nachdem der Kutter den Hafen verlassen hatte, eine Musketenkugel zunächst zwischen Schulter und Herz getroffen hatte. Unmittelbar darauf hatte eine zweite Kugel seinen Kopf gestreift und zwar so nahe, dass auch sein Schädel angekratzt worden war.

Die Kugel hatte ihm Kapitän O´Connor herausoperiert. Dieser hatte sich irgendwann einmal einige chirurgische Kenntnisse angeeignet, musste aber zugeben, dass er sich kaum an den Eingriff herangetraut hätte, wenn er seinem Patienten ohne die Entfernung der Kugel auch nur die geringste Überlebenschance gegeben hätte. Da hier aber der Ausbruch des Wundbrands unmittelbar bevorstand, hatte er aus dem Gefühl heraus gehandelt, dass er ohnehin nichts mehr verderben könne. O´Connor verringerte seinen Beitrag am Überleben des Fähnrichs dahin, dass er behauptete, nichts, aber auch nichts als pures Glück gehabt zu haben. Andererseits verhehlte er aber nicht, dass alles Glück nichts genutzt hätte, wenn ihn nicht anschließend Maureen mit einer aufopfernden Geduld gepflegt hätte, die bis an den Rand ihrer Kräfte ging. Der Blick aus den Augen des Mädchens zeigte ihm jedoch, dass es diese Pflege von Herzen gern auf sich genommen hatte.

Beckenschläger erfuhr nun auch, dass die ‚Falcon‘ nur um Haaresbreite den drei englischen Kriegsschiffen entkommen war, die er zuletzt gesehen hatte. Es hatte sich dabei um drei große Fregatten gehandelt, mit denen die ‚Falcon‘ – zumal ja die Kampfkraft der ‚Seeland‘ kaum zählte – keinesfalls das Gefecht aufnehmen konnte. Die Jagd hatte tagelang gedauert und sie um die ganze irische Insel herumgeführt, bis sie schließlich die Verfolger irgendwo nordwestlich von Irland im Atlantik abschütteln konnten. Allerdings hatten sie die Fühlung mit der ‚Seeland‘ unterwegs verloren, sodass befürchtet werden musste, dass dieses Schiff mit Leutnant Faraday als Kommandanten den Engländern in die Hände gefallen war.

Kapitän O´Connor hatte mit der ,Falcon' zunächst weiter nördlichen Kurs gesteuert und war erst kürzlich nach Osten eingebogen, um zwischen den Orkneys und den Shetlands hindurch in die Nordsee zu gelangen. Dort einmal angelangt, beabsichtigte er, seinen Kaperkrieg zum Nachteil Englands fortzusetzen.

Seit der Verwundung des Fähnrichs waren wohl gute drei Wochen vergangen und man befand sich bereits im März des Jahres 1628.

XI.

In den nun folgenden Tagen erholte sich Beckenschläger zusehends. Er verlangte wieder nach fester Nahrung und als Maureen nach einer kurzen Abwesenheit wieder seine Kammer betrat, sah sie ihn zu ihrem Erstaunen am Kajütenfenster stehen. Noch überwog in ihr die bange Sorge die Freude über seine Genesungsfortschritte und mit sanfter Gewalt verstand sie es, ihn zurück in seine Koje zu schaffen.

Immerhin war Beckenschläger nun aber schon kräftig genug, um sie bei dieser Gelegenheit zu umarmen und über sich zu ziehen. Sie wehrte sich auch nicht, als er sie leidenschaftlich küsste und als er ihr sagte, er liebe sie, lächelte Maureen glücklich. Sie ließ es geschehen, als er sie zärtlich liebkoste. Doch dann erinnerte ihn ein durch eine unbedachte Bewegung hervorgerufener Schmerz in seiner linken Brust an seine Verletzung. Beckenschläger konnte nicht verhindern, dass sich sein Gesicht verzog, und als Maureen dies wahrnahm, löste sie sich von ihm mit leicht vorwurfsvollem Hinweis auf seine gerade erst überstandene Lebensgefahr. Es dauerte nun aber nicht mehr lange, bis Beckenschläger sich so weit erholt hatte, dass er zunächst auf das Hauptdeck gehen konnte. Bald war er dann auch wieder in der Lage, die Treppe zum Deck des Achterkastells hinaufzusteigen.

Die ,Falcon' kreuzte nun schon eine Woche in der Nordsee und hielt sich dabei eben noch außerhalb der Sichtweite der schottischen Küste.

Zweimal war es gelungen, Lugger aufzubringen, die unter britischer Flagge segelten. Kapitän O´Connor hatte die Schiffe versenken lassen, nachdem er die für ihn brauchbaren Teile der Ladung an Bord der 'Falcon' hatte schaffen lassen. Die Besatzungen wurden in die Beiboote entlassen. Nur einige Matrosen schottischer Herkunft entschieden sich dafür, in die Mannschaft Kapitän O´Connors einzutreten. Beckenschläger allerdings musste es sich gefallen lassen, von Maureen unter Deck gebracht zu werden, sobald man sich den gestellten Schiffen auf Musketenschussweite genähert hatte. Zu groß war ihre Furcht, ihr Schützling könnte erneut durch eine verirrte Kugel getroffen werden, und Beckenschläger fühlte sich doch noch zu ermattet, um sich ihrem Drängen ernsthaft zu widersetzen. Er musste sich allerdings eingestehen, dass er ihr deshalb ganz gern in seine Kammer folgte, weil bei solchen Gelegenheiten eine Störung durch andere Mitglieder der Besatzung nicht zu erwarten war.

Beckenschläger ertappte sich jetzt immer häufiger dabei, dass er Vergleiche zwischen Anna-Katherina und Maureen anstellte, und er musste sich eingestehen, dass in seinem Bewusstsein die Erinnerung an die Nichte des Oberstleutnants v. Ahlefeldt immer mehr in den Hintergrund gedrängt wurde.

Hatte der Gedanke an Anna-Katherina während seines Aufenthalts in Irland noch die alles beherrschende Liebe bedeutet und war seine Beziehung zu Maureen nur ein verliebtes Tändeln gewesen, dem er schon im Hinblick auf die allgemeinen Umstände nur eine vorübergehende Bedeutung beimaß, so änderte sich dies an Bord der ‚Falcon' grundlegend. War es nun der Umstand, dass sich Anna-Katherina ihm allzu schnell und bereitwillig hingegeben hatte, nachdem sie sich in Helsingør erst einmal wiedergefunden hatten – war es vielleicht auch die aufopfernde Pflege, die ihm die Irin zuteil werden ließ – jedenfalls stellte sich Beckenschläger immer öfter die Frage, ob nicht seine Beziehung zu Maureen wahre Liebe und das Verhältnis mit Anna-Katherina nur wilde Leidenschaft gewesen sei.

In einer Nacht kam dann Maureen noch spät zu ihm in seine Kammer und fragte, ob er noch etwas benötige. Beckenschläger verneinte dies zwar, ergriff aber ihre Hand und zog sie auf seine Koje. Ihr kaum ernsthaftes Zögern rief in Beckenschläger die Erinnerung an Anna-Katherinas ersten Besuch in seinem Schlafzimmer in Helsingør wach. Und er sollte sich nicht darin täuschen; denn was sich in den nächsten Stunden abspielte, erfüllte alle seine geheimen Sehnsüchte. Nur stellte er

fest, dass sich Maureen sehr viel unerfahrener und schüchterner zeigte
– zumindest zu Anfang.

XII.

Als Bonifatius Beckenschläger am nächsten Morgen auf das Achterkastell kletterte, blickte ihn Kapitän O´Connor mit einem Gesichtsausdruck an, als wisse er nicht, ob er grollen oder schmunzeln solle. Unwillkürlich musste der Fähnrich daran denken, dass zwischen seiner
Kammer und der Kapitänskajüte ja nur Maureens Kabine lag und dass
die Trennwände im Innern des Schiffes nicht sonderlich dick waren.

Wenn Beckenschläger die Befürchtung in sich aufsteigen spürte, dass
sein Erlebnis der letzten Nacht nicht unbemerkt geblieben sei, so wurde
diese Ahnung sogleich bestätigt. „Ihr habt Euch anscheinend jetzt doch
recht gut erholt, mein Freund!" meinte O´Connor nämlich unvermittelt. Und während Beckenschläger die Frage durch ein den Anschein
von reinem Gewissen erzeugen sollendes „Ja, doch, ich bin auch ganz
zufrieden", beantwortete, riss ihn der Kapitän sogleich aus allen Illusionen, falls der Fähnrich diese überhaupt ernsthaft gehabt haben sollte.
O´Connor zog ihn an die Heckreling. Offenbar besaß er doch so viel
Zartgefühl, dass er ungehört von Leutnant Connally und dem Steuermann sprechen wollte. In zwar gedämpftem, aber durchaus bestimmtem Tonfall kam der Kapitän dann zur Sache.

„Mein Lieber, ich bin bestimmt kein Freund von Traurigkeit. Zurzeit
bin ich aber derjenige, der für Maureen verantwortlich ist. Ihr mögt
mich ja als Piraten ansehen, aber ich lasse mir von Euch mein Schiff
nicht in ein Palais d ´amour verwandeln. Schon gar nicht mit meiner
Großnichte als Euer Liebchen." Beckenschläger spürte, dass er rot
wurde bis unter die Haarwurzeln, und überlegte fieberhaft, ob er etwas von wahrer Liebe und Heiratsabsichten vorbringen sollte. Da er es
aber unterließ, seine Überlegungen in Worte umzusetzen, machte er auf
O´Connor nur den Eindruck eines ertappten Sünders, dem das schlechte Gewissen ins Gesicht geschrieben stand.

„Glaubt ja nicht, dass ich aus Rücksicht auf Euch nicht noch in der
Nacht in Eure Kammer gekommen bin", fuhr der Kapitän auch schon
fort.

„Aber als ich zufällig erwachte, sagten mir die Geräusche aus Eurer Kammer zu eindeutig, dass jede Rettung doch zu spät gekommen wäre. Was ich noch erreicht hätte, wäre allenfalls gewesen, dass das Vertrauensverhältnis zwischen Maureen und mir gestört worden wäre. Glaubt aber nur nicht, dass ich aus Rücksicht auf Eure eigene zarte Seele nicht eingegriffen hätte, Ihr – Ihr Lüstling."

Während der ganzen Unterhaltung glaubte Beckenschläger aber doch hin und wieder ein verdächtiges Zucken um die Mundwinkel des Kapitäns wahrzunehmen. „Nun, Mister Beckenschläger, ich empfinde das Ganze als einen gewissen Vertrauensbruch mir gegenüber." O´Connors Stimme wurde etwas milder, als er fortfuhr: „Ich habe Euch ja ganz gern, mein Junge. Und natürlich bin ich der Letzte, der nicht Verständnis für Euch beide hätte. Hätten wir normale Zeiten, dann würde ich euch zum nächsten Priester schicken und alles hätte seine Ordnung." Dabei hielt er inne und knurrte dann: „Herrgott, Ihr seid vermutlich ja nicht einmal katholisch." Beckenschläger sagte: „Nein." „Nun, das ließe sich zur Not ja ändern. Aber das ist hier auch unerheblich. Wie die Verhältnisse in Irland augenblicklich stehen, könnt Ihr dort kaum mit Maureen eine Familie gründen – selbst wenn Ihr es wolltet. In Dänemark kämpft Euer König um das Überleben seines Staates und die Festung, aus der Ihr eigentlich kommt, ist vom Feind eingeschlossen. Dort könnt Ihr mit Maureen also auch nicht hin."

O´Connor ging einige Schritte auf und ab. „Eine Hochzeitsreise auf der ‚Falcon' kommt schon gar nicht in Frage!" Er blickte Beckenschläger an, als habe er sich erst in diesem Augenblick zu einem Entschluss durchgerungen.

„Es hilft also nichts, Ihr müsst von Bord – und zwar so schnell wie möglich." Beckenschläger fragte sich schon, ob O´Connor beabsichtigte, ihn nach alter Piratenart in einem Boot auszusetzen. Aber dieser setzte seine Überlegungen bereits fort: „Zu Eurem Glück befinden wir uns nur etwa zwei Tage von Helgoland entfernt. Ihr werdet dort an Land gehen. Sicher wird dort bald ein dänisches Schiff vorbeikommen, mit dem Ihr dann weiterreisen könnt." Beckenschläger brachte wieder nicht mehr hervor als: „Ja."

O´Connor aber schlug nun einen versöhnlicheren Ton an. „Ihr sollt mich nicht als undankbar in Erinnerung behalten. Eure Beteiligung an unserer Unternehmung in den Wicklow-Mountains habe ich Euch nicht vergessen. Ich weiß wohl, dass Ihr mir dort das Leben gerettet habt. Und ich weiß es auch zu schätzen, dass Ihr Maureen zur Flucht aus dem Hafen von Wicklow verholfen habt. Immerhin hättet Ihr Euch ja auch den Engländern als Gefangene ausgeben können. – Ja, das alles weiß ich wohl." O´Connors Stimme wurde immer milder. „Von mir aus genießt Eure wiedergewonnene Gesundheit auch mit wem Ihr wollt, nur nicht ausgerechnet mit unserer kleinen Maureen!"

Beckenschläger fand immer noch keine Worte, um dem Kapitän gegenüber das auszudrücken, was ihn bewegte. Dieser hielt es nun angebracht, das Gespräch zu beenden. Er meinte noch: „Ich hoffe, wir haben uns verstanden. Solltet ihr beide aber tatsächlich für einander bestimmt sein, so wird das Schicksal Euch wohl wieder einmal nach Irland führen." Damit ließ O´Connor den Fähnrich stehen und wandte sich dem Steuermann zu, um ihm den Kurs nach Helgoland aufzugeben.

XIII.

Gute drei Wochen befand sich Beckenschläger nun schon auf der Felseninsel in der Nordsee. Zusammen mit Feldwebel Harms und den letzten Dragoner-Musketieren hatte er sich bei Fischern einquartiert, das heißt, er war in einem Haus allein eingezogen, während die Übrigen sich auf die Behausungen anderer Insulaner verteilt hatten.

Glücklicherweise brauchte er mit dem Geld nicht zu sparen, da ihm – wie übrigens auch seinen Soldaten – das persönliche Eigentum gelassen worden war und Kapitän O´Connor ihm zudem beim Abschied noch eine gefüllte Geldbörse in die Hand gedrückt hatte.

Die letzten beiden Tage an Bord der ‚Falcon' waren für Beckenschläger nicht eben leicht gewesen. Nach der Unterredung mit dem Kapitän war es natürlich geraten, sich im Umgang mit Maureen die größtmögliche Zurückhaltung aufzuerlegen. Ebenso natürlich war dies aber nach der vorangegangenen Liebesnacht auch nicht gerade einfach gewesen. Beckenschläger spürte bei jeder Begegnung, die bei der Enge des Schiffs nicht zu vermeiden war, dass Maureen auf irgendein Zeichen seiner Liebe wartete. Auf der anderen Seite entsprach es aber auch nicht ihrem Wesen, von sich aus an ihn heranzutreten – vielleicht ließ sie auch ihr weiblicher Instinkt ahnen, dass zwischen dem Geliebten und dem Kapitän etwas besprochen worden war, was sie beide betraf. Jedenfalls hatte sie ihm zum Abschied das kleine goldene Kreuz in die Hand gedrückt, das sie um den Hals trug. Und beim allgemeinen Abschied war es den anderen auch nicht weiter aufgefallen, dass sie ihm zuflüsterte, sie werde immer auf ihn warten.

Beckenschläger hatte daraufhin stumm ihre Hand gedrückt und es ihrer Fantasie überlassen, ob dies nun die Erwiderung des Versprechens sein oder stille Resignation zum Ausdruck bringen sollte. Der Fähnrich hätte selbst keine Antwort darauf gewusst.

Als Helgoland in Sicht kam, hatte Kapitän O´Connor wieder die holländische Flagge setzen lassen, um etwaigen Schwierigkeiten von vornherein aus dem Weg zu gehen. Die ‚Falcon‘ war auf der Reede vor der Insel nur so lange vor Anker gegangen, dass ein Boot Beckenschläger und seine Kameraden an Land bringen konnte, und hatte dann sofort wieder die Segel gesetzt. Noch lange hatte Beckenschläger am Landungssteg gestanden und dem davonziehenden Segler nachgesehen. Hoch am Heck hatte eine schmale, kleine Gestalt gestanden, bis nach einer Weile der Kapitän seinen Arm um ihre Schulter gelegt und sie von der Reling fortgeführt hatte.

Der April neigte sich nun schon seinem Ende zu. Beckenschläger hatte die Ruhe auf der abgeschiedenen Insel genossen. Helgoland bot jetzt im Frühjahr auch einen viel einladenderen Eindruck als im vergangenen Spätherbst. Zwar wehte beständig ein frischer Wind vom Meer, doch der Himmel war meistens blau, hin und wieder sogar ganz ohne Wolken. An windgeschützten Stellen spürte Beckenschläger wohlig die Kraft der Sonne.

Das Haus seiner Wirtsleute stand auf dem Unterland, also am Fuße des eigentlichen Inselfelsens. Beckenschläger hatte es sich aber zur Gewohnheit gemacht, einmal am Tage zum Oberland hinaufzusteigen und im geruhsamen Spaziergang die ganze Insel zu umrunden. Da er immer wieder verweilte, um den weiten Blick über das Meer zu genießen, hielt er sich täglich mehrere Stunden – zumeist ohne Begleitung – oben auf dem Felsen auf.

Nach einigen Tagen hatte er herausgefunden, dass ihn der Anblick des Sonnenuntergangs besonders gefangen nahm. Er liebte es, allein hoch auf dem Felsen zu stehen und in die kleine Bucht hinabzuschauen, die sich scharf in den roten Stein einschnitt. In den Strahlen der untergehenden Sonne blinkerte die See tief zu seinen Füßen dann wie flüssiges Gold und Silber.

Und während seine Augen hinabsahen, schweiften seine Gedanken weit hinaus über das Meer nach Westen, dorthin, wo England lag und weit dahinter die irische Insel.

Fast musste er sich Gewalt antun, wenn der kühler werdende Wind ihn daran erinnerte, dass die Sonne fern am Horizont versunken und die Zeit zum Abstieg zu seinem Quartier gekommen war. An den Abenden saß er dann gern mit seinen Wirtsleuten zusammen bei dampfendem Grog. Nach etwa einer Woche hatte er sich so gut in ihre eigentümliche helgoländische Sprache hineingehört, dass er der Unterhaltung zunächst folgen, dann aber auch an ihr teilnehmen konnte.

Obwohl Beckenschlägers Wirt ein Fischer war, wurde der Fähnrich doch nie den Verdacht los, dass sein eigentliches Gewerbe in der Schmuggelei lag. Wann immer die Rede auf diese Tätigkeit kam, blitzte ein eigentümlicher Schalk in seinen Augen auf. Übrigens begegnete Beckenschläger keinem Helgoländer, bei dem es sich anders verhielt. Auch hatte Beckenschläger den Eindruck gewonnen, dass auf der Insel die Strandräuberei keineswegs als anstößig galt.

Jedenfalls vergingen die Tage der Ruhe äußerst angenehm. Beckenschläger hatte übrigens gleich nach seiner Ankunft dem Inselkommandanten, einem alten Kapitän der königlich-dänischen Marine, seinen Bericht erstattet. Dabei hatte er mit der ursprünglich nach Schottland geplanten Reise begonnen, war über die Havarie der ‚Seeland‘ und die Verletzung des Kapitän Ohlsen nach Helsingør gelangt, hatte den Besuch beim König in Kopenhagen einschließlich der Beförderung zum Fähnrich erwähnt und schließlich bei der Schilderung des Seegefechts der ‚Seeland‘ mit der ‚Falcon‘ eine Atempause eingelegt. Allerdings hatte Beckenschläger seinen Redefluss nicht nur deshalb unterbrochen, um Atem zu holen, sondern besonders aus dem Grund, weil er nun zu dem Teil seiner Erlebnisse kommen musste, bei dem er sich nicht sicher war, ob die vollständige und wahrheitsgetreue Schilderung einem dänischen Offizier gegenüber überhaupt ratsam war. Zwar war nicht Irland und schon gar nicht der Piratenkapitän im Verhältnis zu Dänemark als of-

fizielle Feindmacht anzusehen. Immerhin war England aber mit Dänemark verbündet und im Verhältnis zu England waren die Iren schlicht
Rebellen. Kapitän O´Connor konnte mit einiger Berechtigung als blo-
ßer Pirat, als Verbrecher, gelten, der zudem nach erbittertem Gefecht
ein dänisches Schiff gekapert und einen großen Teil der Besatzung einschließlich des Kapitäns getötet, ja, wenn man es recht sah, ermordet
hatte. Und mit diesem Verbrecher hatte er als frischgebackener Fähnrich des dänischen Königs anschließend gemeinsame Sache gemacht
und ganz aktiv und zum Schluss sogar entscheidend bei einem Überfall
auf reguläre britische Truppen und Steuerbeamte mitgewirkt. Zu allem
Überfluss waren seine neuen Freunde nicht nur Rebellen und Verbrecher gewesen, sondern auch noch schwärzeste Katholiken.

Diese Gedanken waren Beckenschläger blitzartig durch den Kopf geschossen und er war zu dem Schluss gelangt, dass er seinem weiteren
Bericht wohl oder übel eine Färbung geben musste, die sein Verhalten
etwas mehr dem entsprechen ließ, was man von einem Fähnrich erwarten durfte, der in Piratenhand gefallen war.

Beckenschläger hatte sich also entschlossen, sich schlicht als Gefangenen des Kapitän O´Connor darzustellen. Das Gefecht bei den
Wicklow-Mountains verschwieg er ganz. Maureen brachte er derart in
Erwähnung, dass er zwar zugab, sich in sie verliebt zu haben und bei ihr
auf Gegenliebe gestoßen zu sein, ihr dann aber die Rolle des verliebten
Mädchens zuwies, das ihren Piratenonkel dazu überredet hatte, unter
holländischer Flagge Helgoland anzulaufen und den Geliebten wieder
freizulassen. Der Inselkommandant hatte seine Darstellung nicht an-
gezweifelt und lediglich gemeint: „Nun ja, im Krieg und in der Liebe
da braucht man eben Glück. Der Feldwebel wird Euren Bericht noch
bestätigen." Dabei war es Beckenschläger allerdings siedend heiß über-
laufen; denn seine Erklärung war als solche zwar einleuchtend gewesen, er durfte aber kaum erwarten, dass Feldwebel Harms oder gar die
übrigen Dragoner-Musketiere durch eine göttliche Eingebung auf eine
deckungsgleiche Schilderung verfallen würden. Zu seiner Erleichterung
hatte der Offizier jedoch gemeint, dass der Bericht des Feldwebels bis
zum nächsten Tag Zeit habe.

Beckenschläger hatte es dann sehr eilig gehabt, sich zu verabschieden,
um seinen Kameraden möglichst umgebend die offizielle Version von

ihrem Verhältnis zu den Iren einzutrichtern, bevor sie die Gelegenheit hatten, sich irgendwo zu verplappern.

XIV.

Beckenschläger fühlte, dass seine Kräfte zusehends zurückkehrten, und auch die anfangs noch recht unangenehmen Schmerzen in der Brust und am Kopf ließen immer mehr nach. An einem schönen Frühlingsnachmittag – Beckenschläger hatte gerade seinen Spaziergang über das Oberland begonnen, tauchten fern im Norden Segel auf.

Durch das Fernglas, das er sich für seine Spaziergänge von seinem Wirt ausgeliehen hatte, konnte Beckenschläger nach einer Weile erkennen, dass das Schiff den roten Danebrog mit dem weißen Kreuz gesetzt hatte.

Das erste Gefühl, das der Fähnrich bei diesem Anblick verspürte, war ein gewisses Bedauern. Fast schlagartig war ihm klar, dass dieses Schiff das Ende der schönen Tage auf Helgoland bedeutete. Da Jütland noch immer in Feindeshand war, konnte das Schiff nur um Skagen herum von einer der dänischen Inseln kommen – wahrscheinlich von Kopenhagen selbst. Auch über das Ziel hatte Beckenschläger keinen Zweifel. An der ganzen Westküste war der einzige Hafen in dänischer Hand die eingeschlossene Festung Glückstadt. Bald stand auch fest, dass der Kurs des Schiffes nicht vielleicht an Helgoland vorbei, sondern direkt auf die Insel zuführte.

Dennoch ließ es sich Beckenschläger nicht nehmen, noch einmal ganz um die Insel herumzuwandern. Ihm war, als bilde der Blick über das Meer nach Westen noch immer eine letzte Verbindung zu der kleinen Irin Maureen, eine Verbindung, die abbrechen würde, wenn ihm der freie Blick über die Nordsee nicht mehr möglich war. Als der Fähnrich dann endlich vom Felsen herunterstieg, lag das dänische Schiff – es musste nach seiner Größe wohl als Fregatte bezeichnet werden – bereits mit gerefften Segeln auf der Reede und ein Boot steuerte gerade auf den Landungssteg zu. Von oben herab erweckte es durch die Bewegungen der Bootsriemen den Eindruck, als krabbele ein großer Käfer über das Wasser.

Die Bootsbesatzung war bereits in irgendwelchen Häusern verschwunden, als Beckenschläger wieder auf dem Unterland stand. Obwohl es ihm in gewisser Weise widerstrebte, hielt er es doch für seine Pflicht, unverzüglich das Haus des Inselkommandanten aufzusuchen, da er dort jedenfalls den Bootsführer vermutete.

Beckenschläger war nur mit Hose, Hemd und Wams sowie natürlich seinen Stiefeln bekleidet. Weil der Weg zu seiner Herberge einen Umweg bedeutet hätte, unterließ er es aber sogar, dort erst noch seinen militärischen Anzug anzulegen und seinen Degen umzugürten. Es war wohl auch auf die lockeren Gewohnheiten in Irland und an Bord der ‚Falcon' zurückzuführen, dass er auf solche Äußerlichkeiten keinen besonderen Wert mehr legte. Auch musste ihm wohl zugutegehalten werden, dass er insgesamt ja erst etwa ein dreiviertel Jahr im Militärdienst stand.

Immerhin erfasste ihn dann aber doch ein gelindes Unbehagen, als er im Hause des Kommandanten einem vornehm gekleideten Herrn gegenüberstand, der unverkennbar einen höheren Offiziersrang hatte. Ungeachtet seines unvorschriftsmäßigen Aufzugs nahm er Haltung an und meldete sich als: „Seiner königlich-dänischen Majestät Fähnrich Bonifatius Beckenschläger mit einem Feldwebel und fünf Dragoner-Musketieren auf der Reise zu seiner Majestät Festung Glückstadt!" Dem Offizier war seine Verwunderung darüber anzusehen, was einen dänischen Fähnrich mit sechs Soldaten auf der Durchreise mitten in die Nordsee verschlagen haben mochte, und dementsprechend meinte er auch: „Herr Fähnrich, das müsst Ihr mir näher erklären."

Beckenschläger rasselte also den Bericht herunter, den er bei seiner Ankunft auf Helgoland auch schon dem Inselkommandanten unterbreitet hatte. Insgeheim schickte er einen Stoßseufzer der Erleichterung zum Himmel, weil seine Kameraden jetzt bei einem etwaigen Misstrauen dieses Offiziers entsprechend vorbereitet waren.

Der Inselkommandant warf jedoch von sich aus ein, dass Beckenschläger denselben Bericht auch schon vor ihm abgegeben habe und das er auch von dem Feldwebel der kleinen Truppe bestätigt worden sei. Der dänische Offizier meinte danach nur: „Glück muss man haben. Ihr habt übrigens auch jetzt Glück; da ich direkt nach Glückstadt weitersegele. Der König lässt dort den bisherigen Kommandanten ablösen – Ihr kennt doch sicherlich den Obersten Durant?! – und hat mir das

Kommando über die Festung übertragen. Ich bin übrigens Oberst Marquard Rantzau. Wir segeln morgen bereits in aller Frühe. Sucht deshalb sofort Eure Leute zusammen und lasst Euch noch heute Abend an Bord bringen."

XV.

Bereits eine gute Stunde später befanden sich der Fähnrich Bonifatius Beckenschläger und seine sechs Soldaten an Bord der königlich-dänischen Fregatte ‚Markatten‘, wo ihnen der wachhabende Offizier die Unterkünfte für die kurze Überfahrt zum Festland zuwies.

Als Beckenschläger dann in der Abenddämmerung am Schanzkleid lehnte und ein wenig wehmütig zu dem Felsenklotz hinüberblickte, gesellte sich ein junger Schiffsleutnant zu ihm, der nur wenig älter als er selbst sein mochte. Offenbar hatte sich unter den Offizieren der ‚Markatten‘ bereits herumgesprochen, dass der neue Passagier eine regelrechte Irrfahrt hinter sich hatte, und der Leutnant quetschte Beckenschläger nach allen Regeln der Kunst aus.

Im Gegenzug war er dann allerdings auch bereit, die Fragen des Fähnrichs bezüglich des neuen Festungskommandanten sowie der Gründe, die zum Wechsel im Kommando geführt hatten, so ausführlich zu beantworten, wie es ihm selbst möglich war.

Was der Leutnant über den Kommandantenwechsel berichten konnte, war allerdings nur das Wenige, das er bei den Gesprächen in der Offiziersmesse mitgehört hatte. Danach hatte der bisherige Kommandant der Festung Glückstadt, der Oberst Ezechiel Durant, das Vertrauen des Königs verloren. Es war von Untreue im Umgang mit Geldern die Rede gewesen – hierbei musste Beckenschläger an das denken, was er kurz vor seiner Abreise aus Glückstadt in einem Wirtshaus gehört hatte – vor allem schien aber Durant nicht den strengen Anforderungen entsprochen zu haben, die der König an den Kommandanten einer belagerten Festung stellen musste. Es solle zu Unbotmäßigkeiten vor allem unter dem französischen Teil der Festungsbesatzung gekommen sein. Durant sei offenbar nicht der richtige Mann, um mit diesen Schwierigkeiten fertig zu werden. Beckenschläger warf ein, dass ihm selbst im vergangenen Herbst Spannungen zwischen den französischen Söldnern und der übrigen Besatzung aufgefallen seien. Jedenfalls, so fuhr der dänische Schiffsleutnant fort, solle jetzt der Oberst Marquard v. Rantzau für eine Verbesserung der Verhältnisse sorgen, zumal mit Beginn der warmen Jahreszeit ein verstärkter Feinddruck auf die Festung zu erwarten sei.

Über den neuen Kommandanten erfuhr Beckenschläger, dass dieser bereits im Kalmarkrieg eine Kompanie geführt habe. Zu Anfang des Jahrzehnts habe er ein Patent zur Anwerbung von Söldnern erhalten und sei 1625 Chef eines Infanterieregiments im Range eines Oberstleutnants geworden. Rantzau habe dann an dem Feldzug Christians IV. nach Schlesien anno 1626 bis 1627 teilgenommen und Troppau gegen die Truppen Wallensteins verteidigt. Er habe zwar schließlich kapitulieren müssen, dem Feind aber so zu schaffen gemacht, dass dieser ihm samt der Besatzung des Platzes freien Abzug nach Dänemark habe gewähren müssen. Beckenschläger äußerte die Ansicht, dass es immerhin beruhigend sei, unter einem Kommandanten mit solcher Kriegserfahrung – zumal auch in der Verteidigung einer belagerten Festung – zu dienen.

Man sprach dann noch eine Weile über dies und jenes und die Sonne war schon lange hinter dem Felsen versunken, als Beckenschläger endlich seine Schlafstelle aufsuchte.

Schon früh am nächsten Morgen weckten ihn laute Geräusche an Deck. Stimmen mischten sich in das Knarren und Ächzen von Holz und Tauwerk. An Deck geeilt, stellte der Fähnrich fest, dass die Besatzung gerade vollauf damit beschäftigt war, die Fregatte segelfertig zu machen.

Bald darauf entfalteten sich die Segel und der frische Nordwestwind blähte sie stramm auf. Beckenschläger warf einen letzten Blick auf den roten Felsen, der im Schein der aufgehenden Sonne leuchtete. Dann hatte das Schiff Fahrt aufgenommen. Der Wind kam fast genau von achtern und trieb sie zügig auf den Trichter der Elbmündung zu.

Bereits am frühen Nachmittag passierte die ‚Markatten' an Steuerbord Cuxhaven, über dem damals die Flagge Hamburgs wehte. Und dann tauchte auch schon backbord voraus der vertraute Anblick des Kirchturms von Glückstadt auf. „Herr Fähnrich, kommt bitte zu mir herauf!" Beckenschläger drehte sich um und erkannte, dass es der Oberst v. Rantzau war, der ihn rief. Dieser stand mit beiden Händen auf die Querreling des Achterkastells gestützt und blickte unverwandt auf den

Kirchturm, unter dem sich jetzt allmählich die Konturen der Festungswälle abzeichneten. Von den Häusern dahinter waren – wenn überhaupt – nur Dachspitzen zu sehen.

„Ihr seid dort ja fast zu Hause", fuhr der Oberst fort, nachdem Beckenschläger die Treppe zu ihm hinaufgestiegen war. „Erklärt mir bitte, was wir jetzt von den Festungsanlagen erkennen können." Der Fähnrich wies nach vorn. „Seht Ihr den langen Damm, der in die Elbe hineinragt? Das ist die äußere Nordpier des Hafens. An der Nordermole könnt Ihr das Blockhaus erkennen, das die Hafeneinfahrt deckt."

Beckenschlägers Zeigefinger wanderte nun weiter nach Osten landeinwärts. „Die Erhebung dort ist die Königsbastion. Sie deckt das Deichtor nach Norden. Weiter nach Osten erkennt Ihr eine zweite Bastion, das Norderbollwerk. Die dritte Bastion, die sich nach Südosten anschließt, können wir von hier aus nicht sehen. Zwischen der Königsbastion und dem Norderbollwerk zieht sich ein Wall hin, ebenso von der Königsbastion nach Westen in spitzem Winkel auf den Hafen zu. Vor der ganzen Wallanlage verläuft ein Festungsgraben." Oberst v. Rantzau straffte seinen Körper. „Nun gut, Fähnrich, lassen wir es bei diesen ersten Informationen. Ihr meldet Euch morgen früh bei mir im Kommandantenhaus." „Übrigens", fiel dem Obersten ein, „habt Ihr überhaupt noch Euer Quartier?"

Nun erst dachte Beckenschläger selbst daran, dass er sein Zimmer im Hause des Weinhändlers in Erwartung einer baldigen Rückkehr aus Schottland im vorigen Herbst gar nicht aufgekündigt hatte. Immerhin mochte er aber inzwischen als verschollen gelten und seine Herberge anderweitig vergeben worden sein. Er teilte dieses Bedenken dem Obersten mit, der allerdings mit seinen Gedanken schon woanders sein mochte und nur ein kurzes „Nun, das wird sich finden" von sich gab.

Auch Beckenschlägers Aufmerksamkeit richtete sich nun wieder dem schon wesentlich näher gerückten Bollwerk an der Hafeneinfahrt zu. Dort flatterte der Danebrog und mehrere Personen blickten interessiert zu ihnen hinüber. Obwohl Beckenschläger inzwischen länger fort gewesen war, als er sich überhaupt in der Festung aufgehalten hatte, beschlich ihn doch ein seltsames Gefühl des Heimkehrens, als die ‚Markatten' endlich das Blockhaus umrundete und in den Hafen einlief.

An der voraussichtlichen Anlegestelle hatte sich inzwischen eine große Menschenmenge versammelt. Einige winkten zu der Fregatte hinüber. Eine große Gestalt aber starrte auf das Schiff, als befände sich dort der Klabautermann persönlich. Beckenschläger musste zweimal hinsehen, aber dann gab es keinen Zweifel mehr: Die Gestalt war niemand anderer als der Kapitän der Dragoner-Musketiere Jörg Ohlsen.

XVI.

Beckenschläger hatte sich hinunter zum Hauptdeck begeben, wo sich Feldwebel Harms mit den fünf Dragoner-Musketieren aufhielt. Auch dort hatte man Ohlsen bereits erkannt. „Na, Feldwebel", meinte der Fähnrich, „da müssen wir vor unserem Kapitän wohl eine stramme Meldung machen." „Wir sollten aber doch vorsichtig mit ihm umgehen", erwiderte Harms. „Er macht ein Gesicht, als ob wir Gespenster wären. Wahrscheinlich hat er uns schon lange auf dem Grund der Nordsee vermutet." Es dauerte dann auch nicht mehr lange und Beckenschläger stand mit seiner kleinen Truppe vor seinem Kapitän und meldete sich zurück.

„Potz Blitz, Beckenschläger! Wo habt Ihr Euch bloß herumgetrieben?" entfuhr es Ohlsen. Beckenschläger erfuhr nun, dass man sie in der Tat aufgegeben hatte. Ohlsen selbst war erst vor einigen Wochen von Seeland zurückgekehrt. Kurz darauf war auch ein anderes Schiff aus Aberdeen eingelaufen. Nach dem Bericht des Kapitäns dieses Schiffes war die ‚Seeland‘ nie in Schottland angekommen. Da man aber außerdem von einem Piratenschiff gehört hatte, das die Nordsee unsicher machen sollte, lag die Erklärung nahe, dass die ‚Seeland‘ – soweit sie nicht anderweitig Schiffbruch erlitten hatte – eben diesem Freibeuter in die Hände gefallen war. Beckenschläger musste natürlich versprechen, dem Kapitän der Dragoner-Musketiere am Abend seine Irrfahrt in allen Einzelheiten zu schildern. Zunächst galt seine Sorge aber seinem Quartier. Insoweit musste der Fähnrich allerdings erfahren, dass sein Zimmer inzwischen anderweitig vergeben war, da man nicht mehr mit seiner Rückkehr gerechnet hatte.

Glücklicherweise wusste Ohlsen aber Rat. Er selbst hatte zwei Zimmer in einem Bürgerhaus gefunden, das an der Hauptstraße lag, die vom Marktplatz zum Kremper Tor führte. Zufällig war in diesem Hause noch eine kleinere Stube frei, die als Unterkunft für einen Fähnrich gerade angemessen erschien. Als selbstverständlich sah es Ohlsen übrigens an, dass Beckenschläger sowie auch seine Begleiter wieder Dienst in seiner Schwadron machen würden. Hierüber wollte Ohlsen gleich am nächsten Morgen mit dem Kommandanten sprechen.

Zunächst einmal aber wanderten die beiden fort vom Hafen quer durch die Stadt zur Wohnung des Kapitän Ohlsen. Beckenschläger musste zugeben, dass sein Vorgesetzter bei der Wahl seines Quartiers Glück gehabt hatte. Die beiden Räume lagen im ersten Stock eines der wenigen zweigeschossigen Gebäude. Seine Wirtsleute betrieben eine Schlachterei und waren nicht wie viele andere Bürger bei Beginn der Einschließung aus der Stadt geflohen. Auch mit seiner eigenen Stube war Beckenschläger zufrieden. Sie enthielt zwar nur ein Bett, einen Schrank und einen kleinen Tisch mit zwei Schemeln. Das Fenster führte außerdem zum Hof hinaus. Aber Beckenschläger konnte natürlich als junger Fähnrich keine großen Ansprüche stellen — ganz abgesehen davon, dass es ohnehin nicht in seiner Art lag, dies zu tun.

Nachdem er sich umgezogen hatte, klopfte der Fähnrich an die Zimmertür seines Kapitäns. Dieser hatte bereits eine Kanne mit rotem Wein und zwei Becher auf dem Tisch vor sich hingestellt und wartete begierig darauf, Beckenschlägers Erlebnisse seit seiner Abfahrt von Helsingør zu erfahren. Man kann sich vorstellen, dass die Unterhaltung bis tief in die Nacht dauerte. Da Beckenschläger in Ohlsen so etwas wie einen Freund sah, entschloss er sich auch, ihm alles der Wahrheit entsprechend zu erzählen. Allerdings unterließ er es nicht, darauf hinzuweisen, dass er offiziell in einigen Punkten eine andere Darstellung abgegeben hatte.

Ohlsen hatte Verständnis dafür und versprach, die Geschehnisse im Zusammenhang mit Kapitän O´Connor für sich zu behalten. Als die Rede auf Maureen gekommen war, hatte Beckenschläger sogar den Eindruck gehabt, dass Ohlsen ganz befriedigt in sich hineinschmunzelte.

Als man endlich auseinander ging, sagte Ohlsen noch, dass Beckenschläger am nächsten Morgen noch nicht zum Appell auf dem Marktplatz erscheinen brauche, da er ja offiziell seinen Dienst noch nicht wieder angetreten hatte und er sich ohnehin zunächst bei v. Rantzau melden musste.

5. Kapitel

I.

Als Beckenschläger am nächsten Vormittag durch die Stadt ging, fiel ihm eine Veränderung in der Zusammensetzung der Bevölkerung ins Auge. Den beginnenden Abzug der Zivilbevölkerung hatte er im vergangenen Herbst ja noch erlebt. Nun hatte es den Anschein, als seien die Bürger ganz aus der Stadt verschwunden. Es mochte zwar sein, dass das äußere Bild in den Straßen täuschte und die Bürgersleute sich noch vorwiegend in ihren Häusern aufhielten – in den Straßen und vor allem auch auf dem Markt jedenfalls wimmelte es von verwegen aussehenden Gestalten in militärischem Habitus.

In jener Zeit war von Uniformen im heutigen Sinne allerdings noch keine Rede, wenn man einmal von den einheitlichen Trachten einiger Gardetruppen absehen will. Die Söldner kleideten sich entsprechend dem allgemeinen Modegeschmack der Zeit, also zumeist in weite Pluderhosen, die über Kniestrümpfen oder hohen Stiefeln zusammengebunden waren, in Hemden mit bauschigen Ärmeln und enge Wämser. Auch liefen die Soldaten, soweit keine unmittelbare Berührung mit dem Feind drohte, natürlich nicht mit Helmen und Brustpanzern durch die Gegend, sondern trugen in der Regel breitkrempige Hüte. Allerdings führten sie durchweg ihre Degen und Säbel stets an der Seite. Es war aber weniger die Bewaffnung, die sie unverkennbar als Militärpersonen auswies, sondern eben ihr ganzes martialisches Gehabe – die wilden Schnauzbärte und Kinnzwickel, die trotzigen Blicke, ihre Haltung, überhaupt eben ihre ganze Erscheinung.

Auch die meisten Frauenspersonen, die das Stadtbild belebten, hatten eher den Anschein, Marketenderinnen zu sein als sittsame Bürgersfrauen. Und Kinder schließlich fehlten in dieser Szenerie fast ganz.

Beckenschläger kamen die Worte des Kapitän Ohlsen ins Gedächtnis, der allerdings am vergangenen Abend davon gesprochen hatte, dass im Laufe der vergangenen Monate der größte Teil der Zivilbevölkerung die Stadt verlassen hatte, dafür jetzt aber an die dreitausend Soldaten in der Festung lägen.

Als Beckenschläger dann den Hafen entlang schlenderte, fiel ihm die größere Anzahl kleinerer Küstenfahrzeuge auf. Am Vortage hatte ihn das Wiedersehen mit Kapitän Ohlsen zu sehr in Anspruch genommen, um besonders darauf zu achten. Ohlsen hatte ihm aber berichtet, dass die auf der anderen Elbseite liegende Festung Stade seit März von kaiserlichen Truppen belagert wurde. Die Belagerung sollte von Tilly persönlich geleitet werden. Im Laufe der Kampfhandlungen hätte ein Geschwader von dreizehn dänischen, englischen und holländischen Schiffen versucht, Stade zu entsetzen. Tilly habe jedoch den Zufluss zu dieser Festung, die Schwinge, durch Artillerie gesperrt. Der Entsatzversuch sei deshalb im Feuer der kaiserlichen Batterien liegengeblieben. Praktisch als Abfallprodukt der fehlgeschlagenen Unternehmung seien dem alliierten Geschwader aber wenigstens vierzehn feindliche Proviantschiffe in die Hände gefallen, die man nach Glückstadt gebracht habe.

Im Kommandantenhaus angelangt, fand Beckenschläger dort einige Aufregung vor. Auf der geräumigen Diele standen Offiziere in Gruppen herum, und besonders die Führer der französischen Söldner befanden sich in sichtlicher Erregung.

Beckenschläger konnte sich des Gefühls nicht erwehren, ungelegen zu kommen. Er wollte schon wieder gehen, um in vielleicht einer Stunde wiederzukehren, als sich Kapitän Ohlsen aus einer der Gruppen, die etwas im Dunkel des Hintergrundes stand, löste und auf ihn zukam.

Der Offizier führte ihn am Arm wieder zur Haustür hinaus, wohl um auf der Straße ungestört mit ihm sprechen zu können.

„Ihr bemerkt sicherlich, dass jetzt nicht der rechte Zeitpunkt für Euren Besuch beim Kommandanten ist", begann er. „In diesem Augenblick weiß ich übrigens selbst nicht, ob noch Herr Durant oder schon Herr v. Rantzau das Kommando über die Festung hat. Die beiden sind nun schon etwa eine Stunde allein im Zimmer." „Wieso, der Befehl des Königs ..." wollte Beckenschläger einwerfen, aber Ohlsen fuhr bereits fort: „Natürlich ist das Ergebnis klar. Die Offiziere der Festung, soweit sie nicht gerade Wache haben, sind hier ja herbefohlen, damit ihnen die Übergabe des Kommandos durch den Obersten v. Rantzau bekanntgegeben wird. Aber abgesehen von Gerüchten hat keiner von uns Offizieren bisher amtlich etwas von dem Wechsel gewusst. Ich habe ja auch erst von Euch erfahren, was das Eintreffen des Obersten hier gestern zu bedeuten hat. Ich vermute, dass auch Oberst Durant jetzt erst die offizielle Nachricht erhält. Offenbar will Oberst v. Rantzau es ihm so taktvoll wie möglich beibringen. Abgesehen davon müssen die beiden natürlich ohnehin alle möglichen Dinge besprechen, die mit einem Kommandowechsel zusammenhängen." „Dann werde ich heute morgen wohl kaum mehr vorgelassen werden", meinte Beckenschläger.

„Sicherlich nicht. Aber macht Euch keine Sorgen. Sobald ich die Gelegenheit habe, werde ich dem neuen Kommandanten berichten, dass Ihr Euch hier gemeldet habt. Ich werde ihm bei dieser Gelegenheit gleich vorschlagen, dass Ihr wieder in meiner Schwadron Dienst tut. Am besten begebt Ihr Euch derweilen in unser Quartier, damit Ihr jederzeit zu erreichen seid." Damit ging Kapitän Ohlsen wieder in das Haus zurück.

Schon am Nachmittag bliesen die Trompeten zum Generalappell auf dem Marktplatz. Sofort begann es in den Straßen, die wie die Speichen eines Rades auf das Zentrum zuführten, lebendig zu werden. Soldaten eilten in Gruppen oder allein vorbei. Soweit dies zu ihrer Ausstattung gehörte, hatten sie jetzt Helme und Brustpanzer, zum Teil auch Beinschienen, angelegt, trugen ihre Musketen oder auch die längeren und schwereren Arkebusen in den Händen. Nicht wenige waren wohl im Mittagsschlaf überrascht und richteten noch im Laufen ihre Monturen.

Auch Beckenschläger hatte in aller Eile seinen Degen umgehängt und den breitkrempigen Federhut aufgesetzt. Dann rannte er mit den anderen die Straße hinunter zum Markt. Dort formierten sich die Gruppen zu Kompanieblöcken, Unteroffiziere schrien die erforderlichen Befehle.

Beckenschläger sah, dass am Westende des Platzes neben dem Fleth die Dragoner-Musketiere auf ihren Braunen schon Aufstellung genommen hatten. Erst jetzt kam ihm zum Bewusstsein, dass er sich ja noch gar nicht beritten gemacht hatte.

Aus der Überlegung, dass es noch unangebrachter wäre, sich zu irgendeiner der Infanteriekompanien zu gesellen, hielt er es für das Beste, sich einfach hinter den Reitern aufzustellen. Zu seiner Erleichterung bemerkte er, dass er dort nicht allein stehen würde; denn auch Feldwebel Harms hatte dort zu Fuß mit seinen fünf Dragoner-Musketieren Aufstellung genommen. Dann kamen – hoch zu Ross – auch schon die beiden Obristen v. Rantzau und Durant auf den Platz. In ihrem Gefolge ritten einige Majore und Hauptleute.

Die Trommler schlugen ihre monotonen, dumpfen Wirbel, um dann abrupt abzubrechen, als die beiden Obersten vor der Front Halt machten. Oberst Durant ergriff als Erster das Wort. Er gab den Befehl König Christians IV. bekannt, durch den er vom Kommando über die Festung Glückstadt abberufen worden war, und dankte seinen Truppen dafür, dass sie in der Festung bisher dem Feinde standgehalten hatten. Allerdings hielt er den Hinweis darauf für überflüssig, dass der Feind bisher auch noch gar nicht versucht hatte, sich der Festung zu bemächtigen. Sodann stellte Durant seinen Nachfolger vor und überließ diesem das Weitere.

Oberst v. Rantzau machte sich nun noch einmal selbst bekannt, berief sich auf den königlichen Befehl und gab einen kurzen Abriss über seine bisherige Laufbahn. Sodann wies er darauf hin, dass nun mit Beginn der warmen Jahreszeit mit stärkeren Aktivitäten auf Seiten des Feindes gerechnet werden müsse. Er kündigte an, dass unverzüglich damit begonnen werden müsse, die durch die Witterungsverhältnisse des Winters arg heruntergekommenen Festungswerke wieder in Stand zu setzen. Und schließlich ließ er durchblicken, dass er keinerlei Rivalitäten zwischen den verschiedenen Nationalitäten der Besatzung dulden werde.

Marquard v. Rantzau ließ dann noch Hochrufe auf König Christian IV. ausbringen, bevor er den Befehl gab, die Truppen wieder abrücken zu lassen.

II.

Die ‚Markatten‘ hatte den Hafen wieder verlassen, diesmal mit dem Obersten Durant und dem ebenfalls abgelösten Major Francois Freton aus Krempe an Bord.

Fähnrich Bonifatius Beckenschläger hatte seinen Dienst in der Schwadron des Kapitän Ohlsen wieder aufgenommen. Ihm waren ein Pferd und ein Pferdebursche zugeteilt worden und er hatte seinen ersten Patrouillenritt hinter sich. Der Ritt hatte ihn zusammen mit vier Dragoner-Musketieren zum Südtor hinaus eine halbe Meile (1 Meile = 7532,5 m) in Richtung Kollmar geführt. Die Kaiserlichen sollten dort ihr Hauptlager aufgeschlagen haben.

Schon nach kurzer Zeit krachten aber hinter einem Verhau Schüsse auf und mahnten ihn daran, dass er sich in einer eingeschlossenen Festung befand. Der Trupp bog deshalb in östlicher Richtung ab, wurde noch an mehreren Stellen von Schüssen begleitet, die allerdings aus zu großer Entfernung abgegeben wurden, um irgendwelchen Erfolg haben zu können, und kam schließlich über das Kremper Tor wieder in die Festung zurück.

Diese Patrouille war am Vortage durchgeführt worden. Man schrieb heute den 5. Mai 1628.

Fähnrich Beckenschläger hatte gerade seine Vormittagswache beendet und ritt an dem Fleth entlang, der die Festung quer durchschnitt. Ihm fiel plötzlich auf, dass immer mehr Menschen mit allen Anzeichen der Aufregung dem Hafen zustrebten. Beckenschläger fühlte sich durch die allgemeine Unruhe angesteckt und folgte der Menge. Am Hafen angelangt stellte er fest, dass bereits mehrere kleinere Schiffe und Boote angelegt hatten und immer mehr Fahrzeuge einliefen. Alle Kähne waren mit Soldaten gefüllt, es fanden sich allerdings auch hier und da Männer und Frauen in ziviler Kleidung dazwischen.

Der Fähnrich band sein Pferd an einen Pflock an und drängte sich zu Fuß unter die Leute, die am Rande der Pier standen. Dem allgemeinen Stimmengewirr konnte Beckenschläger doch so viel entnehmen, dass die Schiffe von der anderen Elbseite, wahrscheinlich aus der Festung Stade, gekommen waren.

Inzwischen waren die ersten der Ankömmlinge die Pier heraufgeklettert und wurden sofort mit Fragen bestürmt. Beckenschläger vernahm englische Worte und wandte sich deshalb selbst in dieser Sprache an einen der Soldaten, die gerade ein Boot verlassen hatten. Er erfuhr nun, dass es sich bei den Männern in den Booten in der Tat um die restliche Besatzung von Stade handelte. Tillys Truppen hatten sich bereits so nahe an die Festung herangearbeitet, dass der Sturm unmittelbar bevorstand. Da die Besatzung – größtenteils Schotten – nur schwach und außerdem durch Krankheiten in ihrer Kampfkraft beeinträchtigt war, hatte der Festungskommandant von Stade, Oberst Morgan, mit dem General Tilly Verhandlungen aufgenommen und für den heutigen Tag freien Abzug seiner Truppen erlangt. Alles in Allem mochte es sich dabei wohl um 1.200 Mann handeln.

Als Beckenschläger die ermatteten und niedergeschlagenen Soldaten an Land steigen sah, fühlte er eine Ahnung in sich, dass es nun nicht mehr lange dauern könne, bis der Feind mit Nachdruck auch Glückstadts Widerstand brechen würde. Jetzt war Glückstadt ja tatsächlich der einzige Platz an der Elbe, der den Kaiserlichen noch trotzte. Ohne diese Festung würde sich das kleinere und zudem im Hinterland von der Versorgung über das Wasser abgeschnittene Krempe dann ohnehin nicht mehr lange halten können.

Nachdem Beckenschläger sein Pferd zu seinem Quartier gebracht und sich noch einmal zu Fuß auf den Weg durch die Stadt gemacht hatte, musste er feststellen, dass der Fall Stades das beherrschende Gesprächsthema war und seine eigenen Sorgen um die Zukunft Glückstadts allgemein geteilt wurden.

III.

In der Nacht vom 9. auf den 10. Mai hatte der Fähnrich Beckenschläger Wache auf dem nach Norden hin gelegenen Wallabschnitt zwischen der Königsbastion und dem Norderbollwerk.

Auf dem Wall befanden sich hinter den Palisaden wohl vierzig Dragoner-Musketiere, von denen allerdings der größte Teil schlief. Sein Leutnant, ein Herr von Stregnitz, hatte sich nach einem Besuch gegen Mitternacht zurück in sein Quartier begeben.

Es mochte jetzt auf die fünfte Morgenstunde zugehen. Über dem Festungsgraben lag ein dichter Frühnebel von der Art, die ahnen ließ, dass er – sobald einmal die Sonne Kraft entfaltet hatte – einem schönen Frühlingstag weichen würde. Beckenschlägers Nerven waren angespannt. Schon seit gut einer Stunde hatte er den Eindruck, dass sich drüben im Festungsvorfeld etwas Ungewöhnliches tat. Es war ein seltsames Gemisch von Fußtritten, gedämpften Stimmen und dem Klappern von Metall. Die Geräusche schienen zunächst aus dem Osten, der Gegend hinter dem Norderbollwerk, zu kommen. In der letzten halben Stunde hatte er allerdings das Gefühl, dass sie ihren Ursprung doch mehr auf dem Feld ihm direkt gegenüber hatten.

Zu sehen war infolge des Nebels nichts und Beckenschläger fragte sich schon, ob ihm seine Nerven nach der durchwachten Nacht nicht einen Streich spielten. In diesem Augenblick bemerkte er, dass vom Norderbollwerk her eine geduckte Gestalt aus dem Dunst heraus die Palisade entlang auf ihn zuhastete. Kurz darauf stand Feldwebel Harms neben ihm. „Ich glaube, da tut sich was", knurrte der Feldwebel und nickte in Richtung auf die Nebelwand. Beckenschläger antwortete: „Das Gefühl habe ich auch schon länger. Aber bei dieser verdammten Brühe sieht man ja nicht einmal das andere Ufer des Grabens."

„Es ist fast so ähnlich wie anno 25 auf den Wällen von Hameln, als der Sturmangriff unmittelbar bevorstand", gab Harms Beckenschlägers Bedenken weiteren Auftrieb und sah ihn dabei lauernd von der Seite an.

Beckenschläger wusste, was dieser Blick bedeuten sollte. Der Feldwebel erwartete von ihm als Fähnrich offenbar, dass er allgemeinen Alarm schlagen sollte. Diese Frage hatte er sich selbst schon seit längerem gestellt und sich verzweifelt gewünscht, dass Leutnant von Stregnitz endlich zurück käme, um ihm die Verantwortung abzunehmen. Natürlich wusste er, dass ihn die ganze Blamage treffen würde, sollte sich beim Aufklaren herausstellen, dass ihn nur seine überspannten Nerven genarrt hatten. Andererseits scheute der Fähnrich aber auch davor zurück, bis zum allgemeinen Morgenappell einfach untätig zu bleiben. Sein militärisches Gespür war inzwischen doch so weit entwickelt, um ihm zu sagen, dass für einen feindlichen Überraschungsangriff jetzt genau die richtige Stunde wäre.

Dann hatte er sich zu einem Entschluss durchgerungen und sagte zu Harms: „Ich glaube, dass es zunächst einmal reicht, wenn wir die Leute auf dem Wall und den beiden Bastionen alarmieren." Gleichzeitig rüttelte er die beiden am nächsten liegenden Dragoner-Musketiere aus dem Schlaf wach und schickte sie in beiden Richtungen den Wall entlang zur Norder- und zur Königsbastion, um die dort liegenden Soldaten, insbesondere aber die Geschützbedienungen auf den Bastionen, zu erhöhter Wachsamkeit zu ermahnen. Mit einiger Beruhigung stellte Beckenschläger fest, dass sich sogleich den ganzen Wall entlang die Männer aus ihren Decken aufrichteten und ihre Musketen über die Brustwehr schoben.

Plötzlich glaubte Beckenschläger, drüben vom Grabenrand, der immer noch in dichten Nebel gehüllt war, Glucksen und Platschen des Wassers zu vernehmen. Dann schoben sich auch schon dunkle, breite Umrisse aus der weiß-grauen milchigen Brühe. Die Umrisse formten sich zu den Bugs flacher Kähne, in denen geduckte Gestalten kauerten, blanke Sturmhauben auf den Köpfen und lange Piken und Musketen vor sich herhaltend.

Obwohl er dieses Geschehen in seinem Innersten erwartet hatte, hatte es für ihn doch einen Anschein von Unwirklichkeit, wie diese Kästen fast lautlos, nur von dem gedämpften Glucksen und Platschen begleitet, näher und näher sich heranschoben. Und unwirklich erschien es ihm auch, als er seine eigene Stimme – sich fast überschlagend – „Alarm!" schreien hörte. Dazwischen schrie Feldwebel Harms: „Noch nicht feuern, lasst sie erst den Wall heraufkommen!" Trotzdem krachten sogleich hier und da vereinzelte Schüsse an den Palisaden auf.

Die ersten Sturmkähne stießen bereits am diesseitigen Ufer an. Sogleich sprangen ihre Besatzungen an Land. Mitgebrachte Leitern klatschten gegen das feuchte Erdreich der Wälle. Und schon kletterten die ersten Angreifer, angefeuert von degenschwingenden Offizieren, auf den Leitern empor. „Feuer!" rief Beckenschläger setzt mit aller Kraft und schoss sogleich seine Pistole in das Menschengewirr unter ihm ab. Er achtete nicht darauf, ob er getroffen hatte. Ohnehin hatte er mehr deshalb abgedrückt, um seinem Feuerbefehl Nachdruck zu verleihen, als um einen Gegner auszuschalten. Seine Aufmerksamkeit wurde im Übrigen auch voll von dem Geschehen auf dem Festungsgraben in Anspruch genommen, wo sich nun Kahn um Kahn, gefüllt mit Menschentrauben, aus dem Nebel über das Wasser schob.

Ein Blick über die Brustwehr den Wall hinab zeigte ihm, dass die erste Salve der Verteidiger, die sich auf seinen Befehl hin gelöst hatte, ihre Wirkung nicht verfehlt hatte. Mehrere der angreifenden Soldaten waren ihre Leitern wieder heruntergerutscht und lagen jetzt schreiend oder auch still auf dem matschigen Vorfeld. Sogleich stiegen die Nachfolgenden jedoch über sie hinweg und drängten den Hang des Walls hinauf.

Unmittelbar vor Beckenschläger tauchte ein wildes bärtiges Gesicht unter einem spanischen Sturmhelm über dem Rand der Palisade auf. Wie automatisch zuckte der gerade Degen in der Faust des Fähnrichs nach vorn. Beckenschläger hörte noch einen grellen Aufschrei und das Gesicht war wieder verschwunden.

Neben Beckenschläger ließ Feldwebel Harms seinen Degen über den Palisadenrand sausen. Auch die anderen Verteidiger hatten keine Zeit mehr gehabt, um ihre Musketen nachzuladen. Sie wehrten die Stürmenden ab, indem sie die Gewehre umdrehten und wie Kolben schwangen oder ebenfalls ihre blanken Waffen gebrauchten. Mit einem Male hörte Beckenschläger donnerndes Krachen und sah Wasser- und Erdfontänen vor dem Wall hochspritzen. Zugleich gellte eine Vielzahl von Schreien unter den stürmenden Soldaten auf.

Schlagartig wurde dem Fähnrich bewusst, dass von den Bastionen her die Kanonen die Sturmtruppen seitlich unter Feuer genommen hatten. Gleichzeitig durchzuckte ihn aber die Einsicht, dass von dort aus nur jeweils eine Kanone so gerichtet werden konnte, dass sie den Wall zwischen den Bastionen in seiner Länge bestrich, und er konnte sich vorstellen, dass bei der Dauer des Nachladens die nächsten beiden Schüsse einige Zeit auf sich warten lassen würden.

Immerhin hatte der Geschützdonner die Festung jetzt endgültig alarmiert. Vom Marktplatz her schmetterten bereits die Trompeten ihre Signale in den Morgen. Auch schienen die beiden Kanonenschüsse den ersten Angriffsschwung etwas gedämpft zu haben.

Da sah Beckenschläger aber schon die nächste Welle von Sturmbooten herankommen. Wahrscheinlich rechnete sich der Kommandeur der Kaiserlichen aus, dass die Geschütze erst in einigen Minuten wieder feuern konnten, und wollte diese Pause benutzen, um Ersatz hinüberzubringen. Gleich darauf knatterte auch bereits Gewehrfeuer von unten herauf und Beckenschläger sah, wie drei oder vier der Männer hinter den Palisaden zusammensackten. Auch die Dragoner-Musketiere hatten aber inzwischen ihre Waffen nachgeladen und gaben eine einigermaßen geschlossene Salve in die Menge der frisch gelandeten Soldaten ab. Einige der Feinde fielen, die Mehrzahl aber drängte erneut über die Sturmleitern die Wallkrone hinauf.

Etwa zwanzig Schritt neben sich in Richtung auf die Königsbastion zu sah Beckenschläger einen hünenhaften Soldaten, das spanische Morion auf dem Kopf, über die Brustwehr auf die Plattform des Walls springen. Mit wuchtigen Hieben seines Degens trieb er die Musketiere, die im Augenblick nur ihre abgeschossenen Gewehre zur Abwehr in den Händen hatten, zur Seite. Augenblicklich schwangen sich fünf, sechs weitere kaiserliche Soldaten über die Palisaden und bildeten jetzt bereits einen kleinen Brückenkopf, der nun zusehends erweitert wurde. Beckenschläger sah ein, dass es unmöglich war, andere seiner Männer von der Brustwehr abzuziehen, um sie an die Einbruchsstelle zu werfen. Zu sehr war jeder Mann davon in Anspruch genommen, Angreifer an der Stelle abzuwehren, an der er gerade stand. Der Angriff lief jetzt auf der ganzen Breite des Walls zwischen den beiden Bastionen in voller Heftigkeit.

Wohl schafften zwei weitere Schüsse aus den Bastionsgeschützen für einen kurzen Augenblick etwas Luft, aber schon drängten neue Angriffstruppen nach. Sie brachen an zwei weiteren Stellen über die Palisaden ein und eine erste kaiserliche Fahne wehte über dem Wall. Da hörte Beckenschläger hinter sich den dumpfen Takt von Landsknechtstrommeln. Ein kurzer Blick zeigte ihm, dass nun auf der Straße, die vom Marktplatz direkt auf den Wall zuführte, Musketiere in breiter Front vorrückten.

Der Fähnrich musste an das Vorgehen der englischen Entsatztruppen in den Wicklow-Mountains denken und schlagartig wurde ihm klar, was jetzt gleich geschehen würde. Er rief den Soldaten, die neben ihm standen zu: „Gefecht abbrechen, lasst Euch vom Wall rollen!" Kaum war dieser Befehl in die Tat umgesetzt, da hielt die Kolonne der anrückenden Musketiere mit einem Ruck, die Musketen fielen in die Gabeln der Stützböcke und schon krachte die erste Salve dicht über den Wall hinweg. Die Angreifer, die dem Befehl des Fähnrichs natürlich nicht gefolgt waren, wurden von den Kugeln niedergemäht. Beckenschläger aber rappelte sich mit seinen Männern am Fuß des Walls innerhalb der Festung gerade wieder auf, als auch schon das zweite Glied der Musketiere seine Kugeln über ihre Köpfe pfeifen ließ.

Jetzt rückten die Musketiere, angefeuert vom schneller werdenden Schlag ihrer Trommeln, im Laufschritt vor. Oben auf dem Wall waren inzwischen wieder Kaiserliche erschienen und formierten sich ihrerseits zum Salvenfeuer. Das Krachen ihrer Schüsse mischte sich mit dem Schreien der Getroffenen in den Reihen der anrückenden Festungstruppen.

Aber ungeachtet der Breschen, die in ihre Reihen geschlagen wurden, trieb sie der Schlag ihrer Trommeln voran und die Nachrückenden füllten die Lücken wieder auf. Salven wechselten hin und her. Aus der Masse der dänischen Musketiere ragte ein Reiter hervor, der mit erhobenem Degen die Männer immer wieder vorantrieb, Oberst Marquard v. Rantzau. Endlich erreichten die Truppen den Fuß der zur Stadtseite ja flacher abfallenden Festungswalls. Eine letzte Salve krachte zur Wallkrone hinauf. Dann brach der Sturm der Musketiere auf den Wall an. Beckenschläger wurde, fast gegen seinen Willen, mitgerissen.

Die Moral der Kaiserlichen – inzwischen durch mehrere weitere Kanonenschüsse von den Bastionen zusätzlich angeschlagen – konnte diesem Ansturm nicht standhalten. Die kaiserlichen Truppen, die eben noch unter Aufgebot aller Kräfte den Wall erstiegen hatten, wurden zum Festungsgraben hin wieder hinuntergetrieben. Kaum auf der Plattform des Walls angekommen, folgte ein Teil der Festungstruppen den fliehenden noch hinunter bis zum Graben. Die verteilten sich nach links und nach rechts, um gegen die Feinde vorzugehen, die an anderen Stellen über die Brustwehr gestiegen waren.

Inzwischen waren auch Entsatztruppen auf der Königsbastion angekommen und nahmen von dort aus die Reste der Kaiserlichen in die Zange, die sich noch auf dem Wall befanden. Bald ertönten vom anderen Ufer des Festungsgrabens, immer noch aus dem Nebel heraus, Trompetensignale zum Rückzug. Die Flucht der Kaiserlichen wurde nun so überstürzt, dass die Wenigsten einen Platz in den eilig zurückfahrenden Landungskähnen fanden. Die meisten sprangen ins Wasser und versuchten, schwimmend und watend das rettende Ufer zu erreichen.

IV.

Am Nachmittag des 10. Mai 1628 saßen der Fähnrich Bonifatius Beckenschläger und der Kapitän der Dragoner-Musketiere Jörg Ohlsen sich in dessen Wohnzimmer gegenüber. Ohlsen prostete dem Fähnrich gerade mit einem Becher seines guten Rotspons zu:

„Heute morgen habt Ihr wohl wieder ein neues Heldenstück vollbracht, mein Junge. Ja, ja, ich habe es doch damals gleich gewusst, als ich Euch an der Landstraße vor Steinburg aufgelesen habe. Ihr seid tatsächlich der geborene Soldat. Eigentlich sollte mir der König einen Orden dafür geben, dass ich Euch in seine Armee geführt habe." Beckenschläger war dieses für seinen Geschmack reichlich dick aufgetragene Lob etwas peinlich. Überhaupt war ihm unklar, worin ein besonderes Verdienst seines Verhaltens am Morgen gelegen haben sollte. Er machte deshalb eine abwiegelnde Handbewegung. Doch der Kapitän fuhr schon fort: „Stellt Euer Licht nur nicht unter den Scheffel, mein Lieber. Die ganze Festung spricht davon, dass die Kaiserlichen jetzt ihre Siegesparade auf dem Marktplatz abhalten würden, wenn Ihr nicht den ersten Sturm abgefangen hättet." „Mir blieb ja gar nichts anderes übrig", meinte Beckenschläger und das war nicht etwa der Versuch, sein Verhalten kokettierend herunterzuspielen, sondern entsprach durchaus seiner Überzeugung. „Nun, Ihr hättet ja immerhin weglaufen können, als die Sturmtruppen aus dem Nebel auftauchten", sagte Ohlsen.

Beckenschläger hätte erwidern können, dass ihm dieser Gedanke tatsächlich keinen Augenblick lang gekommen sei; aber eine solche Äußerung wäre ihm als Hervorkehren seiner Tapferkeit erschienen und so unterließ er sie. „Ich bedaure nur, dass ich mit den Dragoner-Musketieren als Eingreifreserve auf dem Marktplatz zurückbleiben musste", meinte nun der Kapitän und stierte gedankenverloren in seinen halb leeren Becher. Beckenschläger überlegte noch, ob es ihm zustehe, seinem Kapitän Trost zuzusprechen, weil dieser am Morgen keine Gelegenheit gehabt hatte, sich auszuzeichnen. In diesem Augenblick wurde an die Tür geklopft und ein Feldwebel der Musketiere trat ins Zimmer. Er nahm Haltung an und meldete: „Der Herr Oberst lässt den Herrn Fähnrich in das Kommandantenhaus bitten."

„Seht Ihr, jetzt werdet Ihr meine Meinung aus berufenerem Munde bestätigt bekommen", tönte der Kapitän und strahlte dabei über sein ganzes breites gutmütiges Gesicht. Beckenschläger war sich darüber im Klaren, dass er der höflich in die Form einer Bitte gefassten Aufforderung seines Kommandanten nicht irgendwann nach seinem Belieben nachkommen konnte, und schloss sich deshalb sogleich dem Feldwebel an. Marquard Rantzau kam dem Fähnrich entgegen, als dieser in sein Arbeitszimmer eintrat.

„Fähnrich Beckenschläger, ich möchte Euch in aller Form meinen Dank und meine Anerkennung für Euer tapferes Aushalten am heutigen Morgen aussprechen", begann der Oberst. Beckenschläger hielt es für angebracht, dieses erneute Lob stumm und in strammer Haltung entgegen zunehmen.

Offenbar hatte Rantzau auch keine Erwiderung erwartet und fuhr fort: „Ich bin mir durchaus darüber im Klaren, dass es jetzt schlecht um uns alle bestellt sein würde, wenn Ihr im Morgengrauen auf dem Wall nicht ausgehalten hättet. An sich würde Euer Einsatz durchaus eine Beförderung rechtfertigen, wenn Euch der König nicht erst vor fünf Monaten – und auch das noch sehr vorzeitig – zum Fähnrich befördert hätte. Ihr werdet deshalb sicher verstehen, dass ich Euch nicht nach einer Dienstzeit von nur neun Monaten schon zum Leutnant befördern kann – jedenfalls nicht ohne ausdrücklichen Erlass seiner Majestät.

Ihr könnt aber versichert sein, dass Ihr in meinem Bericht, der mit dem nächsten Schiff nach Kopenhagen abgeht, entsprechend erwähnt werdet. Ich werde dem König auch zu verstehen geben, dass ich Euch als besonders geeignet für eine baldige Beförderung zum Leutnant ansehe. Ich hoffe, dass ich damit Eurer heutigen Leistung zunächst hinreichend gerecht werde." Beckenschläger sagte daraufhin nur knapp: „Jawohl", obwohl er sich gar nicht sicher war, ob sein Oberst diesen letzten Satz als Frage gemeint hatte. „Jedenfalls möchte ich Euch aber doch sofort sichtbar für die ganze Truppe auszeichnen und teile Euch deshalb als persönlichen Adjutanten meinem Stab zu. Aus dem bisherigen Dienst bei den Dragoner-Musketieren scheidet Ihr natürlich aus. Auch muss ich Euch bitten, Euer bisheriges Quartier aufzugeben, damit ich Euch hier zu meiner ständigen Verfügung habe." Beckenschläger dankte gehorsamst und war damit entlassen.

Die Bestellung zum Adjutanten des Festungskommandanten bedeutete, dass er faktisch die Stellung eines Leutnants innehatte und seine förmliche Ernennung zum Offizier nur noch eine Frage der Zeit war.

Dies bestätigte auch Kapitän Ohlsen, als er mit der Neuigkeit zurückkam. Es war für Beckenschläger zwar ein kleiner Wermutstropfen, dass er sein Quartier in Ohlsens Nähe schon wieder aufgeben musste – aber der Wohnungswechsel ließ sich im Hinblick auf seine neue Verwendung wohl nicht vermeiden.

Im Übrigen stellte sich heraus, dass er keinen schlechten Tausch gemacht hatte. Das Zimmer, das er im Hause des Kommandanten erhielt, war offenbar für einen Leutnant gedacht und erschien ihm im Vergleich zu seiner bisherigen Stube direkt komfortabel.

Beckenschläger erfuhr übrigens erst später, dass v. Rantzau seinen Vorgänger im Adjutantendienst, einen französischen Leutnant, bereits gleichzeitig mit der Ablösung Durants aus seinem persönlichen Dienst entlassen und wieder der Truppe zugeteilt hatte. Als dann abends Kapitän Ohlsen mit einer Flasche seines vorzüglichen Rotspons erschien, um den Tag zu begießen, war auch er der Meinung, dass der Fähnrich mit dem Wechsel seiner Wohnung einen sehr vorteilhaften Tausch gemacht habe. Verschmitzt grinsend meinte Ohlsen noch: „Ihr solltet eigentlich dem alten Durant dankbar sein. Wenn er nicht versäumt hätte, wie geplant ein Außenwerk vor dem Norderwall zu errichten, wären die Kaiserlichen kaum bis auf den Wall vorgedrungen und Ihr hättet dann keine Gelegenheit gehabt, Euch heute morgen auszuzeichnen."

V.

Es hatte noch nicht die neunte Stunde des nächsten Tages geschlagen, als der Hauptmann der Musketiere, die am Kremper Tor stationiert waren, in das Vorzimmer des Obersten Marquart v. Rantzau kam.

Beckenschläger unterhielt sich gerade mit dem Leutnant, der dort Dienst hatte. Der Hauptmann bat, zum Kommandanten vorgelassen zu werden. Unmittelbar nachdem er eine Viertelstunde später das Arbeitszimmer des Obersten wieder verlassen hatte, erschien v. Rantzau selbst im Türrahmen und befahl, sein Pferd vorführen zu lassen. Als er Beckenschläger gewahr wurde, sagte er: „Ah, guten Morgen, Fähnrich Beckenschläger. Gut, dass Ihr hier seid. Haltet auch Euer Pferd bereit und begleitet mich zu einem Ausritt auf die Wallanlagen. Es scheint dort Neuigkeiten zu geben." Eine weitere Viertelstunde später war der Fähnrich Bonifatius Beckenschläger mit seinem Obersten am Kremper Tor angelangt. Es war ein strahlender Frühlingsmorgen.

Sie wurden von dem Hauptmann, der bereits vorausgeeilt war, empfangen und auf den Wall hinter die Brustwehr geführt.

„Das geht schon seit dem frühen Morgen so, Herr Oberst", erklärte der Hauptmann. Beckenschläger erkannte, dass auf der anderen Seite jenseits des Festungsgrabens eine rege Tätigkeit im Gange war.

Etwa in Kanonenschussweite wurden Gräben ausgehoben und Erdwälle aufgeworfen. Dahinter wuchsen Zelte aus der Erde, zwischen denen Fahnen und Wimpel flatterten. „Es scheint so, dass sie dort drüben von Sturmangriffen erst einmal die Nase voll haben", meinte Oberst v. Rantzau, nachdem er sich das Geschehen im Vorfeld der Festung längere Zeit schweigend, aber aufmerksam angesehen hatte. „Dafür scheint es jetzt aber mit einer intensiven Belagerung ernst zu werden. Nach dem Fall von Stade war ja damit zu rechnen, dass der nächste Stoß auf uns und auf Krempe gerichtet sein würde."

Rantzau wies den Hauptmann noch an, weiterhin genau zu beobachten und jede augenfällige Veränderung sofort zu melden. Dann gab er Beckenschläger einen Wink, ihm zu folgen, und setzte seinen Ritt in Richtung auf die Ostbastion fort. Es zeigte sich, dass der Feind auch an der Ost- und weiter hin an der Südseite tätig war – hier allerdings wegen der außerordentlichen Breite des Rhins – in weiterer Entfernung.

Am Südtor angelangt, verhielt Oberst v. Rantzau sein Pferd. „Wir müssen etwas unternehmen, um den Feind von ähnlichen Überraschungsangriffen wie gestern morgen abzuhalten", meinte er. „Vielleicht sollten wir vorgeschobene Schanzen außerhalb der eigentlichen Festung errichten", warf Beckenschläger ein. Dabei dachte er an die halb scherzhafte Bemerkung Ohlsens vom gestrigen Abend betreffend die Versäumnisse des Obersten Durant. „Daran denke ich auch. Das hat außerdem den Vorteil, dass wir den Abstand des Feindes zu unseren Wällen vergrößern. Abgesehen davon nehmen wir dadurch das Gesetz des Handelns in unsere Hand. Die erforderlichen Pläne wollen wir sofort nach unserer Rückkehr ausarbeiten." Zunächst setzte v. Rantzau aber noch seinen Erkundungsritt – nach Überqueren des Hafens auf der Schleusenbrücke – die Nordseite entlang über die Königsbastion und das Norderbollwerk fort, bis man wieder am Kremper Tor anlangte.

Allerdings wurde nach Norden hin nur geringe Patrouillentätigkeit der Kaiserlichen festgestellt. Es hatte den Anschein, dass – besonders nach den Verlusten des Vortages – die feindliche Stärke vorerst nicht für eine gleich intensive Einschließung an allen Seiten ausreichte.

Sobald sie ins Kommandantenhaus zurückgekehrt waren, ließ Oberst v. Rantzau die Chefs der Kompanien zusammenrufen. „Meine Herren", begann er, nachdem die angeregten Erörterungen der Hauptleute und Majore über den gemutmaßten Zweck ihrer Zusammenkunft abgeebbt waren, „meine Herren, wie sicherlich auch von Euch bereits bemerkt worden ist, ist der Feind seit heute morgen damit beschäftigt, seine Belagerungsarbeiten vor unserer Stadt forciert voranzutreiben. Ich beabsichtige nicht, tatenlos zuzusehen, bis die Schanzen für seine Batterien fertiggestellt sind und seine Kanonenkugeln hier einschlagen. Mein Plan ist es, seine Arbeiten durch Ausfälle zu stören und unsererseits Schanzen vor der Festung zu errichten. Ich bitte im Einzelnen um Eure Vorschläge."

„Mit Verlaub, Euer Gnaden", meldete sich der Hauptmann vom Kremper Tor, der am Morgen bereits beim Kommandanten gewesen war. „Ich möchte anregen, morgen in aller Frühe einen Ausfall vom Kremper Tor aus zu machen, um die Kaiserlichen aus ihren Verschanzungen dort wieder hinauszuwerfen." „Ja, wir könnten dann die bereits aufgeworfene Erde umgekehrt für eine eigene Verschanzung auf der gegenüberliegenden Seite des Grabens verwenden", ergänzte ein anderer Kompaniechef. Nun meldete sich Kapitän Ohlsen, der als Führer der Dragoner-Musketierschwadron natürlich auch anwesend war.

„Ich halte den Ausfall vom Kremper Tor aus im Grundsatz für gut. Da hier die Verbindung nach Krempe am unmittelbarsten bedroht und der Feind zudem augenblicklich unseren Wällen am nächsten ist, halte auch ich diese Stelle als vordringlich gegebenen Angriffspunkt.

Allerdings meine ich, der Ausfall sollte nicht erst morgen früh, sondern schon heute Abend gemacht werden. Im Morgengrauen werden üblicherweise Überraschungsangriffe begonnen – Tilly hat es ja erst gestern bei uns versucht – und man wird deshalb morgen früh drüben viel mehr auf der Hut sein als heute Abend." „Der Einwand hat etwas für sich", dachte v. Rantzau laut nach. Ohlsen fuhr jedoch schon fort: „Ich möchte außerdem vorschlagen, zunächst ein Schein- und Entlastungsunternehmen vom Südtor aus durchzuführen. Das wird die Kaiserlichen vom Kremper Tor ablenken und sie möglicherweise veranlassen, von dort Truppen zur Entlastung nach Süden hin abzuziehen."

Der Vorschlag stieß allgemein auf Zustimmung, wie das beifällige Gemurmel in der Offiziersversammlung zeigte. Oberst v, Rantzau hatte eine Weile geschwiegen und meinte dann: „Ja , im Ansatz gefällt mir die Sache. Mir erscheint der Zeitpunkt – also Angriff schon heute Abend – verbunden mit einem Scheinausfall nach Süden hin, sinnvoll zu sein." Er hielt inne und wandte sich dann, scheinbar einer plötzlichen Eingebung folgend, Beckenschläger zu, der dem Gespräch natürlich bescheiden schweigend, aber mit ganzer Aufmerksamkeit zugehört hatte.

„Nun, wir vollen doch auch die Meinung unseres jüngsten Fähnrichs hören. – Auch er muss ja lernen, seine Meinung im Kriegsrat abzugeben", fügte er noch fast entschuldigend hinzu. Beckenschläger fuhr etwas überrumpelt hoch. Damit, dass er als jüngster Fähnrich seine Ansichten darlegen sollte, hatte er nicht im Mindesten gerechnet. Da er aber voll mitgedacht hatte, war die erste Überraschung schnell überwunden, und er sagte – mehr, weil er eine bloße Zustimmung für zu farblos hielt:

„Ich bin derselben Ansicht wie die Herren Offiziere vor mir, möchte aber noch eine etwas weitergehende Anregung machen: Sozusagen ein Täuschungsmanöver um zwei Ecken." Erstaunte Blicke trafen ihn und Oberst v. Rantzau meinte: „Dann legt mal los!"

„Nun, ich meine folgendes", begann der Fähnrich. „Ausgangspunkt ist doch der, dass der eigentliche Ausfall zum Kremper Tor hinaus gemacht werden soll. Wie wäre es, wenn die ganze Unternehmung zunächst mit einer Beschießung von der Ostseite, also vom Kremper Tor, den Wällen beiderseits des Tores und der Nord- und Ostbastion beginnt, so als wenn tatsächlich dort der Angriff beginnen soll? Noch während der Kanonade setzt dann der Ausfall von der Südseite her ein. Der Feind wird dann die Beschießung im Osten für die Finte halten und an die Ernsthaftigkeit des Ausfalls nach Süden umso mehr glauben. Erst wenn er dann dorthin Truppen zusammenzieht und sich festbeißt, beginnt überraschend unser eigentlicher Angriff vom Kremper Tor aus. Die zunächst als Finte begonnene Kanonade an dieser Stelle wird sich dann gleichzeitig als sinnvolle Vorbereitung des Hauptangriffs erweisen."

Alles schwieg verblüfft. Denn räusperte sich v. Rantzau und sagte trocken: „Ja, genauso habe ich es mir gedacht." Ob dies nun der Wahrheit entsprach oder ob der Oberst sich nur den Vorschlag des Fähnrichs kurzer Hand zu eigen machte – wer will das sagen?

Immerhin fügte v. Rantzau aber noch hinzu: „Um die Sache abzurunden, wird Kapitän Ohlsen mit seinen Dragoner-Musketieren in dem Augenblick nach Norden ausbrechen, wenn der Angriff an der entgegengesetzten Seite nach Süden im vollen Gange ist. Herr Ohlsen zieht dann nach Nordosten herum und fällt mit seinen Reitern dem Feind in dem Augenblick in die Flanke, in dem er durch den Hauptangriff aus dem Kremper Tor gerade in Verwirrung gesetzt ist. Ich habe mich heute morgen überzeugen können, dass der Feind im Norden der Festung ohnehin noch ziemlich untätig ist."

Nachdem seine Frage nach weiteren Vorschlägen keine Antwort gefunden hatte, nahm der Kommandant noch die Einteilung der Truppen für die einzelnen Abschnitte der Unternehmung vor, bevor er seine Offiziere zu seinen Kompanien entließ.

Als Angriffstermin, das heißt als Beginn der Kanonade am Kremper Tor, wurde die neunte Stunde nach Mittag festgesetzt.

VI.

Oberst von Rantzau stand umgeben von seinem Stab auf der Ostbastion, als die Kanonen der Festung Glückstadt ihre Feuerschlünde donnernd aufrissen.

Der Kommandant hatte diesen Platz gewählt, da er von dort einen Überblick über das tellerebene Gelände sowohl nach Nordosten auf die feindlichen Schanzarbeiten gegenüber dem Kremper Tor hatte, wie auch nach Süden über den seeartig verbreiterten Rhinfluss auf die Straße, die vom Südtor nach Elmshorn bzw. nach Kollmar führte.

Beckenschläger hielt sich mit anderen Fähnrichs und Kornetts etwas abseits und beobachtete, wie die ersten Einschläge in die eben begonnenen Schanzarbeiten fuhren und dort Fontänen von Erdreich hochrissen.An die zwanzig Geschütze waren auf den Innenflanken der beiden landeinwärts liegenden Bastionen, dem Nord- und dem Ostbollwerk, sowie den beiderseits des Kremper Tores verlaufenden geraden Verbindungswällen zusammengezogen und richteten ihr Feuer konzentrisch auf die Zone gegenüber diesem Tor. Es hatte den ganzen Tag über Sonnenschein geherrscht. Inzwischen war die Sonne zwar im Westen hinter der Elbe versunken, aber immer noch bestand ausreichendes Tageslicht und würde auch sicher noch für eine Stunde ausreichen.

Drüben beim Feind brachen Zelte im Beschuss zusammen, die unvorsichtig im Feuerbereich der Kanonen errichtet worden waren. Soldaten rannten aufgeschreckt durcheinander. Soweit sie nicht auf Posten standen, hatten sie sich nach der abendlichen Unterbrechung der Erdarbeiten irgendwelchen Unterhaltungen gewidmet oder auch schon ermüdet zum Schlafen gelegt. Jetzt aber rissen grelle Trompetensignale und dumpfe Trommeln sie wieder hoch. Reiter jagten zwischen den Truppenteilen hin und her.

Allmählich bildeten sich – Fähnlein und Feldzeichen in ihrer Mitte – Kompanieblöcke. Die Einheiten zogen sich in Richtung auf das Kremper Tor zusammen, offenbar in der folgerichtigen Annahme dorthingelenkt, dass an dieser Stelle ein Ausfall drohe. Etwa eine Viertelstunde dauerte die Kanonade schon. Hier und dort waren – allerdings schnell wieder aufgeschlossene – Lücken in die Blöcke der feindlichen Kompanien gerissen.

Nun aber wurde Trommelwirbel im Rücken der Ostbastion laut. Die Blicke der auf der Bastion versammelten Offiziere gingen nach Süden und auch Beckenschläger erkannte jetzt geordnete Kolonnen mit dänischen Fahnen an der Spitze, die über den Damm vorrückten, der die Straße vom Südtor über den Rhin oder westlich davon das Rhinwatt trug. Offenbar hatte auch dort der Feind den Ausbruch von vier Kompanien, also gut sechshundert Musketieren, bemerkt; denn weit von Süden her schmetterten nun ebenfalls Trompeten und Gewehrfeuer knatterte auf, zuweilen übertönt durch den Donner einiger Geschütze.

Sofort kam Bewegung in die hinteren Blöcke der gegenüber dem Kremper Tor aufgestellten kaiserlichen Kompanien. Vier, fünf Truppenkörper rückten querfeldein über die flache Ebene des Festungsvorfeldes ziemlich genau nach Osten ab. Die Breite des Rhinflusses südlich der Festung hinderte die Kaiserlichen, den Truppen auf dem Süddamm direkt in die Flanke zu fallen. Vielmehr mussten sie erst weiter nach Osten den Fluss entlang marschieren, um ihn dann nach seiner Verengung auf die normale Breite eines Elbnebenflusses zu überqueren und dann wieder nach Süden und später nach Südwesten einzuschwenken.

Inzwischen hatten die dänischen Kompanien etwa auf der Mitte des Damms Halt gemacht und richteten sich auf ein hinhaltendes Feuergefecht ein. Nur hin und wieder fielen flankierend die beiden Geschütze ein, die von dem als Halbbastion ausgebauten Rhinbollwerk im Südwesten der Ostbastion parallel zum Straßendamm den Rhinsee bestreichen konnten. Offenbar sollte das Geschützfeuer an dieser Stelle aber im Wesentlichen eine moralische Wirkung haben, denn es war nicht erkennbar, dass sie irgendein bestimmtes Ziel unter Beschuss genommen hatten.

Die vom Kremper Tor abgezogenen kaiserlichen Kompanien waren mittlerweile weit im Osten verschwunden und nur ihre Fahnen zeigten in der Ferne an, dass sie den Schwenk nach Süden vollzogen.

Es mochten nun dreiviertel Stunden seit der Eröffnung der Kanonade an der Ostseite der Festung vergangen sein, als Marquard Rantzau die Zeit für gekommen hielt, den dort bereitgestellten acht Musketierkompanien den Befehl zum eigentlichen Angriff zu geben. Der Oberst jagte einen Fähnrich mit dem Angriffsbefehl zu dem Befehlshaber dieser Sturmtruppen. Kurz darauf öffneten sich die Torflügel des Kremper Tors und im Sturmschritt ergossen sich die Reihen der Ersten Kompanie auf den Straßendamm, der den Festungsgraben nach Osten durchquerte.

Zwar empfing sie sofort Musketenfeuer der hier aufgestellten feindlichen Posten, es fielen auch einige der Stürmenden nieder. Das Gros der an dieser Stelle ursprünglich aufgestellt gewesenen kaiserlichen Truppen hatte sich jedoch aus der Reichweite der Festungsgeschütze zurückgezogen. Zudem war die Aufmerksamkeit ihrer Befehlshaber mehr von dem Geschehen um den Damm im Süden in Anspruch genommen.

Jedenfalls war Beckenschläger, der das Geschehen gebannt verfolgte, von der Schnelligkeit überrascht, mit der die Masse der ausbrechenden Kompanien im Laufschritt die kritische Stelle des Damms über den Graben hinter sich brachte und sich dann in breiter Front in den eben erst begonnenen Verschanzungen der Kaiserlichen entfaltete.

Gerade hatten sich die ihnen gegenüberliegenden Kompanien Tillys von der Überraschung des Ausbruchs erholt und eine erste, einigermaßen geordnete Salve abgefeuert, als im Norden – in ihrer rechten Flanke Trompetengeschmetter ertönte.

Torquato Conti (1591–1636). Als Offizier in Wallensteins Armee belagerte und eroberte er 1627 Krempe und war in dessen Abwesenheit Kommandant der kaiserlichen Truppen in Holstein.

Die Kompanien der Kaiserlichen wankten, gerieten in Unordnung, versuchten in aller Hast, eine zweite Front aufzustellen. Da waren Kapitän Ohlsens Dragoner-Musketiere auch schon mitten unter ihnen, was den Beobachtern auf der Ostbastion die über dem Getümmel flatternde dänische Reiterstandarte anzeigte. Der Befehlshaber der dänischen Kompanien jenseits des Grabens vor dem Kremper Tor hatte sofort erkannt, dass Kapitän Ohlsen genau dem am Mittag beschlossenen Plan entsprechend zur Stelle war. Augenblicklich setzten sich diese Truppen, die nach der Bildung des Brückenkopfes zunächst zum Stehen gekommen waren, wieder in Bewegung und rückten, salvenweise feuernd, auf den jetzt von zwei Seiten gepackten Feind zu.

Dort war nun kein Halten mehr. Die vorderen Glieder der kaiserlichen Truppen fielen auf die hinteren zurück. Auch diese boten keinen Halt mehr, und es schlug von dem Turm der Glückstädter Stadtkirche gerade die zehnte Abendstunde, als der geworfene Feind mehr in Flucht als in geordnetem Rückzug nach Osten und Südosten wich.

Obschon die Dämmerung nun schon im Begriff war, in Dunkelheit überzugehen, zeigten die sich gegen den noch helleren Westhimmel abzeichnenden Fahnen auf dem Süddamm, dass das Gefecht dort noch immer etwa in der Mitte des Rhins stehengeblieben war.

Oberst v. Rantzau, der bis dahin natürlich ganz von dem Geschehen vor dem Kremper Tor in Anspruch genommen war, blickte jetzt gedankenversunken eine Weile in Richtung dieses Ablenkungsmanövers.

Dem Plan zufolge hatte er eigentlich vorgehabt, die dort befindlichen Truppen wieder in die Festung zurückzunehmen, nachdem erst der Brückenkopf vor dem Kremper Tor gefestigt war. Nun aber wandte er sich an die Offiziere seines Stabes: „Meine Herren, ich meine, wir sollten die Gunst der Stunde nicht verschenken. Es soll noch in dieser Nacht dort, wo die Spitze unserer Truppen jetzt im Süden steht, quer über den Damm eine Schanze errichtet werden."

„Fähnrich!", damit winkte er Beckenschläger zu sich heran. „Ihr reitet sofort dorthin und überbringt meinen Befehl, nicht zurückzugehen. Material zum Schanzen wird noch in der Nacht kommen."

Während Beckenschläger davonjagte, beauftragte der Oberst einen Major seines Stabes damit, den Transport von Schanzmaterial zu den Truppen auf dem Damm in die Wege zu leiten.

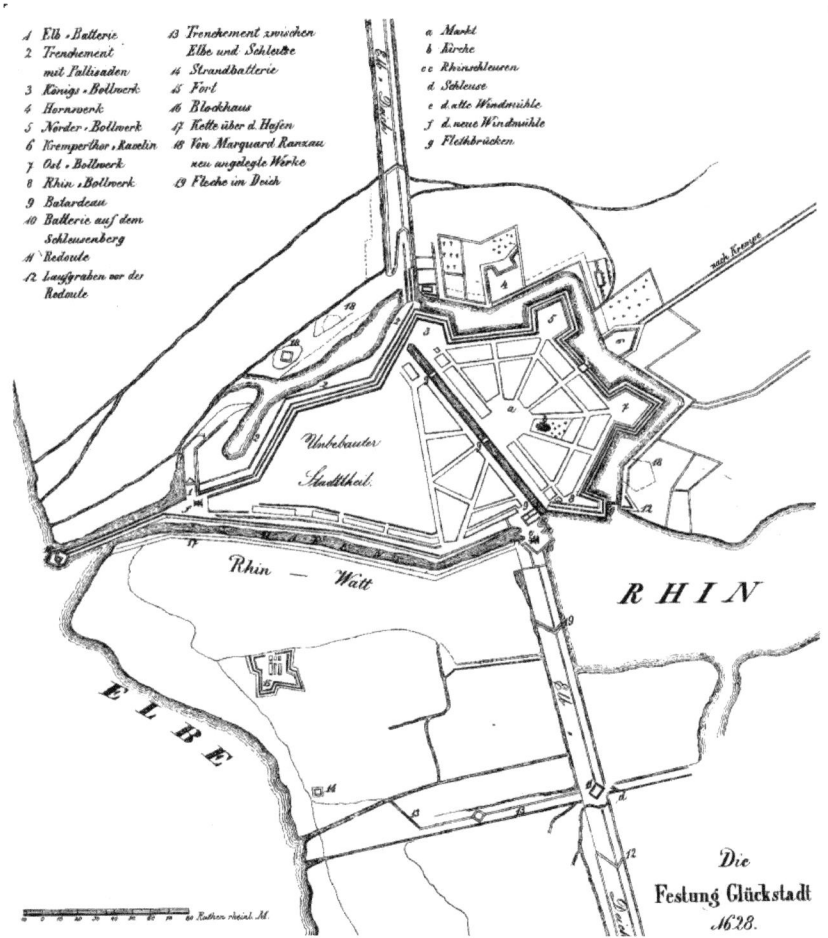

Plan der Festun Glückstadt aus dem Jahr 1628 mit den provisorischen Werken,
aus: A. C. Lucht, Glückstadt, Kiel 1854.

Dann ritt Rantzau mit seinem übrigen Gefolge zum Kremper Tor
und durch dieses hindurch in den neu gebildeten Brückenkopf, um
dort selbst die nötigen Befehle für die Errichtung einer Außenbastion
zu erteilen.

165

VII.

Während der ganzen Nacht waren die Truppenteile der Festungsbesatzung, die im Osten und Süden außerhalb der Wälle standen, mit Schanzarbeiten beschäftigt. Besonders auf dem Süddamm verließen immer neue Gespanne mit Wagen voller Erdreich und zu Faschinen zusammengebundenen Weidenbündeln die Festung.

Als der Morgen graute, zeichneten sich quer über den Damm im Süden bereits die Konturen der neuen Schanze ab, die hier im Entstehen war. In Form eines stumpfwinkligen Dreiecks, dessen Spitze mitten auf der Straße nach Süden zeigte, wurde das zusammengeschaffte Erdreich zu einem mehr als mannshohen Wall aufgeschüttet. Die Schenkel des Dreiecks überspannten nicht nur die Straße selbst, sondern ragten nach links in das Wasser des Rhins und nach rechts in das morastige Rhinwatt hinein. Verstärkt wurde das Erdreich durch die Weidengeflechte und Pfähle. Im Osten hatten über Nacht die Arbeiten an dem Außenwerk ebenfalls gute Fortschritte gemacht. Hier entstand eine kleine Bastion, deren Spitze nach Osten gerichtet in die Straße nach Krempe mündete. Dieses neue Werk schützte einerseits den Damm zum Kremper Tor und war zum anderen natürlich ein Ausgangspunkt für weitere Unternehmungen ins Hinterland.

Im Laufe des Vormittags war Beckenschläger bei der Vernehmung eines kaiserlichen Offiziers anwesend, der am gestrigen Abend vor dem Kremper Tor gefangengenommen worden war. Die Vernehmung fand in Rantzaus Arbeitszimmer statt und wurde von dem Kommandanten selbst geleitet. Mehrere Offiziere waren anwesend. Man hatte insofern Glück gehabt, dass es sich bei dem Gefangenen um einen typischen Söldnerführer handelte, der kaum eine innere Bindung zu der Sache empfand, für die er sich hatte anwerben lassen. Seinem Dialekt nach konnte er aus dem Rheinland stammen. Für die Aussicht einer einigermaßen angenehmen Behandlung war er ohne Umschweife bereit, alles zu berichten, was den Kommandanten in Bezug auf die Belagerungstruppen interessierte.

Nach einer entsprechenden Belehrung über günstige Folgen seiner Aussagebereitschaft begann der Gefangene: „Nun, Herr Oberst, meine Herren, ich möchte mich Eurer freundlichen Aufforderung nicht verschließen und Euch den gewünschten Bericht über die Verhältnisse der Belagerungsarmee geben. Ich fühle mich hierzu umso mehr auch im Interesse meines Feldherrn ermächtigt, als eine wahrheitsgetreue Schilderung der Euch gegenüberstehenden Kräfte Euch sicherlich alsbald von der Sinnlosigkeit eines weiteren Widerstands überzeugen wird."

Bei dieser Einleitung konnte Marquard v. Rantzau nicht verhindern, dass ein verständnisvolles Schmunzeln um seine Lippen spielte. Er unterbrach den Gefangenen jedoch nicht. Mochte dieser seinen Verrat als patriotische Tat ummänteln, wenn es sein Gewissen beruhigte. Der Gefangene fuhr also fort:

„Meinen Schätzungen nach liegen mehr als zehntausend Mann kaiserlicher Truppen vor den beiden Festungen Glückstadt und Krempe. Bei der geringen Distanz beider Plätze werdet Ihr einsehen, dass das Übergewicht der Truppen je nach Bedarf in kürzester Frist vor dem einen oder dem anderen konzentriert werden kann. Im Grunde muss also jede der beiden Festungen sich jederzeit mit Belagerungstruppen der oben genannten Stärke konfrontiert sehen."

Oberst v. Rantzau unterließ es, ihn darauf hinzuweisen, dass im Falle der Konzentrierung aller Belagerungskräfte vor einer der beiden Festungen die andere auch jederzeit einen Ausfall in den Rücken der Belagerer machen konnte. Es lag ja nicht in seiner Absicht, mit dem Gefangenen zu diskutieren, sondern lediglich, seinen Redefluss in Gang zu halten. Deshalb machte v. Rantzau sogar den Versuch, besorgt dreinzuschauen. Im Stillen machte er allerdings auch bei der Zahlenangabe schon einige Abstriche. „Die Belagerung der beiden Plätze wird von zwei Hauptquartieren aus geleitet. Der General Freiherr Johann von Aldringen, Baron von Koschitz, Graf von Groß Ligma führt den Befehl über die vor Glückstadt liegenden Truppen von Kollmar aus, wo gleichzeitig übrigens auch unser Hauptlager ist."

Beckenschläger ertappte sich dabei, dass er einen Augenblick lang in den Irrtum verfallen war, bei der Aufzählung der Titel des Reichsfreiherrn seien drei verschiedene Personen gemeint. Entsprechend vorbereitet hörte er den nächsten wohlklingenden Namen:

„Der General Torquato Conti, Marquese di Quadagnola, Barone Romano führt das Kontingent, welches zurzeit gegen Krempe eingesetzt ist. Er unterhält sein Hauptquartier in Borsfleth, eine Meile nördlich von Euch. Ihr werdet einsehen, dass ein Ausbruch aus dieser Umklammerung unmöglich ist. Ihr könnt Eure Lage nur verbessern, wenn Ihr kapituliert, bevor das erwartete kaiserlich-spanische Geschwader auf der Elbe auftaucht und Euch von allem Nachschub abschneidet."

Der Hinweis auf kaiserliche oder gar spanische Kriegsschiffe war ein reiner Bluff. Rantzau durchschaute dies natürlich, ließ aber auch dies durchgehen, da er seinem sonst ja sehr bereitwilligen Gefangenen den Spaß nicht verderben wollte. Eine längere Erörterung dieses Punktes hätte ja ohnedies nichts gebracht außer unnötigen Zeitverlust. Statt dessen fragte er jedoch: „Wie steht es denn um Eure Artillerie, mein Herr?"

Offenbar hatte er hier den kritischen Punkt der Belagerungsarmee getroffen. Der Verhörte druckste zunächst etwas herum und meinte dann mit entwaffnendem Lächeln: „Herr Oberst, nachdem ich Euch in allen Punkten bereitwillig Auskunft gegeben habe, werdet Ihr mir nachsehen, dass ich hinsichtlich dieser modernen Waffe doch die Verpflichtung zur Geheimhaltung strikt waren muss." Diese Nachsicht gewährte ihm v. Rantzau, indem er erwiderte: „Nun, mein Herr, nach so viel Redseligkeit ist das Schweigen über diesen einen Punkt auch eine Antwort. Ich habe mich ohnehin schon gewundert, dass – abgesehen von etwas Feldartillerie – von eigentlicher Belagerungsartillerie noch gar nichts zu bemerken war." Nachdem der Oberst seinem Gefangenen eine Unterkunft hatte zuweisen lassen, meinte er zu seinen Offizieren: „Ich glaube, in der nächsten Zeit wird vom Feind kein direkter Sturm zu erwarten sein. Unsere Aufgabe soll es zunächst sein, mit Hochdruck die Befestigungsanlagen herzurichten und den Feind durch gelegentliche Aktionen in Bewegung zu halten."

Nachdem er die notwendigen Befehle für die weitere Instandsetzung der Verteidigungsanlagen erteilt hatte, hob der Kommandant die Versammlung auf.

VIII.

Die nächsten Tage und Wochen vergingen für den Fähnrich Bonifatius Beckenschläger – wie übrigens für die gesamte Besatzung der Festung Glückstadt – im Einerlei des täglichen Dienstes.

Er hatte den Obersten Marquard v. Rantzau zu den allmorgendlichen Appellen auf dem Marktplatz zu begleiten sowie auf den anschließenden Inspektionsritten um die Festung. Die Sorge des Kommandanten war vor allem darauf gerichtet, dass die Arbeiten an den Wällen und Gräben zügig vorangetrieben wurden. Um einem Überraschungsangriff wie dem vom 10. Mai 1628 von der Nordseite her vorzubeugen, wurden zwei weitere Außenbastionen im Festungsvorfeld, sogenannte Hornwerke, angelegt und zwar einmal dort, wo der Angriff abgeschlagen worden war – also zwischen der Königs- und der Nordbastion. Das andere Bollwerk entstand nach Osten hin zwischen der Ostbastion und dem Rhinbollwerk. Zusammen mit dem Hornwerk vor dem Kremper Tor, das schon bald fertiggestellt war, sowie der Schanze auf der Straße nach Süden war die Festung jetzt durch vier Außenwerke recht gut gegen überraschende Überfälle gesichert.

Einen großen Teil des Tages verbrachte Beckenschläger im Arbeitszimmer des Kommandanten. Dieser hatte sichtlich Gefallen an ihm gefunden und betrachtete ihn mehr und mehr als seinen persönlichen Vertrauten. Rantzau schien es als angenehm zu empfinden, seine Gedanken und Überlegungen laut zu formulieren. Dabei erwartete er eigentlich gar nicht, dass Beckenschläger auf seine mehr rhetorisch gemeinten Fragen einging – denn alsbald pflegte er selbst die Antwort zu geben. Hin und wieder ließ der Oberst allerdings einen plötzlichen Einfall, der ihm von Bedeutung erschien, niederschreiben. Dies war dann die Aufgabe des Fähnrichs, der ja als ehemaliger Lateinschüler durchaus schreibgewandt war.

Etwa einmal in der Woche gab es eine Abwechslung dadurch, dass ein Versorgungsschiff in den Hafen einlief. Es gab dann Arbeit dadurch, dass die Verteilung und Lagerung der neu eingetroffenen Vorräte in die Wege geleitet werden musste. Außerdem brachte natürlich jedes Schiff einen ganzen Stapel von Post mit und der Oberst ließ sich dann gern die längeren Schriftstücke von seinem Adjutanten vorlesen.

Es war wohl etwa in der Mitte des Monats Juni 1628, als die führenden Offiziere der Festung wieder zu einem Kriegsrat im Hause des Kommandanten zusammengerufen wurden.

Marquard v. Rantzau hatte eine Karte auf seinem Schreibtisch ausgebreitet, die neben der Festung und ihrer näheren Umgebung zur Landseite vor allem die Elbe in ihrer ganzen Breite bis hin zur aufgegebenen Festung Stade darstellte. „Meine Herren, ich meine, es ist an der Zeit, dem Feind wieder einmal durch eine Aktion zu zeigen, dass wir die Initiative in der Hand behalten wollen", begann er. Indem der Oberst mit dem Zeigefinger auf einen Punkt der Karte jenseits der Elbe zeigte, fuhr er dann fort: „Hier, meine Herren, auf der anderen Elbseite, beabsichtige ich, den Feind zu beschäftigen. Nachdem Stade gefallen war, konnten sich die kaiserlichen Kräfte im hiesigen Raum ja ganz auf uns und auf Krempe konzentrieren. Ich will nun ihre Aufmerksamkeit wieder auf das andere Elbufer lenken und ein Landungsunternehmen durchführen. Als geeigneten Ort habe ich die Insel Krautsand ausgewählt.

Wie Ihr hier auf der Karte seht, ist diese Insel eigentlich ein Teil des jenseitigen Elbufers und nur durch einen Nebenarm der Elbe nach Westen hin vom Festland getrennt. Wir werden mit drei Kompanien dort landen und ein Fort errichten. Abgesehen davon, dass wir so einen Stachel in den Rücken des Feindes pflanzen, haben wir gleichzeitig einen Brückenkopf für den Fall, dass sich das allgemeine Kriegsglück wenden und unsere Truppen wieder zum Vormarsch nach Süden und Westen vorgehen sollten." Der Kommandant sah in die Runde. „Bestehen irgendwelche Einwände gegen dieses Vorhaben?" Als nur allgemeine Zustimmung unter den Offizieren laut wurde, schloss Marquard Rantzau die Versammlung mit den Worten: „Also gut, meine Herren. Dann soll das Unternehmen schon morgen früh zur vierten Stunde beginnen."

Er bat noch die Chefs der drei Musketierkompanien, die er für das Landeunternehmen vorgesehen hatte, zu bleiben, um die erforderlichen Einzelheiten zu besprechen.

IX.

In der folgenden Nacht – im Osten zeigte sich das erste Licht des kommenden Tages – hallten die Schritte von mehreren hundert Soldaten durch die ausgestorbenen Straßen der Stadt in Richtung auf den Hafen zu. Hier und dort wurde ein Fenster geöffnet und ein verschlafenes Gesicht sah nach dem Grund für die ungewohnte Störung der Nachtruhe. Auch der Fähnrich Beckenschläger hatte sich in seine Montur geworfen und strebte dem äußeren Hafen zu. Der Oberst hatte ihn beauftragt, mit den Landungstruppen nach Krautsand überzusetzen. Allerdings sollte er dort nur abwarten, bis sich ein Erfolg des Unternehmens absehen lassen würde, um dann zu einem ersten Bericht in die Festung zurückzukehren.

An der Anlegepier des Außenhafens vertäut dümpelten an die zwanzig Boote verschiedener Größen auf dem nur leicht bewegten Wasser.

Drei Kompanien trafen alsbald auf dem Molendamm ein und lösten sich in lange Ketten von Musketieren auf, die zu den Booten hinabkletterten. Dort verteilten sie sich zu zwanzig bis vierzig Mann auf die Kutter, Barkassen und Pinassen. Es handelte sich um Angehörige der schottischen Truppen, die aus Stade entkommen waren. Das Unternehmen hatte Rantzau unter den Befehl des Obersten Morgan gestellt.

Bald darauf tauchten die Riemen ins Wasser, und die Flottille zog – Boot hinter Boot – am Blockhaus an der Molenspitze vorbei hinaus auf die Elbe.

Das westliche Stromufer lag noch im Dunkel der Nacht, während ein helleres Grau im Osten den kommenden Tag ankündigte. Über der Elbe lag der leichte Dunst des Frühnebels, der bereits den Anbruch eines sonnigen Tages ahnen ließ. Fast genau in westlicher Richtung überquerten die Boote den Fluss. Nur das Platschen der Bootsriemen war zu vernehmen und dann und wann ein mit gedämpfter Stimme gesprochenes Wort. Je näher man dem anderen Elbufer kam, umso dringender wurden die Ermahnungen der Offiziere und Unteroffiziere, absolutes Stillschweigen zu wahren. Immerhin wusste man nicht, ob die Insel Krautsand von feindlichen Truppen besetzt war, oder ob nicht zumindest Posten das Ufer sicherten.

Der Morgennebel wurde dichter, je weiter die Boote auf den Strom hinausfuhren. Beckenschläger hatte zunächst im Hafen eine Zeit lang die Einschiffung der Truppen beobachtet, bevor er selbst in einem Kutter Platz nahm. Im Hinblick auf seinen Auftrag als Berichterstatter des Kommandanten war er keiner bestimmten Kompanie zugeteilt. Da es seine Aufgabe war, mit seinem Bericht heil wieder zurückzukehren, war es sogar nicht einmal ratsam gewesen, in einem der besonders gefährdeten ersten Boote mitzufahren. Allerdings war sich Beckenschläger solcher Überlegungen nicht bewusst gewesen, als er sich an der Pier zunächst das Anbordgehen der Musketiere angesehen hatte.

Jetzt fuhr er etwa in der Mitte der Flottille und konnte im Nebel nur die gerade unmittelbar vor, neben und hinter ihm durch das Wasser ziehenden Boote erkennen.

Nach etwa einer Stunde Fahrt wurde der Nebel lichter, der Blick reichte schon zum zweiten und dritten Boot und dann fuhr auch schon Beckenschlägers Kutter auf den sanft ansteigenden Sandstrand auf.

Es war inzwischen schon fast vollkommen hell geworden. Im Westen sah man in einiger Entfernung einen gedrungenen Kirchturm, umgeben von den Dächern weniger Häuser.

Die Soldaten eilten, dirigiert von den leise gesprochenen Anordnungen ihrer Anführer, sofort über den Streifen des Strandes und stiegen eine kleine Böschung hinauf, bis sie auf den saftigen grünen Wiesen Aufstellung nahmen.

Weit und breit war kein Mensch zu sehen. Nur zuweilen tönte das Muhen des Viehs über die Wiese. Die Rinder hatten ihre Köpfe den Ankömmlingen zugewandt und glotzten diese blöde an. Das kleine Korps setzte sich in Bewegung und marschierte quer über das taufeuchte Gras auf den Kirchturm zu. Hin und wieder ging ein Rucken durch die Marschkolonne, wenn einer der schmalen Priele zu überwinden war. Die Gewandteren der Musketiere schafften dies im Sprung, viele rutschten allerdings am gegenüberliegenden Ufer wieder ab und unterdrückten kaum ihre Flüche, wenn sie plötzlich bis zu den Knien oder gar bis zum Bauch im Wasser standen. Im Dorf ertönte jetzt doch auch Hundegebell, denn bei aller Vorsicht konnte der Marsch von fast fünfhundert Musketieren nicht geräuschlos von sich gehen. Als man die wenigen Häuser des Dorfes erreichte, standen dann auch schon die Bewohner vor den Türen und sahen erstaunt den Soldaten entgegen, die da unversehens aus dem Nebel über der Elbe auftauchten.

Beckenschläger war nun doch zur Spitze der Kolonne geeilt und bekam mit, wie ein Offizier einen Bauern danach fragte, ob auf der Insel mit feindlichen Truppen gerechnet werden müsse.

Einigermaßen erleichtert hörte er, dass jedenfalls keine ständige Besatzung auf Krautsand stationiert sei. Allerdings käme wohl von Zeit zu Zeit eine Reiterpatrouille auf die Insel, die letzte sei aber erst gestern Nachmittag da gewesen.

In der Zwischenzeit waren alle drei Kompanien auf der Straße – die allerdings nur ein festgetretener Lehmweg war – versammelt. Sie formierten sich zu einer Marschkolonne und begannen unverzüglich mit der Überquerung der Insel, nachdem in einem Abstand von etwa zweitausend Schritt eine Vorhut von fünfzig Mann bereits vorausgeeilt war.

Die halbe Meile der einzigen Straße, die quer über die Insel führte, war rasch überwunden und schon nach einer guten halben Stunde stand das kleine Expeditionskorps am Westufer der Insel. Die Süderelbe hatte hier nur etwas mehr als die Breite des Festungsgrabens vor Glückstadt.

Die Straße endete am Wasser, stieg dann aber am anderen Ende wieder empor. Dort stand ein kleines Fährhaus und der breite Fährprahm war ebenfalls auf der anderen Seite vertäut. Der Fährmann blickte bereits herüber und der Hauptmann der Ersten Kompanie forderte ihn durch Schreien und Gesten auf, zur Insel zu kommen. Erst nachdem einige Musketenschüsse zum Festland hin, allerdings weit über das Dach des Fährhauses hinweg, abgefeuert waren, bequemte sich der Mann, unterstützt durch zwei Gehilfen – möglicherweise seinen Söhnen – den Kahn loszubinden und mit langen Staken herüberzubugsieren.

Inzwischen war auch Oberst Morgan nach vorn geeilt. Er ließ die Fähre am Inselufer festmachen und stellte den drei Fährleuten dann frei, mit dem winzigen Beiboot wieder zum Festland zurückzukehren.

Tatsächlich schienen sie keinen besonderen Wert darauf zu legen, bei den Truppen zu verweilen, und standen bald darauf wieder auf dem jenseitigen Ufer, um sich allerdings von dort aus das weitere Geschehen interessiert anzusehen. Oberst Morgan begann nun ohne weiteren Verzug damit, die Befehle für den Bau eines Sperrforts an dieser Stelle zu erteilen.

Bald zeichnete sich auf dem Boden das Geviert einer Miniaturfestung ab, die etwa hundert Schritt an jeder Seite maß. An den vier Ecken waren außerdem kleine Bastionen vorgesehen und der Raum für das Tor wurde nach Osten, also zum Innern der Insel hin, abgesteckt.

Als Beckenschläger am frühen Nachmittag den Platz verließ, um wie befohlen nach Glückstadt zurückzukehren, hoben sich bereits in Andeutungen die Wälle vom Boden ab und in der Mitte des Quadrate waren Zelte aufgebaut, über denen sich der Danebrog im strahlenden Sonnenschein bauschte.

X.

Schon am nächsten Tage meldete ein weiterer Kurier von Krautsand, dass ein Regiment kaiserlicher Arkebusiere vor dem Fort jenseits der Süderelbe erschienen war. Diese Truppe war jedoch gerade außerhalb der Musketen geblieben und hatte ihrerseits damit begonnen, eine Schanze zu errichten, die möglicherweise ebenfalls zu einem Sperrfort ausgebaut werden sollte. Ansonsten hatte man von Seiten der Kaiserlichen Morgans Soldaten aber nicht bei ihren Arbeiten behindert.

Einwände gegen die Festsetzung Glückstädter Truppen auf Krautsand wurden dann allerdings von ganz anderer und unerwarteter Seite erhoben. Vier Tage nach der Landung lief ein kleineres Kriegsschiff unter der Flagge der Freien und Hansestadt Hamburg in den Hafen von Glückstadt ein.

Ein Oberst der Armee Hamburgs ließ sich bei dem Festungskommandanten melden und trat kurze Zeit später in sein Arbeitszimmer. Beckenschläger wollte den Raum still verlassen, aber v. Rantzau bedeutete ihm zu bleiben.

Obwohl der Kommandant eine etwas unangenehme Vorahnung hatte, empfing er seinen Gast mit ausgesuchter Höflichkeit. Immerhin hatte sich Hamburg in der Vergangenheit neutral verhalten, ein Umstand, der für die Versorgung der Festung eher noch günstiger war, als wenn die Hansestadt sich offen auf die Seite Dänemarks gestellt, damit aber auch alle möglichen Einschränkungen ihres weitverzweigten Handelsverkehrs hätte in Kauf nehmen müssen. Der Hamburger Oberst kam allerdings sehr bald zur Sache und erklärte unumwunden, dass sein Senat gegen die Besetzung Krautsands durch dänische Truppen auf das schärfste protestiere. Einen gleichen Protest habe schon der dänische Gesandte in Hamburg erhalten. Dieser hatte sich zwar darauf berufen, dass er dem Kommandanten der belagerten Festung nicht in seine militärischen Entscheidungen dreinreden könne, aber zugesagt, einen Bericht über die Bedenken der Hamburger nach Kopenhagen zu schicken. Rantzau meinte nun: „Mir ist nicht ganz erklärlich, Herr Oberst, was

Euer verehrter Senat gegen meine Truppen auf Krautsand einzuwenden hat. Da ihr neutral seid, kann es Euch doch gleichgültig sein, welche der beiden kriegführenden Parteien die Elbinsel in ihrer Hand hat."

„Herr v. Rantzau", ließ sich der Hamburger nun zu einer näheren Erläuterung herbei, „das vornehmliche Interesse unseres Senats gilt der Wohlfahrt unseres Staates. Dies hängt zum wesentlichen Teil vom Gedeihen des Handels und dieser wiederum von der freien Schifffahrt ab.

Aus diesem Grunde hat Hamburg während des Krieges strikte Neutralität gewahrt." „Krautsand ist kein Hamburger Staatsgebiet", warf v. Rantzau ein.

„Herr Kamerad, wir sind doch beide Soldaten", der Hamburger Oberst versuchte nun die vertrauliche Art. „Ich selbst bin außerdem noch ein eingefleischter Hanseat. Obwohl ich durch Geburt nun einmal Protestant bin, ist es mir offen gestanden ziemlich einerlei, mit welchem Gesangbuch – oder was immer dafür erforderlich ist – man zur ewigen Seligkeit kommt. Wenn es aber um das Wohl meines Hamburg geht, kann ich äußerst stur werden. Sicherlich verrate ich Euch keine diplomatischen Geheimnisse, wenn ich sage, dass Hamburgs Interesse gegen j e d e militärische Niederlassung an der Elbe ist – egal, ob nun kaiserlich oder dänisch. Auch die Gründung Eures Glückstadt hier ist nicht gerade mit Begeisterung von uns aufgenommen worden. Aber dass Dänemark auf der einen Seite der Elbe sich festgesetzt hat, ist gerade genug. Wenn Eure Besetzung von Krautsand ein Dauerzustand wird, stellt

die Sperre Glückstadt – Krautsand für unsere Schifffahrt eine unzumutbare Beschränkung dar." „Herr Oberst, die Besetzung der Insel ist doch nur eine vorübergehende Maßnahme im Rahmen der gegenwärtigen Festungsverteidigung", wiegelte v. Rantzau ab.

Aber der Hamburger machte eine wegwischende Handbewegung. „Nein, nein, Herr Kamerad. Ein alter Spruch sagt: Wat hey het, dat het hey. Euer König könnte zu leicht auf die Idee kommen, dass das kleine Fort auf Krautsand sich eigentlich als schönes Pendant zu Eurem Glückstadt ausbauen ließe.

Aber selbst wenn Ihr es räumtet oder gar Wallensteins Truppen Krautsand einnehmen, könnte die Macht der Gewohnheit dann die andere Seite bald auf den Geschmack bringen, auf der Insel eine dauerhafte Anlage zur Blockierung des Elbverkehrs einzurichten." „Ja, aber was wollt

Ihr denn. Will Hamburg etwa die Insel selbst besetzen?" „Am liebsten ja!", entfuhr es dem Hamburger. Sofort setzte er aber hinzu: „Hamburg will ja für sich keine militärische Machtposition an der Elbe, sondern eben die Gewährleistung der ungehinderten Schifffahrt. Unseren Interessen ist deshalb ebenso gedient, wenn niemand seine Truppen auf der Insel hat, wenn die Insel also ganz einfach neutralisiert wird."

„Wenn sich die Kaiserlichen nur daran halten", gab v. Rantzau zu bedenken. „Nun, bisher waren sie es ja nicht, die sich auf der Insel festgesetzt hatten, obwohl der Übergang über die Süderelbe wesentlich leichter ist als der über den Hauptstrom", kam sofort die Antwort.

„Na ja, das hatte seinen Grund wohl mehr in mangelnder Potenz, besonders an Schiffsraum!" Marquard v. Rantzau befand sich innerlich bereits auf dem Rückzug. Natürlich war ihm klar, dass Hamburgs zumal recht wohlwollende Neutralität mehr wert war als das Stückchen Insel. Das ganze Unternehmen war ohnehin auf eigene Faust durchgeführt und als begrenzte Verteidigungsmaßnahme gedacht. Zudem waren v. Rantzau selbst schon Bedenken gekommen, ob er auf Dauer überhaupt die drei Kompanien in der Festung entbehren konnte, zumal eine reale Entlastung der Landfront mehr oder weniger eine Spekulation gewesen war. Schließlich war nicht auszuschließen, dass die Kaiserlichen ernsthaft darangehen würden, die Insel zu erobern. Dann aber stand er vor der Wahl, entweder in unverantwortlich hohem Maße Reserven aus der Festung abzuziehen und über die Elbe zu werfen oder aber kleinlaut den Schwanz einzuziehen und dem feindlichen Druck zu weichen.

All diese Überlegungen hatte v. Rantzau insgeheim schon vor der Ankunft des Hamburgers angestellt. Genau besehen bot die Hamburger Intervention sogar eine Möglichkeit, um sich einigermaßen unter Wahrung des Gesichts aus der Affäre zu ziehen.

Ganz widerstandslos wollte der Kommandant die Flagge aber doch nicht streichen und er sagte: „Herr Kamerad, ich kann nicht verhehlen, dass die Art, in der Ihr die Bedenken Eures verehrten Senats vorgetragen habt, auf mich doch einen starken Eindruck gemacht hat. Ihr müsst mir nachsehen, dass ich nur die unmittelbare Verteidigung meiner Festung im Auge habe, aber ich gestehe, dass ich dadurch die größeren Zusammenhänge etwas außer Acht gelassen habe.

Ich bitte aber auch um Euer Verständnis. Immerhin habe ich im Interesse der Festungsverteidigung auf Krautsand einen zurzeit militärisch nicht bedrohten Außenposten geschaffen. So sehr ich Eure Einwände bei näherer Betrachtung anerkennen muss, so fühle ich mich einfach nicht kompetent, diesen Außenposten ohne militärische Notwendigkeit wieder aufzugeben. Ich mache deshalb folgenden Vorschlag: Im Hafen liegt ein Schiff, das ohnehin mit den neuesten Nachrichten noch heute Abend nach Kopenhagen abgehen soll. Ich werde meinen Bericht um die von Euch so einleuchtend vorgetragenen Bedenken Eures Senats ergänzen und um die Genehmigung bitten, Krautsand aus Gründen politischer Rücksichtnahme gegenüber Hamburg wieder räumen zu dürfen. Eine Antwort kann bei der gegenwärtigen Wetterlage bereits binnen zwei Wochen vorliegen. In der Zwischenzeit werde ich die Truppen auf Krautsand anweisen, sich ruhig zu verhalten. Wenn Ihr bei den Kaiserlichen über diplomatische Kanäle ebenso ein Stillhalten bewirken könnt, dürfte die ganze Sache in spätestens drei Wochen beigelegt sein – und zwar im Sinne Eures verehrten Senats."

Der Hamburger stimmte sofort zu. Möglicherweise hatte er sich seine Mission sogar schwieriger vorgestellt. Jedenfalls willigte er erfreut ein, als Marquard v. Rantzau ihn bat, mit ihm doch einen guten Tropfen Weins auf freundschaftliche Beziehungen zwischen Hamburg und Dänemark zu trinken. Beckenschläger allerdings bekam nun die Erlaubnis, sich zu entfernen.

XI.

Anfang Juli 1628 traf ein weiteres Versorgungsschiff im Hafen von Glückstadt ein. Da es während der letzten Wochen im Vorfeld der Festung ruhig war – jedenfalls in Sichtweite – entschloss sich der Kommandant, einen Transport unter starker Bedeckung nach Krempe zu schicken. Immerhin bestand seit dem Angriff vom 10. Mai zur Schwesterfestung keine Verbindung mehr.

In seiner inzwischen schon zur Gewohnheit gewordenen Weise hatte v. Rantzau diese Idee als Monolog in Gegenwart seines Fähnrichs entwickelt. Dieser sah sich jedoch veranlasst, seinen Oberst zu unterbrechen:

„Sollte denn nicht vorher erkundet werden, ob der Weg nach Krempe auch passierbar ist? Es muss doch damit gerechnet werden, dass der Feind diese Verbindungsstraße jedenfalls durch Posten gesichert hat."

„Ich rechne nicht nur mit Posten, sondern mit einer regelrechten Sperre", erwiderte der Kommandant. „Deshalb soll der Transport ja auch durch einen kampfkräftigen Truppenverband begleitet werden. Ich plane einen überraschenden Durchbruch. Das Überraschungsmoment würde aber verloren gehen, wenn ich zunächst eine Aufklärungsabteilung vorausschicke. Dann kann sich der Feind natürlich denken, dass auf der Straße nach Krempe von uns etwas geplant wird und rechtzeitig Verstärkungen zusammenzieht."

Beckenschläger gab sich hiermit aber noch nicht zufrieden. „An einen regelrechten Erkundungstrupp hatte ich auch gar nicht gedacht. Mir schwebte vielmehr vor, dass ein oder allenfalls zwei Mann vom Feinde unbemerkt bei Nacht die Verhältnisse auf dem Weg nach Krempe ausspähen sollten."

Der Oberst rieb nachdenklich sein Kinn. „Als geeigneten Mann für dieses Unternehmen haltet Ihr Euch wohl selbst? Ich merke schon, der Adjutantendienst wird Euch zu langweilig und Ihr sucht Abwechslung."

„Ich hätte tatsächlich Lust zu einem solchen Auftrag", lautete die bündige Antwort des Fähnrichs. „Einverstanden, dann macht Euch mal heute Nacht auf den Weg. Nehmt aber lieber doch einen älteren, erfahrenen Soldaten mit." Beckenschläger hatte insoweit schon seine Vorstellungen. „Wenn Ihr einverstanden seid, möchte ich den Feldwebel Harms von den Dragoner-Musketieren mitnehmen. Er war ja schon im vorigen Auftrag mein Lehrmeister und ich habe ihn während der Reise als tapferen und umsichtigen Soldaten kennengelernt."

Oberst v. Rantzau hatte gegen diesen Vorschlag nichts einzuwenden. Da es augenblicklich im Kommandantenhaus nichts besonders Eiliges zu tun gab, machte sich Beckenschläger sogleich auf den Weg, um den Feldwebel über das für die Nacht geplante Unternehmen zu unterrichten. Die beiden Soldaten verließen die Festung eine Stunde vor Mitternacht, als das letzte Tageslicht verschwunden war.

Zunächst bestand die Schwierigkeit darin, unbemerkt aus Glückstadt hinauszukommen. Aldringens Truppen hatten sich zwar nach Errichtung der Außenwerke durch die Festungsbesatzung aus der unmittelbaren Nähe des Grabens zurückgezogen; immerhin war aber davon auszugehen, dass zumindest die Hauptausgänge der Festung nach Norden, Osten und Süden beobachtet würden.

Aus diesem Grunde hatten sich die beiden dazu entschlossen, zunächst den Weg über das Wasser zu nehmen. Ein Boot mit vier Ruderern brachte sie aus dem Hafen und dann in nördlicher Richtung auf die Elbe hinaus. Die Nordseite der Festung, insbesondere die Elbwiesen, wurden in letzter Zeit am wenigsten von den Kaiserlichen beachtet.

Allerdings hatte Beckenschläger zunächst vorgehabt, zu Fuß über den Nordwestwall hinter dem Hafen zu gehen. Feldwebel Harms hatte ihn aber auf die Schwierigkeit hingewiesen, dass dort das Gewässer hätte überwunden werden müssen, das den eigentlichen Festungsgraben westlich der Königsbastion mit der Elbe verband. Als praktischer Soldat hatte Harms trotz der warmen Jahreszeit eine heftige Abneigung dagegen verspürt, die weitere Erkundung mit nassem Zeug durchzuführen.

So stieß das Boot eine knappe halbe Meile nördlich der Hafeneinfahrt so weit durch das Schilf an Land, dass Beckenschläger und Harms nur ihre langen Stiefel nass machen mussten, als sie noch kurz durch das Wasser wateten. Die Bootsbesatzung blieb mit dem Befehl zurück, bis zum Morgengrauen zu warten.

Ihr Weg führte die beiden Kundschafter dann etwa eine Stunde lang landeinwärts. Sie gingen querfeldein, hatten dabei immer wieder Priele zu überspringen oder auch zu durchwaten. Im Norden hörten sie in der sonst stillen Nacht Geräusche aus dem Dorf Borsfleth, in dem ja Torquato Conti sein Hauptquartier aufgeschlagen hatte. Weiter tappten sie durch die Dunkelheit, die nur der hin und wieder durch die Wolken scheinende Halbmond spärlich erhellte. Sie schlugen nun eine fast südliche Richtung ein, um eine knappe halbe Meile außerhalb der Festung an die Straße von Glückstadt nach Krempe zu stoßen.

Als sie wohl gut tausend Schritt von der Straße entfernt waren, stieß Harms den Fähnrich an und deutete auf den Schatten einer Erhebung aus dem sonst völlig flachen Gelände.

„Ich glaube, dort haben wir schon eine erste Schanze", flüsterte der Feldwebel. Geduckt schlichen beide noch näher heran und sahen bald im Mondlicht das metallische Glänzen mehrerer Helme.

„Es hat keinen Sinn, noch näher heranzugehen", meinte Beckenschläger mit gedämpfter Stimme. „Lasst uns in diesem Abstand weiter der Straße nach Krempe folgen." Behutsam, sorgfältig auf die Vermeidung jeden unnötigen Geräusches achtend, tappten sie weiter nach Osten.

Nach einiger Zeit tauchte eine weitere Erhebung an oder auf der Straße auf. „Mir scheint, Aldringen hat da eine Staffel von Sperren errichtet", meinte Harms. Beckenschläger nickte nur.

Nach einer weiteren halben Stunde vorsichtigen Voranschleichens sahen sie vor sich im Mondschein die Umrisse eines langgestreckten Walls. Beim Näherkommen war zu erkennen, dass dieser Wall eckige Ausbuchtungen in der Form von Bastionen aufwies. Die Ausdehnung nördlich der Straße mochte wohl gut eine Zehntel Meile betragen. Als die beiden so weit wie möglich an die Straße herangekommen waren, nahmen sie wahr, dass sich der Wall in gleicher Weise nach Süden erstreckte. Langsam bewegten sich auf seiner Krone metallisch schimmernde Punkte hin und her.

„Seht Ihr die Posten da oben?", machte Beckenschläger den Feldwebel aufmerksam. Dieser nickte. „Die haben da anscheinend ein ganzes Sperrfort aufgebaut. Lasst uns noch ein Stück die Seite der Anlage in Richtung auf Krempe untersuchen."

Sie schlugen nun wieder den Weg nach Norden ein und bald konnte kein Zweifel bestehen, dass sich die Wälle und Bastionen auch an der Schmalseite der Anlage fortsetzten. „Wenn sich die Werke nach den beiden anderen Seiten ähnlich fortsetzen, haben wir hier ein großes befestigtes Lager in der groben Form eines Rechtecks vor uns", stellte Beckenschläger fest. Nach kurzer Beratung entschloss man sich, auf eine vollständige Umgehung der Anlage zu verzichten. Es stand ohnehin außer Frage, dass sich hier eine starke Befestigung zwischen Glückstadt und Krempe geschoben hatte, die auch ein Wagenzug mit starker Begleitmannschaft nicht mit einem Überraschungsschlag durchbrechen konnte. Andererseits war nun aber eine baldige Rückkehr geboten, wenn die beiden das bis zum Morgengrauen im Schilf wartende Boot noch erreichen wollten.

Glücklicherweise entfernte man sich bei der Rückkehr ja immer weiter von den feindlichen Stellungen und brauchte nicht mehr ganz so vorsichtig zu sein wie auf dem Hinweg. Immerhin zeigte sich aber im

Osten bereits das erste Tageslicht, als Beckenschläger und Harms wieder auf das Boot trafen, und es war schon fast hell, als man im Hafen von Glückstadt wieder anlegte.

Wenig später betraten die beiden das Kommandantenhaus am Hafen. Bei der Abreise hatte v. Rantzau den Befehl gegeben, ihn sofort nach Beendigung der Erkundung wecken zu lassen. So stand Beckenschläger bereits nach einer Viertelstunde seinem Kommandanten in dessen Arbeitszimmer gegenüber, um seinen Bericht abzugeben.

XII.

In der folgenden Nacht verließen Beckenschläger und Harms wiederum mit einem Boot den Hafen von Glückstadt, um an derselben Stelle an Land zu gehen wie schon in der Nacht zuvor. Ihr Auftrag lautete diesmal, bis nach Krempe durchzudringen, um dem Oberstleutnant v. Ahlefeldt einen Plan des Glückstädter Kommandanten zu unterbreiten.

Nach der Rückkehr der beiden Kundschafter hatte v. Rantzau den Bericht über die Lage zwischen den beiden Festungen mehr oder weniger schweigend angehört. Er hatte sie dann entlassen, damit sie etwas Schlaf fänden, Beckenschläger aber zugleich gebeten, sich gegen 10:00 Uhr bereitzuhalten, um seinen Bericht vor dem versammelten Kriegsrat zu wiederholen.

Vor seinen Offizieren hatte Marquard v. Rantzau dann den Plan entwickelt, durch einen groß angelegten Angriff von beiden Festungen gleichzeitig den Sperrriegel zu sprengen. Da Krempe schon einige Zeit von seinen angelegten Vorräten zehrte, Nachschub aber nur von der Elbfestung kommen konnte, war eine solche Aktion angesichts der von den Belagerern geschaffenen Lage ein notwendiges Gebot. Da eine Entlastung von der Landseite in absehbarer Zeit nicht zu erwarten war, musste es anderenfalls nur eine Frage der Zeit sein, bis die kleinere Festung ausgehungert war. Rantzaus Absicht ging dahin, dass von beiden Festungen aus in den nächsten Tagen kleinere Störunternehmungen durchgeführt werden sollten. Für den eigentlichen Hauptangriff hatte er den 15. Juli 1628 vorgesehen.

Der Plan wurde nach kurzer Beratung für gut befunden und es stellte sich nun nur noch die Frage, wie Oberstleutnant v. Ahlefeldt in Krempe unterrichtet werden sollte. Natürlich war sich der Oberst darüber im Klaren, dass für eine derart verantwortungsvolle Aufgabe an sich nur ein Offizier in Frage kam. Andererseits hatte Beckenschläger zusammen mit Harms in der vergangenen Nacht bewiesen, dass er unbemerkt vom Feind jedenfalls bis zum Sperrfort vordringen konnte. Mittlerweile hatte Marquard v. Rantzau seinen Fähnrich auch genügend kennengelernt, um ihm einen Durchbruch bis nach Krempe, vor allem aber eine richtige mündliche Informierung des dortigen Kommandanten, zuzutrauen. Da eine Gefangennahme des Kuriers nicht auszuschließen war, verbot es sich natürlich, diesem einen schriftlichen Plan mitzugeben.

Während der Kommandant, im Abwägen dieser Überlegungen begriffen, seinen Fähnrich nachdenklich ansah, zeigte ihm ein Aufleuchten in dessen Gesicht, dass er seine Gedanken zu erraten schien.

In der Tat reizte Beckenschläger die Durchführung dieser verantwortungsvollen Aufgabe, hinzu kam aber noch, dass er den Wunsch verspürte, den Onkel seiner Anna-Katharina wiederzusehen und mit ihm wenigstens die Gedanken an das Mädchen zu teilen. Als der Oberst ihn dann, in seinen Überlegungen zu einer Entscheidung gelangt, gefragt hatte, ob er sich zutraue, nach Krempe durchzukommen, hatte Beckenschläger freudig bejaht. Auch konnte er sich nicht verkneifen, darauf hinzuweisen, dass der Oberstleutnant sicherlich gern aus erster Hand Nachricht über seine Gattin und seine Nichte in Helsingør erhalten würde.

Hierdurch war zusätzlich eine persönliche Note in des Obersten Entscheidung gelangt, die etwa beabsichtigte Kritik aus dem Kreis der Offiziere an der Auswahl eines Fähnrichs gar nicht erst aufkommen ließ.

So war es also dazu gekommen, dass Beckenschläger zusammen mit dem Feldwebel Harms wieder im Norden von Glückstadt in dunkler Nacht über Wiesen und Felder stapfte. Sie ließen die Schatten des Sperrforts rechts neben sich liegen, gleichzeitig bemüht, nicht zu nahe an Contis Hauptquartier zur linken Hand zu geraten. Als nach einiger Zeit die Wälle und Türme der Festung Krempe im Mondlicht auftauchten, meinte Harms: „So, nun beginnt wohl die eigentliche Schwierigkeit. Wie sollen wir nach Krempe hineinkommen?"

„Ich halte es für das Beste, die Stadt nach Osten zu umgehen. Wahrscheinlich wird ihre Ost- und Südseite weniger stark bewacht als die Westseite nach Glückstadt hin", überlegte der Fähnrich.

Da auch der Feldwebel dieser Ansicht war, arbeiteten sie sich um die Festung herum vor. Ihre Aufmerksamkeit war dabei vor allem darauf gerichtet, nicht zu dicht an die immer zahlreicher werdenden Stützpunkte der Kaiserlichen an ihrer rechten Seite heranzukommen.

Im Osten angelangt, stellten sie zu ihrer Erleichterung fest, dass das Postensystem hier wesentlich aufgelockerter war. Tatsächlich schienen sich die Belagerer hier auf die Einrichtung von Beobachtungsposten beschränkt zu haben. Beckenschläger und Harms trachteten danach, etwa in die Mitte zwischen zwei Posten zu gelangen und bewegten sich dann – zuerst geduckt schleichend, zuletzt über den feuchten Boden kriechend – langsam und immer wieder lauschend verweilend auf die Wand des Festungswalls zu. Es kam ihnen wie eine Ewigkeit vor, bis sie endlich den Rand des Festungsgrabens erreicht hatten.

„Nun heißt es schwimmen", raunte Feldwebel Harms und begann, möglichst ohne sich vom Boden abzuheben, seine langen Stiefel unter den Knien zusammenzubinden. Der Feldwebel hatte sich für diesen Fall mit Schnüren versehen, es aber leider vergessen, auch den Fähnrich vor dem Abmarsch entsprechend zu unterrichten. Dieser war einen Augenblick ratlos, da er einsah, dass das Abbinden der Stiefel notwendig war. Sie wären anderenfalls sofort voll Wasser gelaufen und hätten ihn am Schwimmen gehindert.

„Nehmt die Schnüre von Eurem Wams", half ihm der Feldwebel aus der Verlegenheit. Dann glitten beide ins Wasser und hatten nach wenigen Stößen das andere Ufer des schmalen Grabens erreicht.

Jetzt aber war die Wache auf dem Wall aufmerksam geworden. Ein behelmter Kopf beugte sich über die Brustwehr. „Wer da?", schallte es durch die Nacht. „Gut Freund aus Glückstadt", antwortete Harms mit gedrückter Stimme nach oben.

Nun aber waren die Posten vor der Festung durch den Anruf ebenfalls in Alarm versetzt worden. Trotz der Dunkelheit mochten sie Schatten am Wall bemerkt haben. Zwei Musketenschüsse krachten und in unangenehmer Nähe klatschte es neben Beckenschläger in das Erdreich des Walls. „Nichts wie rauf!", rief ihm Feldwebel Harms zu. Auch Beckenschläger war klar, dass sie nicht ohne jede Deckung am Wall liegenbleiben konnten.

Beide kletterten also in aller Eile an dem steilen Wall empor. Verzweifelt krallten sich ihre Finger in sein Erdreich und ihre Stiefelspitzen suchten bohrend Halt. Zu ihrem Glück schienen die Posten, die zu ihren Köpfen zusammengelaufen kamen, die Situation zu erfassen. Die Schüsse der Belagerer mochten ihnen gezeigt haben, dass da tatsächlich eigene Leute unten am Wall waren.

Jedenfalls flogen plötzlich Stricke über die Brustwehr und mit vereinten Kräften waren die beiden Kuriere kurz darauf über die Palisaden in Sicherheit gezogen. Völlig außer Atem meldete Beckenschläger dem herbeigeeilten Wachoffizier seinen Auftrag. Ohne Verzug wurden sie den Wall hinab die kurze Straße bis zum Marktplatz und dort in das Haus des Kommandanten von Krempe geführt.

Oberstleutnant v. Ahlefeldt – aus dem Schlaf gerissen und nur flüchtig bekleidet – blickte staunend auf die beiden triefenden Gestalten, die da vor ihm standen. Nachdem Beckenschläger kurz mitgeteilt hatte, dass sie aus Glückstadt kamen und seinen Namen genannt hatte, meinte v. Ahlefeldt zu dem ebenfalls herbeigeeilten Diener: „Gib den Herren erst einmal trockene Kleider. Inzwischen kann ich selbst auch meinen Anzug vervollständigen."

XIII.

Eine Viertelstunde später konnte Beckenschläger einigermaßen hergerichtet dem Kommandanten von Krempe den Plan des Obersten v. Rantzau entwickeln.

Herr v. Ahlefeldt war auch sofort einverstanden. Allerdings fragte Beckenschläger sich, ob der Kremper Kommandant seine Zustimmung überhaupt hätte verweigern können. Dem äußeren Anschein nach waren Rantzau und Ahlefeldt sich zwar als selbstständige Festungskommandanten gleichgestellt. Immerhin konnte er sich aber vorstellen, dass nach einer internen Anweisung des Königs der Befehlshaber der größeren und wichtigeren Festung Glückstadt auch den Oberbefehl über beide Plätze hatte. Jedenfalls musste der Fähnrich sich eingestehen, sich zuvor über diese Frage noch nie einen Gedanken gemacht zu haben.

Allerdings gab v. Ahlefeldt zu erkennen, dass ihm selbst die Heranschaffung von Proviant unter den Nägeln brannte. „Wir haben hier gewisse Probleme", bekannte er. „Als zu Beginn der Einschließung im vorigen Herbst größere Mengen von Flüchtlingen mit ihrem Vieh in die Stadt kamen, haben wir auf Vorrat geschlachtet. Solange wir im Winter Eis hatten, konnten wir das Fleisch auch genießbar halten. Inzwischen beginnt es aber zu verderben und eine größere Anzahl von Erkrankungen unter der Bevölkerung und der Besatzung dürfte auf den Genuss verdorbener Nahrung zurückzuführen sein. Richtet also bitte Herrn v. Rantzau aus, dass für uns die Heranschaffung frischer Lebensmittel durchaus dringend ist." Herr v. Ahlefeldt schien dann zu überlegen.

„Übrigens, sagt einmal, Ihr stelltet Euch vorhin als Fähnrich Beckenschläger vor. Der Name und bei näherer Betrachtung auch Ihr selbst kommt mir irgendwie bekannt vor. Haben wir uns nicht bereits früher getroffen?" Beckenschläger hatte sich bereits gewundert, dass ihn der Oberstleutnant nicht schon eher auf den Besuch in seinem Hause anno 1627 angesprochen hatte. Erst das Zögern des Kommandanten erinnerte ihn jetzt daran, dass ihm in den vergangenen Monaten ein stattlicher Schnauzbart gewachsen war. Er klärte den Oberstleutnant also entsprechend auf und brachte dann – zu dessen freudiger Überraschung – die Rede darauf, dass er seine Gemahlin und das Fräulein Nichte in Helsingør wiedergetroffen hatte. Natürlich musste er alle Einzelheiten des Besuchs auf Seeland berichten, wobei es allerdings wohl keiner Erwähnung bedarf, dass er die intime Art seiner Beziehung zu Anna-Katharina mit Schweigen überging.

Nachdem das Gespräch einmal in private Bahnen gelenkt war, war man völlig überrascht, als die Trommeln zum Morgenappell schlugen und der Oberst mit leichtem Bedauern feststellte, dass es jedenfalls um seine Nachtruhe geschehen war, obwohl ihn die Nachrichten über seine Familie sicherlich entschädigt hatten. „Wenigstens Ihr sollt Euren Schlaf bekommen", sagte v. Ahlefeldt zu Beckenschläger, der allerdings nur mühsam einen immer stärker werdenden Reiz zum Gähnen unterdrücken konnte. Der Kommandant lächelte, als er dies bemerkte. „Schlaft Euch nur ordentlich aus. Das Gästezimmer werde ich für Euch herrichten lassen. Ihr kennt es ja noch vom vorigen Jahr. Wir sehen uns dann zum Mittagessen wieder."

Als Beckenschläger dann Stunden später frisch und ausgeschlafen zu Tisch saß, hatte Herr v. Ahlefeldt eine Lösung für das Problem bereit, das ihn seit dem Erwachen vor etwa einer Stunde einiges Kopfzerbrechen bereitete. „Ich habe inzwischen eine Vorstellung, wie Ihr wieder aus der Festung kommen werdet", begann der Oberstleutnant. „Denn da Herr v. Rantzau auf meine Antwort wartet, könnt Ihr ja leider nicht bis zum allgemeinen Angriff am 15. Juli hier bleiben.

Also, ich stelle mir folgendes vor: Nach dem Plan sollen von beiden Festungen in den nächsten Tagen vorbereitende Ablenkungsunternehmungen durchgeführt werden. Ich beabsichtige nun, heute Abend nach Einbruch der Dunkelheit gleich damit zu beginnen und einen begrenzten Ausbruch aus dem Osttor in Richtung auf Steinburg durchzuführen. Ihr könnt den ausbrechenden Truppen dann auf dem Fuße nachfolgen, Euch dann aber sofort nach dem Verlassen der Festung seitlich nach Norden absetzen, um auf der Route nach Glückstadt zurückzukehren, auf der Ihr gekommen seid. Ich denke, dass unser Ausbruch die ganze Aufmerksamkeit der feindlichen Posten an der Ostseite in Anspruch nehmen wird, sodass Ihr unbemerkt entkommen könnt. Berichtet Herrn v. Rantzau, dass ich am Morgen des 15. Juli auf einen Kanonenschuss aus Glückstadt als Signal für den Angriff warten werde."

Der Nachmittag und der frühe Abend gingen schnell vorüber. Etwa um die zehnte Abendstunde begannen die Kanonen der Nordost- und der Südostbastion sowie die Geschütze auf dem Ostwall ein halbstündiges Bombardement.

Dann brach die Kanonade mit einem Schlag ab, und während der Qualm der letzten Salve noch vor den Geschützen hing, stürmten die bereitstehenden Pikeniere mit gefällten Lanzen, gefolgt von Musketieren, aus dem Tor hervor und entfernten sich eilig in der Dunkelheit.

Als Letzte rannten der Fähnrich Beckenschläger und der Feldwebel Harms hinaus, bogen dann aber sofort nach links ab und warfen sich nach einigen Schritten flach auf den Boden. Erst als sich die Stoßtruppe weit genug entfernt hatte, um die Annahme zu rechtfertigen, dass die Aufmerksamkeit der Kaiserlichen hinreichend vom Ausfalltor abgelenkt war, hasteten sie eilig zunächst nach Norden davon. Erst in hinreichender Entfernung von Krempe schlugen sie dann den Weg nach Westen auf die Elbe hin ein.

Es konnte natürlich nicht erwartet werden, dass das Boot den ganzen Tag auf sie im Schilf gewartet hätte. Die Besatzung hatte auch keine entsprechende Weisung erhalten.

Als die beiden nach einer guten anderthalben Stunde unbehelligt die Elbe etwa an der Stelle erreichten, an der sie an Land gekommen waren, staunten sie umso mehr, als sie den Kahn im Schilf liegen sahen. Die Ruderer winkten ihnen zu. Es stellte sich dann heraus, dass sie tatsächlich zunächst nach Glückstadt zurückgefahren waren. Marquard v. Rantzau hatte allerdings vorhergesehen, dass seine Kuriere kaum am Tage durch die feindlichen Linien kommen würden und ihnen das Boot vorsorglich bei Anbruch der Nacht wieder entgegengeschickt.

6. Kapitel

I.

Mit der Serie kleinerer Unternehmungen, die den Durchbruch durch die große kaiserliche Redoute – das sogenannte Realfort – zwischen Glückstadt und Krempe vorbereiten sollte, begann Oberst Marquard v. Rantzau bereits an dem Tag, an dem Beckenschläger aus Krempe zurückkam.

Genau wie v. Ahlefeldt hatte sich auch v. Rantzau sofort nach der Ankunft des Fähnrichs im Kommandantenhaus wecken lassen. Wichtig schien ihm allerdings im Wesentlichen zu sein, dass Beckenschläger und Harms überhaupt nach Krempe durchgedrungen waren und dessen Kommandanten seine Planungen für die nähere Zukunft hatten ausrichten können. Das Einverständnis v. Ahlefeldts nahm er dagegen als ziemlich selbstverständlich hin; allenfalls mochte er mit einigen Verbesserungs- oder Ergänzungsvorschlägen gerechnet haben. Diese Einstellung seines Kommandanten bestätigte Beckenschläger in seiner Vermutung, dass dieser tatsächlich den Oberbefehl über beide Festungen hatte.

Der Kriegsrat wurde in schon gewohnter Weise im Laufe des Vormittags einberufen. Beckenschläger musste teilnehmen, um einen einleitenden Bericht über die Verhältnisse in und um Krempe zu geben. Er tat dies – jedenfalls zu Beginn – dieses Mal mit einem leichten Bedauern, da ihm so nur wenige Stunden Schlaf vergönnt waren.

Im Anschluss an den Vortrag des Fähnrichs sagte v. Rantzau:

„Ihr seht also, meine Herren, dass die Lage in Krempe einen Durchbruch dringend erforderlich macht. In großen Zügen haben wir die Durchführung der Unternehmungen ja bereits beschlossen, also zunächst kleinere Aktionen nach allen Richtungen zur Ablenkung und Verwirrung – und dann am 15. Juli der Großangriff. Ich beabsichtige, mit den Vorbereitungsaktionen bereits heute Abend zu beginnen, und bitte insoweit um Ihre Vorschläge." Ein Major meinte, man sollte für die kleinen Unternehmungen die Stoßrichtung nach Süden und Norden wählen, da der Hauptstoß ja nach Osten gehen sollte.

„Meiner Ansicht nach sollten wir gerade nach Osten den ersten Angriff ohne weiter gestecktes Ziel durchführen – vielleicht sogar wiederholt", meldete sich Kapitän Ohlsen da zu Wort. „Bitte, Eure Gründe", meinte v. Rantzau.

„Wenn Aldringen sich erst einmal daran gewöhnt hat, Ausfälle nach dieser Richtung nur als Störaktionen anzusehen, wird ihn der eigentliche Durchbruch an dieser Stelle umso mehr überraschen." „Das leuchtet mir ein." Marquard v. Rantzau registrierte Zustimmung auch aus den Äußerungen der übrigen Offiziere. „Dann bin ich für folgende Reihenfolge: Zunächst greifen wir heute Abend um neun Uhr die erste Sperre an der Straße nach Krempe an. Es genügt, wenn an dieser Unternehmung direkt nur zwei Kompanien Musketiere teilnehmen. Zwei weitere mögen auf alle Fälle am Kremper Tor in Reserve bleiben. Je nach der Stärke des Widerstands wird die Sperre eingenommen oder nur ein hinhaltendes Feuergefecht unterhalten. Auf jeden Fall ziehen sich die Truppen nach einer Stunde in die Festung zurück.

Einen Tag später folgt ein Angriff nach Norden, der als Ziel Torquato Contis Quartier in Borsfleth haben mag. Die Einzelheiten hierfür werden kurz vor dem Abmarsch festgelegt werden. Danach wird dann wieder ein begrenzter Vorstoß nach Osten vorgenommen werden. Und schließlich nehmen wir uns noch Aldringens Stellungen im Süden vor.

Alle diese Unternehmungen müssen dem Feind unsere Absichten als solche vorgaukeln, ihm zwar allerlei Schaden zufügen zu wollen, letztlich aber doch nichts Entscheidendes zu wagen. Wenn wir so vorgehen, muss ich Herrn Kapitän Ohlsen in seiner Meinung zustimmen, dass Aldringen auch den entscheidenden Angriff zu Anfang gar nicht weiter ernst nehmen wird."

Der Tag war feucht und drückend gewesen. In der Ferne grollte dann und wann Gewitterdonner. Auch hatte es mehrere heftige Regenschauer gegeben, ohne dass das Gewitter selbst allerdings die Festung erreicht hätte. Gegen Abend kam ein leichter Wind auf und brachte nach der Schwüle des Tages angenehme Abkühlung. Bäume und Sträucher in und um die Stadt standen in dichtem, satten Grün.

Pünktlich mit dem Glockenschlage der neunten Stunde rückten die beiden Kompanien in geordneter Formation, den Danebrog voran, unter dem Schlage der Trommeln zum Kremper Tor hinaus. Sie überquerten den Damm durch den Festungsgraben, marschierten durch die im Vorfeld angelegte Redoute und entfernten sich dann auf der Straße nach Krempe.

Beckenschläger hatte keinen besonderen Auftrag und hielt sich beim Stab des Obersten v. Rantzau auf, der diesmal hoch zu Ross seine Stellung auf dem Vorwerk vor dem Kremper Tor eingenommen hatte, nachdem das kleine Expeditionskorps es durchquert hatte.

Es mochten gerade zehn Minuten vergangen sein, als von Osten das Geknatter von Musketen ertönte. Mochte v. Rantzau ursprünglich die Absicht gehabt haben, den Ausgang des Unternehmens von der Schanze aus abzuwarten, als das Gefecht sich entwickelte, hielt es ihn jedenfalls nicht mehr. Gefolgt von seinem Stab galoppierte er den beiden Kompanien hinterher. Diese waren inzwischen auf Musketenschussweite an die erste Schanze der Kaiserlichen herangekommen. Bei den diesmal eingesetzten Musketieren handelte es sich um französische Söldner. Ihr Kommandeur, Major de Fère, hatte gerade je eine Kompanie nach jeder Seite der Straße in drei Linien hintereinander Aufstellung nehmen lassen und auf der Straße selbst nur einen Zug behalten, bei dem sich auch die Fahne befand. Auch der Major selbst war auf dem höher gelegenen Straßendamm geblieben, um von dort aus den Angriff auf die Straße leiten zu können.

Die Flügel der ausgeschwärmten Kompanien ragten nach Norden und nach Süden wohl um das Doppelte über die Breite der Schanze hinaus. Soweit die Besatzung des Sperrwerks keine Verstärkung erhalten sollte, war diese Aufstellung der Franzosen gut geeignet, es auf beiden Seiten zu überflügeln. Langsam, im Takt der dumpfen Trommeln, rückte die Front der Kompanien vorwärts. Von der Schanze schlug ihnen unregelmäßiges Gewehrfeuer entgegen.

Französische Befehle gellten die Front entlang. Sie kam zum Halt, die Musketen flogen auf die Stützstöcke und eine geschlossene Salve krachte zur Schanze hinüber. Wie auf dem Exerzierplatz rückte das zweite und dritte Glied durch die erste Linie hindurch vielleicht zehn Schritte vor. Das soeben geschilderte exerziermäßige Verfahren wiederholte sich und erneut krachte eine Salve die ganze Front entlang. Nachdem auch das dritte Treffen vorgegangen und seine Salve abgefeuert hatte, waren die Musketen der ersten Linie nachgeladen, und der ganze Vorgang begann von vorn.

Natürlich war die Besatzung der Schanze nicht untätig, während sich die Front der Franzosen mehr und mehr vorschob. Sie feuerte zwar nicht in Salven, dafür waren die einzelnen Schüsse, die drüben aufblitzten, aber offenbar sorgfältig gezielt. Immer wieder sah Beckenschläger, wie ein Musketier in den Linien taumelte und dann zu Boden fiel.

Der Fähnrich fragte sich bereits, ob es nicht sinnvoller gewesen wäre, die Stellung in einem einzigen forschen Sturmlauf zu nehmen, anstatt langsam in dieser systematischen Weise vorzurücken. Dann vergegenwärtigte er sich jedoch, dass der Auftrag ja gar nicht auf die Erzielung eines konkreten Erfolgs gerichtet war. Anscheinend hatte Major de Fère den Auftrag so ausgelegt, dass er diese erste Stellung eigentlich gar nicht zu nehmen habe, und wartete womöglich sehnlichst auf das Erscheinen feindlicher Verstärkungen, um das Gefecht abbrechen zu können. Wenn der Major solche Überlegungen angestellt haben sollte, so wurde er tatsächlich nicht enttäuscht. Im Nordosten tauchte plötzlich ein größerer Trupp von Reitern auf, der sich rasch näherte.

Sofort ertönten neue Befehle und ebenso systematisch, wie die Linien vorgegangen waren, bewegten sie sich nun auf die Festung zurück. Solange sie noch in Schussweite zur Schanze waren, gaben sie noch einige Salven ab. Dann aber schrumpften die beiden Flügel schnell zur Straße hin zusammen, bildeten dort wieder – diesmal die Fahne nach Westen voran – eine Marschkolonne und strebten im Eilschritt auf Glückstadt zu. Zum Glück handelte es sich bei den kaiserlichen Reitern nicht um Kürassiere oder Lanciers, also um Kavallerie, deren Aufgabe die Durchführung von Reiterattacken war, sondern um Arkebusiere zu Pferd. Für diese Truppengattung waren ihrer eigentlichen Aufgabe nach die Pferde nur schnelle Transportmittel, der Kampf sollte aber in der Regel abgesessen geführt werden.

Offenbar verspürte der Führer dieser berittenen Schützen auch keine Neigung, von dieser Regel abzuweichen und sah seinen Auftrag als erfüllt an, als der bloße Anblick seiner Reiter die Ausbruchstruppen zurücktrieb.

Da vom Ausmarsch der beiden Kompanien bis zum Erscheinen der Arkebusiere zu Pferde bereits etwa eine dreiviertel Stunde verstrichen war, hatte auch Marquard v. Rantzau gegen den Rückzug nichts einzuwenden gehabt und war mit seinem Stab bereits den Musketieren voran wieder zur Festung zurückgeritten. Beiläufig äußerte er, dass das Unternehmen im Großen und Ganzen seinen Vorstellungen entsprochen habe.

II.

Am Abend des nächsten Tages hallten wieder die Schritte marschierender Truppen zum Hafen hin.

Wie bei dem Aufbruch nach Krautsand lag wiederum ein Geschwader von Ruderbooten an der Pier und wurde von den Soldaten besetzt.

Auch Oberst v. Rantzau selbst nahm diesmal, von mehreren Offizieren und dem Fähnrich Bonifatius Beckenschläger begleitet, in einem der Boote Platz. Während der Beratung am Vormittag hatte sich v. Rantzau entschlossen, das Unternehmen nach Norden nicht auf dem Landweg über die Straße entlang der Königsbastion durchzuführen, sondern auf dem Wasserweg.

Sobald der Hafen in völliger Dunkelheit lag – wie am Vortage war der Himmel wieder bedeckt, sodass vom Mond nichts zu sehen war – zogen die Boote um das Blockhaus am Ende der Mole herum nach Norden auf die Elbe hinaus. Leichter Nieselregen schlug den Männern in den Kähnen ins Gesicht.

Die Stelle am Elbufer, an der Beckenschläger und Harms zu ihren beiden Unternehmungen an Land gegangen waren, wurde passiert und erst nach einer runden Stunde, also etwa um Mitternacht, bog die Flottille nach rechts in die Mündung der Stör ein. Vielleicht eine knappe viertel Meile hinter der Mündung stießen dann die Boote – eines nach dem anderen an das südliche Ufer dieses Nebenflusses der Elbe.

Behutsam und immer bestrebt, unnötigen Lärm zu vermeiden, verließen die Musketiere die Boote, vor sich die dunkel aufragende Wand des Stördeichs. Drei Kompanien, also rund 450 Mann, hatte Oberst v. Rantzau für dieses Unternehmen vorgesehen. Lediglich die Rudermannschaften waren in den Booten geblieben. Sie legten sofort wieder ab und traten den Rückweg nach Glückstadt an.

Das Unternehmen für diese Nacht hatte v. Rantzau im Grunde als Doppelaktion geplant.

Eine Kompanie sollte sofort wieder nach Süden auf Glückstadt zumarschieren, um den Beobachtungsposten an der Nordseite der Festung in den Rücken zu fallen.

Mit den beiden anderen Kompanien – aufgeteilt in kleinere Gruppen – wollte der Oberst das Lager Torquato Contis in Borsfleth oder wenigstens dessen Außenposten überfallen. Diese Truppen sollten dann durch das inzwischen freigekämpfte Nordtor zurückkehren. Die Tätigkeit vor Borsfleth sollte spätestens um zwei Uhr nachts abgeschlossen werden. Da die Kompanien in kleine Trupps aufgeteilt werden mussten, sollte den Soldaten der Zeitpunkt zur Rückkehr durch drei schnell hintereinander abgefeuerte Kanonenschüsse von der Nordbastion angezeigt werden.

Dem Plan entsprechend zog dann auch sofort eine der Kompanien über den Stördeich hinweg nach Süden davon. Die beiden anderen Kompanien teilten sich in der Weise auf, die schon vor der Abfahrt besprochen war. Danach bildeten sich Gruppen von jeweils zwanzig Mann, die nach eigenem Belieben dem Feind Schaden zufügen sollten. Die einzelnen Trupps rückten in Abständen nacheinander ab und sollten sich rund um das Dorf Borsfleth verteilen.

Der Oberst hatte diesmal dem Fähnrich Beckenschläger die Führung eines Trupps übertragen, der aus einem Unteroffizier namens Petersen und 18 Musketieren bestand. „Ihr sollt wieder einmal Gelegenheit zur Bewährung in einem Kommando haben", hatte v. Rantzau gemeint.

Beckenschläger rückte mit der dritten Gruppe ab, hatte sich also den Ausgangspunkt für seine Unternehmung ziemlich weit im Osten des Dorfes zu suchen und somit auch den drittlängsten Anmarschweg. Etwa eine halbe Stunde lang marschierte er mit seinen Leuten im Bogen südlich um Borsfleth herum. Er musste dabei darauf achten, nicht zu nahe an das Dorf heranzukommen, um nicht von etwa aufgestellten Außenposten vorzeitig entdeckt zu werden.

Tatsächlich waren ihm schon mehrfach Bodenerhebungen im Vorfeld des Ortes aufgefallen, die nicht in die sonst so ebene Landschaft passten. Auch war ihm hin und wieder so gewesen, als höre er von dort gedämpfte Stimmen. Fast bedauerte er, dass das Fehlen von Mondschein infolge der dichten Wolkendecke das Schimmern von Metallteilen gänzlich verhinderte, obwohl er sich sagen musste, dass die fast völlige Dunkelheit auch ihn vor vorzeitiger Entdeckung bewahrte. Kaum hatte Beckenschläger im Osten des Dorfes die Stelle erreicht, die ihm als Ausgangspunkt geeignet erschien, da tönten auch von Westen her schon Schüsse, untermischt von Alarmrufen, durch die Nacht.

Links und rechts neben sich sah Beckenschläger schemenhaft die vorgehenden Schatten der Nachbartrupps. Als diesen bereits nach kurzer Zeit Musketenfeuer von Bodenerhebungen im Gelände entgegenschlug, wusste er, dass seine Nachbarn auf Vorposten gestoßen waren.

„Wir brechen in einem Zug zum Dorf durch", raunte Beckenschläger dem Unteroffizier zu. „Ich glaube nicht, dass direkt vor uns auch noch ein Posten ist." Rechts und links die mit den Vorposten kämpfenden Trupps hinter sich lassend, stürmte der Fähnrich, in der rechten Faust die lange Reiterpistole, in der linken den Degen, mit seiner Gruppe ungehindert vorwärts. Schon war die Dorfstraße erreicht. Im tiefsten Schlaf aufgeschreckte Soldaten taumelten aus den Häusern. Hier und da krachte ein Schuss durch die Luft.

So groß die anfängliche Verwirrung beim Feind auch war, so war es doch in der Mitte des Ortes an der Kirche einer größeren Schar der Kaiserlichen gelungen, sich zu einer halbwegs geordneten Abwehr zu formieren. Immer häufiger und bedrohlich näher pfiffen Musketenkugeln die Straße entlang Beckenschlägers Leuten entgegen. Etwas ratlos blickte der Fähnrich umher – hoffend, dass auch an anderen Stellen ein Durchbruch in das Dorf gelungen war. Hiervon war jedoch nichts zu bemerken. Langsam dämmerte dem Fähnrich der Verdacht, dass er als einziger auf die Idee gekommen war, durch eine Lücke vorzustoßen und die Kette der feindlichen Vorposten einfach hinter sich zu lassen. Anscheinend beschränkten sich die anderen Trupps, soweit sie nicht selbst direkt auf eine Schanze gestoßen waren, darauf, ihre in unmittelbare Feindberührung geratenen Kameraden zu unterstützen.

Wie schon am vergangenen Abend vor der Sperre auf der Straße nach Krempe kam es Beckenschläger auch jetzt ins Bewusstsein, dass der ganze Auftrag ja gar nicht unbedingt auf eine Erstürmung des Dorfes hinausgelaufen war, sondern dass es sich hier nur um ein untergeordnetes Störmanöver im Rahmen des mehrere Tage umfassenden Gesamtplans handelte. Sicherlich warteten die anderen Trupps vor dem Ort schon sehnsüchtig auf die drei Kanonenschüsse aus Glückstadt, die den vorher festgesetzten Abbruch des Unternehmens ankündigen sollten.

Siedendheiß durchfuhr es ihn bei dem Gedanken, das dann ganz dem Plan entsprechend jeder Trupp sich selbstständig auf den Rückmarsch machen würde. Dann saß er allein mit seinen 19 Soldaten mitten im feindlichen Hauptquartier.

Beckenschläger blickte zurück. Zu seiner Erleichterung war es hinter ihm im Dorf selbst noch ruhig. Nur weiter entfernt war noch der Kampf der beiden Nachbargruppen mit den Vorposten im Gang. Seine Soldaten waren links und rechts der Straße hinter Hausecken, Türeingängen und einem Bagagewagen in Deckung gegangen.

Der Fähnrich selbst stand mit dem Rücken gegen eine Hauswand. Gerade machte er mit dem Degen eine Bewegung zum Ortsausgang und rief seinen Leuten zu: „Zurück", da fühlte er plötzlich einen behaarten Unterarm, der sich gegen seinen Hals presste und ihn zurückzog. Gleichzeitig spürte er in seinem Nacken die Kälte einer Pistolenmündung. Ganz langsam drehte er etwas den Kopf, wobei das kalte Eisen aber immer fest gegen seinen Hals gedrückt blieb, nur etwas zur Seite wanderte. Zu seinem Schrecken erkannte er aus den Augenwinkeln, dass er direkt neben einem geöffneten Fenster stand und die Person, zu der der behaarte Arm gehörte, sich offenbar noch im Hause aufhielt.

„Ihr seid mein Gefangener, Bürschchen. Macht keine plötzliche Bewegung", frohlockte eine tiefe Stimme in bayerischem Dialekt dicht hinter seinem rechten Ohr. Beckenschläger ließ Degen und Pistole fallen, was ein auf bayerisch gesprochenes „Gut so, Bürschchen" bewirkte. Von dem aber, was er nun tat, konnte Beckenschläger hinterher nur sagen, dass es eigentlich blanker Wahnsinn gewesen war.

Als seine Waffen zu Boden fielen, hatte dies seinen Gegner offenbar etwas die gebotene Vorsicht vergessen lassen. Beckenschläger spürte, dass sowohl der Druck des Arms gegen seine Gurgel wie auch der Druck der Pistolenmündung lockerer wurde. Der rechte Arm des Fähnrichs schoss senkrecht an seinem Hals in die Höhe und riss den Lauf der Pistole fort. Den Bruchteil einer Sekunde zulange zögerte der Finger am Abzug, sich zu krümmen. Als der Schuss sich löste, glaubte Beckenschläger, ihm platze das Trommelfell, und der Strahl des Mündungsfeuers brannte heiß an seiner Schläfe. Gleichzeitig aber packte er mit beiden Fäusten den behaarten Arm vor seinem Hals. Er stieß sein Gesäß gegen die Hauswand unterhalb des Fensters und ließ gleichzeitig seinen Oberkörper mit aller Kraft nach vorn zusammenklappen. Er spürte, dass eine schwere Masse über seine Schulter flog und im nächsten Augenblick klatschte ein weißer Sack vor ihm auf die Straße.

Ohne nur einen Augenblick zu zögern, hob er seine Waffen vom Boden auf und richtete sie auf den weißen Haufen vor sich. Trotz der insgesamt ziemlich unglücklichen Lage, in der er sich ja immer noch befand, musste er in ein lautes Gelächter ausbrechen. Die Gestalt vor ihm war in ein langes Nachthemd gehüllt und rappelte sich mühsam und völlig perplex wieder hoch. Das Komischste an dem Anblick war jedoch der krasse Gegensatz, den dieses Schlafgewand zu dem martialisch wirkenden Gesicht mit schwarzem Knebelbart, umrahmt von früher wohl einmal schwarzen, jetzt aber stark grau durchzogenen Locken, bildete.

„Jetzt seid Ihr mein Gefangener", lachte Beckenschläger, stellte dabei eher verwirrt fest, dass er seine eigene Stimme nicht mehr verstehen konnte. Inzwischen war Unteroffizier Petersen mit zwei Musketieren – alarmiert durch den Schuss in ihrer Nähe – wieder zurückgeeilt.

Der Gefangene, der viel zu verwirrt war, um auch nur die Andeutung einer Gegenwehr zu machen, wurde unter beiden Armen gepackt und mit fortgerissen, zum Dorf hinaus in die Finsternis der Nacht.

III.

Beckenschläger schlenderte am späten Vormittag des 13. Juli 1628 etwas missmutig den Molendamm hinaus zum Blockhaus. Sein Oberst hatte ihn für diesen Tag vom Dienst befreit. Die durch den Pistolenschuss verursachte Taubheit im rechten Ohr war noch immer nicht gewichen. Das Einzige, was er hörte, war ein Brummen und Summen. Hinzu kam ein stechender Schmerz im Gehörgang, sobald er schluckte.

Zwar schien das linke Ohr nicht so stark in Mitleidenschaft gezogen zu sein, immerhin musste man ihn aber ziemlich laut von links ansprechen, wenn er einigermaßen verstehen sollte. Aus diesem Grunde hatte ihn sein Oberst auch davon befreit, an der Unternehmung teilzunehmen, die diesmal am frühen Nachmittag nach Osten durchgeführt werden sollte. Auch an der Vorbesprechung, die jetzt im Kommandantenhaus stattfand, brauchte er nicht teilzunehmen.

„Ihr versteht ja doch kein Wort", hatte v. Rantzau gemeint. Abgesehen von dieser Beeinträchtigung, von der er nur hoffte, sie würde vorübergehender Natur sein, hätte der Fähnrich allerdings gar keinen Grund zum Missmut gehabt.

Als er in der vergangenen Nacht mit seinem kleinen Trupp am Nordtor angelangt war – es mochte wohl gegen 4:00 Uhr gewesen sein – hatten ihn die dortigen Posten wegen des seltsamen Aufzugs seines Gefangenen mit allgemeiner Heiterkeit begrüßt. Er erfuhr dann, dass er als letzter zurückkam. Dies war allerdings nicht weiter verwunderlich, da er einmal mit den weitesten Weg gehabt hatte, zum anderen aber vor allem die Abführung des Gefangenen sich als außerordentlich zeitraubend erwiesen hatte. Dieser hatte nämlich kein Schuhzeug angehabt, als Beckenschläger ihn so unerwartet aus dem Fenster gezogen hatte. Das Laufen, zumal mit nackten Füßen, schien für ihn eine ungewohnte Tätigkeit zu sein, und schon nach wenigen hundert Schritten hatte er eine erste Pause verlangt und dieses Verlangen noch viele Male wiederholt, bis die Festung glücklich erreicht war.

Beckenschläger war ein Stein vom Herzen gefallen, als er feststellte, dass die Unternehmung der zuerst vom Stördeich abgezogenen Kompanie ein voller Erfolg gewesen war und ihm der Zugang durch das Nordtor ungehindert offen stand. Auf dem Marktplatz angelangt, sah der Fähnrich gerade noch die letzten Soldaten vom abschließenden Appell müde fortgehen. Es war inzwischen bereits taghell. Auch v. Rantzau, der bei dieser Aktion mit seinen Offizieren ja zu Fuß gewesen war, wollte gerade den Platz verlassen, als er seinen Adjutanten ankommen sah.

„Da kommt ja unser verlorenes Schaf", rief er, offenbar recht erleichtert. Dann konnte allerdings auch der Oberst ein schallendes Lachen nicht unterdrücken. „Wen habt Ihr denn da angeschleppt?"

„Fähnrich Beckenschläger meldet sich mit einem Unteroffizier, achtzehn Musketieren und einem Gefangenen zurück." Fast verwundert registrierte Beckenschläger, dass der Kommandant seine Meldung verstand, obwohl er selbst nur ein Rauschen im Ohr hörte. Der Unteroffizier hatte die kleine Truppe inzwischen Aufstellung nehmen lassen, während die Offiziere des Stabes mit Zeichen sichtlicher Verwunderung nähergekommen waren.

„Wer ist denn dieses Individuum?", fragte v. Rantzau nochmals, nachdem er seine Heiterkeit einigermaßen unter Kontrolle gebracht hatte.

„I bin koan Individuum! I bin der Oberstleutnant Alois v. Wittgenstein vom Stabe des Marquese Torquato Conti di Quadagnola, mit Verlaub", tönte es in tiefem bayerischen Tonfall. Beckenschläger hatte diese Worte nicht verstehen können. Aus den Mundbewegungen des Obersten v. Rantzau und den Umständen schloss er, dass dieser eine Erklärung wünschte und berichtete dann in knappen Worten, wie es zur Gefangennahme des bayerischen Oberstleutnants gekommen war. Zum Abschluss wies er darauf hin, dass er im Augenblick kein Gehör habe.

Der Kommandant klopfte ihm anerkennend auf die Schulter und sagte etwas, was der Fähnrich nicht verstehen konnte. Nach dem Gesichtsausdruck v. Rantzaus handelte es sich wohl um Lob und Trost zugleich.

Mittlerweile war Beckenschläger auf seinem Weg den Hafen entlang am Blockhaus angekommen. Die Aufmerksamkeit der dort postierten Posten war ganz in Anspruch genommen durch mehrere Schiffe, die sich auf der Elbe von Hamburg her näherten. Bald war zu erkennen, dass es sich um die Fregatte ‚Markatten', zwei dänische Kriegsjachten und zwei Frachtschiffe handelte. Die Frachter führten am Heck unter dem Danebrog die kaiserliche Flagge.

Beckenschläger beobachtete das Einlaufen der fünf Schiffe vom Blockhaus aus. Durch seinen Gehörschaden fühlte er sich zu sehr behindert, als dass er Lust verspürt hatte, sich unter die Menge zu mischen, die sich weiter stadteinwärts zur Begrüßung an der Pier eingefunden hatte.

IV.

Erst gegen Abend, als sich eine leichte Besserung seines Gehörs eingestellt hatte, erfuhr Beckenschläger im Kommandantenhaus, welche Bewandtnis es mit der Ankunft der Schiffe gehabt hatte.

Die beiden Transportschiffe waren von Magdeburg aus die Elbe heruntergekommen, um Versorgungsgüter für die Belagerungstruppen vor Glückstadt und Krempe zu bringen. Auf der Höhe von Schulau vor

Hamburg waren sie von der ‚Markatten‘ und den beiden Jachten abgefangen und gekapert worden.

Während ein im Haus zurückgebliebener Leutnant Beckenschläger dies mitteilte, wurden in der Diele Schritte und Stimmen laut. Oberst v. Rantzau kam mit mehreren Offizieren zurück, unter denen sich auch Kapitän Ohlsen von den Dragoner-Musketieren befand. Dem angeregten Gespräch, dem er nun schon wesentlich besser wieder folgen konnte, entnahm Beckenschläger, dass der erneute Ausfall aus dem Kremper Tor gerade abgeschlossen und offensichtlich zur Zufriedenheit des Kommandanten ausgefallen war.

Marquard v. Rantzau warf dem Fähnrich einen Blick zu. „Nun, mein Junge, geht es schon besser?“

Als Beckenschläger dies bejahte, wandte sich der Oberst wieder seinen Offizieren zu. „So, meine Herren, nachdem auch diese Aktion erfolgreich war, wollen wir das letzte Ablenkungsmanöver am morgigen Tag besprechen, bevor dann übermorgen der Hauptangriff beginnt.“

Unter den versammelten Offizieren trat augenblicklich ein erwartungsvolles Schweigen ein.

Rantzau blickte einen Augenblick gedankenverloren aus dem Fenster, wie um sich zu sammeln. Dann drehte er sich plötzlich wieder um und begann mit der Entwicklung seines Plans. „Wir wollen uns morgen früh die feindlichen Stellungen an unserer Südseite vornehmen. Nach entsprechender Artillerievorbereitung von unserer Schanze vor dem Südtor werden vier Kompanien Musketiere einen Sturmangriff auf die gegenüberliegende feindliche Stellung durchführen. Eine entscheidende Rolle habe ich dann Herrn Kapitän Ohlsen mit seinen Dragoner-Musketieren zugedacht.“

Ohlsen blickte seinen Obersten an. „Herr Kapitän, Ihr werdet Euch mit Euren Reitern am Kremper Tor bereithalten und die Festung in dem Augenblick verlassen, in dem unsere Kanonade im Süden beginnt. Eure Aufgabe ist es, dann von der Straße nach Krempe südwärts einzuschwenken und im Bogen um die Festung herum in den Rücken unserer Belagerer an der Südseite zu kommen. Sobald der Sturmangriff der Musketiere auf die kaiserliche Stellung läuft, greift Ihr von hinten an. Verstanden?“

„Jawohl", lautete Ohlsens knappe Antwort. Der Befehl war klar genug gewesen, als das er noch einer Ergänzung bedurft hätte.

„Noch etwas", fuhr v. Rantzau nun fort. „Der Angriff am 15. Juli wird von uns alle Kräfte verlangen. Ich habe mich deshalb entschlossen, die Besetzung Krautsands aufzugeben und Morgans Truppe zurückzuholen. Der Rücktransport soll noch in dieser Nacht durchgeführt werden."

Marquard v. Rantzau war damit zu einem Entschluss gelangt, der ihn schon seit Tagen beschäftigte. Inzwischen war die Frist, die er mit Hamburg vereinbart hatte, abgelaufen, ohne dass die von König Christian IV. in dieser Angelegenheit erwartete Nachricht eingetroffen wäre. Für seine Person hatte v. Rantzau allerdings schon seit längerer Zeit erkannt, dass die Stationierung von dänischen Truppen auf der Insel angesichts der dänischen Seeherrschaft auf der Elbe jedenfalls für die unmittelbaren Interessen der Festung überflüssig war.

Außerdem hatte er in den letzten Tagen die Nachricht erhalten, dass Morgans Schotten bei der nächsten Gelegenheit nach England zurückgeführt werden sollten. Ihre Ablösung durch andere Festungstruppen mochte er aber nur ungern durchführen, zumal er für den Durchbruch nach Krempe alle Reserven benötigen konnte. Gerade dieser letztere Umstand ließ es ihm geraten erscheinen, zu diesem Zeitpunkt den Stützpunkt auf der anderen Elbseite auf eigene Verantwortung zu räumen. Während die Offiziere sich von ihrem Befehlshaber verabschiedeten, nahm Ohlsen Beckenschläger beiseite und bat ihn, ihn am Abend in seiner Wohnung zu besuchen.

V.

Trotz des fast freundschaftlichen Verhältnisses, das sich zwischen den beiden entwickelt hatte, waren die Beziehungen zwischen dem Kapitän und dem Fähnrich in den letzten Wochen etwas lockerer geworden. Dies hatte naturgemäß daran gelegen, dass Beckenschläger aus dem Dienst in Ohlsens Schwadron ausgeschieden war und durch die Aufgaben als Adjutant des Festungskommandanten in Anspruch genommen wurde. Eigentlich hatte ihm aber jetzt erst die Einladung des Kapitäns ins Bewusstsein gerufen, dass er schon längere Zeit nicht mehr in privatem Gespräch mit dem Offizier zusammengesessen hatte.

Während er am Abend den Marktplatz überquerte und sich der Wohnung des Kapitäns näherte, überlegte Beckenschläger, was diesen ausgerechnet an diesem Abend zu einer Einladung bewogen haben mochte. Irgendwie hatte Ohlsen den Eindruck gemacht, als läge ihm etwas auf der Seele, was er unbedingt loswerden musste. Als Beckenschläger dann die Wohnung über dem Schlachterladen betrat, begrüßte ihn Ohlsen ausgesucht freundlich und bot ihm zunächst einen Becher von seinem vorzüglichen Rotwein an.

Er sprach dann über dies und jenes, fragte Beckenschläger, wie ihm der Dienst als Adjutant gefalle und was sein Ohr mache. Bei alledem hatte der Fähnrich den Eindruck, als scheue der Kapitän davor zurück, mit dem herauszurücken, was ihn eigentlich bedrückte.

Schließlich öffnete Ohlsen noch eine zweite Flasche Wein, obwohl die erste noch gar nicht ganz leer war. Dann lehnte er sich in seinem Sessel zurück. Seinem Gesicht war anzusehen, dass er sich nun endlich dazu durchgerungen hatte, zur Sache zu kommen. „Mein lieber Beckenschläger", begann er und nahm noch einen tiefen Schluck aus seinem Becher.

„Als Soldaten müssen wir ja ständig darauf gefasst sein, vor Gottes Thron gerufen zu werden. Schon morgen kann uns eine Kugel dahingerafft haben." Der Fähnrich spürte selbst bereits die beginnende Wirkung des Weins und fragte sich, ob die gleiche Wirkung auch bei Ohlsen eingetreten sei und ihn zu so tiefsinnigen Gedanken veranlasste.

„Mein lieber Freund, ich habe Euch nicht vergessen, dass Ihr mich damals aus der eiskalten Nordsee ins Leben zurückholtet. Da ich Euch als meinen Freund betrachte, möchte ich Euch etwas anvertrauen, was mir schon lange auf der Seele brennt, und wer weiß, ob ich nach den Unternehmungen morgen und übermorgen noch mit Euch reden kann."

Beckenschläger gestand sich ein, dass zumindest der Auftrag des Kapitäns am nächsten Tag für diesen mit einiger Lebensgefahr verbunden war, und wartete also schweigend auf das, was da kommen sollte.

„Was ich Euch anvertrauen wollte, betrifft das Fräulein v. Ahlefeldt. Auch Ihr seid damals bei Eurer Ankunft in Krempe doch etwas verliebt in sie gewesen." Nun war Beckenschläger plötzlich hellwach. „Von wegen verliebt", dachte er, „wenn du wüsstest, was damals in Helsingør gewesen ist!" Aber Ohlsen, nachdem das Eis einmal gebrochen war, fuhr schon fort, dem Ausdruck seiner Gefühle freien Lauf zu lassen.

„Nun ja, wer könnte diesem bezaubernden Geschöpf auch nicht widerstehen. Ihr wisst ja nichts von dem Glück, das ich damals in Helsingør erfahren habe, nachdem Ihr abgereist ward."

Jetzt kam es Beckenschläger allerdings vor, als habe man ihm eine kalte Dusche verpasst. „Ihr und Fräulein v. Ahlefeldt?", fragte er ungläubig und hatte das Gefühl, sein Herz mache einen Satz.

„Ja", kam die Antwort. „Wisst Ihr, die liebevolle Pflege des Mädchens hat mir so wohl getan." Ohlsen schien einen Augenblick in seliger Erinnerung zu versinken.

„Kurz und gut, ich habe mich in sie bis über beide Ohren verliebt und sie erwidert meine Liebe." „Diese kleine Schlange", dachte Beckenschläger. Einigermaßen erstaunt stellte er aber fest, dass ihm diese Eröffnung doch nicht einen solchen Schock versetzt hatte, wie er zunächst befürchtet hatte. Wenn er ehrlich war, stellte er sogar eine gewisse Erleichterung in seinem Seelenzustand fest und ihm dämmerte, dass es die Erinnerung an die Zärtlichkeit der kleinen Maureen war, die dies bewirkt haben musste.

Nachdem somit sein inneres Gleichgewicht sich einigermaßen eingependelt hatte, fragte er: „Aber sie sollte doch einen dänischen Edelmann heiraten?" „Den habe ich umgebracht", lautete die trockene Antwort des Kapitäns. Beckenschläger glaubte, sich verhört zu haben. „Was habt Ihr?"

„Ich habe ihn getötet. In einem ehrlichen Duell. Ich wollte es Euch ja schon lange erzählen, aber es fehlte immer die Gelegenheit.Wisst Ihr, Ihr ward schon einige Wochen fort und ich hatte mich dank der Pflege meiner Anna-Katherina gut erholt. Eines Tages kam dann ihr Verlobter ins Haus und machte ihr eine grässliche Szene. Vielleicht hatte er etwas von ihrer Liebe zu mir erfahren. Zum Schluss verstieg sich dieser Kerl dazu, ihr eine Ohrfeige zu geben. In diesem Augenblick kam ich gerade in das Wohnzimmer. Als ich meine kleine Anna-Katherina mit Tränen in den Augen und von dem Schlag geröteter Wange dastehen sah, habe ich den Burschen am Kragen genommen und mit einem Schwinger über den Tisch segeln lassen."

Beckenschläger konnte sich den Zorn des Kapitäns gut vorstellen und fragte sich, was er wohl selbst in dieser Situation gemacht hätte. „Nun, der Herr war schwer beleidigt und forderte mich zum Duell. Ich muss sagen, im Gefecht mit den Rapieren war er ein hartnäckiger Gegner. Wahrscheinlich war doch eine große Portion Glück im Spiel, dass ich einen tödlichen Stich anbringen konnte."

„Das ist ja allerhand", konnte Beckenschläger nur sagen. „Ja", meinte Ohlsen. „Jedenfalls endete die Geschichte damit, dass Anna-Katherina und ich uns verlobt haben." „Herzlichen Glückwunsch", meinte Beckenschläger und wunderte sich über seine eigene Reaktion.

„Ich freue mich, dass Ihr mir die Sache mit Anna-Katherina nicht übelnehmt. Im Stillen hatte ich schon befürchtet, dass zwischen Euch etwas mehr als eine bloße Tändelei bestanden haben könnte. Das bedrückte mich, weil Ihr mich doch aus der Nordsee gezogen habt. Bevor ich morgen die Attacke durchführe, wollte ich die Sache unbedingt loswerden."

Ohlsen wirkte jetzt sichtlich erleichtert und schenkte die Becher wieder voll. „Wenn Du wüsstest", dachte Beckenschläger, beschloss aber gleichzeitig, dass Ohlsen jedenfalls von ihm nie erfahren sollte, was sich in seinem Schlafzimmer im Hause des Hafenkapitäns von Helsingør abgespielt hatte.

VI.

Jedenfalls was den nächsten Tag anbetraf, so brauchte Ohlsen noch nicht aus dem Leben zu scheiden.

Pünktlich um sieben Uhr morgens begann das Geschützfeuer an der Südseite der Festung Glückstadt. Was an weiterreichendem Geschütz vorhanden war – allerdings betrug die größte Reichweite der Festungsgeschütze nur eine knappe viertel Meile – war auf die Rhinbastion und den angrenzenden Wall geschafft worden. Einige Kanonen feuerten auch auf der vorgeschobenen Schanze. Obwohl ihn Oberst v. Rantzau nicht ausdrücklich zum Dienst befohlen hatte, hatte sich Beckenschläger beim Stab eingefunden und beobachtete vom Südtor her das Gefecht.

Die Kanonade dauerte fast eine Stunde. Dann rückten die Kompanien den Damm entlang über den breiten Rhinarm vor bis zur Schanze. Rantzau war bereits mit dem Stab dorthin vorausgeritten und empfing die Truppen, als sie sich im Schutz der vorgeschobenen Stellung zum Angriff bereitmachten.

Diesmal wurde auf das exerziermäßige Vorgehen mit dem Salvenfeuer und dem geschlossenen Vorrücken der Truppen verzichtet. Auf v. Rantzaus Angriffsbefehl hin sprang der Hauptmann der als erste eingesetzten Kompanie von der Schanze hinunter, sofort gefolgt von dem dichten Haufen seiner Musketiere. Die Fahne flatterte über den Köpfen der Soldaten und im Sturmschritt rannte die Truppe auf die Stellung der Kaiserlichen los.

Wütendes Musketenfeuer schlug v. Rantzaus Musketieren entgegen. Schon fielen die ersten. Die Kameraden rannten, ihren Fall nicht achtend, an ihnen vorbei. Da taumelte der Hauptmann, fasste sich an die Brust und schlug nieder. Ein Leutnant schrie:„Weiter, weiter voran!" und riss die Soldaten mit sich fort. Immer noch flatterte die Fahne über den Köpfen der Stürmenden. Schon war die halbe Entfernung bis zur feindlichen Stellung überwunden. Plötzlich pendelte die Fahne unnatürlich hin und her, neigte sich dann ganz zur Seite und verschwand im Gewirr der Leiber. Gleich darauf stieß sie jedoch wieder in die Höhe, ein anderer hatte sie ergriffen und trug sie als Zeichen des Angriffswillens weiter voran. Da donnerten von der feindlichen Schanze zwei Kanonenschüsse. Irgendwie war es den Kaiserlichen gelungen, einige Stücke ihrer leichten Feldgeschütze heranzuschaffen. Auf kürzeste Entfernung abgefeuert, rissen sie schreckliche Lücken in die Masse der stürmenden Soldaten. Nun ging ein Stocken durch die Truppe. Als hätten die Kanonenschüsse mit einem Schlag den Angriffsgeist aus ihr herausgeblasen, drängte sie auf die eigene Schanze zurück.

Rantzaus Befehl trieb die zweite Kompanie nach vorn über den Wall der Schanze. Ihre Masse zwang auch die Weichenden wieder zur Umkehr. Der Danebrog schwankte wieder auf den Feind zu.

Ungeachtet der immer wieder niederstürzenden Musketiere näherte sich die Truppe zusehends der kaiserlichen Stellung. Fast war sie erreicht, da schlugen wieder krachend zwei Kanonenschüsse in die gedrängte Menge. Bevor das Wanken der Musketiere erneut zu einem Zurückgehen umschlagen konnte, befahl v. Rantzau schon der nächsten Kompanie, über den Wall vorzugehen und den Angriff weiter voranzutreiben. Den kaiserlichen Kanonieren fehlte jetzt die Zeit, um ihre Kanonen wieder nachzuladen. Schon kletterten die Vordersten der Stürmenden die Stellung hinan und auf dem Wall begann das Handgemenge.

In der Ferne, im Südwesten, tauchten kaiserliche Fahnen auf und kündigten das Nahen von Verstärkungen für die Angegriffenen an.

Rantzau zögerte, ob er schon jetzt die letzte noch in Reserve stehende Kompanie einsetzen sollte, um die Erstürmung der feindlichen Stellung zu beschleunigen. Da ertönte im Südosten helles Trompetengeschmetter. An der umkämpften Schanze schien plötzlich der Gegendruck von den Angreifern genommen. Sichtlich schneller drangen sie nun in die Stellung ein. Beckenschläger erkannte sofort den Grund für diese Veränderung. Gerade noch im rechten Augenblick war Kapitän Ohlsen mit seinen Dragoner-Musketieren im Rücken der Kaiserlichen aufgetaucht. Dem Anblick der hinter ihnen zur Attacke herangaloppierenden Reiter vermochten die Verteidiger der Schanzen – zugleich von vorn schwer bedrängt – nicht standzuhalten. Alles drängte nun nach Südwesten hin fort aus der Stellung, den eigenen Verstärkungen entgegen.

Ohlsens Dragoner hieben mit ihren schweren Säbeln noch etliche der Fliehenden nieder, verzichteten aber auf eine regelrechte Verfolgung. Bald darauf waren sie mit den Fußtruppen auf der eroberten kaiserlichen Schanze vereinigt.

Oberst v. Rantzau schwankte einen Augenblick in seinem Entschluss, ob er entgegen seiner ursprünglichen Absicht nicht doch die gerade glücklich genommene Schanze halten und in seinen Verteidigungsring einbeziehen sollte. Er begab sich zunächst mit seinem Stab nach vorn in die eroberte Stellung und begrüßte Kapitän Ohlsen.

Die von Südwesten heranrückenden Kaiserlichen – es handelte sich um mehrere Kompanien – nahmen jetzt zunächst eine Angriffsformation ein. Offenbar waren ihre Führer aber noch unschlüssig, ob sie sofort zum Gegenangriff übergehen sollten. Da gab Marquard v. Rantzau den Befehl an seine Truppen, in die Ausgangsstellung zurückzugehen, natürlich unter Mitnahme der beiden feindlichen Feldgeschütze. Nach kurzem Zögern war der Oberst zu dieser Entscheidung gekommen, weil eine Verteidigung des eben eroberten Werkes jedenfalls beträchtliche weitere Verluste gekostet hätte. Anders als die eigene Schanze, die nur über den schmalen Straßendamm durch den Rhin zu erreichen war, war die kaiserliche Stellung in ihrer ganzen Breite nach Süden hin einem feindlichen Angriff ausgesetzt.

Im Hinblick darauf, dass der Hauptangriff am 15. Juli nach Osten hin durchgeführt werden sollte und dann alle Kräfte erfordern würde, schien die Behauptung dieser Schanze unter erschwerten Bedingungen nur wegen des Geländegewinns von einigen tausend Schritten nicht gerechtfertigt.

Natürlich wäre die eroberte Schanze wertvoll als Brückenkopf für ein späteres, größeres Unternehmen nach Süden hin gewesen. Aber v. Rantzau entschied, dass er bei seinen begrenzten Kräften nicht alles auf einmal haben könne. So, wie sie bisher durchgeführt war, hatte die Aktion ihren Zweck als begrenztes Störmanöver im Rahmen des Gesamtplans hinreichend erfüllt.

Es waren insgesamt wohl drei Stunden seit Beginn der Kanonade am Morgen vergangen, als die Musketiere und Dragoner-Musketiere die eben eroberte Schanze wieder räumten und in langem Zug auf dem Rhindamm in die Festung zurückmarschierten. Dabei wurde hier und da auch Murren in den Reihen laut, denn den einfachen Soldaten war nicht ohne weiteres verständlich, dass die soeben erbrachten Opfer scheinbar umsonst gewesen sein sollten.

VII.

Der Morgen des 15. Juli 1628 graute. Der Himmel über der Festung und den Marschen war bedeckt, es wehte ein leichter kühler Wind von Osten.

Auf dem großen Marktplatz waren die Truppen angetreten, die an dem Durchbruch nach Krempe teilnehmen sollten. Zwölf Kompanien Musketiere hatten bereits Aufstellung genommen, dazu ritten Ohlsens Dragoner-Musketiere an. Insgesamt waren es wohl an die zweitausend Mann. Es kam nun Bewegung in einige der Kompanieblöcke. Sie formierten sich zu Marschkolonnen und rückten über die Hauptstraße der Festung ab nach Osten zum Kremper Tor und weiter hinaus über den Festungsgraben in die vorgeschobene Schanze.

Oberst v. Rantzau hielt mit den Offizieren seines Stabes noch hoch zu Ross auf dem Platz und beobachtete den Abmarsch der Truppen. Als sie am frühen Morgen das Kommandantenhaus verlassen hatten, hatte er Beckenschläger kurz gesagt, dass er den Vorstoß persönlich führen wolle, um sich dann mit dem Oberstleutnant v. Ahlefeldt in der großen kaiserlichen Redoute zwischen Glückstadt und Krempe zu treffen. Der Fähnrich solle sich nur in seiner Nähe halten.

Der große Zeiger der Uhr am Kirchturm stand kurz vor zwölf, es waren nur noch Minuten bis 7:00 Uhr.

Auf ein Zeichen des Obersten setzten sich die Reiter seiner Begleitung in Bewegung und trabten an den marschierenden Kolonnen vorbei aus der Festung hinaus in die Schanze. Dann donnerte von der Nordbastion ein einzelner Kanonenschuss – das mit Krempe vereinbarte Zeichen für den Beginn des Angriffs.

Während Beckenschläger im Gefolge seines Obersten auf der Schanze vor dem Kremper Tor Kompanie um Kompanie an sich vorüberziehen ließ, ging ihm der Plan durch den Kopf, den v. Rantzau beim Kriegsrat am vergangenen Abend festgelegt hatte. Die beiden kleinen Riegelstellungen an der Straße vor der großen Redoute sollten im ersten massiven Ansturm genommen werden. Dabei hatten die Dragoner-Musketiere den Auftrag, in zwei Abteilungen flankierend rechts und links der Straße vorzugehen. Ihre Aufgabe war dabei einmal die Sicherung des Vormarsches gegen Störungen von der Seite. Vor allem aber hatten sie bei den Angriffen der Musketiere auf die vorgeschobenen Stellungen deren Besatzungen – zur Straße hin konzentrisch einschwenkend – im Rücken zu fassen.

Die Hauptredoute war in ihrer Länge zu ausgedehnt, als dass sich bei den verhältnismäßig geringen Kräften, die v. Rantzau zur Verfügung hatte, ein Angriff auf breiter Front oder gar eine Umklammerung angeboten hätte.

Der entscheidende Angriff sollte vielmehr auf einer schmalen Basis ins Zentrum der Redoute geführt werden. Um den Feind vorher zu verwirren, hatte sich v. Rantzau allerdings folgendes ausgedacht: Sobald die Spitze seiner Kolonne hinter dem zweiten Sperrriegel in Sichtweite der Redoute stand, sollten die Kompanien in ständigem Wechsel nach links und nach rechts die Straße verlassen und über das freie Feld in zwei Marschsäulen wie die geöffneten Schenkel einer Schere auf die Außenbastionen der Redoute zustreben.

Dieser Vormarsch sollte bei den Kaiserlichen den Eindruck erwecken, dass er die Sperrstellung an den beiden Flanken gleichzeitig angreifen wolle und den Feind zur Verteilung seiner Truppen auf diese beiden Außenpositionen verleiten. Aus der auseinanderstrebend vorrückenden Bewegung sollten die Truppen dann entgegengesetzt wieder zum Zentrum hin zusammenschließen, um nun mit geballter Kraft in die Wallanlage einzubrechen. All dies sollte dann gleichzeitig der entsprechende Angriff im Osten von Krempe aus ergänzen und so zum Durchbruch führen.

VIII.

Nach kurzer Zeit bereits wurde Gefechtslärm im Osten laut. Oberst v. Rantzau setzte sein Pferd in Trab, sein Stab folgte ihm nach.

Bisher hatte gerade die Hälfte der für die Unternehmung vorgesehenen Truppen die Schanze vor dem Kremper Tor durchquert. Es konnte also gerade erst die Spitzenkompanie in den Kampf verwickelt sein.

Das Gefolge des Festungskommandanten überholte auf der Straße nach Krempe eine vorrückende Einheit nach der anderen. Dann erkannte Beckenschläger, dass tatsächlich erst zwei Kompanien auf der Straße und beiderseits daneben im Vorgehen auf den ersten Sperrriegel begriffen waren. Im Prinzip glich die Art des Vorgehens dem des Störangriffs an derselben Stelle vor einigen Tagen. Allerdings geschah alles auf schmalerer Front, dafür aber mit sichtlich größerem Nachdruck. Obwohl hier und dort im feindlichen Feuer Musketiere zu Boden sanken, näherte sich die Truppe zusehends der Schanze.

In diesem Augenblick sah Beckenschläger, dass die Dragoner-Musketiere, die in weiterem Abstand links und rechts über das Feld schon seitlich der Sperrschanze vorgeritten waren, einschwenkten und schräg von hinten Front zur Schanze machten. Sie formierten sich zu drei Treffen, dann schmetterten die Trompeten das Angriffssignal und mit donnernden Hufen jagten die Pferde auf den Rücken der Verteidiger zu. Durch das Trompetengeschmetter aufmerksam geworden, wandten sich einige der Kaiserlichen von dem Geschehen vor sich ab und blickten nach hinten. Als sie dann die Front säbelschwingender Reiter auf sich zudonnern sahen, verließ sie aller Mut. Sie sprangen von ihren Posten herab, warfen wohl sogar die Musketen fort und rannten kreuz und quer in verschiedene Richtungen, jeder dorthin, wo er ein Entkommen gerade noch für möglich hielt.

Sobald die angreifenden Musketiere der Festungsbesatzung erkannten, dass die Schanze in aller Hast vom Feind verlassen wurde, drangen sie noch eiliger vor, und in kürzester Zeit wehte der Danebrog über der eroberten Stellung.

Alles war so schnell gegangen, dass sich nur die ersten beiden Kompanien zum Angriff entwickelt hatten. Gerade wollte sich die nächstfolgende Einheit beiderseits der Straße ausbreiten, da ritt v. Rantzau selbst auf den Hauptmann zu und wies ihn energisch an, die Marschordnung einzuhalten oder jedenfalls unverzüglich wieder einzunehmen.

Ohne recht zum Halt gekommen zu sein, setzte die Trappe sogleich ihren Marsch über die gerade eingenommene Stellung fort und ohne Unterbrechung folgte nun Kompanie auf Kompanie. Die beiden ersten Einheiten sammelten sich inzwischen am Rande der Straße, ließen ihre Kameraden vorbeiziehen und schlossen sich dann am Ende der Kolonne wieder an. Auch Oberst v. Rantzau hatte sich mit seiner Begleitung wieder in Bewegung gesetzt, auf den zweiten Sperrriegel zu. Im Hintergrund wurde bereits die Wallanlage der großen kaiserlichen Redoute sichtbar. Mächtig lagen an beiden Enden die Eckbastionen auf dem flachen Land.

Abgehacktes Trompetensignal ertönte da vom großen Sperrfort her. Beckenschläger sah, dass die Kaiserlichen vor ihm in der zweiten Riegelstellung in geordneter Formation aufbrachen und geschlossen zurück in die Hauptanlage strebten. Bald darauf zügelte Oberst v. Rantzau sein Pferd auf der soeben geräumten zweiten Sperranlage.

Beckenschläger überlegte, dass es sicher nicht Feigheit gewesen war, die den Befehlshaber der großen Redoute veranlasst hatte, den kleinen Außenposten kampflos zu räumen. Er hatte wohl erkannt, dass hier ein größer angelegter Angriff auf das Realfort selbst im Gange war, und dass es sinnlos sein würde, die Besatzung des Vorpostens zu opfern. Wahrscheinlich, so dachte der Fähnrich, rückte ja auch bereits von Osten die Besatzung aus Krempe an.

Die Entfernung zur großen Redoute mochte von der zweiten Sperranlage noch eine viertel Meile betragen. Oberst v. Rantzau befahl dem Hauptmann der nun an erster Stelle marschierenden Kompanie, sich auf und beiderseits der Straße in Gefechtsordnung aufzustellen. Sodann schickte er einen Leutnant aus seinem Stab zurück, um die nachfolgenden Einheiten einzuweisen. Die Kompanien verließen nun abwechselnd immer eine nach rechts und eine nach links die Straße und marschierten in Angriffsblöcken schräg vom Zentrum fortstrebend auf die Eckbastionen der Redoute zu, wie auf den Schenkeln einer weit geöffneten Schere.

Als die Spitze der beiden Marschsäulen etwa die Hälfte des Wegs zu den Bastionen zurückgelegt hatten, ließ v. Rantzau die mittlere Kompanie auf der Straße und unmittelbar an beiden Seiten daneben langsam vorrücken.

Inzwischen befanden sich links und rechts je fünf Kompanieblöcke im Vormarsch auf die Eckbastionen der feindlichen Befestigungsanlage. Dumpf schlugen vor jedem Block die Trommeln den Takt und die Fahnen und Feldzeichen wehten im Morgenwind. Die letzte, die zwölfte Kompanie hatte den Befehl erhalten, auf der Straße zu bleiben und schloß nun im Eilschritt auf die erste Kompanie im Zentrum auf.

Oberst v. Rantzau erteilte jetzt eine Reihe von Befehlen an die Offiziere seiner Umgebung. Reiter jagten mit den Orders zu den Kompanien der geöffneten Schere. Gleichzeitig beschleunigte die erste Kompanie im Zentrum ihr bisher langsames Vorgehen und fiel in Sturmschritt.

Beckenschläger sah, dass die Kompanieblöcke auf den beiden Flügeln jetzt plötzlich ihre Richtung fast im rechten Winkel änderten und wieder auf das Zentrum zurückten. Es bildete sich so mit einem Mal ein Angriffskeil, dessen Spitze auf die Mitte der feindlichen Wallanlage zielte. Die Zentrumskompanie war inzwischen auf Musketenschussweite herangekommen. Wieder begann die bekannte Art des Vorgehens, der Wechsel zwischen dem Abfeuern einer Salve des ersten Treffens, dann Vorrücken des zweiten, wieder eine Salve, Vorrücken des dritten Treffens und so weiter. Alles schien sich nur schneller und konzentrierter als bei den früheren Störaktionen abzuspielen.

Nun aber blitzten auch Salven auf dem Wall auf. Dauerndes Krachen erfüllte die Luft und Schwaden von Pulverqualm schwebten über das Feld. Dann und wann dröhnte der Donner leichterer Feldgeschütze von der Redoute. Lücken wurden in die Reihen der Angreifenden gerissen und schlossen sich wieder durch nachrückende Musketiere. Die von den Flügeln her der Mitte konzentrisch zustrebenden Kompanieblöcke lieferten trotz der eintretenden Verluste fortlaufend neue Kraft. Schon hatte die vorderste Linie den Wall erreicht. Erste Musketiere kletterten den Erdwall hinauf zur Brustwehr. Auf kürzeste Entfernung krachten ihnen Schüsse entgegen und warfen ihre Leiber auf die Nachrückenden zurück. Es kam nun doch ein Stocken in den Angriffsschwung der vordersten Kompanie, aber von beiden Seite drückten die nachfolgenden Einheiten des Angriffskeils voran.

Oberst v. Rantzau ritt näher an das Zentrum, befand sich selbst schon in Musketenreichweite der kaiserlichen Truppen. Da winkte er Beckenschläger zu sich heran.

„Fähnrich, reitet im Bogen um die Schanzen herum und seht nach, wie weit Oberstleutnant v. Ahlefeldt herangekommen ist. Sagt ihm notfalls, dass ich zur Eile drängen muss. Kommt so schnell wie möglich mit Eurem Bericht zurück." Beckenschläger grüßte verstehend, riss sein Pferd herum und jagte in gestrecktem Galopp über das Feld davon.

Die Angriffssäule zur Linken durchbrach er zwischen zwei Kompanieblöcken und strebte dann seitlich zum Wall der Redoute, aber in gehörigem Abstand, zunächst nach Norden und dann um die äußere Eckbastion herum nach Osten. Hier und da krachten ihm Schüsse verlorener Vorposten oder versprengter kaiserlicher Musketiere nach. Dann sah Beckenschläger die Wälle von Krempe vor sich.

Nur vielleicht tausend Schritt vor dem Borsflether Tor war offensichtlich ein heftiger Kampf entbrannt. Gewehrgeknatter lag in der Luft. Menschenmassen wogten hin und her, über ihren Köpfen blitzten Klingen von Degen und Säbeln, hier und da ragten die langen Lanzen der Pikeniere aus dem Gewühl und auch mehrere bunte Fahnen flatterten über dem Ganzen.

Beckenschläger lenkte sein Pferd bis dicht unter die Wälle von Krempe und dann südlich an der Festungsanlage entlang bis hinter die kämpfenden Truppen zum Borsflether Tor. Dort erkannte der Fähnrich auf dem Wall den Oberstleutnant v. Ahlefeldt, der das Getümmel auf dem Felde vor sich im Kreise einiger Offiziere beobachtete.

Beckenschläger galoppierte durch das Tor, sprang vom Pferd und eilte den Wall hinauf zum Kommandanten von Krempe. Er grüßte und begann, vom scharfen Ritt außer Atem:

„Mich schickt Oberst v. Rantzau von der anderen Seite der Redoute. Er wartet dringend auf den Einbruch Eurer Truppen von dieser Seite aus."

„Wie Ihr selbst seht, hat sich unser Vorstoß im Augenblick etwas festgelaufen!" antwortete der Oberstleutnant und wies auf das Kampfgetümmel im Vorfeld.

Beckenschläger war einigermaßen enttäuscht über die geringen Fortschritte, die die Kremper bisher gemacht hatten. „Unsere Truppen waren gerade dabei, über den Wall zu steigen, als der Oberst mich fortschickte", sagte Beckenschläger mit etwas gereizter Stimme. „Wir dachten, Ihr wäret ebenfalls schon bis an den Wall an dieser Seite vorgedrungen. Der Plan beruhte doch wesentlich mit darauf, dass Ihr wegen der kürzeren Entfernung eher herankommen könntet und den Feind nach Osten hin binden würdet." „Warum habt Ihr denn nicht den verabredeten Kanonenschuss abgegeben? Dass Euer Vorstoß bereits im Gange war, haben wir erst durch den Gefechtslärm an der Redoute bemerkt", lautete die Entgegnung. „Aber ich habe doch selbst pünktlich um 7:00 Uhr den Schuss gehört." Oberstleutnant v. Ahlefeldt meinte: „Das verstehe ich nicht."

Dann aber kam ihm die Erleuchtung: „Der Wind! Wir haben nicht berücksichtigt, dass heute Ostwind ist. Der Donner des Schusses ist nicht bis zu uns vorgedrungen." „Glaubt Ihr, dass ihr noch den Durchbruch bis zur Redoute schafft?" fragte der Fähnrich nun besorgt. Oberstleutnant v. Ahlefeldt zögerte etwas. „Seht selbst, wir haben uns festgebissen. Ich habe bisher da draußen um die tausend Mann im Einsatz. Der Feind hat uns einen mindestens gleichstarken Verband aus der Redoute entgegengeschickt." „Könnt Ihr noch Reserven einsetzen?"

„Ich habe noch etwa siebenhundert Mann in der Festung. Wenn ich die einsetze und der Durchbruch trotzdem nicht gelingt, kann ich gleich kapitulieren." Was soll ich dem Obersten v. Rantzau meiden?" fragte Beckenschläger und ahnte schon, dass die Antwort nicht erfreulich sein würde. „Ich kann es einfach nicht riskieren, noch weitere Truppen einzusetzen. Meldet Herrn v. Rantzau, dass ich das Gefecht dort draußen noch eine Weile im Gange halten werde, um Euren Rückzug aus der Redoute nicht zu gefährden. Spätestens in einer Stunde werde ich aber die Aktion abbrechen müssen."

Dem Fähnrich stand die Enttäuschung offensichtlich ins Gesicht geschrieben. „Es tut mir ja selbst leid", meinte v. Ahlefeldt und wie um dem jungen Mann noch einen kleinen Trost mitzugeben, fügte er hinzu: „Sollten Eure Truppen allerdings aus eigener Kraft quer durch die Redoute bis zum diesseitigen Wall durchdringen, dann würde auch ich noch einige hundert Mann für eine letzte Kraftanstrengung in den Kampf werfen. Aber wie gesagt, Eure Fahne müsste spätestens in einer Stunde auf dieser Seite der Wallanlage wehen."

Beckenschläger grüßte, sprang auf sein Pferd und jagte auf demselben Weg zurück, auf dem er gekommen war. Schon von weitem erkannte er, dass es den Truppen aus Glückstadt zumindest gelungen war, den Wall zu ersteigen. Über der nach Glückstadt gerichteten Seite der Redoute flatterte nämlich der Danebrog im Wind.

Der Fähnrich hatte bald die Einbruchsstelle erreicht und fand den Obersten v. Rantzau hoch oben auf dem Wall stehen. Als Beckenschläger zu ihm hochgestiegen war, stellte er fest, dass sich die eigenen Truppen bereits in das Innere der Redoute ergossen hatten. Es war hier eine regelrechte kleine Stadt aus Zelten entstanden. In den Gassen wogte der Nahkampf – vorwiegend mit der blanken Waffe geführt – hin und her.

Des Obersten Aufmerksamkeit war ganz durch das Geschehen im Lager in Anspruch genommen, sodass er den Fähnrich erst bemerkte, als dieser unmittelbar neben ihm stand. „Was macht v. Ahlefeldt?" fragte er kurz angebunden. „Der Oberstleutnant lässt melden, dass er nicht aus eigener Kraft auf der anderen Seite bis zur Redoute vordringen kann." berichtete Beckenschläger. „Von meinem Wegreiten aus Krempe an gerechnet will er das Gefecht auf seiner Seite noch höchstens eine Stunde aufrechthalten, um unseren Rückzug zu decken. Er fügte noch hinzu, dass er nur dann weitere Reserven aus Krempe einsetzen werde, wenn wir – ebenfalls binnen einer Stunde – bis zur anderen Seite der Redoute vordringen. Unser Signal bei Beginn der Unternehmung hat er übrigens nicht gehört." Das Gesicht des Obersten v. Rantzau verdüsterte sich.

„Wir haben jetzt schon zu viel Leute verloren. Ich habe nur durchgehalten, weil ich jeden Augenblick den Einbruch der Kremper auf der anderen Seite erwartet habe." Er schwieg eine Weile und war dann zu seinem Entschluss gekommen. „Es hilft nichts, wir müssen zurück. Ich kann nicht riskieren, hier zwei Drittel der Festungsbesatzung zu opfern."

Einem der Offiziere seines Stabes rief er zu: „Lasst Feuer im Lager legen und gebt den Befehl zum Rückzug."

Bald züngelten innerhalb der Redoute erste Flammen aus den Zelten auf. Offene Feuerstellen mussten ja für die Lunten der Kanonen in Gang gehalten werden. Auch mochten hier und da noch Kochfeuer gebrannt haben. Dann schmetterten die Trompeten die Signale zum Rückzug. Wenig später lösten sich unten in den Gassen die Musketiere aus Glückstadt von ihren Gegnern, strömten über den Wall auf das Vorfeld zurück und formierten sich draußen zu Marschkolonnen, die sich alsbald nach Westen in Bewegung setzten.

Die kaiserlichen Soldaten waren offenbar zu ermattet vom Kampf, um ihnen nachzusetzen. Auch sahen es viele wohl als vordringlich an, ihre Habe aus den brennenden Zelten zu bergen. Als Beckenschläger auf dem Marsch nach Glückstadt den Blick nach hinten wandte, sah er Wolken dichten, schwarzen Rauchs in den Himmel quellen.

IX.

Am frühen Nachmittag des 15. Juli 1628 hatte der Festungskommandant von Glückstadt die Kompaniechefs, die an dem Unternehmen des Vormittags teilgenommen hatten, in seinem Arbeitszimmer versammelt.

Es herrschte eine einigermaßen gedrückte Stimmung, da das eigentliche Ziel, der Durchbruch nach Krempe, nicht gelungen war. Auch mischte sich Verärgerung über das vermeintliche Versagen der Kremper Truppen in die Gespräche. Marquardt v. Rantzau verschaffte sich Gehör.

„Meine Herren, bitte gebt Ruhe! Wenn auch der Durchbruch und die Vereinigung mit den Truppen aus Krempe nicht gelungen ist, so meine ich doch, dass wir keinen Grund haben, die Köpfe hängen zu lassen."

Das Stimmengewirr wurde leiser, verstummte dann ganz, und die Blicke der Offiziere wandten sich dem Kommandanten zu. „Zunächst einmal dürfen wir nicht zu streng mit unseren Kameraden aus Krempe ins Gericht gehen. Mein Fähnrich hier war während des Kampfes um die Redoute bei Herrn v. Ahlefeldt. Wenn die Kremper verspätet angetreten sind, so einfach deshalb, weil sie den Signalschuss zu Beginn des Unternehmens wegen des Ostwinds nicht gehört haben. Dieser Umstand ist zwar bedauerlich, kann ihnen aber wohl nicht als Verschulden angerechnet werden. Nachdem sie dann bemerkt hatten, dass wir schon vor der Redoute standen, sind die Kremper sogleich aus ihrer Festung ausgerückt und haben starke feindliche Kräfte in ein Gefecht verwickelt. Wahrscheinlich ist das Gelingen unseres eigenen Einbruchs in die Redoute zu einem guten Teil erst dadurch ermöglicht worden, dass der Feind in erheblichem Umfang Truppen von der Westseite abziehen und den Krempern entgegenwerfen musste."

Nun wurden doch Stimmen laut, die sich zugunsten der Kremper Besatzung äußerten. „Meine Herren", fuhr der Oberst fort, „wir wollen einmal festhalten, dass es uns immerhin gelungen ist, in die kaiserlichen Stellungen einzudringen und dort jedenfalls ganz erheblichen Schaden anzurichten. Überhaupt meine ich, dass erst die nächsten Tage zeigen werden, ob der Feind angesichts der erlittenen Verluste an Menschen und Material überhaupt in der Lage ist, die Sperre zwischen den beiden Festungen in dem bisherigen Umfang aufrechtzuerhalten.

So gesehen ist es also noch völlig offen, ob unser Unternehmen heute im letzten Ergebnis nicht doch ein Erfolg war." Es war unverkennbar, dass die Stimmung der Offiziere sich angesichts der Äußerungen ihres Obersten deutlich besserte.

Marquard v. Rantzau hakte auch sofort nach: „Wir dürfen ja nicht vergessen, dass Aldringen und Conti bisher schon erhebliche Schwierigkeiten mit ihrem Nachschub zu haben scheinen, während unsere Versorgung ungehindert über den Seeweg ihren Fortgang nimmt. Gerade dieser Weg über See ist dem Feind für seine Zwecke ja ganz verschlossen.

Dass unsere Truppen aus Glückstadt alle Erwartungen an ihre Einsatzbereitschaft und ihren Kampfgeist voll erfüllt haben, brauche ich wohl nicht besonders zu erwähnen", schloss der Oberst zunächst seine Ausführungen. In diesem Augenblick betrat Kapitän Ohlsen den Raum.

„Ah, Herr Kapitän", empfing ihn der Kommandant. „Was tut sich draußen bei unseren Herren Feinden?" Im Gegensatz zu den Fußtruppen, die nach dem Rückzug aus der Redoute unverzüglich in die Festung zurückgekehrt waren, hatte v. Rantzau die Dragoner-Musketiere zunächst im freien Gelände gelassen, damit sie etwaige Bewegungen beim Feind beobachteten. „Es hat den Anschein, dass die Kaiserlichen die Redoute aufgeben wollen", meldete der Kapitän.

„Jedenfalls war festzustellen, dass bereits mehrere Einheiten nach Süden abgezogen sind. Das Lager in der Redoute scheint zu einem großen Teil niedergebrannt zu sein." „Sicherlich fehlen Aldringen jetzt die Vorräte, um einen größeren Truppenverband in der Redoute zusammenzuhalten", überlegte v. Rantzau.

„Wir haben also wenigstens einen bedeutenden Teilerfolg gehabt. Kapitän Ohlsen, lasst morgen früh durch Patrouillen feststellen, ob die Straße nach Krempe für einen Transport mit stärkerer Begleitung passierbar ist. Offenbar sind wir auf dem richtigen Weg, wenn wir dem Feind möglichst großen Schaden bei seinen Versorgungsgütern zufügen.

Meine Herren, stellt Euch darauf ein, dass wir demnächst wieder ein größeres Unternehmen durchführen. Mir schwebt da ein Angriff auf Aldringens Hauptquartier in Kollmar vor. Nähere Einzelheiten werde ich Euch noch mitteilen."

Damit schien die Besprechung beendet. Die Offiziere verabschiedeten sich und verließen zwar abgespannt, aber doch moralisch wieder recht aufgerichtet, das Haus des Kommandanten.

X.

Die Erkundungen der Dragoner-Musketiere am nächsten Morgen ergaben, dass zwar tatsächlich ein Teil der kaiserlichen Truppen – wahrscheinlich sogar der größere – aus der Redoute abgezogen war. Immerhin waren die Patrouillen aber bei ihrer Annäherung an die Sperre noch von heftigem Musketenfeuer empfangen worden.

Oberst v. Rantzau kam nach diesen Erfahrungen zu dem Schluss, dass im Augenblick ein Durchbruch mit Nachschub nach Krempe doch wieder eine erhebliche militärische Kraftanstrengung erfordern würde.

Zumal der Plan eines Großangriffs im Süden mehr und mehr Gestalt annahm, beschloss er deshalb, nach Osten zunächst Ruhe zu geben. So vergingen die folgenden Tage im Einerlei des Festungslebens.

Beckenschläger nahm wieder in vollem Umfang die Aufgaben des persönlichen Adjutanten des Festungskommandanten wahr. Dies ließ ihn seine Hand unmittelbar am Puls des Geschehens haben, zumal v. Rantzau ja an der ihm lieb gewordenen Gewohnheit festhielt, seine Überlegungen in Form von Monologen gegenüber dem Fähnrich als mehr oder weniger schweigsamem Zuhörer darzulegen. Nach dem als halbem Erfolg verbuchten Vorstoß gegen die große kaiserliche Redoute zwischen Glückstadt und Krempe war die allgemeine Situation jedenfalls der Elbfestung selbst nicht eben als kritisch zu bezeichnen. Es blieb allerdings die Versorgung der Schwesterfestung Krempe ein dringendes und bisher nicht gelöstes Problem.

Der Nachschub nach Glückstadt lief dagegen nach wie vor reibungslos. Im Gegenteil hatte sich die Situation Dänemarks auf der Elbe gegenüber dem Vorjahr erheblich verbessert, seitdem im Frühjahr Kapitän Wind mit den Orlogschiffen ‚Hummeren‘, ‚Havhesten‘ und ‚Naskov‘ zur Elbe gesandt war und dort nun das kleine Geschwader des Kapitän Kruse verstärkte. Ebenso wie einige zusätzlich hin und wieder auf der Elbe erscheinende dänische Fregatten und niederländische sowie englische Kriegsschiffe brachten auch die Schiffe der Kapitäne Wind und Kruse fortlaufend im Raum der Niederelbe und der Elbmündung gekaperte Handelsschiffe in den Hafen von Glückstadt als Prisen ein. Der Kaperkrieg erstreckte sich im Sommer des Jahres 1628 auf alle Schiffe, die keinen dänischen, holländischen, englischen, französischen oder schwedischen Pass aufweisen konnten.

Im Hinblick auf die gesicherte Nachschubfrage fiel es auch nicht so sehr ins Gewicht, dass unmittelbar nach dem Abschluss des Unternehmens vom 15. Juli 1628 Oberst Morgen sich mit dem Rest der Besatzung von Stade zur Abfahrt nach England einschiffte.

Die Gedanken des Obersten v. Rantzau waren in diesen Tagen vornehmlich mit dem geplanten Angriff auf das kaiserliche Lager bei Kollmar beschäftigt. „Es muss wieder ein Überraschungsangriff werden, damit der Erfolg durchschlagend wird“, überlegte der Kommandant laut, während er – die Hände auf dem Rücken verschränkt – in seinem Arbeitszimmer auf und nieder schritt, hin und wieder auch stehen blieb und nachdenklich zum Fenster hinaussah.

„Die Überraschung wird einmal im Zeitpunkt liegen müssen. Nach dem großen Vorstoß auf die Redoute wird Aldringen nicht so bald mit einem neuen Angriff rechnen. Wir müssen deshalb schon in den nächsten Tagen angreifen.“

Oberst v. Rantzau blieb stehen und sah Beckenschläger an, als erwarte er eine Zustimmung. Dieser war sich jedoch nicht sicher, ob er den

Gedankenfluss seines Obersten unterbrechen sollte und nickte deshalb nur mit dem Kopf.

„Zweitens", fuhr v. Rantzau auch schon fort, „muss die Überraschung im Ort der Aktion liegen. Der Weg nach Kollmar ist etwa gleich weit wie der nach Krempe. Die Schwierigkeiten liegen für uns einmal in der Überwindung der kaiserlichen Schanze an der Straße nach Süden jenseits des Rhinflusses. Außerdem wird unsere Truppe während des Marsches nach Süden in der Flanke aus dem Osten bedroht sein. Die noch in der Redoute vor Krempe verbliebene Besatzung und die übrigen feindlichen Stützpunkte im Südosten müssen deshalb von unserem Marsch nach Kollmar abgelenkt werden."

Wieder hielt der Oberst in seinen Überlegungen inne. Jetzt meinte Beckenschläger allerdings, einen Einwurf machen zu dürfen. „Sollten wir dann nicht die Aktion mit einem Scheinangriff auf die große Redoute beginnen, mit nachhaltiger Unterstützung aus Krempe?" Oberst v. Rantzau nickte. „Ja, das scheint mir genau das Richtige zu sein. Herr v. Ahlefeldt mag dabei für seinen Teil sogar ernsthaft versuchen, in die Redoute einzudringen. Gelingt ihm das, so ist es umso besser. Auf jeden Fall werden dort aber feindliche Kräfte gebunden, eventuell sogar weitere Verstärkungen der Kaiserlichen vom eigentlichen Schwerpunkt des Unternehmens fortgezogen." „Darf ich noch einen Vorschlag machen?" fragte der Fähnrich. „Nur zu!" „Unser Scheinvorstoß nach Osten sollte auf dem rechten Flügel von Kapitän Ohlsens Reiterei abgedeckt werden. Wenn etwa der halbe Weg bis zur großen Redoute zurückgelegt ist, müssten dann die Dragoner-Musketiere nach Süden einschwenken und der kaiserlichen Schanze vor dem Ausgang des Rhindamms in den Rücken fallen." „Gut, das wäre dann insoweit ja eine Wiederholung des Störangriffs, den wir vor einigen Tagen in diese Richtung durchgeführt haben." Beckenschläger nickte und meinte: „Wer soll denn Herrn v. Ahlefeldt unterrichten?"

„Immer wer fragt", sagte v. Rantzau vergnügt. „Ihr seid ja schon Experte darin, Euch nach Krempe durchzuschlagen. Nehmt Euch meinethalben wieder den Feldwebel Harms mit."

„Nach einigem Überlegen kam Oberst v. Rantzau dann zu dem Entschluss, dass der Angriff auf das Lager bei Kollmar in zwei Tagen, also am 25. Juli 1628 durchgeführt werden sollte.

Beckenschläger erhielt danach den Auftrag, sich noch am Abend auf den Weg nach Krempe zu machen und umgehend am kommenden Morgen zurückzukehren.

XI.

Es war morgens um 6:00 Uhr am 25. Juli 1628. Ein strahlend blauer Himmel versprach einen herrlichen Sommertag. Soweit sie nicht zum Wachdienst auf den Wällen eingeteilt war, war die gesamte Besatzung der Festung Glückstadt auf dem Marktplatz angetreten.

Marquard v. Rantzau hielt vor der Front der Truppe eine kurze Ansprache, in der er lobend zur Einleitung auf ihre Tapferkeit während der letzten Unternehmungen zurückkam, ihnen in knappen Worten das Ziel des heutigen Ausbruchs darlegte und schließlich seine Erwartung aussprach, er werde sich auch diesmal wieder auf den Mut und die Zuverlässigkeit der Soldaten verlassen können.

Dann setzten sich die ersten vier Kompanien in Bewegung auf das Kremper Tor zu, gefolgt von der Schwadron der Dragoner-Musketiere.

Der Oberst ritt mit seinem Stab auf die Ostbastion, während die restlichen Kompanien – es war das Gros der Truppen – auf dem Marktplatz blieben, dort allerdings bequeme Haltung einnehmen durften.

„Hoffentlich kommt v. Ahlefeldt nicht wieder zu spät", meinte v. Rantzau, während er den nach Osten abziehenden Truppen nachschaute. Beckenschläger dachte für sich, dass diese Gefahr am heutigen Tage wohl nicht bestehe, da ja diesmal nicht ein Kanonenschuss das Zeichen zum Ausfall geben sollte, sonder von vornherein eine feste Uhrzeit vereinbart war. Bei seinem kurzen Besuch in Krempe vor zwei Tagen hatte der Fähnrich den Eindruck gehabt, dass Oberstleutnant v. Ahlefeldt fest entschlossen war, diesmal unbedingt rechtzeitig zur Stelle zu sein. Eine halbe Stunde später wurde im Osten Gefechtslärm laut.

„Reitet zum Marktplatz. Die Truppen sollen zum Südtor abmarschieren. Stoßt dort wieder zu mir", rief Oberst v. Rantzau seinem Fähnrich zu. Beckenschläger galoppierte sofort die Radialstraße an der Kirche vorbei zum Markt und übermittelte dort den Abmarschbefehl.

Augenblicklich setzten sich zehn Musketierkompanien die Straße am Fleth entlang nach Süden in Bewegung. Wieder schlugen die dumpfen

Trommeln zum Marschtritt den Takt und die großen Fahnen flatterten den Truppen voran. Noch während des Marsches zum Südtor erscholl von den dort und auf der vorgeschobenen Schanze aufgestellten Geschützen Kanonendonner.

Im Laufschritt verließen die Musketiere der vordersten Kompanie das vorgeschobene Werk und stürmten über den Rhindamm auf die gegenüberliegende Stellung der Kaiserlichen. Oberst v. Rantzau hatte sich inzwischen mit seinen Offizieren auf der Rhinbastion eingefunden und der Fähnrich gesellte sich wieder hinzu.

Die Kaiserlichen hatten natürlich die von den Glückstädtern bereits vor einigen Tagen schon einmal genommene, dann aber im Rahmen des Gesamtplans wieder geräumte Stellung erneut besetzt. Den Angreifenden schlug von dort heftiges Gewehr- und auch Geschützfeuer entgegen. Beckenschläger sah die ersten Musketiere fallen und musste denken, ob diese Opfer nicht überflüssig gewesen wären, wenn man die Stellung in Besitz gehalten hätte. Schon gerieten die ersten Glieder der Stürmenden ins Stocken, mochten gar an ein Zurückweichen denken. Aber eine Kompanie nach der anderen drängte über die Schanze nach und schob die Zögernden einfach durch ihre Masse wieder voran.

Da ertönte wiederum im Rücken der Kaiserlichen das Angriffssignal der Dragoner-Musketiere, wiederum schien der Widerstand der Kaiserlichen auf ihrer Stellung nachzulassen und die Masse der Kompanien aus Glückstadt ergoss sich aus dem schmalen Schlauch des Straßendamms über die feindliche Schanze hinweg ins Hinterland.

Nun setzte Oberst v. Rantzau sein Pferd in Trab und gefolgt von seinen Offizieren eilte er auf dem Damm über den Rhin den vorrückenden Truppen nach. Als man auf der eben eingenommenen Schanze angelangt war, hatten sich die vorderen Kompanien bereits wieder gesammelt und zu Marschkolonnen formiert. Die nachfolgenden hatten diese Formation gar nicht erst aufzugeben brauchen.

Unverzüglich strebten die Truppen nun bereits dem Elbdeich entlang nach Süden. Der Damm und die Schanze waren bedeckt von Gefallenen und schreienden oder stöhnenden Verwundeten beider Parteien.

Nach einer knappen Stunde Vormarsch erhoben sich im Süden die Wälle und Schanzen des kaiserlichen Lagers über die Marsch. Der Kirchturm des Dorfes Kollmar überragte die Anlage.

Oberst v. Rantzau hatte sich entschlossen, nur die Hälfte der mitgeführten Truppen, also fünf Kompanien, gegen die Nordostseite des Lagers anzusetzen. Die anderen fünf Kompanien hatten noch außerhalb der Sicht des kaiserlichen Lagers den Elbdeich überschritten und rückten an der Wasserseite des Deiches – also gegen Sicht vom Feind geschützt – gegen Kollmar vor. Ihre Aufgabe war es, überraschend von Westen her anzugreifen, sobald der Sturm von der Landseite her in vollem Gange war.

Diesen ersten Ansturm gegen die Nordostseite des Lagers führte Marquard v. Rantzau im Hinblick auf die geringe Zahl der ihm zur Verfügung stehenden Truppen wiederum auf einer schmalen Basis durch.

Ohne Aufenthalt, aus dem Marsch heraus, entfaltete sich eine Kompanie nach der anderen zur Angriffsformation und stürmte ohne Verzug auf die Wälle zu. Dort sah man eilig hinter den Brustwehren Soldaten von weniger bedrohten Stellen fort zum Zentrum des Angriffs hasten.

Musketenfeuer knatterte von den Schanzen den Soldaten aus Glückstadt entgegen und riss Lücken in die vordersten Reihen. Unerbittlich trieben die Offiziere und Unteroffiziere die Truppen weiter voran. Schon war der Fuß des Walls erreicht. Die Verteidiger erwehrten sich bereits mit der blanken Waffe oder den Kolben ihrer umgedrehten Musketen der Stürmenden. Diese krallten sich in das Erdreich und stiegen Kameraden auf die Schultern, um den Wall hinaufzugelangen. Hier und da wurden auch mitgeführte Sturmleitern angelegt, wurden aber auch immer wieder von den Verteidigern hinter der Brustwehr zurückgeworfen.

Oberst v. Rantzau stand mit seinem Stab etwas seitlich von den Sturmkolonnen. Beckenschläger glaubte zu bemerken, dass der Kommandant sichtlich ungeduldig wurde. Immer wieder blickte er verzweifelt hinüber zum Elbdeich.

Beckenschläger konnte sich vorstellen, was nun in Rantzaus Kopf vor sich ging. Sollten die Truppen jenseits des Elbdeichs wider Erwarten aufgehalten worden sein, dann musste an dieser Stelle der Angriff auf das Lager in Kürze aufgegeben werden. Der Oberst konnte unmöglich die Truppen sich hier ausbluten lassen.

In diesem Augenblick tauchten die ersten Helme über dem Deich auf. Gleich darauf ergoss sich der Strom der Kompanien über den Deich und stürmte auf die Westseite des kaiserlichen Lagers zu. Wenn überhaupt, waren dort wohl nur wenige Posten auf dem Wall zurückgeblieben. Vereinzelte Schüsse nur krachten durch das Kampfgetümmel am Nordostwall von Westen herüber.

Dann tauchte drüben, hoch über dem Lager, auch schon der rote Danebrog mit dem weißen Kreuz auf. Erst jetzt schienen die im Kampf verbissenen Verteidiger an der Landseite des Lagers zu bemerken, was in ihrem Rücken vor sich ging. Kommandorufe von kaiserlichen Offizieren versuchten, den Lärm zu übertönen und aus dem Knäuel der Verteidiger Truppen zur Abwehr der Gefahr im Rücken herauszulösen. Zwar mochte ihnen dies hier und da gelingen, im Grunde wurde das Durcheinander aber dadurch nur noch größer.

Die Musketiere, die soeben den Wall im Westen erstiegen hatten, eröffneten sofort ein geordnetes Salvenfeuer auf diejenigen kaiserlichen Soldaten, die von der einen Abwehrfront zu der anderen eilten. Gleichzeitig ließ auch der Widerstand der Kaiserlichen an der Landseite nach und an mehreren Stellen stiegen bereits Glückstädter Musketiere über die Brustwehr, bildeten zunächst auf dem Wall kleine Brückenköpfe, die sofort von nachrückenden Soldaten ausgedehnt wurden. Die Verteidiger wurden vom Wall hinab ins Lager gedrückt und bald war auch an dieser Stelle der Einbruch gelungen. Kurz darauf wurde das Lagertor von innen aufgerissen und nun ritt auch Kapitän Ohlsen mit seinen Dragoner-Musketieren in das Lager hinein.

Es dauerte nicht lange, da züngelten erste Flammen aus den Zelten, und binnen kurzer Zeit stand das ganze Lager in hellen Flammen.

Oberst v. Rantzau war mit seinem Stab außerhalb der Verschanzungen geblieben – sei es nun, weil er den Überblick über die Aktion behalten wollte, sei es, weil er es verabscheute, dem Gemetzel zuzusehen, das sich ohne Frage jetzt innerhalb der Wälle vollzog. Schreie, die gellend aus dem Lager herüberwehten, gaben hinreichend Auskunft über das Geschehen im Innern. Plötzlich kam Kapitän Ohlsen mit mehreren seiner Dragoner-Musketiere aus dem Lager zurück. Vor sich her trieben sie eine wankende Gestalt, deren Montur ehemals wohl prachtvoll gewesen war, jetzt aber alle Spuren heftigen Kampfes zeigte.

Vor dem Obersten parierte der Trupp die Pferde und der Gefangene, indem er notdürftig seine Kleider ordnete, stellte sich vor als kaiserlicher Generalwachtmeister Graf Schaumburg.

Marquard v. Rantzau begrüßte den hohen Offizier hocherfreut. Später, nach der Rückkehr in die Festung, erklärte er seinem Adjutanten, dass es sich bei dem Generalwachtmeister um einen der fähigsten Offiziere der kaiserlichen Armee handelte.

Vorerst aber sah v. Rantzau das Ziel der Unternehmung mit der völligen Zerstörung des Lagers als erreicht an. Seine Sorge war nun darauf gerichtet, seine – immerhin auch beträchtlich – angeschlagenen Truppen in die Festung zurückzuführen, bevor der Feind die Verstärkungen, insbesondere von der großen Redoute im Osten, heranführen konnte, die offensichtlich am frühen Morgen zur Abwehr der Ablenkungsangriffe von Glückstadt und Krempe dorthin vom Süden her abgezogen worden waren. Die Signale bliesen zum Sammeln und gegen Mittag erreichte der Zug der Musketiere, beladen mit Beutestücken verschiedenster Art und mit dem Grafen von Schaumburg als Gefangenen in ihrer Mitte, das Südtor der Festung Glückstadt.

Inzwischen waren die Kompanien, die am Ausfall nach Osten teilgenommen hatten, bereits zurückgekehrt. Sie hatten den kaiserlichen Truppen in der großen Redoute mehr oder weniger ein hinhaltendes Gefecht über die Dauer von mehreren Stunden geliefert, aber nicht ernsthaft versucht, in die Befestigungen einzudringen. Im Hinblick auf die geringe Zahl der von Glückstädter Seite eingesetzten Truppen war wohl auch nichts anderes zu erwarten gewesen.

Verbindung zu den Kremper Truppen hatte man nicht herstellen können. Der Gefechtslärm hatte den Glückstädtern aber gezeigt, dass auch die östliche Seite der Redoute berannt worden war.

7. Kapitel

I.

In den nächsten Tagen schickte Oberst Marquard v. Rantzau mehrfach Spähtrupps der Dragoner-Musketiere in das Vorfeld um die Festung Glückstadt herum. Es stellte sich heraus, dass die beiden großen Unternehmungen vom 15. und 25. Juli zusammengenommen ein erheblicher Erfolg gewesen waren.

Die kleineren Stützpunkte der Kaiserlichen im näheren Umfeld waren geräumt worden. Vor allem aber schien auch die große Redoute nicht mehr mit einer ständigen starken Besatzung belegt zu sein. Wie etwa vor einem Jahr, als die kaiserliche Armee gerade im Niederelberaum erschienen war, durchzogen nun zwar häufig Pandurenpatrouillen die Marschen vor der Festung, die eigentliche Einschließung Glückstadts schien jedoch vorerst aufgegeben zu sein.

Wenn Marquard v. Rantzau jetzt in den ersten Augusttagen des Jahres 1628 in seinem Arbeitszimmer auf- und abschritt, um in Gegenwart seines Adjutanten in Form von Monologen seine Gedanken zu ordnen, so wurde deutlich, dass er mit dem Fortschritt der Dinge eigentlich recht zufrieden war. Seine Planungen für die nächste Zukunft konzentrierten sich jetzt darauf, die Verbindung zu Krempe wieder herzustellen und zu sichern. Der Oberst wollte nun zunächst einmal das nächste Versorgungsschiff abwarten, um dann unter starker Bedeckung einen größeren Nachschubtransport in die Nachbarfestung zu schicken.

Tatsächlich trafen noch in der ersten Augustwoche zwei Versorgungsschiffe im Hafen von Glückstadt ein. Zufällig war Beckenschläger nicht in der Kommandantur anwesend, als einer der beiden Schiffskapitäne dem Festungskommandanten die neuesten Postsachen aus Kopenhagen übergab.

Als der Fähnrich dann im Laufe des Nachmittags in v. Rantzaus Arbeitszimmer trat, blickte ihn dieser über den Stapel der gerade geöffneten Papiere geheimnistuerisch an. „Na, mein braver Herr Adjutant geht im Sonnenschein spazieren und lässt seinen Obristen allein die Post öffnen", begann er mit gespieltem Vorwurf in der Stimme.

Bevor Beckenschläger noch eine Erklärung hervorbringen konnte, fuhr der Oberst schon fort: „Habt Ihr Euch inzwischen eigentlich Gedanken darüber gemacht, ob Ihr endgültig im Dienst des Königs bleiben wollt?" Der Fähnrich bestätigte, dass dies allerdings seine feste Absicht sei. Da erhob sich Marquard v. Rantzau gravitätisch aus dem Sessel hinter seinem breiten Schreibtisch. Er räusperte sich noch einmal – anscheinend wollte er den Augenblick voll auskosten. „Nun, dann darf ich Euch zu Eurer Ernennung zum Offizier gratulieren, Herr Leutnant. Hier ist Euer Patent."

Beckenschläger musste mehrmals trocken herunterschlucken. Insgeheim hatte er zwar schon seit einiger Zeit mit der Ernennung zum Offizier gerechnet, aber – wie es nun so ist – gerade in diesem Augenblick traf ihn die Nachricht völlig überraschend. Der Oberst hatte wohl den Adamsapfel seines Adjutanten auf- und abhüpfen sehen. Er lachte und schenkte Wein aus der Kristallkaraffe in die funkelnden, geschliffenen Gläser. „Wenn Ihr schon schluckt, Herr Leutnant, dann wenigstens nicht trocken. Ich trinke auf das Wohl des jüngsten Leutnants seiner Majestät König Christian IV.

Während des nun folgenden leichten Gesprächs über allerlei belanglose Dinge war der frischgebackene Leutnant ziemlich geistesabwesend und mehr damit beschäftigt, seine Beförderung zu verdauen. Dem Obersten fiel bald auf, dass sein neuer Offizier kaum bei der Sache war, denn er meinte schließlich: „Ihr habt für den Rest des Tages dienstfrei. Geht also los und teilt Eurem freund Ohlsen die Neuigkeit mit. Der muss sich mit seiner eigenen Beförderung beeilen, sonst seid ihr bald ranggleich." Als Beckenschläger schon an der Tür war, rief er ihm noch nach: „Vergesst nicht, Euch von meinem Kammerdiener eine neue Offiziersschärpe aus meinen Beständen geben zu lassen – Herr Leutnant!"

II.

Der Transport für Krempe rollte bereits am nächsten Nachmittag aus der Festung heraus. Die verhältnismäßig fortgeschrittene Tageszeit hatte der Oberst gewählt, weil er hoffte, die feindlichen Patrouillen würden nun weniger auf den Durchbruch eines Transportzuges gefasst sein.

Als Eskorte war die gesamte Schwadron der Dragoner-Musketiere eingesetzt. Auf weiteres Fußvolk als Geleitschutz hatte v. Rantzau verzichtet, um dem Zug nichts von seiner Beweglichkeit zu nehmen.

Zehn schwer beladene Fuhrwerke waren für den Transport bereitgestellt worden. Da ein jedes vier Zugpferde hatte, konnte man notfalls auch mit den Frachtwagen vom gegenwärtigen Schritttempo in einen schnelleren Trapp überwechseln.

Allerdings hatte v. Rantzau – abgesehen von einigen Offizierspferden – fast den gesamten Pferdebestand der Festung auf die Reise schicken müssen. Er mochte sich damit getröstet haben, dass der Transport zur Nachbarfestung im Augenblick ohnehin die einzige sinnvolle Verwendung für die Zugpferde darstellte.

An der Spitze des Zuges ritten Ohlsen und Beckenschläger schweigsam durch die flache Marsch. Beiden fehlte nach der ausgedehnten Feier der vergangenen Nacht jedes Bedürfnis zu einem Gespräch.

Eigentlich bestand für Beckenschläger gar kein Anlass, an dem Transport teilzunehmen, denn v. Rantzau hatte ihn nicht wieder der Schwadron zugeteilt, sondern ihn auch nach der Beförderung zum Offizier als persönlichen Adjutanten behalten. Es handelte sich dabei ja eigentlich ohnehin um eine Offiziersstelle. Seine Teilnahme hatte Beckenschläger vielmehr seinem eigenen, in der Laune der durchzechten Nacht gemachten Vorschlag zu verdanken. Um Erlaubnis gefragt, hatte der Oberst allerdings nichts dagegen gehabt, seinen Adjutanten für den Ausflug nach Krempe freizustellen.

Dem Leutnant fiel trotz seines schweren Kopfes auf, wie öde und verlassen die Marschen im Vergleich zu dem Zustand wirkten, in dem sie sich bei seiner Ankunft vor fast einem Jahr befunden hatten. Weit und breit war kein Stück Vieh auf den saftigen Weiden zu sehen und – da die Landbevölkerung diese Gegend verlassen hatte – war auch nirgends ein Getreidefeld bestellt. Die Transportkolonne hatte die Reste der beiden geräumten Riegelstellungen an der Straße bereits passiert und näherte sich nun den Wällen der großen Redoute; die einzige befestigte Straße – und zudem der kürzeste Weg – mitten durch diese Stellung.

Zwar hatten die Spähtrupps in den vergangenen Tagen gemeldet, dass die Verschanzungen nicht mehr besetzt seien, trotzdem schickte Kapitän Ohlsen aber zehn Dragoner-Musketiere unter dem Kommando eines Feldwebels zur Erkundung voraus. Bisher hatte man vom Feind nichts gesehen als einige Reiter in weiterer Entfernung.

Die Vorausabteilung verschwand innerhalb der Redoute. Man hatte von Glückstadt aus übrigens schon einige Tage vorher den Wall an der Stelle eingeebnet, an der er die Straße sperrte, sodass auch für Wagen eine Durchfahrt möglich war. Plötzlich krachten innerhalb der Redoute Musketenschüsse auf.

Ohlsen und Beckenschläger sahen sich betroffen an. Insgeheim hatten sie gehofft, ungeschoren bis nach Krempe durchdringen zu können.

„Sollen wir noch umkehren?" Kapitän Ohlsen richtete diese Frage mehr an sich selbst als an den Leutnant, der zwar sein Freund, aber immerhin auch sein Untergebener war. Doch Beckenschläger zeigte nur nach vorn und murmelte: „Zu spät." Aus der Bresche im Wall quoll ein dichter Haufen von Reitern hervor, breitete sich beiderseits der Straße aus und kam im Galopp auf den Wagenzug zu. Auch Kapitän Ohlsen sah sofort, dass es zu spät war, die schweren Wagen jetzt noch auf der engen Straße zu wenden. Ihnen entgegen kamen mindestens vierhundert Reiter, während seine Schwadron nach den Verlusten der letzten Unternehmungen nur noch gute einhundertzwanzig Mann stark war.

Offenbar hatten die feindlichen Patrouillen die Annäherung des Wagenzugs rückwärts zu ihren Lagern um Krempe gemeldet und Reitereinheiten waren im Schutze der ausgedehnten Wallanlagen der großen Redoute zusammengezogen worden, um sich dort auf die Lauer zu legen. Es konnte wohl keinem Zweifel unterliegen, dass ihnen bereits die in die Redoute geschickte Vorausabteilung zum Opfer gefallen war.

„Wir brechen durch!", rief Kapitän Ohlsen dem Leutnant zu und gab gleichzeitig den Reitern und den Wagenführern mit seinem gezogenen Degen ein entsprechendes Zeichen. Augenblicklich wurde der Schritt der Pferde zum Trab und die ganze Kolonne holperte und polterte wie ein Stoßkeil den kaiserlichen Reitern entgegen.

Im ersten Anprall bohrte sich der Geleitzug tief in die Reihen der angreifenden Reiter hinein. Da deren Reihen weit über das Feld auf beiden Seiten der Straße auseinandergezogen waren, um den Zug in den Flanken fassen zu können, hatte ihre Angriffsfront nur eine verhältnismäßig geringe Tiefe.

Ohlsen und Beckenschläger sowie die ihnen zunächst folgenden Dragoner-Musketiere hieben nach links und rechts mit ihren Degen auf die Gegner ein. Nach kurzem Gefecht war die Linie tatsächlich durchbrochen und die freie Straße mit der Bresche in der Redoute lag vor ihnen. Weiter hinten am Zug ertönte lauter Kampflärm. Sein Pferd weiter vorantreibend, blickte Beckenschläger nach hinten und sah, dass die nächsten drei, vier Wagen noch dicht aufgeschlossen folgten. Dahinter aber klaffte eine größere Lücke im Geleit. Die feindlichen Reiter waren offensichtlich hinter den ersten Wagen zur Straße hin eingeschwenkt und hatten die folgenden Fuhrwerke zum Halten gebracht.

Der Leutnant überlegte, dass angesichts der feindlichen Übermacht dem abgeschnittenen Teil des Transports doch keine wirksame Hilfe mehr gebracht werden konnte, dass aber auch die vorderen Wagen verloren wären, wenn sie erst einmal zum Halt kämen.

Die gleichen Überlegungen schienen Ohlsen durch den Kopf zu gehen. „Nur immer weiter!", schrie er den Reitern seiner Umgebung zu, „nur nicht anhalten!"

Die Jagd ging nun in die Redoute hinein, die von allem Leben verlassen schien. Nur flüchtig nahm Beckenschläger die Leichen der vorausgeschickten Dragoner-Musketiere am Straßenrand wahr. Dann war man auch schon hindurch und die Bastionen der Festung Krempe lagen vor ihnen. Ein weiterer Blick nach hinten zeigte Beckenschläger, dass sich noch drei Fuhrwerke hinter ihm und einer kleinen Schar Dragoner-Musketiere befanden. Der Feind allerdings schien darauf verzichtet zu haben, diesen kleinen abgesprengten Teil des Transports zu verfolgen und gab sich offenbar mit der Beute zufrieden, die er bereits in Händen hatte. Jetzt war man offenbar auch in Krempe aufmerksam geworden. Aus dem Borsflether Tor kam ein Trupp von vielleicht fünfzig Reitern herausgaloppiert. Kapitän Ohlsen besprach sich kurz mit dem Leutnant, der diesen Trupp anführte. Da im Vorfeld vor Krempe weit und breit kein Feind zu sehen war, schickte der Kapitän die drei Wagen allein zur Festung.

Die Kremper Reiter aber ritten mit den etwa zwanzig verbliebenen Dragoner-Musketieren zurück, um zu retten, was noch zu retten war. Als man nach Westen die Redoute durchquert hatte, stieg über dem

Kampfgetümmel um den zurückgebliebenen Teil des Wagenzuges dichter Qualm in die Höhe.

Beckenschlager vermochte nicht zu sagen, ob eigene Leute die Waren in Brand gesetzt hatten, damit sie wenigstens nicht dem Feind in die Hände fielen, oder ob der Feind das Feuer gelegt hatte, damit der Transport vernichtet würde, wenn er schon nicht als Beute eingebracht werden konnte. Angesichts der aus der Redoute herannahenden Reiter schienen die Kaiserlichen überdies die Lust an der Fortsetzung der Aktion zu verlieren. Mag sein, dass sie übertriebene Vorstellungen hinsichtlich der Kremper Kavalleriereserven hatten. Sie setzten sich von den noch am Leben gebliebenen Begleittruppen ab und verschwanden nach Südosten über die kahlen Felder.

Als Ohlsens Reiter mit den Krempern auf dem Kampfplatz eintrafen, fanden sie wohl die Hälfte der Begleitmannschaft erschlagen oder verwundet am Boden liegen. Aber auch die Kaiserlichen hatten mindestens in gleicher Zahl Tote zurücklassen müssen. Ihre Verwundeten hatten sie jedoch mit fortgenommen. Vier der Wagen waren völlig ausgebrannt. Auf zwei anderen hatten zwar die Vorräte Feuer gefangen, es gelang jedoch, wenigstens einen Teil der Güter und die Wagen selbst zu retten, indem man die brennenden Teile hinabwarf. Ein siebentes Fuhrwerk hatte ursprünglich mit durchbrechen können, war dann aber kurz vor der Redoute in einer schadhaften Stelle der Straße steckengeblieben. Dieses Fuhrwerk konnte mit vereinten Kräften schnell wieder flottgemacht werden.

Die restlichen Güter eines der fahrbereit gebliebenen Wagen wurden auf den anderen umgeladen, sodass man ein Fuhrwerk für den Rücktransport der am schwersten verwundeten Soldaten freibekam. Die Verwundeten schickte Kapitän Ohlsen sofort mit dem einen Wagen und einigen Reitern als Begleitung nach Glückstadt zurück.

Die beiden anderen Fuhrwerke brachte er mit dem Rest seiner Dragoner-Musketiere und den Kremper Reitern noch bis vor die Tore Krempes. Dann trat er jedoch sofort den Rückmarsch an. Es begann bereits zu dunkeln, als die Überlebenden der Dragoner-Musketierschwadron wieder durch das Kremper Tor nach Glückstadt hineinritten.

III.

Der restliche August und der September des Jahres 1628 brachten der Besatzung der Festung Glückstadt eine Zeit angenehmer Ruhe. Die kaiserliche Armee hatte das Gebiet um die beiden Festungen zwar nicht verlassen, sich aber jedenfalls aus dem unmittelbaren Vorfeld Glückstadts zurückgezogen.

Oberst v. Rantzau ließ die verbliebenen Dragoner-Musketiere regelmäßige Patrouillen durchführen. Dabei wurden von weitem auch kaiserliche Streifscharen wahrgenommen, zu Zusammenstößen kam es jedoch nicht. Den Kaiserlichen mochte nach den schweren Schlägen der Juliwochen die Lust an Scharmützeln vergangen sein und auch die Reiter aus Glückstadt hatten ihren Tatendurst vorerst hinreichend gestillt.

Beckenschläger, der ja täglich engen Kontakt zu seinem Kommandanten hatte, gewann den Eindruck, dass dessen Sorge weniger der Elbfestung galt, deren laufende Versorgung über den Strom ungefährdet war, als vielmehr der Festung Krempe. Es war nicht zu übersehen, dass für diesen Platz die Frage des Nachschubs auf die Dauer ein ernsthaftes Problem werden musste. Die wenigen Transportwagen, die Anfang August Krempe hatten erreichen können, mochten vorerst dem Durchhaltewillen neuen Auftrieb verliehen haben, im Grunde waren sie aber natürlich nur ein Tropfen auf dem heißen Stein gewesen.

Oberst v. Rantzau konnte sich während des Spätsommers auch nicht mehr entschließen, einen neuen Entlastungstransport auf den Weg zu schicken. Wenn der Feind sich auch aus Glückstadts unmittelbarer Nähe zurückgezogen hatte, so hielt er die Einschließung Krempes doch weiterhin aufrecht und hatte insbesondere auf die Verbindungsstraße ein wachsames Auge. So beschloss der Oberst, zunächst einmal die weitere Entwicklung abzuwarten. Nachrichten aus Kopenhagen besagten nämlich, dass zurzeit in England die Neigung im Wachsen begriffen sei, die beiden Festungen in verstärktem Umfang zu unterstützen. Es sollten Bestrebungen im Gange sein, den Obersten Morgan mit mehreren tausend Mann wieder nach Glückstadt zurückzuschicken. In dieser Zeit relativer Ruhe erregte es einiges Aufsehen, als an einem der ersten Oktobertage ein größerer Flottenverband in den Hafen von Glückstadt einlief.

Sobald die Nachricht von der Annäherung der Schiffe in der Kommandantur eingegangen war, hatte sich Leutnant Beckenschläger hinaus zum Hafen begeben.

Von der Elbmündung her kam mit geschwellten Segeln die dänische Fregatte ‚Markatten' heran. Ihr folgten zwei kleinere Orlogschiffe und eine Kriegsjacht. Alle Schiffe führten den Danebrog. In der Mitte des Verbandes segelte ein weiteres Schiff, bei dem es sich offenbar um eine Prise handelte. Auch dieses Schiff führte zwar am Heck den Danebrog, dieser war jedoch über eine spanische Flagge gesetzt.

Während Beckenschläger die Schiffe näherkommen sah, hatte er den Eindruck, dass ihm das Prisenschiff irgendwie bekannt vorkam. Bei näherem Nachdenken schien ihm, dass das Schiff eine eigentümliche Ähnlichkeit mit der ‚Falcon' Kapitän O´Connors hatte.

Als die Schiffe dann das Blockhaus an der Molenspitze umrundeten, wurde sichtbar, dass das Schiff mit der dänischen über der spanischen Flagge Spuren eines heftigen Kampfes trug. Der Großmast war über dem Mars abgeschossen und somit etwa auf die Hälfte verkürzt. Man hatte auf See die Takelage einigermaßen auf diese Verstümmelung eingerichtet, um wenigstens noch das Großsegel setzen zu können. Darüber hinaus war aber das Schanzkleid an mehreren Stellen zerfetzt und auch das Achterkastell wies eine Reihe von Einschusslöchern auf. Bald darauf hatten die Schiffe im Außenhafen festgemacht. Dabei legte das Prisenschiff neben der ‚Markatten' zur Wasserseite hin an, sodass es vorerst einer genaueren Sicht entzogen war.

Inzwischen hatte sich auch Marquard v. Rantzau an der Pier eingefunden. Er entdeckte seinen Adjutanten in der Menge und winkte ihn zu sich heran. Sobald das Anlegemanöver beendet und ein Landungssteg von der Fregatte zur Pier hinübergeschoben war, ging der Oberst an Bord, gefolgt von seinem Adjutanten.

Kapitän Tygge Christensen begrüßte sie herzlich und bat sie sogleich in seine geräumige Kajüte. „Wie ich sehe, habt Ihr auf See wieder einmal Beute gemacht", begann Oberst v. Rantzau. „Ja, wir hatten das Glück, den Spanier direkt vor der Elbmündung zu erwischen. Er hat sich gewehrt wie der Teufel, aber glücklicherweise hatte ich genügend Schiffe zur Hand. Zur Not hätte ich ihn allerdings wohl auch mit der ‚Markatten' allein erledigt, es fragt sich nur, ob ich ihn dann hätte kapern können. Wahrscheinlich hätte ich ihn versenken müssen." „Ich hätte nicht gedacht, dass sich ein Spanier so weit in den Bereich unserer Seeherrschaft vorwagen würde", meinte der Oberst.

„Nun, die kaiserliche Armee benötigt ja dringend Nachschub", gab Kapitän Christensen zu bedenken. „Gegen eine entsprechende Prämie wird sich da natürlich immer wieder ein wagemutiger Blockadebrecher finden." Christensen tat erst einmal einen kräftigen Schluck und nachdem er sich über den Bart gewischt hatte, fügte er hinzu: „Übrigens handelt es sich nicht eigentlich um einen Spanier, obwohl er die Flagge seiner Allerkatholischsten Majestät führt." Beckenschläger war nun hellwach, als der Kapitän fortfuhr: „Die Besatzung stammt zum größten Teil von der Insel Irland. Bedauerlicherweise haben weder der Kapitän noch seine Offiziere die Kaperung überlebt. – Wie gesagt, sie fochten wie die Teufel. Immerhin habe ich aber aus einem gefangenen Bootsmann herausgebracht, dass die ‚Kastilia' da neben uns ursprünglich ein englisches Kriegsschiff war. Die Iren haben es dann in ihre Gewalt gebracht und ihr gefallener Kapitän ist später samt Schiff und Besatzung in spanische Dienste getreten." Nun konnte sich Beckenschläger allerdings nicht mehr beherrschen. „Befanden sich Passagiere an Bord?", fragte er erregt. Kapitän Christensen sah ihn erstaunt an. „Nur ein junges Fräulein und ihre Zofe. Wieso fragt ihr?"

Der Leutnant verspürte keine große Lust, vor dem Fremden sein ganzes irisches Abenteuer auszubreiten und sagte: „Ach, nur so. Immerhin ist es doch verwunderlich, dass sich Frauen an Bord eines Blockadebrechers befinden." Auch Oberst v. Rantzau war nun jedoch aufmerksam geworden und prompt kam seine Frage: „Seid Ihr nicht im Frühjahr von einem irischen Kaperkapitän auf Helgoland abgesetzt worden?"

„Ja, ja", Beckenschlägers Aufmerksamkeit wandte sich wieder ganz dem Kapitän der Fregatte zu. „Sagt, sind die beiden verletzt? Wo befinden sie sich?" Kapitän Christensen schüttelte den Kopf und lachte über die ihm unverständliche Erregung des Leutnants.

„Was habt Ihr bloß? Ja, sie haben das Gefecht heil überstanden und sind beide hier an Bord – nebenan in einer Kammer." Beckenschläger ließ sich erleichtert in seinen Sessel zurückfallen. Auch v. Rantzau schmunzelte jetzt.

„Ich glaube fast, Ihr seid für unseren Leutnant so etwas wie ein Postillon d'amour, mein lieber Kapitän Christensen." Der Oberst hatte sich den ersten Bericht Beckenschlägers auf Helgoland in seine Erinnerung zurückgerufen. Damals hatte dieser ja die Bereitschaft des Kaperkapitäns, ihn an Land zu setzen, damit erklärt, dass sich zwischen dem damaligen Fähnrich und der Nichte des Kapitäns zarte Bande entwickelt hatten.

Jetzt juckte den Obersten offenbar das Fell, selbst den Fortgang der Geschichte zu erleben. „Herr Kapitän, würde es Euch wohl etwas ausmachen, uns der jungen Dame vorzustellen?" Kapitän Christensen hatte natürlich nicht die geringste Ahnung, woher dieses Interesse zunächst des Leutnants und dann auch des Festungskommandanten rührte. Andererseits sah er keinen Grund, seine Gefangene versteckt zu halten. Er gab deshalb dem Kajütenjungen den Befehl, das junge Fräulein herüber in die Kapitänskajüte zu holen, und kurz darauf stand Maureen in der Tür. Mit weit aufgerissenen Augen starrte das Mädchen den Leutnant wie eine Erscheinung aus einer anderen Welt an. „Bony!", entfuhr es ihren Lippen. Dann lagen sich die beiden jungen Menschen in den Armen.

Die beiden älteren Offiziere konnten sich nur schmunzelnd ansehen, der Oberst verständnisinnig, der Kapitän aber verständnislos.

IV.

Leutnant Bonifatius Beckenschläger schwebte auf einer Wolke von Glückseligkeit, als er am Abend mit Maureen einen ersten Spaziergang durch die Stadt machte.

Natürlich war er, nachdem der erste Sturm der Wiedersehensfreude sich ausgetobt hatte, nicht umhingekommen, Kapitän Christensen einigermaßen zu erklären, woher ihm das Mädchen so vertraut war. Es hatte dann eigentlich auch keiner größeren Erörterungen mehr bedurft, dass Maureen und ihre Zofe in der Festung bleiben sollten.

Als Kriegsgefangene konnte sie der Kapitän ohnehin schlecht betrachten und bevor er sie in irgendeinem fremden dänischen Hafen an Land setzte, konnten sie seinetwegen ebenso gut in Glückstadt bleiben.

Auch Oberst v. Rantzau konnte nichts gegen den Verbleib haben, zumal augenblicklich eine unmittelbare Gefahr für die Festung nicht bestand.

Einige Überlegung erforderte allerdings die Frage, wo die beiden weiblichen Gäste unterzubringen seien. Der Oberst war zwar kein Moralapostel, fand aber, dass das Kommandantenhaus mit seinen überwiegend männlichen Bewohnern doch nicht der angemessene Aufenthalt für eine junge Dame und ihre Zofe sei. Ganz abgesehen davon war auch jedes Zimmer in der Kommandantur belegt. Zuerst hatte v. Rantzau gemeint, das Haus des Pastors sei doch wohl geeignet. Da hatte aber Beckenschläger doch an die katholische Konfession der Mädchen erinnert. Immerhin hatte der Oberst soviel Zartgefühl besessen, um einzusehen, dass man die Mädchen, die ja immerhin gerade einiges durchgemacht hatten, nicht unbedingt dem Bekehrungseifer des Kirchenmannes aussetzen musste.

Schließlich war man auf den Stadtschreiber Waldemar Gabel verfallen. Das war ein verheirateter, vor allem aber schon recht betagter Mann, dessen kleines Haus bisher von einer Einquartierung mit Soldaten verschont geblieben war und dem – oder besser dessen Ehefrau – man die beiden wohl anvertrauen durfte. Das Entgelt für Unterkunft und Verpflegung war maßvoll. Da Kapitän O´Connor seine Nichte vorsorglich mit einer nicht unerheblichen Summe Geldes zur eigenen Verfügung ausgestattet hatte und das persönliche Eigentum der Mädchen nach der Kaperung durch die dänischen Kriegsschiffe nicht berührt worden war, bestanden vorerst in finanzieller Hinsicht keine Probleme.

Für das leibliche Wohl der Irinnen war also gesorgt und Beckenschläger hatte seine Maureen zu dem Spaziergang überredet, weniger, um ihr die Stadt zu zeigen, als vielmehr, um mit ihr allein zu sein. lmmerhin gab es eine Unmenge zwischen den Beiden zu besprechen, was nicht unbedingt in der Gegenwart des Ehepaares Gabel sein musste.

Abgesehen von all dem, was verliebte junge Leute ohnehin zu bereden haben, interessierte den Leutnant natürlich, weshalb Maureen auf der ‚Falcon‘ geblieben war. Dies erklärte ihm das Mädchen damit, dass Kapitän O´Connor wohl zunächst nach Irland zurückgekehrt sei, dort aber erfahren habe, dass sein Onkel zusammen mit seinen Vertrauten von den Engländern verhaftet worden sei. Das Landgut war beschlagnahmt worden und mit englischen Truppen belegt. Da zudem überall auf der Insel die Niederkämpfung irischer Aufstände im vollen Gange war, hatte O´Connor entschieden, dass das Mädchen unter seiner Obhut auf der ‚Falcon' mindestens ebenso sicher sei wie an Land.

Stärkere Aktivität der britischen Flotte hatte ihn dann veranlasst, die Irische See zu verlassen. Da Spanien die einzige größere Seemacht war, die nicht im Bündnis mit England stand, hatte er sich und sein Schiff dann der spanischen Krone zur Verfügung gestellt. Eine wesentliche Rolle hatte dabei natürlich auch der gemeinsame Glauben gespielt. Beckenschläger war gerade dabei, seine eigenen Erlebnisse zu erzählen, als den beiden auf dem Marktplatz Kapitän Ohlsen über den Weg lief.

„Was ist denn das?" platzte Ohlsen sofort heraus. „Wollt Ihr mich der jungen Dame nicht vorstellen?"

Die beiden Offiziere hatten sich während des ganzen Tages noch nicht gesehen und Ohlsen kam aus dem Staunen nicht heraus, als ihm der Leutnant die allerdings merkwürdigen Zusammenhänge erklärte, die dazu geführt hatten, dass er sich nun in der Begleitung einer bezaubernden jungen Dame befand.

Natürlich sprach Maureen nur englisch und Beckenschläger musste sich als Dolmetscher zwischen den beiden betätigen. Mit einigem Stolz versuchte allerdings Ohlsen trotzdem, all die englischen Brocken an den Mann zu bringen, die er im Umgang mit den schottischen Söldnern oder wo sonst auch immer aufgeschnappt hatte. Dass er sich dabei zumeist vertat, konnte seinen Eifer nicht bremsen und trug auch zur allgemeinen Heiterkeit bei.

Immerhin ließ es sich der Kapitän der Dragoner-Musketiere nicht nehmen, die beiden zu einem Begrüßungstrunk in seine Wohnung einzuladen. Beckenschläger hatte bei alledem den Eindruck, dass Ohlsen über Maureens Erscheinen geradezu erleichtert war. Möglicherweise, so überlegte der Leutnant, ahnte der gute Ohlsen doch mehr über seine Beziehungen zu Anna-Katharina und sah in Maureen jetzt eine natürliche Bundesgenossin für seine eigenen Interessen.

V.

War es dem Leutnant Bonifatius Beckenschläger früher ziemlich gleichgültig gewesen, wie lange sich sein Adjutantendienst hinzog, so wartete
er nun ungeduldig darauf, dass v. Rantzau ihm am Nachmittag endlich
mitteilte, er bedürfe seiner Dienste nicht mehr. Der Leutnant wahrte
dann kaum die nötige Höflichkeit beim Abschied, um nur so schnell
wie möglich in das Haus des Stadtschreibers Gabel zu kommen. So ging
auch der Oktober des Jahres 1628 dahin.

Als eines grauen Tages Anfang November 1628 wieder ein Schiff
mit neuer Post aus Kopenhagen eingelaufen war und Oberst v. Rantzau den dicken Packen de Papiere studierte, verfinsterte sich plötzlich
sein Gesicht. Beckenschläger war die Veränderung in der Mimik seines
Kommandanten nicht entgangen. „Gibt es schlechte Nachrichten, Herr
Oberst?" fragte er besorgt.

Marquard v. Rantzau blickte auf. „Das kann man wohl sagen. Ich
sehe gerade die Mitteilung, dass Wallenstein schon Mitte Oktober mit
einem großen Teil seiner Armee von Mecklenburg aufgebrochen ist.
Der Marsch geht auf Holstein zu. Die Sache riecht danach, dass wir
hier demnächst Ärger bekommen werden. Dabei hatte ich gehofft, das
Schlimmste sei für uns schon vorbei."

In diesem Augenblick pochte es an die Tür und ohne eine Erlaubnis
abzuwarten, trat Kapitän Ohlsen sichtlich erregt in das Zimmer. Er ließ
sich kaum Zeit für einen Gruß. „Herr Oberst, soeben ist eine meiner
Patrouillen zurückgekommen, die ich nach Südosten geschickt hatte. Sie meldet mir aus dieser Richtung den Anmarsch einer größeren
Anzahl feindlicher Truppen." „Da haben wir es schon – Hannibal ante
Portas", sagte v. Rantzau. „Eben habe ich aus Kopenhagen die Nachricht
erhalten, dass Wallenstein mit seiner Armee von Mecklenburg abmar-
schiert ist. Jetzt wird der Tanz hier bald losgehen." Dann wandte sich
der Oberst Beckenschläger zu. „Herr Leutnant, Ihr müsst noch heute
Abend versuchen, nach Krempe durchzukommen. Nehmt Euch einige
Leute mit und überbringt Herrn v. Ahlefeldt die Neuigkeiten. Er muss
Krempe sofort in höchste Alarmbereitschaft versetzen."

Beckenschläger eilte davon, zunächst zum Haus des Stadtschreibers,
um Maureen zu unterrichten. Dann suchte er den bewährten Feldwebel

Harms. Inzwischen hatte er entschieden, dass er mit diesem und nur zwei weiteren Dragoner-Musketieren den Durchbruch nach Krempe versuchen wollte.

Die Tage waren jetzt bereits kurz geworden. Die Dämmerung ließ nicht lange auf sich warten und Beckenschläger jagte zu Pferd mit seinen drei Begleitern durch einen Regenschauer zum Kremper Tor hinaus. Nachdem der kleine Trupp gut die Hälfte des Wegs zurückgelegt hatte – die große Redoute hatte man vorsichtshalber im Norden umgangen – wurde im Osten, dort wo Krempe lag, eine lange Kette von Lagerfeuern sichtbar. „Damit hatte ich gerechnet", rief Beckenschläger dem Feldwebel zu. „Die Kaiserlichen haben den Ring um Krempe schon enger geschlossen." „Dann werden wir die letzte Strecke wohl zu Fuß gehen müssen", meinte Harms trocken. „Wenn wir Pech haben, müssen wir sogar wieder schwimmen." Beckenschläger musste an einen früheren Durchbruch nach Krempe denken. Da war es allerdings erheblich wärmer gewesen. Zunächst setzte man jedoch den Weg noch zu Pferd quer über Wiesen und Felder fort und gelangte so in den Norden der Festung. Krempe wandte dieser Himmelsrichtung ja die lange Seite seines Festungsrechtecks zu. Auch hier flammten in Vorfeld Feuer auf, aber bei weitem nicht so dicht wie im Westen.

„Ich glaube, jetzt müssen wir von den Pferden Abschied nehmen", sagte Beckenschläger und saß mit einem bedauernden Stöhnen ab. „Feldwebel Harms, Ihr kommt mit mir. Ihr beiden anderen bringt die Pferde zurück nach Glückstadt."

Eigentlich hatte Beckenschläger die beiden Dragoner-Musketiere überhaupt nur mitgenommen, weil er von vornherein damit gerechnet hatte, die letzte Strecke des Wegs zu Fuß zurücklegen zu müssen. Er wollte in diesem Fall die Pferde nicht herrenlos zurücklassen. Als Begleitung für den eigentlichen Durchbruch nach Krempe reichte ihm Harms vollkommen aus. Nachdem die Reiter mit den ledigen Pferden in der Dunkelheit verschwunden waren, pirschten sich die beiden vorsichtig an den Nordwall heran.

„Nun hilft alles nichts mehr. Wir müssen baden!", flüsterte der Leutnant. Wieder banden sie ihre langschäftigen Reiterstiefel unter den Knien zusammen und tauchten dann in das unangenehm kalte Wasser ein.

Als die beiden klatschnass am inneren Ufer des Festungsgrabens lagen, sahen sie hoch oben über der Brustwehr einen behelmten Kopf auftauchen. „Hoffentlich schreit er nicht Alarm", meinte Harms besorgt. Gleichzeitig versuchte er, sich dem Posten durch rudernde Armbewegungen bemerkbar zu machen. Mit gedämpfter Stimme, aber doch so laut, dass er hoffen konnte, von dem Soldaten auf dem Wall gehört zu werden, sagte der Feldwebel: „Gut Freund aus Glückstadt. Werft uns Stricke herunter."

Tatsächlich wurde der Posten aufmerksam und er war glücklicherweise auch so verständig, nicht gleich die ganze Umgebung zusammenzuschreien. Immerhin warf er aber auch nicht sofort die gewünschten Stricke hinunter, sondern verschwand erst einmal. Bange Augenblicke des Wartens vergingen. Bald darauf tauchten aber mehrere Köpfe über der Brustwehr auf. Jetzt meldete sich Beckenschläger, gleichfalls seine Stimme so sehr wie möglich dämpfend. „Leutnant Beckenschläger aus Glückstadt mit einem Feldwebel. Holt uns endlich hoch!"

Es dauerte noch eine Weile, bis endlich zwei Seile am Wall herunterfielen. Offenbar hatte man von oben zunächst sorgfältig das Vorfeld abgesucht, ob es sich nicht doch um eine Falle handelte. Der Kremper Offizier erkannte dann allerdings den Leutnant sofort, als dieser über die Brustwehr krabbelte. „Nehmt Ihr eigentlich immer ein Bad, bevor ihr in unsere Mauern kommt?" fragte er vergnügt. „Gebt uns lieber ein paar Decken", knurrte der durchnässte Leutnant zurück. „Ich muss dringend zu Herrn v. Ahlefeldt. Draußen steht die ganze Armee Wallensteins."

Beckenschläger hatte keine Scheu, etwas zu übertreiben. Immerhin beeilte man sich und kurze Zeit später standen die triefenden Gestalten in Decken gehüllt vor dem Stadtkommandanten von Krempe.

VI.

Am nächsten Morgen stand Leutnant Beckenschläger auf dem Wall neben dem Borsflether Tor von Krempe und schaute recht wehmütig über das flache Land. Was sich da draußen tat, machte es ihm vorerst unmöglich, die Festung wieder zu verlassen.

Nicht, dass der Leutnant eine besondere Sehnsucht nach der anderen Festung gehabt hätte, obwohl ihm Glückstadt doch schon fast eine zweite Heimat geworden war. Seine Gedanken galten natürlich allein der kleinen Irin, zu der ihm im Augenblick der Rückweg versperrt war.

Rings um Krempe herrschte seit dem Morgengrauen eine lebhafte Tätigkeit. Eben noch außerhalb der Reichweite der Musketen wuchsen Zelte aus dem Boden, das Erdreich wurde zu Schanzen aufgeworfen und gleichzeitig fraßen sich Laufgräben in den fetten Marschboden.

Beckenschläger konnte sich vorstellen, dass sich bald Wasser in den Gräben sammeln würde. Eine Unzahl von Soldaten – zu Fuß und zu Pferd – wimmelte umher. Hier und da zeigten sich auch geschlossene Formationen, die irgendeinem Bestimmungsort entgegenmarschierten.

Bald rumpelten auch Kanonen und Munitionswagen heran. Soldaten wuchteten – allerdings leichtere – Feldgeschütze von den Protzen und schoben die Lafetten mit vereinten Kräften und viel Hauruck auf die Schanzen. „Jetzt will der Herzog von Friedland es wohl ganz genau wissen!" Beckenschläger sah zur Seite und erkannte den Oberstleutnant v. Ahlefeldt, der in voller Montur, einen prächtigen Federhut auf dem Kopf, neben ihn getreten war. „So wie hier im Westen sieht es rings um die Festung aus. Der Sturm wird wohl nicht lange auf sich warten lassen." Der Oberstleutnant betrachtete bei diesen Worten besorgt das Vorfeld.

„Meint Ihr, dass Wallenstein sich die Festungen der Reihe nach vornehmen wird?", fragte der Leutnant und seine Sorge galt dabei der Geliebten in der Elbfestung. Er hätte viel darum gegeben, jetzt in ihrer Nähe zu sein und sie notfalls mit seinem Degen beschützen zu können.

Schon wiederholt hatte er sich bei der Beobachtung des Truppenaufmarsches gefragt, ob sein Durchbruch nach Krempe überhaupt den Aufwand wert gewesen war. Dass hier eine unmittelbare Bedrohung Krempes gegeben war, konnte v. Ahlefeldt auch feststellen, ohne dass er nun unbedingt wissen musste, dass es sich dabei um Truppen handelte, die der Herzog von Friedland persönlich aus Mecklenburg herangeführt hatte. Beckenschläger gestand sich ein, dass er In diesem Augenblick einigermaßen wütend auf den Obersten v. Rantzau war.

Inzwischen war Herr v. Ahlefeldt auf seine Frage eingegangen. „Auf alle Fälle sieht es so aus, als ob es uns hier zuerst an den Kragen ginge. Allerdings glaube ich nicht, dass Herr v. Wallenstein Glückstadt unbehelligt liegen lässt, wenn er uns erst einmal in der Tasche hat."

In diesem Augenblick blitzte es drüben auf einer Schanze auf, das Geschütz verschwand hinter einer Wolke von Pulverqualm, Kanonendonner dröhnte und gleich darauf erzitterte der Wall unter den beiden vom Einschlag des Geschosses in das Erdreich. „Sieh an, man nimmt schon Maß", meinte Herr v. Ahlefeldt und zwirbelte seinen Schnauzbart.

„Ein bisschen höher und sie hätten uns erwischt. Anscheinend sticht ihnen mein Federhut ins Auge." Beckenschläger verspürte ein unangenehmes Gefühl in der Magengegend, als er sich vergegenwärtigte, dass es tatsächlich nicht abwegig war, dass die Kanoniere dort unten die auffällige Gestalt des Oberstleutnants als Zielscheibe ausersehen hatten. Er war deshalb einigermaßen erleichtert, als der Festungskommandant meinte: „Kommt doch lieber hier fort, bevor sie sich eingeschossen haben." Herr v. Ahlefeldt beeilte sich mit dem Absteigen nicht sonderlich, wohl um seinen Soldaten das Bild soldatischer Gelassenheit zu geben – vielleicht entsprach dies auch tatsächlich seiner Natur. Allerdings zog Beckenschläger doch etwas den Kopf ein, als – man war gerade am Fuß des Walls angelangt – ein zweiter Kanonenschuss dröhnte und gleichzeitig unmittelbar über ihm die Palisaden der Brustwehr zersplitterten. Herr v. Ahlefeldt grinste ihn geradezu penetrant an.

VII.

Leutnant Bonifatius Beckenschläger wollte sich am Morgen des 12. November 1628 gerade noch einmal in seinem weichen Federbett umdrehen, als ihn eine ganze Serie von Kanonenschüssen auffahren ließ. Er fuhr in seine Kleider, ergriff Degen und Pistole und stürmte die Treppe hinunter, über die Diele hinaus auf den Marktplatz von Krempe.

Hier rannten bereits Gruppen von Musketieren eilig zur Südseite der Festung. Aufgeschreckte Bürger blickten aus den Fenstern oder standen in hastig übergeworfenen Kleidern vor ihren Häusern. „Der Sturm auf Krempe beginnt!" rief ein Hausdiener dem Leutnant mit allen Anzeichen des Entsetzens zu.

In Minuten hatte Beckenschläger den kurzen Weg zum Südwall zurückgelegt und stand gleich darauf hinter der Brustwehr. Jenseits der Grabens vor dem Elskoper Tor hatten die Kremper eine vorgeschobene Schanze errichtet. Auf diese Stellung konzentrierte sich im Augenblick das Feuer der kaiserlichen Feldgeschütze. Immer wieder blitzte und krachte es drüben. Hohe Fontänen von Erdreich wurden aus dem Wall in die Luft geschleudert.

Aber auch die Kanonen der Kremper erwiderten von der Schanze aus das Feuer. Die ganze Stellung war bereits in dichte Qualmwolken gehüllt, die der frische Morgenwind zwar immer wieder zerriss, die aber auch immer wieder neue Nahrung aus den Feuerschlünden der Kanonen erhielten. Dann setzte die Kanonade von Seiten der Kaiserlichen schlagartig aus. In geschlossenen Reihen stürmten Pikeniere, die gefällten Lanzen wie die Stacheln eines Igels vor sich herschiebend.

Wieder krachten die Geschütze von der Kremper Schanze. Tiefe Breschen wurden in den Lanzenwall gefetzt. „Wahrscheinlich feuern sie jetzt mit Kettenkugeln oder gehacktem Eisen", durchfuhr es den Leutnant. Nun mischte sich in den Kanonendonner das Geknatter von Musketen. Immer mehr angreifende Pikeniere ließen ihre Lanzen zu Boden sinken, brachen selbst zusammen. Die Reihen kamen zum Stillstand, schienen sogar etwas zurückzuweichen.

Von hinten her rückte jetzt unter wehenden Fahnen Blöcke von Musketier- und Arkebusierkompanien nach. Der dumpfe Schlag ihrer Trommeln dröhnte durch den Lärm des Gefechts.

Die zerschlagenen Reihen der Pikeniere wichen zu den Seiten hin aus, um den Schützenkompanien Raum zum Feuern zu geben, und bald krachten von dort die ersten Salven gegen die Verteidiger auf der Schanze. Beckenschläger sah von seinem hochgelegenen Beobachtungsposten, dass auch auf der Schanze sich die Leiber der Gefallenen mehrten.

Da rückte im Eilschritt unter ihm eine Kompanie Musketiere aus dem Südtor hinaus, ihre Schritte trommelten über die Holzbrücke und gleich darauf verteilte sich die Verstärkung unter die gelichtete Linie der Verteidiger.

Als der Leutnant hinter sich in die Festung hinabblickte, sah er, dass bereits drei weitere Kompanien angetreten waren, um notfalls in die vorgeschobene Schanze nachzustoßen. Den mittlerweile bedrohlich nahe herangekommenen kaiserlichen Musketierkompanien schlug nun, da die ersten Verstärkungen in den Kampf eingegriffen hatten, merklich verstärktes Feuer von der Kremper Schanze entgegen.

Die Angreifer stockten. Noch füllten sich die Lücken in ihren vorderen Reihen wieder. Dann aber schien der erste Schwung des Angriffs gebrochen und die Musketiere wichen zurück. Augenblicklich setzte nun wieder das Artilleriefeuer der Wallensteinschen Kanonen ein. Wieder rissen die Geschosse die Schanze auf und schlugen schmerzliche Breschen in die dichtgedrängte Reihe der Verteidiger. Beckenschläger konnte sich nicht vorstellen, dass der Feind tatsächlich den eigentlichen Sturm schon aufgeben wollte. Und in der Tat erfüllte nach einiger Zeit ein Donnern und Dröhnen die Luft.

In langen Reihen galoppierte kaiserliche Kavallerie aus dem Hinterland heran, entfaltete sich vor der Schanze zu breiter Front und jagte mit trommelnden Hufen auf Krempe zu. Wieder krachten die Geschütze auf der Schanze. Auf dem Festungswall aufgestellte Kanonen fielen in das Artilleriegewitter ein, soweit es ihre Reichweite erlaubte.

Zwischen den Reitern spritzten Erdfontänen auf, die ersten Pferde brachen zusammen, überschlugen sich. Dann peitschte eine geschlossene Musketensalve der schon merklich gelichteten Kavalleriefront entgegen und riss zahlreiche Pferde zu Boden oder die Reiter aus den Sätteln.

Unten dröhnten wieder Stiefeltritte auf der Holzbrücke über den Festungsgraben. Eine weitere Musketierkompanie rückte in die Schanze ein. Ihnen entgegen schleppten sich Verwundete, die noch ihre Beine gebrauchen konnten. Die kaiserliche Reiterei hatte schon fast den Wall der vorgeschobenen Stellung erreicht, als ihr die Wucht einer geschlossen abgegebenen Musketensalve der frisch nachgerückten Kompanie entgegenschlug. Nun rissen die überlebenden Reiter ihre Pferde herum und jagten auf die eigenen Stellungen zurück.

Und wieder hämmerte die feindliche Artillerie wütend auf die Schanze ein. Es folgte jetzt jedoch vorerst kein weiterer Angriff mehr. Auch die Kanonade wurde langsam schwächer und schlief schließlich ganz ein. Die Verteidiger hatten ebenfalls schwere Verluste erlitten. Besorgt sah Oberstleutnant v. Ahlefeldt den Zug der Verwundeten, die sich aus eigener Kraft in die Festung zurückschleppten, teilweise auch von Kameraden gestützt oder gar getragen wurden.

„Noch zwei oder drei solcher Angriffe", meinte der Kommandant, „dann ist der Feind in der Festung."

VIII.

Während des Tages verhielt sich der Feind verhältnismäßig ruhig. Nur hin und wieder schlugen
  Kugeln seiner Feldgeschütze in die Festungswälle, zersplitterten hier und da auch eine Brustwehr.

Weiteren Schaden richteten diese gelegentlichen Feuerüberfälle jedoch nicht an. Zum Glück für die Festung schien es auch jetzt den Belagerern an jeglicher schwerer Belagerungsartillerie zu fehlen. Gegen Abend näherte sich dann ein Reitertrupp der vorgeschobenen Schanze am Elskoper Tor. Es handelte sich um einen Offizier und vier Arkebusiere zu Pferd, von denen einer eine weiße Fahne hochhielt.

Der wachhabende Kremper Hauptmann ließ sofort den Kommandanten benachrichtigen. Obwohl es ihn innerlich dazu drängte, selbst an das Tor zu eilen, beschloss Herr v. Ahlefeldt, dass es aus Gründen der Diplomatie geboten sei, den Parlamentär – ohne ein Zeichen der Erregung abzugeben – in der Kommandantur zu empfangen. Dabei bat er Beckenschläger, bei der Unterredung zugegen zu sein, damit dieser später dem Obersten v. Rantzau berichten konnte. Der Oberstleutnant ließ den kaiserlichen Offizier – es handelte sich um einen Obristen – sogar noch eine geraume Zeit in der Diele warten, bevor er ihn in sein Arbeitszimmer bitten ließ. „Was führt Euch zu mir, mein Herr?", begann v. Ahlefeldt die Unterredung. „Ich komme in Vollmacht des Generalissimus Wallenstein, Herzog von Friedland und Mecklenburg. Oberst Scharffenberg ist mein Name", lautete die Auskunft. „Um weiteres Blutvergießen zu ersparen, fordert mein Feldherr die Übergabe der Festung."

„Nun, ich sehe meine Aufgabe nicht darin, meine Festung zu übergeben, sondern sie zu halten, mein Herr. Wenn ich mich recht erinnere, haben Eure Truppen doch gerade eine blutige Abfuhr erlitten." Der Parlamentär gab sich gleichgültig. „Der Herr Kommandant wird diesem einleitenden Geplänkel doch wohl keine ungebührliche Bedeutung zumessen. Was Ihr heute morgen erlebt habt, sollte Euch nur den Ernst Eurer Lage vor Augen führen. Es war keineswegs der Generalsturm."

„Wir sind gerüstet, um jedem weiteren Angriff gefasst entgegenzusehen." Herr v. Ahlefeldt gab sich selbstsicher, aber Beckenschläger musste doch an seine Worte vom Vormittag denken.

Der kaiserliche Offizier fuhr bereits fort: „Mein Auftrag geht dahin, Euch nicht über die Stärke der Euch gegenüberstehenden Truppen im Unklaren zu lassen. Mein Feldherr hat einen Großteil seiner Armee hierhergeführt, um mit beiden Festungen kurzen Prozess zu machen. Wie stark wir sind, mögt Ihr daraus entnehmen, dass wir uns nicht scheuen, Euch die Namen der hier versammelten Regimenter mitzuteilen."

Um den Eindruck seiner Worte zu unterstützen, holte Oberst Scharffenberg ein Papier aus seinem Wams und entfaltete es umständlich, bevor er zu lesen begann:

„Zunächst zur Infanterie. Da haben wir das Regiment zu Fuß Obrist Freiherr Johann v. Aldringen, das Regiment zu Fuß Obrist Thomas Cerboni, das Deutsche Regiment zu Fuß Obrist Freiherr Rudolf v. Colloredo, das Regiment hochdeutscher Knechte Generalleutnant Albrecht v. Wallenstein, das Regiment hochdeutscher Knechte Obrist Rudolf Maximilian, Herzog von Sachsen-Lauenburg, das Regiment hochdeutscher Knechte Obrist Franz Albrecht, Herzog von Sachsen-Lauenburg, das Regiment hochdeutscher Knechte Obrist Georg, Herzog von Braunschweig und Lüneburg, das Wallonische Regiment Obrist Johann, Graf zu Nassau, das Regiment hochdeutscher Knechte Generalwachtmeister Graf Hannibal von Schaumburg, das Regiment hochdeutscher Knechte Feldzeugmeister Graf Heinrich von Schlick und das Deutsche Regiment zu Fuß Feldmarschallleutnant Marquese Torquato Conti di Quadagnola." Der Parlamentär hielt inne, einmal wohl um Atem zu schöpfen, vor allem aber um diese Kaskade klingender Namen und Titel erst einmal auf Herrn v. Ahlefeldt wirken zu lassen.

Wenn dieser tatsächlich beeindruckt war, so ließ er es sich jedenfalls nicht anmerken. Mit einer lässigen Handbewegung meinte er nur: „Fahrt fort." Der kaiserliche Oberst sah wieder auf seine Liste. „Nun zur Reiterei. Da haben wir das Arkebusier-Regiment Obrist Graf Johann Peter von Coronini, das Arkebusier-Regiment Obrist Johann von Götz, das Arkebusier-Regiment Obrist Rydon Mayance, das Arkebusier-Regiment Obrist Scharffenberg – mein Regiment, mit Verlaub – das Arkebusier-Regiment Obrist Sparr und das Kroatische Regiment Obrist Graf Ludwig Isolano."

„Das sind ja alles ganz schöne Namen, Herr Oberst", gab Oberstleutnant v. Ahlefeldt zu.

„Nicht nur Namen. Hinter den Namen stehen mindestens zwölftausend Mann kampferprobter Truppen." Der Kommandant von Krempe war ganz in Gedanken versunken. „Im übrigen sind weitere Regimenter im Anmarsch – vor allem auch unsere schwere Belagerungsartillerie", stieß Oberst Scharffenberg noch nach. Beckenschläger überlegte, ob dies nun ein Bluff war, aber immerhin war die Liste der Regimentsnamen schon beeindruckend genug gewesen. „Das ist ja alles schön und gut", meinte nun v. Ahlefeldt. „Aber wie lange glaubt Ihr denn, eine solche Truppenansammlung hier in diesem verödeten Gebiet zusammenhalten zu können. Eure Nachschubprobleme sind uns wohlbekannt."

„Ich will Euch gar nicht verhehlen, dass dies natürlich ein Problem für uns ist. Für die paar Tage, die ein ernsthafter Sturm auf die Festungen allenfalls in Anspruch nehmen wird, reichen unsere Vorräte aber allemal. Gerade die Versorgungslage unserer Truppen sollte Euch davon überzeugen, dass wir es uns nicht leisten können, hier eine längere Belagerung durchzuführen. Wir sind geradezu gezwungen, ab morgen alle unsere Macht gegen Euch einzusetzen. Natürlich wird der Generalsturm auch uns Verluste bringen; für uns ist das aber ein Aderlass, den wir verschmerzen können – für Euch jedoch wird es die völlige Vernichtung bedeuten."

Herr v. Ahlefeldt war jetzt doch sehr nachdenklich geworden und auch Beckenschläger fragte sich, ob die Aufopferung der kleinen Festungsbesatzung gerechtfertigt sei. Immerhin würde auch ein verlustreicher Sturmangriff die draußen versammelte Armee nicht entscheidend schwächen. Und dass Wallensteins Truppen einige Tage länger gebunden sein würden, fiel für das Gesamtgeschehen schließlich auch nicht wesentlich ins Gewicht. Der Festungskommandant fasste seinen Kontrahenten fest ins Auge.

„Nur einmal gesetzt den Fall, ich würde Krempe übergeben. Welche Bedingungen habt Ihr zu bieten?" „Das Leben Eurer Truppen und die Sicherung ihres persönlichen Besitzes. Außerdem den Verzicht auf Plünderung der Zivilbevölkerung." „Das versteht sich bei einer Kapitulation doch von selbst", lautete v. Ahlefeldts Antwort.

„Wenn wir überhaupt eine Übergabe in Erwägung ziehen wollen, dann nur gegen ehrenvollen Abzug der Besatzung mit allen Waffen nach Glückstadt." „Dafür habe ich keine Vollmacht", sagte Oberst Scharffenberg. „Dann schlage ich vor, dass Ihr diese Möglichkeit Herrn von Wallenstein unterbreitet. Es wird sicherlich nicht schaden, wenn beide Seiten die Sache überschlafen und wir unser Gespräch morgen früh fortsetzen." Der Parlamentär sah wohl ein, dass im Augenblick nicht mehr zu erreichen war. Er verabschiedete sich und stellte eine erneute Zusammenkunft für den nächsten Morgen in Aussicht.

IX.

Bereits früh hielt sich Leutnant Beckenschläger am nächsten Morgen des 13. November 1628 bereit, da nicht vorherzusehen war, wann Wallensteins Antwort eintreffen würde.

Am vorangegangenen Abend hatte Herr v. Ahlefeldt die Chefs seiner Kompanien und die übrigen höheren Offiziere zusammengerufen, um die Möglichkeit einer Übergabe der Festung zu erörtern.

Zunächst war ihm bloßes Entsetzen entgegengeschlagen. Allmählich hatte sich dann aber die Auffassung durchgesetzt, dass man zu einem späteren Zeitpunkt kaum günstigere Voraussetzungen für dann womöglich doch unumgängliche Verhandlungen haben würde. Ja, es wurden nach ruhigerer Überlegung sogar Stimmen laut, dass es wahrscheinlich nach einem ernsthaften Generalsturm auf Krempe überhaupt keine Verhandlungen mehr geben würde. Irgendeine Hoffnung auf Entsatz der Festung war in absehbarer Zeit ohnehin nicht gegeben.

Schließlich war man mit dem Entschluss auseinandergegangen, dass bei Gewährung eines ehrenvollen Abzugs unter Mitnahme aller Waffen und Ausrüstung das Angebot der Übergabe akzeptiert werden könne. In gewisser Weise hatte man sich mit dem Gedanken beruhigt, dass in diesem Fall die Besatzung von Glückstadt ja wesentlich verstärkt werden würde. Bereits kurz nach acht Uhr erschien der Parlamentärstrupp mit der weißen Fahne wieder vor Krempe.

„Wie lautet die Antwort Eures Herrn Generalissimus, Herr Oberst?", empfing Herr v. Ahlefeldt den kaiserlichen Offizier. Dieser wirkte jetzt recht entschlossen und kurz angebunden. „Ehrenvoller Abzug der Truppen nach Glückstadt. Alle Waffen, Munition und sonstige Ausrüstung verbleiben in der Festung. Die Besatzung von Krempe wird nicht als Verstärkung von Glückstadt eingesetzt, sondern ohne Verzug von dort über See abtransportiert. Für letzteres haftet Ihr mit Eurem Ehrenwort als Offizier. Das sind die Bedingungen. Nehmt sie an oder der Generalangriff beginnt noch heute." Herr v. Ahlefeldt versuchte, Haltung zu bewahren, konnte aber nicht verhindern, dass er blass wurde.

„Aber das ist ja nicht viel besser als eine bedingungslose Kapitulation. Herr Oberst, gebt mir eine Stunde Bedenkzeit. Diese Bedingungen muss ich mit meinen Offizieren beraten."

Scharffenberg war einverstanden und v. Ahlefeldt rief seine Offiziere in die Kommandantur. „Meine Herren", begann er und blickte seine Offiziere einen nach den anderen an. „Diese Bedingungen werde ich keinesfalls annehmen. Ich kann das mit meiner Ehre als Offizier seiner Majestät einfach nicht vereinbaren." Zustimmung wurde laut. Dann meinte allerdings ein älterer Hauptmann: „Es wird doch nichts so heiß gegessen, wie es gekocht wird. Lasst uns überlegen, wie weit wir ein Nachgeben mit unserer Ehre vereinbaren können und dann ein Gegenangebot machen. Über eines müssen wir uns doch im Klaren sein: Wir können hier zwar ehrenhaft fechtend untergehen, aber halten können wir die Festung kaum." Dagegen wusste allerdings auch niemand etwas einzuwenden. Man beriet also, wie weit man gehen könne, und kam zu dem Schluss, dass ein Abzug nach Glückstadt unter Mitnahme der persönlichen Ausrüstung einschließlich der blanken Waffen und Handfeuerwaffen und unter wehenden Fahnen, aber unter Zurücklassung der Geschütze und der dazugehörenden Munition, noch mit der soldatischen Ehre vereinbar sei.

Diesen Entschluss teilte Herr v. Ahlefeldt dem Parlamentär als äußerstes Zugeständnis für eine kampflose Übergabe mit. Der Obrist Soharffenberg schien zu schmunzeln, als er den Bescheid entgegennahm – etwa wie ein Spieler, der seinen Gewinn einstreicht. Beckenschläger fragte sich, ob derartige Bedingungen nicht ohnehin im Rahmen seiner Vollmacht gelegen hatten.

Wie dem auch gewesen sein mag, der Parlamentär erklärte, nicht selbst hierzu Stellung nehmen zu können, kündigte aber an, im weiteren Verlauf des Tages die Antwort seines Oberbefehlshabers zu übermitteln. Tatsächlich kam die Abordnung der Parlamentäre am Nachmittag ein drittes Mal in die Festung.

Oberst Scharffenberg teilte mit, dass der Herzog von Friedland und Mecklenburg – zwar unter Bedenken, aber immerhin – bereit sei, die Übergabe der Festung Krempe zu den von Herrn v. Ahlefeldt zuletzt genannten Bedingungen entgegenzunehmen. Allerdings müsse es bei der Verpflichtung bleiben, die Kremper Truppen bei nächster Gelegenheit aus Glückstadt abzutransportieren.

Herr v. Ahlefeldt mochte sich zwar nicht sicher sein, ob es überhaupt im Rahmen seiner Befugnisse lag, eine solche Verpflichtung einzugehen, stimmte aber trotzdem in diesem Punkt zu. Daraufhin reichten sich die beiden Offiziere feierlich die Hände. Als Termin für die Übergabe wurde der folgende Tag, der 14. November 1628, um neun Uhr morgens festgelegt.

X.

Als der Leutnant Bonifatius Beckenschläger am Vormittag des 14. November an der Spitze des Zuges dicht hinter Herrn v. Ahlefeldt und einigen Offizieren auf der Straße von Krempe nach Glückstadt dahinritt, sah er beiderseits der Straße über die Felder Einheiten der kaiserlichen Armee ebenfalls bereits nach Westen ziehen.

Die Übergabe der Festung war ziemlich rasch vor sich gegangen und von dem Generalissimus Wallenstein persönlich entgegengenommen worden. Für den Leutnant war es ein eigentümliches Gefühl gewesen, diesem zurzeit wohl bekanntesten Heerführer des katholischen Lagers in nächster Nähe gegenüberzustehen. Die Trommler hatten dann den Marschtakt angeschlagen und unter wehenden Fahnen war die Besatzung Krempes aus dem Westtor der Festung hinausgezogen.

Wenn Beckenschläger in diesem Augenblick überhaupt so etwas wie Niedergeschlagenheit oder Wehmut verspürt haben mochte, so blies ihm während des Ritts der kräftige Westwind solche Gedanken aus dem Kopf. im Gegenteil fühlte er plötzlich eine Art unbändiger Freude darüber, dass er heil aus der Festung herausgekommen war und vor allem in nächster Zeit seine Maureen wiedersehen durfte.

Vor den Wällen Glückstadts wurde dem Leutnant allerdings schnell wieder bewusst, dass ihn auch in der Elbfestung nicht eine Zeit himmlischen Friedens erwartete.

Wallensteins Soldaten hatten bereits überall im Vorfeld eine rege Tätigkeit entfaltet. Tatsächlich schien schon während des vorangegangenen Tages oder jedenfalls während der Nacht eine Verlegung der Truppen in die unmittelbare Nähe Glückstadts vorgenommen worden zu sein. Die Felder und Wiesen waren bedeckt mit kleineren und größeren Zeltlagern, neue Schanzen entstanden und Gräben wurden ausgehoben.

Auch gegenüber der vorgeschobenen Glückstädter Schanze vor dem Kremper Tor waren Musketiere und Artillerie in Stellung gegangen.

Es konnte keinem Zweifel unterliegen, dass Wallenstein sich anschickte, nun auch die letzte Festung des Dänenkönigs an sich zu reißen. Vorerst allerdings durfte der Zug aus Krempe, der wohl an die 1.500 Mann umfasste, ungehindert die Sperren passieren und nach Glückstadt einziehen. Natürlich war das Herannahen des Zuges von Glückstadt aus schon seit einiger Zeit beobachtet worden. Als die Truppen durch das Kremper Tor einrückten, kam ihnen bereits Oberst Marquard v. Rantzau an der Spitze seines Gefolges entgegen. „Ich glaube, Ihr müsst mir einiges erklären, Herr v. Ahlefeldt", sagte der Kommandant von Glückstadt nach einer kurzen Begrüßung. Beide Offiziere setzten daraufhin ihre Pferde in Trab und ritten in Richtung auf das Kommandantenhaus am Hafen fort. Keiner der übrigen Offiziere folgte, da keine Aufforderung an sie ergangen war. Jeder konnte sich vorstellen, dass das, was beide jetzt zu besprechen hatten, vorerst jedenfalls am besten unter vier Augen geschah. Die Kremper Truppen marschierten weiter zum Marktplatz, um sich dort zu sammeln. Da Beckenschläger sich den Truppen nicht direkt zugehörig fühlte, benutzte er an der nächsten Querstraße, die die Radialstraßen untereinander verband, die Gelegenheit, sein Pferd zur Seite zu lenken. Auf kürzestem Weg erreichte er das Haus des Stadtschreibers Gabel. Von der allgemeinen Aufregung in der Stadt angesteckt, war auch Maureen bereits vor die Tür getreten. Beckenschläger sprang vom Pferd und wortlos schloss er das Mädchen in seine Arme.

XI.

Der Sturm rüttelte gegen die Scheiben der Fenster und immer wieder prasselten Regenschauer gegen das Glas.

Oberst v. Rantzau ging unruhig in seinem Arbeitszimmer auf und ab.

„Es ist nur ein Trost, dass es den Kaiserlichen draußen noch schlechter geht als unseren Leuten auf den Wällen. Die können sich wenigstens nach Ende der Wache gehörig aufwärmen und trocknen", meinte er. „Glaubt Ihr, dass Wallenstein bei diesem Sauwetter die Belagerung durchhalten wird?" fragte Beckenschläger. „Das weiß Gott – oder der Teufel. Nur wird dieses Wetter ja nicht ewig anhalten. Ich mag gar nicht daran denken, wenn der erste Frost kommt und die Gräben zufrieren. Wer weiß, ob die Schleuse des Batardeau für genügend Durchspülung sorgt, um auch bei starkem Frost das Gefrieren zu verhindern."

„Im vorigen Jahr ist es ja auch überstanden worden", versuchte der Leutnant Zuversicht zu verströmen. „Da waren die Kaiserlichen auch nicht stark genug, um einen Sturm zu wagen. Außerdem hatte da der Angreifer noch die andere Festung im Rücken", fügte der Oberst grimmig hinzu. „Wenn ich mir die Bemerkung erlauben darf, ich meine nicht, dass man Herrn v. Ahlefeldt einen Vorwurf aus der Übergabe der Festung machen kann", wagte Beckenschläger eine Entschuldigung für den Kremper Kommandanten.

„Ja, ja, ich weiß. Herr v. Ahlefeldt hat mir seine Gründe schon plausibel gemacht. Aber das ändert doch nichts an der Tatsache – an der Tatsache, dass wir nun völlig auf uns gestellt einem drei- oder viermal überlegenen Angreifer gegenüberstehen. Mit der Hälfte der Kanonen, die Krempe hatte – und die Wallenstein jetzt zusätzlich in seinen Händen hat. Beckenschläger sah ein, dass es wenig Sinn hatte, an dem Ernst der Lage herumzudeuten.

Es waren jetzt zwei Tage seit der Übergabe von Krempe vergangen. Offenbar hatte Wallenstein nur eine kleine Besatzung in die eingenommene Festung gelegt und die ganz überwiegende Mehrzahl seiner Truppen vor Glückstadt zusammengezogen. Es war nur als ein Glücksumstand zu bezeichnen, dass der Regen der letzten Tage die Marsch nur schwer passierbar gemacht hatte und die Truppenbewegungen sich auf die wenigen Straßen und Wege beschränken mussten.

Trotzdem hatte man energisch die Schanzarbeiten um Glückstadt herum in Angriff genommen. Beckenschläger konnte sich ausmalen, dass die vielen neuen Schanzen bei einsetzender Trockenheit sehr bald mit den Kanonen aus Krempe bestückt sein würden. Waren dann erst einmal Breschen in die Wälle geschossen, dann würde die Besatzung kaum der Übermacht lange standhalten können. „Wenn wenigstens Oberst Morgan mit den Verstärkungen aus England herankommen würde", fuhr v. Rantzau schon fort. „Aber bei diesem Wetter – Ihr könnt Euch ja vorstellen, wie es erst auf See aussieht – ist in den nächsten Tagen kaum mit der Ankunft von Schiffen zu rechnen." „Vielleicht bringt uns ja der Name unserer Festung Glück", meinte Beckenschläger hilflos und eigentlich mehr, um überhaupt etwas zu sagen.

„Das ist auch so ziemlich die einzige Hoffnung, die ich im Augenblick habe", knurrte der Oberst. Dann aber riss er sich zusammen, als sei ihm bewusst geworden, in seiner Mutlosigkeit gegenüber dem jungen Offizier zu weit gegangen zu sein. „Aber wir wollen den Kopf nicht hängen lassen, Herr Leutnant. Was uns zugedacht ist, werden wir schon früh genug erfahren. Macht Ihr für heute Schluss und geht zu Eurer kleinen Irin. Deren Gesellschaft ist Euch sicher lieber als die Eures alten Obristen. Hier gibt es heute doch nichts mehr zu tun." „Ich werde noch einen Gang über die Wälle machen", meinte Beckenschläger. Dabei ärgerte er sich schon über sich selbst und sagte sich, dass er gar keinen Grund hatte zu bemänteln, dass er tatsächlich nur darauf wartete, wieder zu Maureen eilen zu können.

XII.

Draußen auf der Straße bemerkte Leutnant Beckenschläger erst richtig, welche Gewalt der Sturm inzwischen entwickelt hatte. Im ersten Augenblick bereitete es ihm Schwierigkeiten, auf den Beinen zu bleiben, als gerade eine heftige Böe um das Haus herumfauchte. Trotzdem entschloss er sich, seinen Weg ein Stück zum Hafen hinaus zu nehmen.

Es war bereits am Spätnachmittag und der graue Wolkenhimmel hing tief und düster. Sobald der Leutnant den Schutz der letzten Häuser an der Hafenstraße verlassen hatte, traf ihn voll die Wucht des Sturmes. Er musste sich schräg gegen den Wind stemmen,um nicht dessen

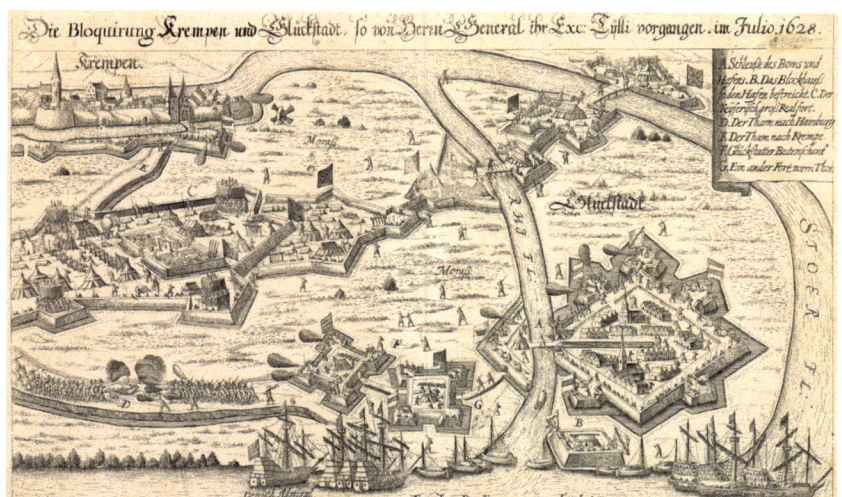

Belagerungsplan der Festung Glückstadt und Krempe von 1628.

Spielball zu werden. Die eisigen Regenschauer bissen dabei in sein Gesicht. In Höhe der Schleuse, die den inneren Teil des Hafens vom offenen Außenhafen trennte, bauten Soldaten – in aufgeweichte Mäntel gehüllt – aus Sandsäcken eine Barrikade quer über die Straße bis hin zum Festungswall, der hier nach Nordwesten gleichzeitig den Elbdeich bildete.

Draußen hatte das Wasser bereits die Höhe des Hafendamms erreicht und spülte schon darüber hinweg. Eigentlich ließen nur noch die aus dem Wasser ragenden Dalben erkennen, wo das Hafenbecken verlief. Seltsam hoch getragen schwankten hier draußen nur zwei größere Schiffe hin und her. Die übrigen Fahrzeuge waren schon vorsorglich in den Binnenhafen hinter der Schleuse verholt worden. Weit draußen ragte das Blockhaus wie eine Insel aus dem schäumenden und brodeln-den Nass. Durch den heulenden Sturm kämpfte sich Beckenschläger auf den Wall nördlich des Hafens durch.

Auch hier war das Vorfeld der Elbmarschen bereits überspielt und in einen weiten See verwandelt. Ungehindert fegte hier der Nordwest über die weite Wasserfläche. Dem Leutnant war es kaum möglich, sich oben auf dem Wall zu halten, er duckte sich in den Schutz der Brustwehr. Nur hier und da stampfte an dieser Stelle ein Posten – fest in seinen Mantel gehüllt – mühsam gegen das Wetter.

Sein Weg führte Beckenschläger auf die Königsbastion im Norden der Festung. Ein Leutnant hatte das Kommando über die dort aufgestellte Batterie. Schwarzglänzend schimmerten die regennassen Rohre der Kanonen. „Im Vergleich zu denen da unten haben wir es hier direkt komfortabel", meinte der Offizier und wies auf die Zeltlager rechter Hand des Deiches, auf dem die Straße nach Norden hinausführte.

Tatsächlich waren die Soldaten der kaiserlichen Armee dort draußen nicht zu beneiden. Der Damm hielt zwar des Elbwasser zurück, aber der Regen hatte den Marschboden aufgeweicht und überall hatten sich große Pfützen und Bäche gebildet. Der Nordweststurm jagte hier ungehindert über das Land und Beckenschläger konnte sich vorstellen, dass auch die Zelte, um die man kleine Schutzwälle errichtet hatte, nur notdürftigen Schutz böten. „Hoffentlich holen sie sich so nasse Füße, dass ihnen die Lust zum Bleiben vergeht", antwortete Beckenschläger nur kurz.

Dann entschloss er sich, seinen Gang auf den Wällen zu beenden und strebte eilig ins Innere der Stadt zurück. Es war eine wahre Wohltat, als er dann endlich in der warmen Stube des Stadtschreiberhauses saß. Man räumte ihm einen Platz direkt am Ofen ein, damit er sein durchnässtes Zeug trocknen konnte. Ohnehin war aber die Nähe Maureens dazu angetan, den Leutnant wieder zu erwärmen.

Der Stadtschreiber Gabel fühlte sich an diesem Abend nicht wohl. Die Gicht säße ihm wieder mächtig in den Knochen und in den letzten Tagen sei noch eine heftige Erkältung hinzugekommen, sagte er und zog sich deshalb bald in sein Schlafzimmer zurück. Kurz darauf folgte ihm seine Frau – unter allen Anzeichen der Müdigkeit – nach, sodass Beckenschläger mit seiner Maureen allein war.

„Solch eine Gelegenheit bietet sich vielleicht so bald nicht wieder", dachte der Leutnant und flüsterte dem Mädchen etwas ins Ohr. Sie errötete und lachte kokett, doch dann nahm sie den Geliebten bei der Hand und führte ihn schnell in ihre Kammer. Erst jetzt fanden die beiden in Glückstadt Gelegenheit, ihr Wiedertreffen ungestört auszukosten, und es war bereits weit nach Mitternacht, als der Leutnant das Haus des Stadtschreibers verließ.

Der Sturm jagte mit womöglich noch größerer Gewalt als am Abend durch die leeren Straßen der Stadt. Als sich Beckenschläger endlich durch das Unwetter bis zur Hafenstraße durchgekämpft hatte, fand er dort noch rege Tätigkeit vor. Eine größere Anzahl von Soldaten war immer noch damit beschäftigt, die Sandsackbarrikade an der Schleuse laufend zu verstärken und zusätzlich Erdreich aufzuschütten. Es war auf diese Weise in den vergangenen Stunden ein regelrechter kleiner Deich entstanden, der quer über den Hafendamm verlief. Obwohl es ihn eigentlich mit aller Gewalt in sein Bett zog, ging Beckenschläger doch noch bis zur Arbeitsstelle hinaus.

Der aufgepeitschte Elbstrom brandete gegen die Wasserwehr und hin und wieder, wenn eine Böe besonders heftig war, leckte er schon gierig über die Krone des Damms hinweg. Auch die Schleusentore zur Linken wurden immer wieder von Brechern überspült.

Ein Hauptmann führte die Aufsicht über die Arbeiten und wandte sich dem Leutnant zu.

„So etwas habe ich noch nicht erlebt!", schrie er durch das Heulen des Sturmes. „Dabei haben wir zurzeit sogar ablaufendes Wasser. Wenn der Sturm bis zur Flut nicht abflaut, steht Glückstadt morgen unter Wasser."

Beckenschläger fand, dass er im Augenblick keine große Hilfe bieten konnte und trat den Rückweg zum Haus des Kommandanten an. Wohl oder übel verfiel er dabei in Laufschritt, so sehr trieb ihn die Macht des Sturmes, der ihn jetzt im Rücken traf, voran.

XIII.

Nur wenige Stunden fand der Leutnant Schlaf und auch dies war nur mehr oder weniger ein Dahindämmern. Zu unheimlich tobte die Naturgewalten um das Haus. Gegen Morgen riss ihm dann lautes Krachen vollends wieder aus dem Bett. Auf dem Flur kamen ihm bereits aufgeregte Dienstboten entgegen. „Eben ist ein Teil des Daches heruntergekommen", rief ihm jemand zu.

Aufgelöst watschelte die alte Köchin mit wirren Haaren heran. „Das ist der Zorn des Herrn", stammelte sie, „die ganze Stadt wird in den Fluten versinken." Beckenschläger schaute zur Haustür hinaus. Auf der Straße lagen in Mengen zerschlagene Dachziegel herum.

Dies war jedoch nicht einmal das Beunruhigendste. Um die Scherben spülte nämlich bereits Wasser. Zweifellos handelte es sich nicht um Pfützen, die der Regen gebildet hatte. Es war eine zusammenhängende, schwappende Wasserfläche, die vom Hafen her die Straße entlangströmte. Noch bedeckte sie zu den Boden erst wenig mehr als eine Hand breit, aber der ständige Zufluss war unverkennbar. „Der Binnenhafen läuft über. die Stadt wird bald unter Wasser stehen." Oberst v. Rantzau war neben den Leutnant in den Türeingang getreten. Beckenschläger hatte bisher nur auf den Wasserfluss unmittelbar vor sich auf der Straße gesehen. Jetzt hob er den Blick und sah, dass das Wasser des Binnenhafens die gleiche Höhe erreicht hatte und hinüber bis zur anderen Seite des Hafens einen breiten See bildete.

„Die Schleusentore sind übergelaufen – oder sogar gebrochen", fuhr v. Rantzau fort. „Lasst die Pferde satteln. Wir wollen sehen, wie es auf den Wällen aussieht."

Kurze Zeit später ritten sie zur Mitte der Stadt zum Marktplatz. Zunächst umspülte die Flut die Hufe der Pferde und ließ erst allmählich nach, je weiter sie sich vom Hafen entfernten. Auf dem Marktplatz waren bereits die Truppen zum Frühappell angetreten. Die gewohnte Ordnung wurde natürlich nur mühsam eingehalten. Die Macht des Nordweststurms wurde hier nur wenig durch die Häuser abgebremst und fegte auch auf dem Platz durch die Reihen der Soldaten, die sich verzweifelt gegen das Unwetter anstemmten.

Da jagte ein Offizier zu Pferd vom nördlichen Festungsrand heran. „Der Straßendamm ist gebrochen", schrie er, noch während er sein Pferd parierte. Sofort gab Oberst v. Rantzau seinem Pferd die Sporen und hetzte es in das Unwetter hinein, die Straße am nördlichen Fleth entlang zur Königsbastion. Beckenschläger versuchte, ihm zu folgen, hatte aber alle Mühe, sein Pferd gegen den peitschenden Sturm vorwärts zu zwingen.

Von der hochgelegenen Bastion hatte man den Eindruck, man blicke über das aufgewühlte Meer. Der Straßendamm nach Norden war an mehreren Stellen durchbrochen und die Wassermassen schütteten mit Urgewalt brodelnd durch die Lücken, um sich dann landeinwärts über das ganze Vorfeld der Festung zu verbreiten.

Von dem Festungsgraben war nichts mehr zu erkennen – er war bereits eins geworden mit der entfesselten Elbe. Bis an den Fuß der Bastion brandeten die Wogen. So weit das Auge sah, war nur graues Wasser. Die Zelte der Belagerungsarmee – soweit sie nicht schon fortgerissen waren – schwankten, fielen in sich zusammen, wurden im Strudel fortgeschwemmt nach Osten. Kanonenrohre verschwanden in den Fluten oder reckten ihre Mäuler hilflos gegen den Himmel, wenn die frisch aufgeschütteten Schanzen unter den Rädern ihrer Lafetten weggespült waren.

Von den Soldaten der kaiserlichen Armee war im Bereich nördlich der Festung nichts mehr zu erblicken. Beckenschläger vermutete, dass sich wenigstens die Menschen beim Einbrechen der Wassermassen noch in aller Eile in Sicherheit gebracht hatten.

Oberst v. Rantzau wie auch die Offiziere seiner Begleitung waren von ihren Pferden gestiegen. Lange stand der Kommandant an der Brustwehr und schaute nachdenklich schweigend über die Wasserwüste. Dann gab er sich einen Ruck. „Meine Herren, wir wollen sehen, wie es an den anderen Seiten der Festung aussieht."

Langsam begann man den Rundgang über die Wälle, zunächst nach Osten zur Nordbastion und zum Kremper Tor. Tatsächlich gewann man den Eindruck, sich auf einer Insel zu befinden. Das Wasser der Elbe schob sich unaufhaltsam unter dem Toben des Sturmes über die ebenen Wiesen und Felder.

Am Kremper Tor erkannte Beckenschläger, dass sich auch im Süden eine Wasserfläche ausbreitete und an der Festung vorbei tief ins Land vorschob. Offenbar war auch der Deich nach Kollmar hin gebrochen.

Vor dem Ostwall mit dem Kremper Tor in seiner Mitte vereinigten sich die vordringenden Fluten und bald war alles weithin ein einziges graues Meer. Nur der Damm der Straße nach Krempe ragte noch einige Zeit als schmales Band aus der Wasserwüste. In der Ferne sah man Nachzügler der kaiserlichen Truppen davonziehen. Sonst waren nur hier und da Baumkronen und die Dächer der verstreut stehenden, von ihren Bewohnern schon längst verlassenen Gehöfte zu sehen.

Als der Oberst mit seinem Stab am Kremper Tor angelangt war, kam von der Südseite ein Offizier entgegengeeilt. „Im Süden steht alles unter Wasser", meldete er. „Die Zelte der feindlichen Truppen sind überall verschwunden." „Genau wie im Norden und hier im Osten", murmelte Herr v. Rantzau. „Das heutige Datum wird wohl in die Geschichte unserer Festung eingehen. Der 17. November anno 1628 – Allerheiligen. Ich möchte unserem Pastor ein Thema für seine Dankpredigt empfehlen: ‚Der Herr hat sie geschlagen, mit Mann und Ross und Wagen.' Meine Herren ich glaube, nicht zu viel zu sagen, wenn ich behaupte, mit dem heutigen Tage ist das Ende der Belagerung der Festung Glückstadt gekommen." „Hoffentlich nicht auch das Ende der Festung selbst", meinte da Herr v. Ahlefeldt, der neben dem Obersten v. Rantzau stand.

„Der Feind mag ja abziehen, aber der Sturm scheint immer noch mehr anzuschwellen."

Der Glückstädter Kommandant sah den Kremper etwas unwirsch an. „Malt mal den Teufel nicht an die Wand, Herr v. Ahlefeldt. Ihr wisst doch, wir führen Frau Fortuna in unserem Wappen. Hat sie uns gegen den Kaiser und seinen Generalissimus geholfen, wird sie uns wohl nicht dem Meeresgott zum Fraße vorwerfen."

Der Angesprochene wiegte jedoch bedenklich sein Haupt und wies nur wortlos nach hinten in die Stadt. Da hatte allerdings inzwischen die Hauptstraße, die vom Kremper Tor zum Markt führte, das Aussehen eines Kanals bekommen. Beckenschläger war an die Brustwehr geeilt und stellte erschrocken fest, dass die Flut unten die Höhe des Stadttores erreicht hatte und nun unter den Bohlen des Tores hindurch ins Innere der Festung spülte. Jetzt wurde auch Herr v. Rantzau lebendig. „In der Tat", rief er aus, „wir stehen hier herum und inzwischen wird uns die Stadt unter den Füßen weggespült."

Sofort gab er den Befehl, auch das Kremper Tor durch eine Sandsackbarrikade sichern zu lassen. Bald arbeiteten an dieser Stelle Soldaten im Schweiße ihres Angesichts, wobei sie bis zu den Waden im Wasser stehen mussten.

XIV.

Erst am folgenden Tage legte sich die Gewalt des Sturmes, nachdem er sich während des ganzen 17. November und auch während der folgenden Nacht mit aller Macht ausgetobt hatte.

Zeitweilig war die Lage der Festung, deren Besatzung jetzt, statt gegen Belagerer in Menschengestalt zu kämpfen, den Ansturm der Wassermassen abwehren musste, doch recht kritisch gewesen. Die Nordwestseite mit der Königsbastion war vor allem dem Toben der Naturgewalten ausgesetzt gewesen. Dort hatten die Brecher immer wieder immer größere Brocken aus dem Erdreich der Wälle herausgerissen. Die Soldaten der Festung hatten unermüdlich die Breschen mit Sandsäcken wieder aufgefüllt, wobei die Männer oft bis zu den Hüften im Wasser gestanden hatten.

Dann war von der Südseite auch noch die Meldung gekommen, dass die Flut das Batardeau fortgerissen hatte, also das Werk, welches die Zuführung des Rhinwassers in die Festungsgräben regulierte.

Am Hafen hatten die Sandsackbarrieren, mit denen man die Eingänge der zum Markt führenden Straßen zu sichern gesucht hatte, schließlich der Gewalt der Fluten nicht mehr standhalten können, sodass das Wasser von hier aus ungehindert in die Stadt strömte.

Auch die eilig aufgeschüttete Sandsackbarrikade hinter dem Kremper Tor hatte nur unzureichenden Schutz geboten, sodass auch hier immer mehr Wasser eindrang.

Am Abend des 17. November 1628 hatte die Festung einer Lagunenstadt geglichen und so erleichtert man auch über den Abzug der feindlichen Truppen gewesen war, so hatte man doch mit banger Sorge das ständige Ansteigen des Wasserpegels beobachtet.

Umso größer war dann die Erleichterung, als am Morgen des 18. November nur noch ein starker Wind wehte, der eigentliche Orkan aber offensichtlich überstanden war.

Während der folgenden Tage war die gesamte Besatzung damit beschäftigt, die Schlammmassen aus den Straßen zu entfernen, die vollgelaufenen Keller leer zu pumpen, die Dächer der Häuser zu flicken und vor allem die doch sehr erheblichen Schäden an den Wällen auszubessern. Sobald das Wasser in der Marsch zurückgegangen war, hatte man Patrouillen über das Land ausgeschickt. Sie meldeten bei ihrer Rückkehr, dass sich die kaiserliche Armee weit aus dem Umfeld der beiden Festungen bis auf den höher gelegenen Geestrücken zurückgezogen hatten. Alle Lager, die um die Festungen Glückstadt und Krempe errichtet worden waren, waren verlassen oder gar durch die Wassermassen zerstört.

Der Rückzug des Feindes hatte vielfach so überstürzt durchgeführt werden müssen, dass man die Ausrüstung, insbesondere auch Geschütze und die dazugehörige Munition, den Naturgewalten hatte überlassen müssen. Nur vor der Festung Krempe selbst hatten Kapitän Ohlsens Erkundungstrupps unverrichteter Dinge wieder abziehen müssen. Dort hatte die kaiserliche Armee ein Kontingent belassen.

An einem der letzten Abende des November ging Bonifatius Beckenschläger mit seiner Maureen auf dem Wall spazieren. Es war kalt und beide hatten sich fest in ihre Mäntel gehüllt. Mit einem Mal blieb der Leutnant stehen und nahm das Mädchen in seine Arme. Lange sah er ihm in das liebliche Gesicht und Maureen schaute erwartungsvoll zurück. „Es dauert nicht einmal mehr einen Monat, dann ist wieder Weihnachten", begann er. Dabei tauchte in ihm plötzlich die Erinnerung an das vergangene Weihnachtsfest in Helsingør wieder auf. Mit aller Kraft drängte er diese Erinnerung aber sofort wieder in sein Innerstes zurück.

Maureen lächelte ihn spitzbübisch an, als sie erwiderte: „Hast du solange überlegen müssen, bist du herausgefunden hast, dass bald Weihnachten ist?" „Ja, nein", stammelte der Leutnant. Allerdings lag ihm etwas ganz anderes auf der Seele. Er wusste nur nicht, wie er beginnen sollte, ja, ob er überhaupt beginnen sollte. „Hast du eigentlich Sehnsucht nach Irland?", fragte er dann. „Ich hab' doch dich hier", kam sofort die Antwort. „Ja, schon. Möchtest du denn immer hierbleiben?" Maureen sah den Leutnant schelmisch an. „Wenn du hierbleibst." Beckenschläger fragte sich, ob sie sich über ihn lustig machte. Schließlich schluckte er ein paarmal und brachte dann heraus: „Willst du meine Frau werden?"

„Natürlich, Bony, Liebling. Warum hast du das nicht gleich gefragt?"

„Nun ja, das ist eben so eine Frage des Temperaments", meinte der junge Offizier. Dann legte er den Arm um seine Braut und führte sie zurück in die Stadt.

„Der Festung hat ihr Name ja gerade Glück gebracht", sagte er. „Hoffentlich gilt das auch für uns."

Datentafel

1615 Eindeichung der „Wildnisse" um Glückstadt

1616 Beginn der eigentlichen Bauarbeiten an der Festung Glückstadt

22.3.1617 Glückstadt erhält Namen, Wappen und Stadtrechte

1619 – 1620 Errichtung von Holzbollwerken längs des rechten Rhinufers und Austiefung des Rhins durch den Wasser- und Deichbaumeister Eggert Sperforke

1621 Sperforke errichtet auf eigene Kosten ein zur Verteidigung des Hafens bestimmtes Blockhaus am Nordausgang des Hafens.

1623 Vollendung der drei Tore: Deichtor im Norden, Kremper Tor im Osten und Ausfalltor nach Süden

1625 – 1626 Der Niedersächsische Krieg

1627 – 1628 Der Kaiserliche Krieg

27.8.1626 Schlacht bei Lutter am Barenberg

28.7.1627 Tilly überschreitet bei Bleckede die Elbe.

22.8.1627 Tilly und Wallenstein treffen sich in Lauenburg.

Ende August 1627 Kaiserliche und ligistische Truppen rücken an Hamburg vorbei in Holstein ein.

Ende Aug./Anfang September 1627 Feindtruppen erscheinen im Raum Glückstadt – Krempe

13.9.1627 König Christian IV. von Dänemark verlässt Glückstadt.

Anfang Sept. 1627 Einschließung von Breitenburg bei Itzehoe

7.9.1627 Erster Sturmangriff auf Breitenburg

Ende Sept. 1627 Fall von Breitenburg

7.10.1627 Fall von Rendsburg

November 1627 Der niederländische Kommissar Hoogenhouk bringt Geld und Proviant nach Glückstadt.

Jahresende 1627 Ganz Schleswig-Holstein und Jütland – außer Glückstadt und Krempe sind vom Feind besetzt.

Anfang Mai 1628 Entlassung des Obersten Ezechiel Durant und Übernahme des Kommandos in Glückstadt durch Oberst Marquard v. Rantzau.

5.5.1628 Oberst Morgan übergibt Stade an Tilly.

10.5.1628 Aldringen versucht, sich mit 4.000 Mann durch einen Handstreich in den Besitz von Glückstadt zu bringen und wird dabei von Rantzau zurückgewiesen.

Frühsommer 1628 Rantzau besetzt vorübergehend die Elbinsel Krautsand gegenüber von Glückstadt und legt dort ein kleines Fort an. Die Räumung geschieht möglicherweise auf Intervention Hamburgs.

13.7.1628 Die dänische Fregatte ‚Markatten' kapert vor Schulau gemeinsam mit zwei dänischen Jachten zwei kaiserliche Transportschiffe.

Anfang Juli 1628 Rantzau führt kleinere Störunternehmen nach allen Seiten Glückstadts zur Vorbereitung des Durchbruchs von Glückstadt nach Krempe durch.

15.7.1623 Durchbruchsversuch von Glückstadt nach Krempe auf die zwischen den beiden Festungen angelegte große kaiserliche Redoute, das sog. „Realfort", Angriffsbeginn: 7.00 Uhr.

25.7.1628 Überfall nach Süden auf das kaiserliche Lager bei Kollmar.

Ab Sept.1628 Aufgabe der Einschließung Glückstadts.

Herbst 1628 England beschließt, Morgan mit einigen tausend Mann nach Glückstadt zu schicken. Die Verschiffung der Truppen verzögert sich jedoch so sehr, dass Ihr Eintreffen für das Kampfgeschehen unmittelbar um Glückstadt und Krempe nicht mehr von Bedeutung ist.

Spätherbst 1628 Wallenstein marschiert mit einem Teil seiner Armee von Pommern und Mecklenburg nach Holstein.

14.11.1628 Übergabe von Krempe durch Oberstleutnant Jürgen v. Ahlefeldt an Wallenstein.

17.11.1628 Allerheiligenflut und Abzug der Kaiserlichen aus dem Raum Glückstadt.

Historisch belegbare Personen:

Alle genannten Truppenteile und ihre Kommandeure, alle genannten dänische Schiffe und ihre Kapitäne, Festungskommandanten und Söldnerführer sind historisch belegt, ebenso der niederländische Kommissar Hoogenhouk. Das gilt auch für die geschilderten größeren Kampfhandlungen. Die ‚Seeland' und Kapitän Nissen, ebenso Kapitän Ohlsen, sind fiktiv. Irische Piraten waren im 17. Jahrhundert zwischen Ostsee, Island und Gibraltar sehr präsent und führten Kaperkrieg vor allem gegen Schiffe Englands und deren Verbündete. Sie verstanden sich auch als Freiheitskämpfer gegen die englischen Besatzer und hatten ihre Stützpunkte an der irischen Küste. (Hans Leip: Bordbuch des Satans).

Zum Autor

Reinhard Bädecker wurde am 7. März 1942 in Glückstadt geboren und lebte dort auch bis zu seinem Tode. Nach seinem Jurastudium war er einige Jahre als Rechtsanwalt tätig. Er war zweimal verheiratet und zweimal geschieden. Er hat eine Tocher aus erster Ehe und einen Enkelsohn. Bekannt ist er in Glückstadt immer noch durch seine vielen kunstvollen Figuren aus Stanniolpapier, die sich noch in vielen Haushalten und auch in der Dauerausstellung des Detlefsen-Museums in Glückstadt befinden. Er verstarb am 18. Juni 2003. Dies ist sein einziger Roman.